KB053427

東甫 김길웅 등단 30년 회고

여든두 번째 계단에 서다

東甫 김길웅 등단 30년 회고

여든두 번째 계단에 서다

김길웅 지음

정은출판

| 권두시 |

쓰면서 성장했다

東甫 김길웅

늦깎이지만 글은 내 인생이야.

방황에 닻을 내린 건 첫 수필집 '내 마음속의 부처님'이었어. 무애(無碍)의 뜰을 거닐었지. '삶의 뒤안에 내리는 햇살'에서 안정을 찾는 듯하더니 '느티나무가 켜는 겨울 노래에서' 한때 곡쟁이처럼 울었어. '떠난 혹은 떠난 것들 속의 나'로 이별을 연습하며 '검정에서 더는 없다'에선 현란한 색 뒤 남는 담백한 빛—흑과 백을 터득했고, '모색 속으로'에서 나이의 무게로 '마음자리'에 흐트러진 삶의 대오를 정돈해 '읍내 동산 집에 걸린 달력'과 '내려놓다'로 다디단 수필의 서정에 감루를 삼켰지.

결핍에서 '여백'과 만나 시작한 내 시, '다시 살아나는 흔적은 아름답다'에서 치기로 어머니 사랑을 재음미했어. '긍정의 한 줄'을 만지작거리다 내 시의 앳된 화자는 '틈' 속에서 시로 화답하면서 좀 삐딱하게 해보자고 '허공을 만지며 고등어를 굽다'로 변용해 속울음으로 나를 뒤흔들었던 '그때의 비 그때의 바람'의 명징한 회상, '텅 빈 부재'에서 존재론에 침몰했다가 '둥글다'로 원만 구족의 경계를 바라며 다다른 고즈넉한 평화. '너울 뒤, 바다 고요'로 섬의 포구에 접안한 것이거든.

수필집 아홉, 시집 아홉. 스물에 안 차 미흡하지만, 만조에 남실거리는 열여덟 주낙배로 내 포구는 만선의 때를 갈구해.

짙푸른 바다를 신뢰하는 나는, 바람 앞에도 망망대해를 가로질러 투망으로 머잖아, 파닥거리는 날 것의 언어를 뜰채로 떠 가며 환호할 거야.

혼자의 시간.

(2023. 5. 30.)

| 머리에 |

시와 수필의 해후

처음부터 좀 거치적거렸다.

《여든두 번째 계단에 서다》, 등단 30년을 회고하면서 '나이'를 꺼낸 게 썩 내키지 않았다. 덧없이 먹어 온 나이를 문학에 접붙인 것 같은 괴리감이기도 했다. 교직 44년의 끝머리 즈음 등단해 30년이니, 인생 속의 내 문학은 그리 긴 역정은 아니다. 깜냥이 아니니 나이에서 무얼 차용해 온 듯 큼큼한 느낌이 들었음을 부인치 않는다.

그러나 문학에 발붙이고 30년은 내게 적잖이 치열했던 시간이었다. 수필에 몸이 달아오를 무렵 엄습해온 시에의 목마름, 한때 나는 산과 바다를 끼고 있는 아래 기슭 도서관에 죽치고 앉았었다. 시 공부를 했다. 그래도 내게 시는 쉬이 내리지 않았다. 외롭고 숨 가빴다. 열사의 벌판을 지나 깊은 골짝 넘어 가파른 산길을 얼마나 오르내렸던가. 신발 들메가며 그 길을 헤쳐나오느라 발바닥이 다 닳았다. 식은땀 줄줄 흘리는 영혼은 설레발을 칠 뿐 좀체 나아가지 못했다.

신은 무심치 않았다. 구원의 손길이 있었다. 어느 새벽녘 동창을 여는 순간, 뜻밖에 이슬을 차며 숲속을 서성이는 한 사람을 어둠 속에 보았다. 낯익은 듯 낯선 그, 그는 바로 '나'였다. 우리는 한동안 서로를 응시하고 있었다. 동편에서 일렁이던 한 가닥 빛이 스르륵 내 영혼 속으로 스며들었다. 내가 다른 '나'와 대면한 첫 순간, 극도로 긴장했다.

내가 나를 바라보는 객체가 돼 있었다. 나는 그제야 비로소 '나'이면서 내 시 속의 화자로 자리를 틀었을 것이다.

수필에 어지간히 몰두해선가, 내 시엔 함축, 생략, 단절이 빈곤했다. 무심결 산문의 요소를 등에 업고 있었다. 그렇다고 수사가 과도하게 장황해 3, 40행으로 달아나 이탈하지는 않았다. 이미 성찰하고 있었을까. 시업에 혹독하지 못했다는 이유를 내세워 시가 산문적 진술이어서는 안된다는 통렬한 자기반성이 있었다.

썼다 지웠다, 그것도 도로는 아니었다. 학습이고 진화였다. 종국에는 시도 '나'를 객관화하는 한 과정이라는 것을 깨달아 갔다. 자아를 일정한 질료로 형상화해야겠다는 걸 알게 됐다. 그 질료는 곧 체험이며 체험은 수필의 것이다. 급기야, 두 장르의 해후를 실험하려는 시도가 내 문학에 싹텄다. 그 작업은 지금 한창으로 미래완료 현재진행 시제다.

시적 정서 한쪽에만 쏠리면 고도의 함축에 갇혀 버린다. 산문적 요소를 접목하면 수필이 단비 맞은 푸성귀같이 파르라니 촉촉하다. 수필의 서정성은 독자와의 소통을 막는 시의 난도를 풀어주는 효능이 있다. 『너울 뒤, 바다 고요』는 온전히 이런 시작의 결과물이다. 일단 쉽게 쓰려했다.

시와의 해후로 내 수필의 갈증도 상당히 해소됐다. 『내려놓다』에 실린 작품이 그것들이 될 것인데, 어쩌다 포병객抱病客 신세가 돼 자신을 다독이며 살아가는 모습도 담아냈다. 내겐 글 쓰는 즐거움이 위안이면서 한편으론 힐링이다. 쓰러질 때까지 지치게 쓰고 싶다.

세월 참 빠르다. 어느덧 등단 30년에, 인생 여든둘의 고빗길을 돌고 있다.

시와 수필을 묶어 통권으로 출판한, 흔치 않은 이 책이 제주 문단의 지향에 자그마치 도움이 됐으면 하는 바람이다.

올해 결혼 60돌이다. 평생 나와 두 아들(탁수·승수)을 위해 몸이 닳도록 헌신했고 내 문학적 성공을 위해 갖은 정성을 다 기울여 온 내 영원한 반려 김영순 여사에게 이책을 드린다.

2023. 5.

제주시 연동에서

저자 東甫 김길웅

東甫 김길웅 近影

차 례

등단 30년 톺아보기

차례

김길웅 제9시집

《너울 뒤, 바다 고요》

김길웅 제9수필집

《내려놓다》

東甫 김길웅 등단 30년 회고

여든두 번째 계단에 서다

사진으로 본

등단 30년 회고

부부의 산책과 쉼

사진 _ 양재봉

부부가 아파트 벚나무 광장에 앉았다. 지나던 여인이 차창을 내리며 말한다.
"두 분, 참 아름답군요."
'늘 숲 가에 앉으니 풍경이 됐나.'

제주특별자치도 문화상 수상 (2012)

발간 수필집 · 저서

김길웅 수필집
느티나무가 켜는
겨울 노래

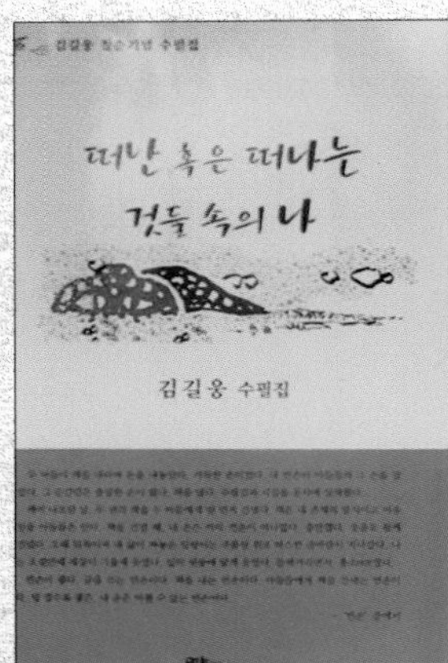
떠난 혹은 떠나는
것들 속의 나
김길웅 수필집

김길웅 수필집
삶의 뒤안에
내리는
햇살

김길웅 제5수필집
김길웅의 유럽 읽기
검정에서 더는 없다
아름다운 것은 일곱 빛깔 무지개가 아니라 정녕 흑이고 백이다.

김길웅 제6수필집
暮色 모색 속으로

현대수필가 100인선 Ⅱ • 43
구원의 날갯짓
김길웅 수필선
수필과비평사 · 좋은수필사

마 음 자 리
김길웅의 제7수필집

읍내 동산 집에
걸린 달력
김길웅
제8수필집

글방강의식 수필작법
수필이 맨발로
걸어 들어오네
김길웅 지음

시집 · 산문집

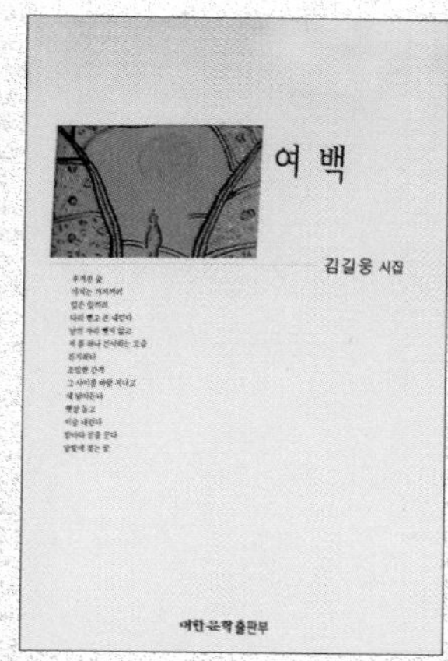
여 백
김길웅 시집
대한문학출판부

다시
살아나는
흔적은 아름답다
김길웅 시집
대한문학

김길웅 시집
긍정의 한 줄
대한문학

틈
김길웅 시집

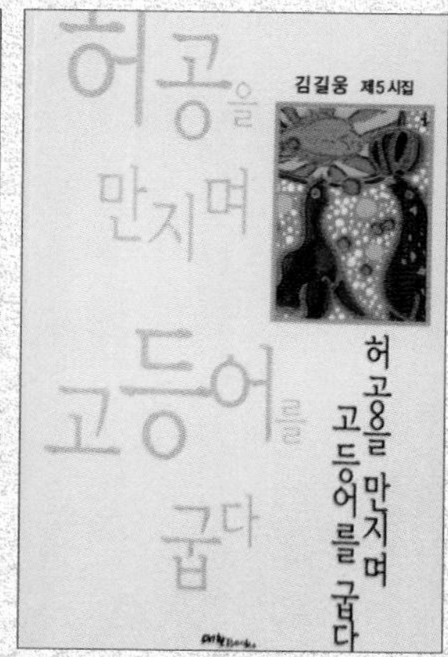
허공을 만지며 고등어를 굽다
김길웅 제5시집
허공을 만지며 고등어를 굽다

김길웅 제6시집
그대의 비 그대의 바람

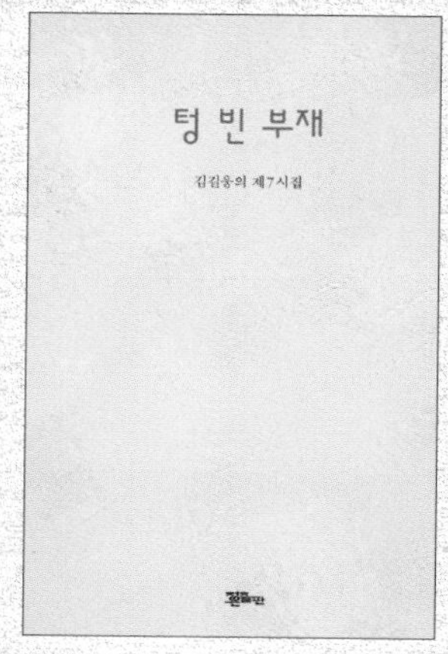
텅 빈 부재
김길웅의 제7시집
정은출판

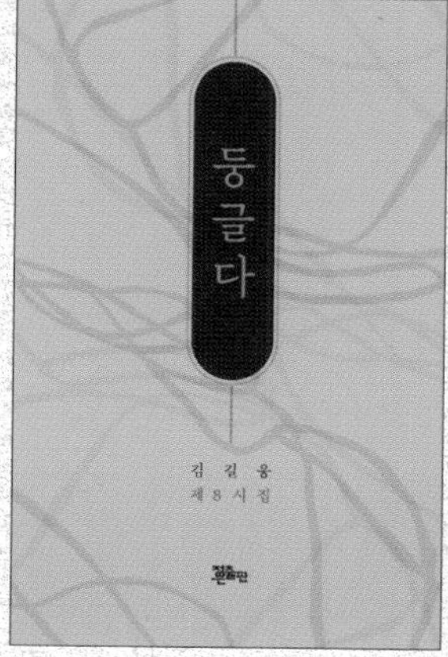
둥글다
김 길 웅
제 8 시 집
정은출판

존재의 특별함을 일깨워주는 김길웅 산문과 17인의 일러스트
평범한 일상 속의 특별한 아이콘
일 Day
일 Work
일 First
김길웅 산문집

문학상 수상

문학秀 문학상 대상 - 김길웅 문학가 수상 (건강 사정으로 아들 김탁수 대리 수상)

스크랩

제주일보 '안경 너머 세상' 스크랩

(스크랩 제공 : 김경림 수필가)

도두동 거리

東普 김길웅 시인 시비

脈 동인지

(사진 제공: 이용익 수필가)

지도했던 단체 춘강의 글을 사랑하는 사람들의 모임

문학 기행

발간한 간행물

(사진 제공: 이용언 수필가)

지도했던 문학 단체 들메

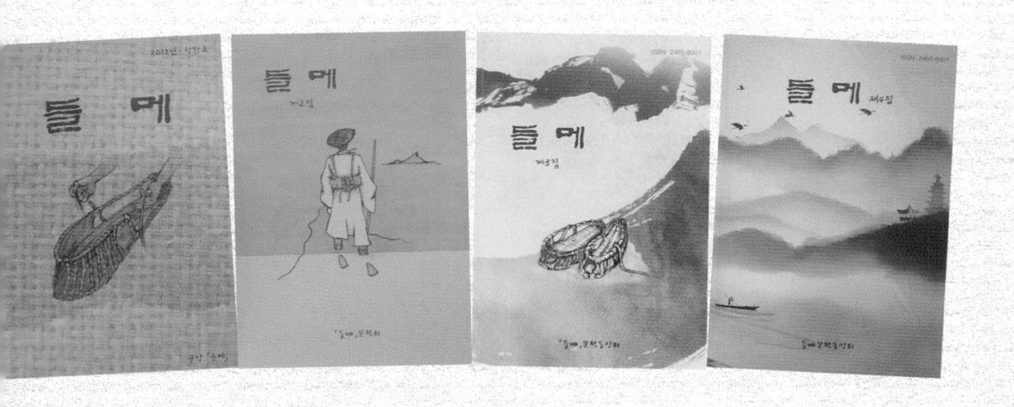
들 메
들 메
제2집
「들메」문학회
ISSN 2465-8901
들 메
제3집
「들메」문학동인회
ISSN 2465-8901
들 메 제4집
들메문학동인회

(사진 제공 : 양재봉 수필가)

어버이 은혜를 저버리지 말라
소 치는 사람
탯줄의 연
뜰에서 삶을 캐다
망상 속에서
내 아내는 해녀입니다
섬빛 오름
빨랫줄
나도 꽃이다
따뜻한 소실점
천천히 그러나 항상 앞으로
살아가라 하네
덤인생
가설무대에서 얻은 아름다운 자유
길을 내며 그 길을 걸었네
못다한 이야기
두럭산 숨비소리
돌에 핀 꽃
가을 물들다
나도 풍란
문득 바라본 마음속 風景들

굽이치는 길에서 만나다
홀가분한 오후
겨울 산딸기
그 길에서 나를 만나다
그 바다의 아침
시련은 있어도 좌절은 없다
번지다
사유의 변곡점
내 안의 가정법
그리움 하나
가을빛 노을
다독이는 소리
내게 거는 주술
묵은 잠, 뒤척이며
돌확의 추억
하회탈
내안의 풍경
마음속 댓돌
인연의 끈
석양의 메시지
곡선이 치유한다
내 삶의 아름다운 변주
잠자리 날개 같은
갈무리

작품 수록 책자들

제주수필(1994)

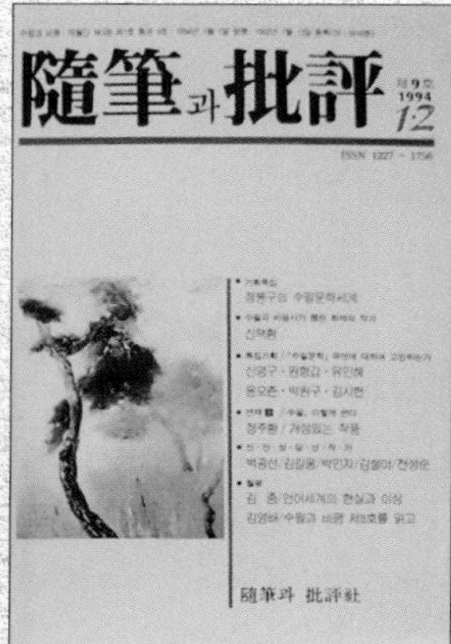

수필과비평(1994)

심상(2005)

계간수필(2021)

시원(2022)

좋은수필(2022)

푸른솔文學
가을호
제주여류수필
2020 제19집
제주여류수필문학회
The 수필
2023 빛나는 수필가 60
현대문예
2023 상사월호 127호
HyundaeMunye
大韓文壇
고양문학
2022 제58호
Goyang Literature
The Munhak Su
문학秀
제18호
100년 후로 걷는 길
心象
2023 05
수필 오디세이
THE ESSAY ODYSSEY
수필오디세이사
수필과비평
2023-7
261
수상작가 작품집
베스트에세이 10

청사에 길이 빛나리

東甫 김길웅

한반도가 피로 얼룩졌던 6·25전쟁,
그때, 제주의 청년 학도들 나라의 부름 받아
이 섬의 바람으로 내달렸나니
무명지 깨물어 혈서 쓰고 태극기 휘두르며
육·해·공군·해병대
신작로 저편 뽀얀 먼지 속으로 모습 감추니
끝내 돌아오지 못한 그대들이여!
아, 총탄에 맞아 숨지며 외친 외마디
"반드시 고지를 점령하라."
제주의 사나이들 기어이
낙동강을 사수하고 인천상륙작전을 결행했으며
서울을 수복한 후, 백마고지를 탈환했네
죽음을 목전에 두고
수류탄 뽑아 적의 포화 속으로 몸 내던져
전선 깊은 골짝 풀잎의 이슬로 맺혔네
한 목숨을 초개같이 버린 그대들
참으로 장렬했도다
주검이 산을 이루고 피가 강물 되어 흘렀거니
이제, 그대들 무공으로 이 산하엔
넘실대는 바다, 푸른 하늘, 우뚝한 산이네
세계의 중심에 선 자랑스러운 우리 대한민국!
10,000여 참전용사의 거룩한 넋 앞에
오늘, 고개 숙여 두 주먹 불끈 쥐었느니
그대들의 무훈, 청사에 길이 빛나리.

2012. 10. 24

6·25참전기념관 시비 (신산공원 2012)

메이즈랜드

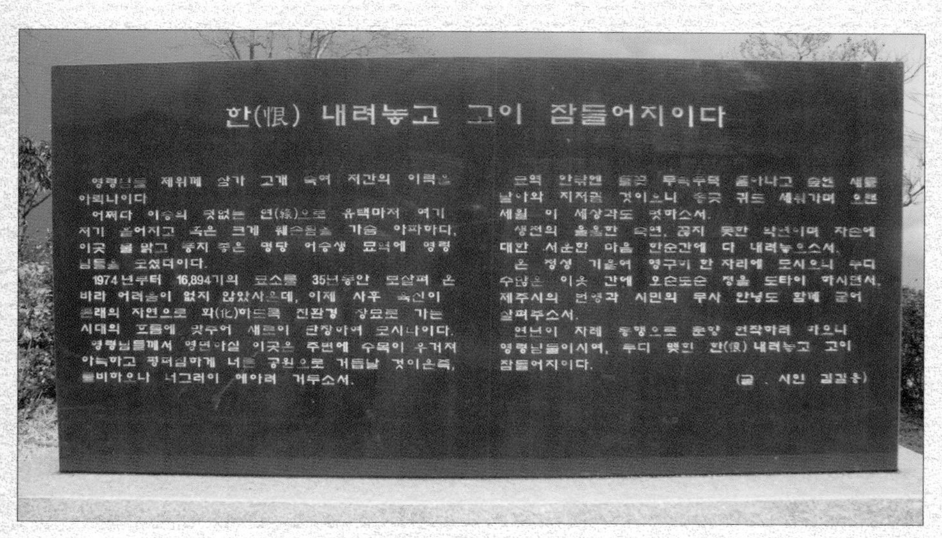

무연묘 시비 (한울누리공원)

사랑의 집
東甫 김길웅
우리 둘레는
차라리
바람벽이어도 좋아라
허름하지만
어머니 자락만한 사랑으로
바람 앞에도
포근한 바람벽
한 움큼 햇살이 머무나니
안 보여도 보이고
괴로워도 슬퍼도 웃는
어미가 그 새끼 품 듯
사랑이 사람 안아
네가 나의 이름 부르고
내가 너의 이름 불러
꽃으로 피어나는
사랑의 집
우리들의 둥지

성심원 사랑의 집

도두동 추억 愛 거리

(사진 제공: 양재봉 수필가)

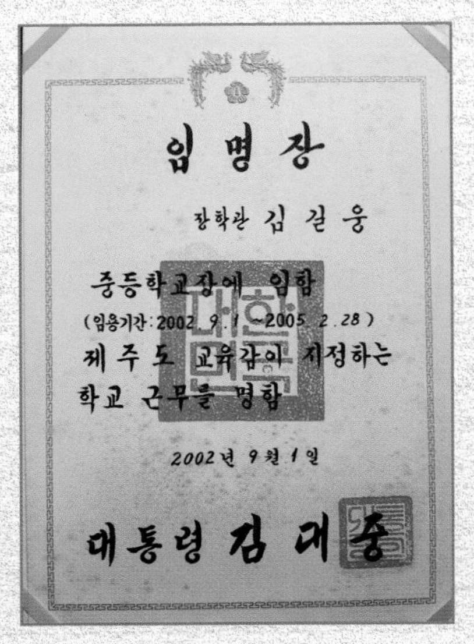

임명장

장학관 김 길 웅

중등학교장에 임함
(임용기간: 2002. 9. 1 ~2005. 2. 28)
제주도 교육감이 지정하는
학교 근무를 명함

2002년 9월 1일

대통령 김 대 중

임명장

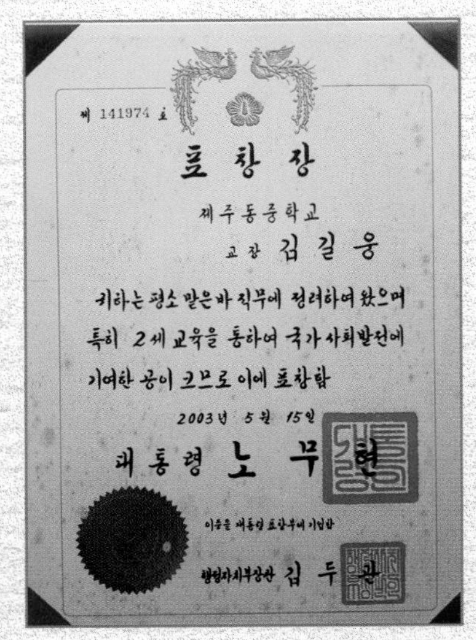

제 141974 호

표 창 장

제주동중학교
교장 김 길 웅

귀하는 평소 맡은바 직무에 정려하여 왔으며
특히 2세 교육을 통하여 국가 사회발전에
기여한 공이 크므로 이에 표창함

2003년 5월 15일

대통령 노 무 현

이중을 대통령 표창부에 기입함
행정자치부장관 김 두 관

표창장

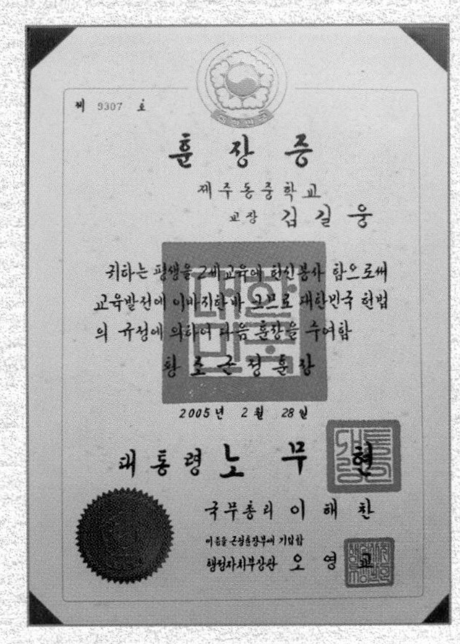

제 9307 호

훈 장 증

제주동중학교
교장 김 길 웅

귀하는 평생을 2세 교육에 헌신봉사 함으로써
교육발전에 이바지한 바 크므로 대한민국 헌법
의 규정에 의하여 다음 훈장을 수여함

황 조 근 정 훈 장

2005년 2월 28일

대통령 노 무 현

국무총리 이 해 찬

이중을 근정훈장부에 기입함
행정자치부장관 오 영 교

황조근정훈장

문학상 상패

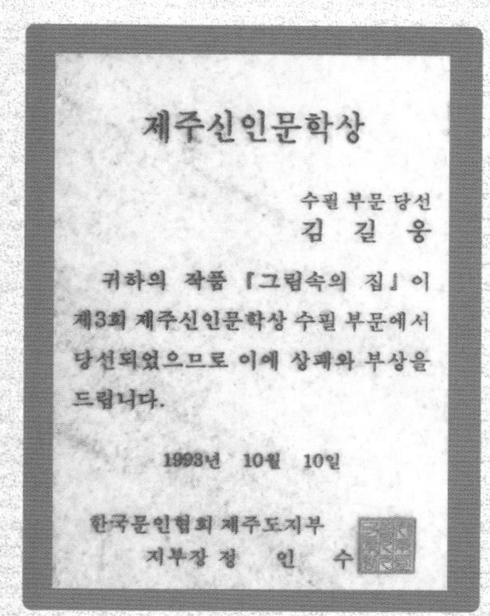

제주신인문학상

수필 부문 당선
김 길 웅

귀하의 작품 『그림속의 집』이 제3회 제주신인문학상 수필 부문에서 당선되었으므로 이에 상패와 부상을 드립니다.

1993년 10월 10일

한국문인협회 제주도지부
지부장 정 인 수

제주신인문학상

한국문인상

시집 : 긍정의 한 줄

시인 김 길 웅

위 분은 활발한 창작 업적과 우수한 문학성이 높이 평가되어 제12회 『한국문인상』 수상자로 결정하고 이를 크게 상찬합니다.

2011년 4월 9일

심사위원 : 황금찬 구인환
이철호 유한근 (심사위원장)

사) 새 한 국 문 학 회
소 월 기 념 사 업 회
종합문예지 「한국문인」
이사장 이 철 호

한국문인상

한민족문학상

한민족문학상

등단패 (隨筆과批評)

대한문학상 대상

제주특별자치도문화상

문학秀 문학상 대상

공로패 (제주수필문학회)

기념패 (제주문인협회)

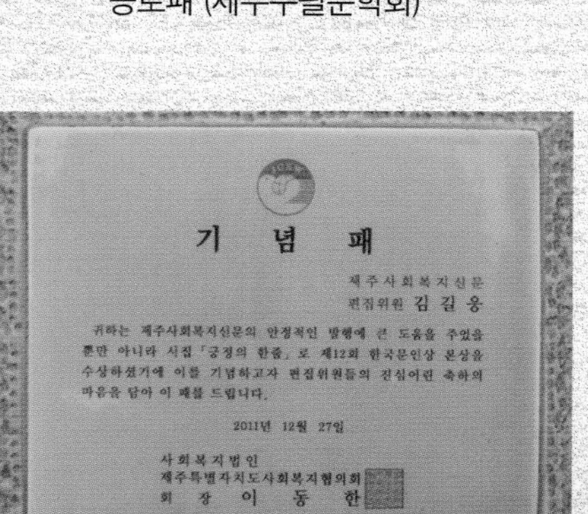

기념패 (제주특별자치도복지협의회)

공로패 (제주수필문학회)

공로상 (전국사회복지대회장)

제주일보 수요일 8월 28일 2002년

제17468호 초 · 중등 교장급 인사 프로필 6

김 길 웅
제주동중 교장

3년 동안 초등교사로 근무한 데 이어 오현고, 제주제일고, 대기고 교단에 섰다. 제주도교육연구원 교육연구사, 제주도교육청 장학관을 역임했다. '제주교육리뷰' 창간과 '제주교육사' 발행에 기여했다. 또한 17년 동안 진학담당교사로서 대입 지도에 전력했다. 기획력과 추진력이 뛰어나다는 평을 얻고 있다. 제주사범학교를 졸업했다. 가족은 부인 김영순씨와 2남. 59세.

사은패 (대기고등학교)

감사패 (제주시 도두동 동민 일동)

감사패 (대기고등학교 총동문회)

제주문인협회 김길웅 회장 취임식(2012년 3월 3일)

제주문학 57집(2012년)

제주문학동인축제(2012년)

신입 회원 환영

제51회 탐라문화제 문학제

제주수필문학회 문학기행(1995) 김순택. 김길웅. 서경림

김길웅 작사
금수현 작곡
Andantino ♩=110
1.한 라 로 비 상 하 는 대 기 의 그 슬 기 가
2.바 다 로 손 짓 하 는 대 기 의 푸 른 꿈 이
이 터 전 에 서 리 어 배 움 집 을 이 루 었 네
이 터 전 에 서 리 어 보 금 자 리 펼 치 었 네
진 리 의 숲 헤 치 어 온 어 귀 찬 그 대 큰 뜻
이 상 의 꿈 품 에 안 고 뻗 어 온 그 대 큰 뜻
우 뚝 한 기 둥 으 로 이 땅 위 에 서 보 이 리 여 명
새 처 럼 날 아 올 라 이 땅 위 에 나 부 끼 리 꾸 준
을 기 다 려 온 불 굴 의 그 의 지 를 대 기
히 흘 리 어 온 땀 방 울 보 람 으 로 대 기
고 빛 내 어 라 새 삶 을 열 어 가 는
고 밝 히 어 라 내 일 을 열 어 가 는
우 리 의 대 기 고 우 리 의 대 기 고
우 리 의 대 기 고 우 리 의 대 기 고

대기고등학교 교가

등단 30년, 톺아보기

여든두 번째 계단에 서다

등단 30년, 톺아보기

차례

등단 30년 톺아보기

1. 수필로 등단하다

『수필과비평』 표지

『수필과비평』- 당선작가 사진

1994년 격월간지(당시) 『隨筆과 批評』 1 · 2월 호에 〈눈물의 연유〉가 신인상에 당선되면서 중앙문단에 이름을 올렸다. 1993년 제주문인협회 기관지 『제주문학』에서 〈그림 속의 집〉으로 신인상을 받은 지 불과 3개월 만의 일이다.

당시 『隨筆과 批評』 주간이던 호남대학교 故 정주환鄭周煥 교수로부터 서신을 받았다. "글을 많이 써 본 분이라고 생각되어 〈눈물의 연유〉를 당선에 선합니다." 붉은색 원고지에 초록색 사인펜으로 굵직하게 쓴 글씨에 압도돼, 순간적으로 정신이 얼얼했던 기억이 지금까지도 머릿속에 각인된 양 있다.

신인상에 응모해 결과를 눈이 빠지게 기다리던 참이었다. '서신'이 곧 당선통지서였던 셈이다.

기뻤다. 교단에서 문학을 가르치면서도 나도 글을 썼으면 좋았을 걸 하고 열망해 오던 꿈이 마침내 이뤄진 게 아닌가. 아내와 그때 고등학생이던 두 아들로부터 격하게 축하 인사를 받았던 일이 어제의 일로 떠오른다. 그 순간의 일로 치환되면서 몹시 가슴 벅차다. 그렇다. 등단은 가슴 설레는 일이었다.

〈隨筆과 批評 신인 등단 작품〉

눈물의 연유

金吉雄

좀 더 나이가 들어 맞닥뜨려야 할 일이 50대 초반에 들이닥쳤다. 그 일의 하나가 아들이 장가들어 새아기를 맞이하게 된 것이다. 그러니까 꼭 일 년 전, 서울서 대학에 다니는 큰 애가 느닷없이 내려와선 결혼을 시켜달라며 이미 반승낙은 받아 놓은 일처럼 어거지를 부리는 것이 아닌가. 학생 신분에 결혼이라니 웬 뚱딴지같은 소리냐고 일언지하에 거절했지만, 큰 덩치에 어울리지도 않는 눈물까지 흘리며 애원을 했다. 사귀고 있는 애가 저랑 동갑내기인데 처녀가 스물일곱이면 혼기가 꽉 찬 나이이고 그쪽 집에서도 빨리 혼례를 올리는 걸 전제로 허락이 떨어졌다는 얘기였다.

장정이 다 된 아들의 눈물 앞에 내 철벽같은 방어선이 서서히 무너져내리기 시작했다. 그 애의 눈물에서 사랑의 진실 같은 것을 발견했기 때문이라고나 할까. 어떤 처녀가 애를 홀딱 반하게 흔들어 놓은 것인지 우선 보고 싶었다.

일주일 뒤, 큰 애는 서울서 직장에 다니는 자기의 애인을 더불고 내려왔다. 어깨 위로 긴 머리를 늘어뜨린 아가씨가 다소곳이 고개 숙여 큰절을 하였다. 화장기가 없는 데다가 입술에 빨간색을 칠하지도 않은 수수한 매무새가 마음에 들었다. 큰 애는 가식을 싫어하는 성격이다. 일주일 전 그 애의 눈물 속에 함축된 의미를 알 수 있을 것 같았다. 둘의 만남이 우연이 아닌 바에야 미적거릴 이유가 없었다. 서둘러 혼례를 치렀다. 봄에 주문을 받아 겨울에 해결을 보았으니 그새 계절이 세 번 바뀐 셈이다.

결혼식 날 신랑은 구름 한 점 없이 활짝 갠 날씨였다. 저가 원하던 신부를 맞았으니 세상을 얻은 거나 진배없었을 것이다. 아직 학생인 데다 하도 표정이 밝아 하객들이 '꼬마 신랑'이라 불렀다.

부조금까지 몽땅 털어내어 서울에다 8평짜리 2층 한 칸을 세내어 주었다. 대학을 나오면 취직하여 제 입에 풀칠은 할 것이니 그때까지 등록금과 생활비를 지원해주기로 약속도 하였다. 월급쟁이인 나로서는 모험적인 배려였다.

그러고서 다시 여름을 맞이하였다. 방학인데도 큰 애가 내려오질 않는 것이었다. 취직 준비를 한다고 내건 표면상의 이유 이전에 그 애가 이미 분가를 한 새로운 가장이라는 사실을 깜빡 잊고 있었던 것이다.

방학에 큰 애가 집에 오지 않은 것은 충격적인 사건이었다. 의과대학에 다니는 작은 애도 형이 안 온다고 입맛을 다시다 공부를 빌미로 훌쩍 떠나버리고 말았다. 내외만, 남은 집은 갑작스러운 적요감에 허탈한 분위기였다.

제 자식의 얼굴을 몇 달째 못 본 채 지낸다는 것은 큰 고통이었다. 게다가 새아기를 잠시라도 가까이하고 싶은 충동이 정서적으로 상승작용을 일으켜 더욱 보고 싶었다.

아내와 함께 애들을 찾아가기 위해 서울행 비행기에 몸을 맡겼다. 김포에서 네 시간의 길고 험난한 교통전쟁을 치른 뒤 애들 집에 당도하였다. 서울의 동쪽 끝, 송파구 가락2동.

집 모퉁이를 끼고 깎아지른 듯 좁고 가파른 계단을 타고 현관 앞에 이르자 가벼운 흥분으로 가슴이 뛰었다. 신접살림을 하고 있는 아들네에 대한 호기심 때문이었다. 우려와 기대가 교차하는 미묘한 감정이었다.

아들의 두툼한 입이 해바라기처럼 벌어졌고 상기 띤 새아기의 고운 눈매가 빛을 내며 우리를 맞이하였다.

가재도구들이 가지런하고, 작고 침침한 아들의 공부방 서가엔 제법 법대생의 냄새가 자욱하였다.

새아기가 차려놓은 밥상 앞에 앉았다. 옹기옹기 모여 있는 그릇마다 새아기의 정성과 긴장감이 함께 담겨 있었다. 시부모에게 처음으로 올리는 밥상이라 신경을 썼음을 알 수 있었다. 물 맞은 밥에 국 맛도 얼큰한데 소금을 덩이째 넣었는지 반찬이 너무 짜 먹기에 거북할 정도였다. 그럼에도 새아기에게 맛있다며 담뿍 웃음을 보내주었다. 칭찬에 인색하지 않은 시아버지의 너그러움을 보이고 싶은 즉흥극이었다.

화장대 앞에 놓인 애들의 결혼사진 속에서 새아기가 함초롬히 웃고 있었다. 물기를 머금은 신선한 웃음이었다.

새아기는 시종 밝은 얼굴이었다. 또렷하면서 완만한 곡선을 그리고 있는 진한 눈썹에다 원만하고 복스러운 코가 새아기의 매력이었다. 화장기 없는 얼굴이 돋보이는 전형적인 제주의 비바리. 아직도 긴 머리를 하고 있는 새아기의 맵시가 매력적일 수 있는 이유는, 그런 외형이 아니라 내면에 피어 있는 잔잔한 아름다움에 말미암는 것이었다. 깍듯한 서울 말씨에다 간간이 제주 사투리를 섞어 공명을 얻어내는 합리적인 화술을 구사할 줄도 알았지만, 무엇보다도 아직 학생인 가장을 위하여 헌신적으로 살림을 꾸려나가는 그 생활력이 그랬다.

단출한 식당을 찾아 그 애가 좋아하는 낙지볶음 한 접시를 사주었다.

어물을 즐겨 먹는 새아기는 오랜만에 마음 놓고 포식을 하는 눈치였다. 토요일 오후, 새아기와 교보문고엘 갔다. 저녁 시간에 외국어 강좌를 듣고 온다는 아들을 기다리는 시간이 무료하기도 했지만, 며느리와 전철을 타고 여행하는 기분을 내고픈 의도에서였다. 시청역까지 전철로 40분, 모처럼 그 애와 대화할 수 있는 최소한의 시간이 주어졌다.

오후 세 시, 반공일의 인파를 거리로 쏟아내 버리고 난 전철은 믿기지 않을 만큼 한산하였다. 늦여름 오후에 뿌리내린 나태 탓인지 입을 여는 사람들도 없었다.

우리들의 이야기가 시작되었다. 살아가는 이야기는 새아기의 눈에 빛으로 괴어 있으니 접어두기로 하고, 살아갈 이야기는 장차 가정을 짊어질 아들의 몫이므로 살아온 이야기에다 초점을 맞춰 나가기로 하였다. 추억이 담긴 과거의 이야기가 서로를 이해하는 데 크게 기여할 것 같아서였다.

나는 50년대의 가난을 반추하였고, 새아기는 저의 출생에 관한 이야기로 모두를 여는가 싶더니 두 살 적 세상을 떠나신 친정아버지 대목에서 그만 눈물이 그렁그렁 맺히었다. 새아기는 '아버지'라는 호칭을 한 번도 입에 담아 보지 못했던 것이다. 나는 그 애의 손을 꼬옥 잡아주었다. 나를 아버지라고 부르면 될 것 아니냐는 내 제의를 듣는 순간, 그 애의 눈에 섬광 같은 빛이 이는 걸 분명히 볼 수 있었다.

소낙비가 지나간 뒤 차분해진 광화문 길모퉁이를 돌아 교보문고에 이르렀다. 나는 신간 수필집 두 권과 「브레이크 없는 벤츠」라는 단행본을 골랐다. 나는 미당의 시에 심취해 왔고 그분의 어눌한 산문에도 홀려 있어서였는데, 새아기는 법학도인 제 남편-내 큰아들-을 위해 법조인이 쓴 실무체험 수상집을 고른 것이었다. 참 영특한 아이였다. 결혼 전, 아들 녀석이 결혼을 허락해 달라며 눈물을 흘렸던 그 연유를 알 것 같았다.

일요일 오후에 애들과 하직을 하였다. 나는 새아기의 어깨를 다독거리며 한없는 신뢰의 눈길을 보내주었다.

심사평

김길웅 씨의 〈눈물의 연유〉는 한 중년의 자기 솔직성이 새삼 돋보이는 작품이었다. 나이로 쳐서 50대는 아직 황혼은 이르지만 그렇다고 혈기는 내세울 수 없는 자기 관조가 어느 정도 배어드는 시절이다. 작품 속의 화자는 서울에서 대학 다니는 아들이 느닷없이 내려와선 결혼을 시켜달라며 억지를 부리면서부터 승낙 과정, 결혼식 날의 더없이 행복한 아들의 표정, 그 뒤의 가정 주변의 몇 가지 삽화, 새아기에 대한 시아버지의 심성, 신접살림을 하는 아들네 집의 방문 등에 이르고 급기야 화자는 새아기와의 인간관계가 새롭게도 소중해지는 내용을 담고 있다.

모르긴 해도 〈눈물의 연유〉에 담긴 사연은 작가 김길웅 씨의 직접적인 자기체험일지 모른다. 그만큼 이 작품 속에는 꾸며진 냄새가 느껴지지 않는다. 꾸며진 느낌의 유무와 문학 속의 진실의 유무와는 다르다. 그리고 이 문제는 더욱더 적극적으로 수필 문학 영역을 드넓히는 하루의 사용 문제와는 별개의 것이다. 그만큼 수필에서 허구의 사용이 소중하다는 것을 강조하고 싶다. 김길웅 씨가 수필을 통해 자신의 생체험의 한 토막을 드러내는 일은 그것의 전편에 진실에 대한 장치로서의 허구의 사용과는 확연히 구분되어지는 것이다.

김길웅 씨의 〈눈물의 연유〉에서 새삼스럽게도 이 지상적 삶에 양지의 크기가 얼마나 소중하다는 것을 느낄 수 있었다. 김길웅 씨는 더더욱 자신의 체험이 실감 나게 갈무리된 작품을 쓰기 위해 많은 밤을 밝혀야 하리라.

심사위원 : 김학·한상렬

당선소감

나이가 좀 들면서 잠에서 깨어있는 시간이 많아졌다. 강청하면 더 멀리 달아나 버리는 게 잠이었다. 잠과 어둠을 모두 장악하지 못하게 된 나는 하릴없이 내 방에 불을 밝혔다. 새벽 네 시, 수필과 만나는 시간인 것이 그와는 예전부터 도타워지고 싶었으나 완강히 거부하는 바람에 그가 나를 오랜 기다림 속에 세워 놓았다고나 할까.

피가 뜨겁다고도 했고 가슴이 너무 뛴다는 귀띔도 해주었다.

어느 날 반백의 나와 해후한 그는 나를 바라보며 웃고 있었다. 찬연하였다. 그와의 재회의 순간은 서먹했으나 나를 아주 살판나게 하였다. 그의 모습은 황금의 꽃처럼 눈부셨다.

파도로 엄습해 오는 격정의 그를 고향의 포구가 느긋한 품으로 진무해주었다. 자유였다. 평화였다. 반란이었다.

그 뒤 그는 애애한 달빛으로 왔다가 곤곤한 강물이기도 하였다. 초췌한 어머님의 조바심으로 나를 애태우다가 젊은 아들의 이글거리는 눈빛으로 가슴을 사위고야 만 그, 수필…. 늦깎이여서인지 눈앞이 자욱하였다.

이제부터 다 버리기로 하였다. 속절 없는 일들로부터 떠나고 싶다. 순전히 수필, 그와 제대로 대면하기 위한 일련의 조치요 재편성일 뿐인데 이렇게 안온할 수가 없다. 새 아침을 기다려 날고 싶다.

문단에 제 사진을 걸어주신 심사위원님들께 고개 숙이고, 사랑하는 아내와 두 아들 그리고 '새아기'와 기쁨을 나누고 싶다.

김길웅

- 42년 제주 출생
- 오현고, 제주제일고, 제주중앙여고 교사
- 서울 소재 서울학원 및 상아탑학원 강사
- 「한라일보 관찰섬」 고정필진
- 「한라불교」 논설위원
- 1993 제주신인문학상 수필부문 당선
- 현) 대기 고등학교 교사
- 주소 : 제주도 북제주군 조천읍 조천리 3203-25

등단지를 제주신보(당시)에 보냈더니, 신인과 『隨筆과 批評』을 사진을 곁들여 박스 기사로 반듯하게 등단 소식을 내주었다. 요즘은 문단이 보다 개방적이라 많은 신인이 수시로 배출되지만, 당시만 해도 등단이 흔치 않던 때라 이목이 쏠렸던 것 같다.

2. 제주수필문학회 창립의 산파역

등단 며칠 새, 지역에 수필 장르를 심어 놓아야 한다는 좀 당돌한 생각을 했다. 그리고 그 일은 내 몫이라 여겼다. 쉰둘의 나이, 늦깎이로 등단한 것과 무관하지 않게 내 안에 너울이 일었던 걸까. 누구와 한마디 얘기를 나눈 것도 아니다. 별안간 문학회를 결성하는 일에 나서도록 나를 부추긴 건 나도 모르는 일이었다. '제주에 수필 문학단체가 하나 있었으면 좋겠다.' 단지 그것이었다.

속도를 냈다. 조명철 선생님에게 뜻을 전해 흔쾌하게 동의를 얻으면서, 이미 수필로 등단한 김정택(세종의원 원장)의 응원을 받음으로써 가속 페달을 밟아 마침내 '제주수필문학회'가 1994년 5월 4일에 창립됐다. 오랜 시간이 흐르기도 했지만, 가물가물할 뿐 무슨 소명의식이 내 등을 밀었는지 나도 알 수 없는 일이다.

바로 그해 12월에 『濟州隨筆』 창간호가 나왔다. 김건영(재일교포), 故 강태국(제주대 교수), 고권일(삼성여고 교사), 김길웅(제주교육연구원 연구사), 故 김순택(제주대 교수), 故 김영돈(제주대 교수), 김정택(세종의원 원장), 서경림(제주대 교수), 故 양정보(초등 교장), 조명철(도 교육청 교육국장), 故 현화진(중등 교장), 故 홍순만(도 공보관), 홍판길(약사) 13인의 작품이 수록됐다.

그중 여섯 분이 유명을 달리했으니 인생무상을 무슨 말로 할까. 제주에 수필다운 수필을 쓰는 문학단체를 만들자고 버둥대던 그때를 회상하며 먹먹한 가슴 쓸어내릴 뿐이다. 언뜻 굽은 등을 펴며 살피거니, 그때 쉰둘이던 내 나이 어느덧 여든둘이 아닌가.

창간호에 〈어머님 전상서〉, 〈참새가 그립다〉, 〈일흔둘까지 살겠다〉, 〈이태리에서 걸려 온 전화〉 등 4편의 수필을 실은 나는 작품 앞 '작가 메모'에서 수필가로서의 포부를 넌지시 드러내 다짐했다.

"밥 먹고 이빨 쑤시는 얘기라고 나무라기 쉬운, 그런 허접스럽고 전혀 일상적인 너스레여도 그냥 지나칠 순 없었다.

새록새록, 그 얘기들이 아득한 관념보다 몇 곱절 낫다는 생각을 간직해 왔다. 소시민적이고 범상한 삶의 원형이 다 그러저러한 까닭이다.

여기다 내 추억의 세계를 접목해 놓으면 가슴이 뛴다.

어머니, 아내, 아이들 얘기를 그렇게 쓰고 싶다. 지치도록 써 갈 것이다."

풋풋하다 할까. 아직 설익은 문장과 여문 감성에도 불구하고, 그런 것들이 좋은 수필을 쓰기 위해 안간임 하는 몸짓으로 꿈틀거렸던 것 같다.

아마 국어 선생이라고 내게 편집이 맡겨졌을 것인데, 창간호 발간 뒤 낙수를 그 '후기'에서 이렇게 쓰고 있다.

"첫 열매는 거두지 않는다고 한다. 열매를 예고할 때, 꽃을 따 버리는 것이다.

그것은 보다 튼실하고 눈부신 결실을 위한 거부의 손길이다. 기다림이다.

그게 섭리라면, 우리는 그것까지 거부하며 대어든 게 된다.

첫 열매부터 거두어 버린 것이다.

조바심으로 가슴 설렌 탓도 있었지만, 한 울타리에다 심어놓고 보니 '열여섯 그루의 나무' 모두가 성과수成果樹였던 때문이다.

무얼 기다리랴. 서둘러 몸을 풀고 말았다. 어차피 분만 뒤엔 출산의 고통이 따르게 마련인 것을…."

일본에서 한국어에 목말라 하는 강건영님, 담배 파이프로 사색의 연기를 내뿜는 연금술사 강태국님, 풋풋한 글을 쓰는 가장 젊은 선비 고권일님, 힘찬 도약을 위해 꿈을 갈무리하는 고정언님, 명쾌한 성품만큼이나 글 또한 깔끔한 김순택님, 학문의 높은 탑만큼이나 수필을 아끼는 김영돈님, 서귀포 농원에서 세상을 잊고 사는 지인달사 김인규님, 인술로 수도 없는 인연의 매듭을 서슴없이 풀어가는 김정택 회장님, 차분한 논리 속에 스민 서정의 서경림님, 늘 동심 속에 사는 온화한 삶이 부러운 양정보님, 《아내의 미소 웅녀의 미소》로 신선한 충격을 안겨준 조명철님, 명실상부한 제주 교육의 원고이신 현화진님, 은발의 사유를 휘날리는 정신의 지주 홍순만님, 늘 공부하는 자세로 감화를 주는 끈끈한 인간미의 홍판길님, 언덕배기에 집 짓고 바다만 바라보며 사는 김길웅님.

아름드리 '열여섯 그루의 나무'에 매달린 예순일곱 알알의 열매들, 닥지닥지 탐스럽기도 하다.

끝으로 제자題字에다 축 창간 휘호까지 내려주신 소암 현중화 선생님과 표지화로 책을 곱게 감싸 주신 화가 김순관 선생님께 정중히 고개 숙인다.

김길웅

어머님 전상서

김길웅

어머님, 어머님께서 제 손을 뿌리치고 유명을 달리하신 지 덧없는 세월 삼 년입니다. 어머님께서 세상을 하직하시던 날, 불효자는 막막한 슬픔을 삭이지 못한 채 오열로 며칠 밤을 지새웠는지 모릅니다.

그러나 시간은 어머님을 여읜 슬픔도 치유할 수 있는 묘약이었습니다. 어머님 없이는 단 하루도 살지 못할 것 같더니 말입니다.

어머님 안 계신 이 세상에도 어김없이 계절이 흐릅니다. 그리고 새가 울고 꽃이 피고 구름이 흐릅니다. 산 사람은 다 그렇게 살라 함인가 봅니다.

어머님, 지난겨울은 무척이나 힘들었습니다. 에미가 척추 수술을 받아 깁스를 하고 겨울 한 철을 나야 했던 것입니다. 대퇴부의 뼈를 깎아 등뼈 사이에 심어놓는 수술이었습니다. 수술 뒤의 간병을 제가 했습니다. 말 그대로 뼈를 깎는 각고의 아픔 속에 신음하는 사람을 돌보는 일은 생각처럼 쉬운 일이 아니었습니다.

처음에는 간병인을 데린다고 찾아보기도 했지만 뜻 같지 않았습니다. 구인난 시대라, 요즘은 그런 힘들고 어려운 일을 하려 선뜻 나서는 사람이 없는 세상이랍니다. 또 가사 사람을 구했다 하더라도 환자가 겪어야 할 정신적인 고통을 어찌합니까.

제가 백 일 남짓 부닥쳐 보고서야 느낀 겁니다만, 환자의 대소변 수발이 문제가 되는 것이 아닙니다. 그 냄새의 역겨움보다 더한 것이 있었습니다. 환자가 가장 민감해하는, 여성을 남에게 보여야 하는 고통을 제가 지켜보아야 하는 또 다른 고통 말입니다.

남에게 보이고 싶지 않은 은밀한 곳을 하루에도 십수 회씩 보여야 하는 환자의 정신적 짐은 이만저만 버거운 게 아니었습니다. 작은놈이 방학으로 내려와 지성으로 거들었답니다. 여간 섬세한 애가 아닙니다. 하루 세 번 약 먹는 시간을 안방의 큰 문짝에다 써 붙여놓는 것이었습니다. 취사며 빨래, 집 안 청소에 이르기까지 군말을 들을 애가 아니었습니다. 제반 장비들이 있는 세상이라 가능했지만, 누구나 다 해낼 일이 아니었습니다.

지 엄마가 변비로 큰일이 쉽지 않아 고통을 받게 되자 거기에 썩 좋다는 참다래를 사다가 깎아 드리는 것이었는데, 매일 저녁 예닐곱 개씩 칼질하는 손끝에 정성이 넘쳤습니다. 그렇게 그 애는 치밀하고 자상하였습니다. 내리사랑은 있어도 치사랑은 없다고들 하나 작은애는 그렇지가 않습니다. 지 엄마 간병에 매달려 외출 한번 제대로 하지 않는 스물여섯 청년에게서 그 치사랑의 절정을 맛보았던 것입니다. 제가 어머님께 못한 그 사랑을 작은애가 실천해내고 있는 것을 바라보며 몇 번이고 눈시울을 적셨답니다.

어머님, 3월이 되자 애 엄마가 깁스를 내던지고 자리에서 일어났습니다. 뒤뚱뒤뚱 걸음 연습을 하는 당신의 며느리를 보는 순간, 나는 애처럼 펄쩍 펄쩍 뛰었습니다. 그렇게 기뻤습니다, 어머님. 우리 집에 들어와 30년 동안 고생만 해온 그 사람에게 조그만 보답을 한 것 같아 얼마나 기뻤는지 모릅니다.

큰 놈이 지난 정월 초닷새 날 영국에 갔습니다. 대학 4학년에 올라갈 애가 졸업하기 전에 영어 공부를 해야겠다고 하여 한때 어리둥절하기도 했습니다만 결국 찬동해 주었습니다. 앞으로 취직을 하려면 어학자격을 인정받아야 하는데 이번 연수가 크게 도움이 될 것을 기대해 보고 싶습니다. 아무래도 영어는 그 종주국인 영국에서 배워야 진짜 아니겠습니까. 앞으로 일년간 영국 사람들 틈에 끼여 그곳 문화 속에 살다 오면 그 언어도 몸에 밸게 틀림없으니, 어머님 너무 마음 쓰지 마십시오. 제가 전화로 편지로 자꾸 채근하고 닦달하겠습니다.

어느새 우리나라도 국제화 시대를 맞아 어설픈 어학 실력으로는 통하지 않는 세상이 되었습니다. 어느 기업에선 신입사원 선발에 어학자격을 필수로 한다는 의지를 제도화로 서두르고 있었습니다. 집안의 종손인 큰놈에게 어머님께서도 마음 좀 써 주십시오. 불을 붙여놓기만 하면 해내는 놈이고 또 잠재 능력도 있을 성부른데 늘 부족한 게 끈기와 일관성의 문제올시다. 그 애에게 꿈에라도 현몽하셔서 어머님의 그 잔잔한 미소 한번 머금으시면서 단단히 흔들어 깨워 주십시오. 태평양 먼 바다를 건너는 다리품이야 그 놈이 장차 성공하거든 어머님께서 몸소 받아내셔야 합니다.

겨울 방학을 마치고 부산에 가 있는 작은 놈은 의과 공부하느라 죽자사자인 모양입니다. 시험이 잦고 힘들어 많은 밤을 새우고 있다 합니다. 인술을 할 의사의 탄생이 어디 쉬운 일이겠습니까. 제 엄마 간병에 깔끔했던 그 애이니 제가 하고자 한 공부엔들 소홀할 리 있겠습니까마는, 어머님 작은 애도 좀 다독거려 주십시오. 요즘 의료 쪽도 더러는 혼탁 양상인 모양이라 은근히 걱정이 됩니다. 수습의 과정에서 금품이 요구되는 일도 있다니 저로선 견디기 어려운 이 사회의 병리입니다. 쓸 돈도 없지만 돈 안 쓰고 제가 원하는 곳에서 과정을 밟으려면 실력이 있어야 하는 것 아닙니까. 곁들여 그 애에게 철학 서적이나 몇 권 읽도록 타일러 주십시오. 그리고 의사의 길을 가는 데는 힘도 길러야 할 것 같습니다. 지칠 줄 모르는 체력 말입니다. 특히 건강하라는 한마디 말씀도 필요할 겁니다. 할머니에게 정을 많이 쏟던 당신의 손주 아닙니까. 어머님 빈소에서 사흘 밤 나흘을 지새운 애가 바로 그 애이니까요.

아 참, 어머님. 작년 2월에 큰애가 장가를 들었잖습니까. 그래서 우리 집에 새아기가 들어왔는데 그 애가 그렇게 착할 수가 없습니다. 서울에 있는 경찰병원 임상병리실에 근무하면서 신접살림을 추슬러 나가는 아주 착실한 아이입니다. 주말이면 거르지 않고 안부 전화를 걸어옵니다. 아주 꾸준한 애입니다. 시동생인 작은놈에게도 용돈이며 전화며 각별하게 화목을 이루는 고운 심성을 갖고 있는 애라 마음이 놓입니다. 제 남편이 외국에 나가 있어 혼자 지내기가 외롭겠지만, 이제 지난 시간만큼만 더 보내면 된다고 달래어 주십시오. 큰 놈이 외국에 갔다 오고 나서 애를 가지면 어떻겠냐고 일러두었습니다. 모릅니다. 이르면 내년에라도 어머님의 왕손자를 보게 될지도. 그때는 제가 할아버지가 될 텐데, 아직 할아버지란 호칭엔 영 실감이 가질 않습니다. 언제 쉰셋의 나이를 먹고 또 아들을 결혼시켜 손자 애기를 하고 있으니 무상한 게 세월인가 합니다.

지난 정월 달에, 저에게 큰 행운이 찾아 주었던 것을 어머님께서도 알고 계시지요? 수필로 등단한 것 말입니다. 작가가 되는 것은 국어 선생을 시작하던 이십 대부터 간직해 왔던 저의 꿈이었습니다. 국어 선생이니 문학에 접근이 쉬울 것 같았는데 사실은 쉽게 그것을 용인해주지 않는 것이었습니다. 오히려 가르치는 일에 지장을 주고 때로는 훼방도 놓았습니다. 교직 생활의 대부분을 대학입시공부를 시키는 일에 매달리다 보니 결국 문학과는 격리된 채 꿈까지 퇴락해 있었습니다. 꿈과 현실, 이상과 생활의 괴리였습니다. 그래도 저는 포기할 수 없었습니다. 아니 포기하지 않았습니다. 두어 해 고통의 밤을 맞으며 읽고 쓰고 하였습니다. 고통 뒤엔 샘솟는 기쁨이 따르는 것이었습니다. 마침내 수필로 한국 문단에 얼굴을 내밀게 되었으니까 말입니다. 제 등단 소식은 도내 일간지와 텔레비전 그리고 라디오를 통해

보도되었고, 라디오와는 인터뷰도 했습니다. 축전과 축하의 서한도 답지했습니다.

그런데 어머님, 소자는 인제 막 문단에 첫발을 내디딘 애숭이에 불과할 뿐입니다. 그 길이 험난하기 이를 데 없는 형국이라 해도 가야 합니다. 쓸수록 글이 어렵습니다. 또 두렵고 버겁습니다. 글을 쓴다는 것이 구경에는 자신을 버리는 일임을 원고지를 대할 때의 벅찬 숨결에서 느끼게 됩니다.

어쨌거나 어머님, 저는 50줄에 들어서 수필이라는 막중한 반려를 만나는 행운을 얻었습니다. 저는 수필을 쓰며 수필을 사랑하고 있습니다. 다른 어느 사랑보다 그에의 사랑이 열렬하고 도탑고 숭고하다고 여깁니다. 그에게 사랑을 쏟을 때가 가장 행복한 순간이 된 지 오래입니다.

어머님, 이제 저는 무엇이 되려는 욕심을 버리기로 하였습니다. 허접스런 일에 집착하다 보니 어느새 저는 지쳐 있었고, 손상했고, 또 실제 많은 것을 잃고 있었습니다. 다치고 상실한 것을 찾고 복원하는 일도 중요하지만, 외롭고 서러워도 견뎌내는 일은 더 소중합니다.

제가 어떤 처지에 놓이더라도 다른 것 차치하고 부둥켜안아야 할 가장 고귀한 가치가 있습니다. 수필입니다.

어머님 머잖아 한 권의 수필집을 상재하게 되는 날, 소자는 그 책을 부여안고 숨 가쁘게 당신의 무덤으로 달려갈 겁니다. 그에 앞서, 외국에 가 있는 큰손주가 귀국하면 저의 내외와 당신의 혈육들이 한데 어울려 당신의 눈 덮인 무덤가에 엎드릴 것입니다. 섣달그믐께입니다.

- 당신의 큰아들 올림

이렇게 발족한 제주수필문학회는 창립 30주년을 목전에 두고 이름 그대로 제주 수필문학을 대표하는 거대 문학단체로 성장했다. 애초 다져 놓은 단단한 기반으로 순탄한 길을 걸었다는 생각이다. 한때 회장직을 역임하기도 했으나, 다소 간의 갈등으로 본의 아니게 제주수필문학회를 등졌다. 문학회의 산파역을 맡았던 한 사람으로서 안타까운 심회를 금치 못한다. 밖에서나마 문학회의 번영과 발전을 손 모아 빌고 싶다.

3. 중앙문단으로 진출하다

등단은 내게 창작욕을 불태우는 본격적인 단초가 됐다. 산, 바다, 하늘, 나무, 꽃 할 것 없이 눈앞의 사상事象이라면 가리지 않고 쓰고 싶었다. 오랜 가족사와 내 가족, 내 삶을 닥치는 대로 쓰고 싶었다. 그것은 수필가로서 내가 해야 할 작가적 책무라고 생각했다.

쓰고 또 썼다. 한 달이면 20편가량 쓰지 않았을까. 쓰지 않으면 잠을 이룰 수 없었다. 교단에 서서 가르치면서 쓰지 못한 채 억눌렀던 글쓰기에 대한 욕망이 등단으로 봇물처럼 쏟아졌던 것 같다.

등단지 『隨筆과 批評』에서 내게 지면을 많이 할애함으로써 작품 발표 기회를 준 것은 나를 날갯짓하게 했다. 이심전심, 52세 늦깎인 것을 안 정주환 교수(나보다 한 살 연상)의 배려가 있었음을 왜 모르랴. 정 많은 분이었다. 문학을 하면서 천성이 다정다감한 수필 문단의 대가를 만난 것은 내게 큰 행운이었다.

등단 3년째가 되던 1997년 『隨筆과 批評』 11 · 12호에 내가 '수필과 비평사'가 뽑은 화제의 작가에 선정됐다. 그해 세미나에서, '한민족문학상(현재 수필과비평상)'까지 받는 영예를 한꺼번에 안았다. 7편의 작품이 실렸고 그 뒤에 정주환 교수의 작품평 '화제의 작가 김길웅의 수필문학 세계'—〈근원적인 삶의 표정〉까지 곁들였다.

장년에 이른 나이가 한몫한 것일까. 난생처음 화제의 작가 대열에 선 데다 대가의 작품평까지 받았으니, 책을 받고 기쁨에 겨워 집 안팎을 몇 번인가 들락날락했던 일이 새롭다. 아이같이 좋아라 하는 걸 보며 옆에서 아내가 벌겋게 달아오른 얼굴로 활짝 웃던 일이 회상의 공간에 걸려 있다. 크기로 100호짜리 그림은 될 것이다.

***「한국문인」 2016 8 · 9월호 월평(수필)**

좋은 수필은 주제가 선명하다

김길웅(수필가 · 평론가)

좋은 수필, 잘 쓴 수필의 조건은 생각보다 까다롭다.

내용이 비범성을 지니되 작가적 에스프리와 주제의식이 있는 글, 잔잔한 전개 속에 감동의 너울이 실린 글, 한 편의 시처럼 읽고 난 뒤 무언가를 생각게 하는 감동의 여운이 있는 글, 문장 전편에 작가의 돈후한 인품과 따듯한 인간성이 배어 있는 글….

하지만 이런 모든 필요충분조건을 두루 갖춘다는 것은 쉽지 않은 것이고, 또 실제로 가능한 일도 아닐 것이다. 따라서 좋은 수필, 잘 쓴 수필은 이러한 여러 가지의 조건들을 요구함에도 불구하고 주제가 선명해야 한다는 것 하나에 귀결시킬 수 있을 것이다. 종국에 주제의 선명성이 수필의 문학적 가치와 작품의 완성도를 결정하기 때문이다.

주제란 무엇인가에 대한 간략한 정의를 내리고 보면 거기에서 얻게 되는, 분명 시사적인 것이 있다. 이를테면 수필은 '인생은 뭐다' 하고 깨달은 바를 말하는 것이라든지, '무엇을 쓸 것인가', '이 글은 왜 썼는가?'에 대한 답이 곧 주제가 된다는 것 등이 그것이다.

목적이 없는 글은 없다. 길든 짧든, 서정적인 글이 됐든, 서사적인 글이 됐든, 또 소재가 무엇이든 간에 한 편의 수필에는 반드시 그 작품에서 표현하고자 한 어떤 생각(사상)이 들어 있게 마련이다.

주제는 그 문장의 밑바닥에 흐른다. 글을 읽는 것은 궁극적으로 그것을 찾기 위한 것이다. 문장에 시종 흐르고 있는 어떤 생각이 바로 주제다. 보다 구체적으로 말하면 사상의 핵심이라 하면 좋을 것이다. 사회적 이슈를 담고 있는 글이면 사상보다는 한 발짝 더 나아가 이념화, 추상화라 함이 글의 성격에 더 부합할지도 모른다.

주제와 비슷한 말로 제목이 있으나, 이는 작품에 붙여진 이름으로 논제論題, 제명題名, 표제標題라고도 한다. 외래어로 타이틀이다. 주제는 글의 배후에 숨어서 소재를 조종하면서 지배하는 것이지만, 소재는 어디까지나 주제를 보다 뚜렷이 하는 것이지 그것이 바로 주제가 되지 않는다.

주제는 그 글을 응축해 잦아들다 최후에 남는 한 방울의 진액津液 같은 것이다. 그러므로 주제는 처음부터 독자에게 곧바로 전달되는 것이 아니라 문장 전체의 흐름 속에 포착되는 게 일반적이다.

같은 수필이라 해도 상징 · 요약 · 압축의 기법을 사용한 경우는 그만큼 주제 파악이 힘들 수밖에 없다. 그러나 문학의 어느 장르든 나타내고자 한 주제가 선명할수록 좋은 작품으로 평가받는다. 비근한 예로 단편소설의 문학적 가치가 주제의 단일성과 선명도로 좌우되는 데서 알 수 있다. 주제가 작품의 문학성을 결정할 만큼 작품의 핵심이 되기 때문이다. 수필 또한 예외가 아니다. 행간까지 곱씹어 보지 않더라도 주제가 마치 그림자처럼 시종 일관성

있게 따라나서고 있는 글이면 잘 쓴 수필, 좋은 수필이 된다.

의외로 대부분의 수필에서 글의 주제가 모호하거나 혼란스러운 경우를 본다. 무엇을 쓰려 했는지 의도 자체가 애매한 글도 적지 않다. 더러는 나타내려 한 주제가 지나치게 거창해 제대로 담아내지 못하는 수도 있다.

거듭 말하거니와 주제는 글의 핵심으로 곧 그 글의 생명이 되는 것이다. 주제가 뚜렷하지 않거나 불분명한 글은 아무리 표현이 잘됐다 해도 글로서의 가치와 생명을 얻지 못한다.

2016년 「한국문인」 6·7월호 〈신작수필〉에 실린 6편의 수필을 주제의 선명도에서 살펴보기로 한다.

김춘화 수필가의 〈수탉과 남자〉는 수탉과 남자, 둘의 관계를 대칭적으로 설정하고 있어 눈맛을 돋운다. 직설하지 않고 암시적인 기법에 의해 묘미를 살리면서 자연스러운 구성과 참신한 전개로 작품의 독자성을 확보했다. 서술에 의존하지 않고 수탉과 남자를 오고가면서 둘을 빗대 우의寓意에 의탁함으로써 미묘한 관계를 풀어나가고 있어 흥미를 더하고 있다. 서술과 우의 사이, 그 여백의 공간을 독자의 몫으로 제공해 독자로 하여금 수필을 완성시키게 하고 있는 점을 높이 사고 싶다.

닭장 안의 수탉과 남자의 기 싸움에, 독자가 끼어들게 부각시킨 것이 바로 그러한 착상에서 가능했다는 의미다. 동물과 사람의 교감 혹은 통섭을 떠나 시종 독자에게 궁금증을 촉발하고 있는 점에 시선을 모으면 좋다.

문장 내면에 작가가 글을 끌고 가는 눈에 보이지 않는 힘이 느껴진다. 군집 속에서 무리를 장악하는 동물이나 사회 속 남자들의 세계가 본능에서 다르지 않다고 본 시각을 통해 암시된 주제가 오히려 단순한 서술보다 선명성을 얻고 있다.

김호성 수필가의 〈下栗岳 알바메기 오름〉은 오름을 오르는 등산 얘기다. 결말에, 비 날씨로 웃바메기오름은 가을에 오르기로 했다는 아쉬움이 여운으로 남는다.
이 말은 등산기라 할 이 글이, 오름을 오르는 길목에서 시작한 밤꽃 이야기에 이어 하산 길 밤나무에 얽힌 이율곡 탄생 이야기로 흐르면서 글 전체를 지배하고 있다는 구성상의 문제를 생각하려는 것이다. '밤' 이야기가 문장 전체를 지배하다시피 하고 있는 점, 또한 오르고 있는 오름의 위치며 높이와 지질학적 특성 등을 구체적으로 소상하게 설명하고 있는 점 등은 독자를 의중에 둔 것인 듯하나, 절제했으면 좋았을 것이다. 오름에 대한 서술(설명)은 한 장 사진 앞에 무력할 뿐이다.
분량이 너무 길다. 산과 대화하고 교감하면서 자연 속에서의 감흥을 서정적으로 담아냈더라면 하는 아쉬움이 있다. 어떤 형식이 됐든 수필에는 울림이 있어야 한다. 산행의 글에서도 주제는 그 울림에 녹아든다.
제목에 한자의 노출은 삼가야 한다. 한글전용으로 해서 '알바메기오름[下栗岳]'이 면 좋을 듯하다.

김희곤 수필가의 〈신화와 리더십〉은 그리스 신화와 동양의 고전에서 리더쉽을 독자적으로 해석한 혜안이 번득이는 글이다. 기발한 착상이다. 디오니소스, 순임금, 헤르메스, 징기스칸, 헤라클래스, 아니네아스…. 이루 열거할 수 없을 만큼 많은 자료를 수집하고 분석하는 데 공을 들여 은연중 수필 창작의 치열함을 느끼게 한다.
리더의 중요한 요소를 끄집어냄에 끝이 없을 정도다. 이는 작자의 풍부한 지식에서 가능했을 탁월한 발상으로 예사롭지 않다.

이러한 리더십을 현존하는 인물에 접목시켜 공감의 폭을 넓힘으로써 현대를 조명한 것 그리고 자신의 현장에 시도하려 한 것은 수필의 문학적 효능을 극대화하는 데 기여한 것이다. 소중한 몸짓이다. 그리스 신화를 통해 세상과 소통하는 지혜를 찾고 갈구하려는 리더쉽의 실체를 작자는 매우 유의미한 가치로 보고 있다. 그만큼 이 글은 주제가 작품 전체를 관류貫流한다.

수필은 인간학이다. 이만한 인간탐구의 공력이 다른 장르에 대해 수필의 위상을 높이는 일이 될 것이다. 무게를 지닌 글이다.

류인혜 수필가의 〈비극에 맞서는 방법〉은 제목에서부터 긴장감을 조장하며 다가온다. 도입에서 언뜻 '가슴 저리게 무슨 슬픔' 인고 했더니, 그냥 슬픔이 빚어 놓은 비극이 아닌데서 심상치 않았다.

작자가 꺼내든 비극의 실체는 '표절'이었다. 문단사에 결코 지워지지 않을 표절의 충격. 작자는 그에 단호하고 냉혹하다. "표절은 남의 글이 내 글로 변해 버리는 변덕을 부리는 짓"이라 일갈한다. 그 짓을 '파렴치'라 했다. 한국의 문인들 어깨로 내리치는 죽비 같다. 더욱이 '소설을 표절했다는 것은 단순히 문장만 얻어 온 것이 아니라 남의 정신을 훔쳐 온 것'이라 한 날 선 육성에 전율한다.

주제가 한 가닥으로 곧게 맥을 이룬 수필이다. 더욱이 직설과 비유, 서술과 암유가 버무려진 혼효가 글의 품격을 상층의 층위에 올려놓았다. 글이 모름지기 이런 품격을 지닐 때, 우리 수필은 다른 장르 속에서 상대적으로 힘을 얻는다.

문단의 원로로서 귀감을 보여주었다. 역작이라 이런 수필 한 편 읽는 호사가 어디 쉬운 일이랴.

위무량 수필가의 〈말 한마디의 값어치〉는 봉사 현장을 소재로 한 흔치 않은 글이다. '사랑의 밥차'—주방기구를 탑재한 이동식 차량이 3톤 트럭으로 동시에 4,500여 명에게 점심 대접을 할 수 있는 능력을 갖추었다니 놀랍다. 그리고 봉사회원들이 협동적으로 순번에 따라 조직적으로 배식 활동을 하고 있다니, 그 현장을 보고 있는 것 같은 느낌에 다시 한 번 놀란다.

배식 전후해 일을 분야별로 분담해 하고 있는 현장의 상황을 마치 동영상을 돌리듯 일목요연하게 서술해 놓고 있다. 그 속에 현장에 몰두하고 있는 작자의 모습이 보일 듯하다. 더욱이 다들 기피하는 잔반처리 부서를 맡고 묵묵히 봉사하고 있는 작자.

어려운 일을 하고 있어 듣게 되는 말 한마디, "수고하십니다. 따뜻한 밥 맛있게 잘 먹었습니다."에 봉사하는 보람을 느끼며 기분이 좋다고 했다. 솔직한 토로다.

다만, 밥차가 운영되고 있는 과정에 대한 설명을 몇 줄로 줄이고, 대신 작자가 맡고 있는 '잔반처리'의 실제, 그 앞뒤의 얘기를 풀었으면 어땠을까 하는 생각을 한다. 글의 흡인력이 한층 더했을지 모른다. 현장감이 부각되면 감동도 크다.

최인식 수필가의 〈봄날은 간다〉는 계절의 흐름과 그 흐름 속, 염량炎涼의 추이에 따른 초목군생에서 산천 풍광이며 경물의 변화를 섬세하고 치밀하게 묘사해 놓은 글이다. 치밀하고 정교해 곱씹어 가며 다시 읽게 한다.

자연의 변화가 빛깔로 몸짓으로 숨결로 다가온다. 자분거리며 흐르는 앞개울 물소리인가 하면, 기다리던 목비 뒤 며칠 만에 앞산 너머 뻐꾸기 몇 줄금 울다 날아가는 뒷모습처럼 상큼한 소리로 온다. 서정에 마냥 끌린다. 자연의 조화로움이 붓끝에 생명으로 살아나 날갯짓하는 듯하다.

'실안개를 걷어내는 아지랑이를 타고 봄은 꽃향기를 실어다 줍니다.' 에서 '하얀 찔레꽃과 이팝나무와 조팝나무가 어울리면 라일락 향기가 진동을 합니다. 봄은 이제 주체할 수 없습니다.' 이쯤에서 이 글을 읽는 이를 주체하지 못하게 한다.
마침내 실의에 빠진 어려운 시절 용기를 북돋아 주던 희망의 노래를 꺼내 드는 작자. '봄날은 간다.' 이 글 속으로 주제가 조화로운 자연만큼이나 살갑고 아름답게 녹아들었다.

4. 수필은 …

나무

김길웅

외진 산골이든 번잡한 도회든, 사물을 사랑하고 사람을 껴안고 생명을 붙들어 싸안아 시대와 동행하는, 터수 오묘한 그늘에 순정한 심성이 주위를 그윽하게 하는, 말 걸어오는 이에게 한쪽 귀를 선뜻 내줘 함께 울고 웃고 얼싸안아 춤추는, 어르고 다독거리다 종당엔 껴안는, 해와 달과 바람이 있어 시절의 아픔을 치고 나와 푸르고 싱그러운 수필은 한 그루 나무.

수필은 옷

김길웅

꽉 죄면 켕겨 가탈이 되니 조금 엉성해도 품이 헐렁해서 좋은, 몸에 맞게 느슨하면 기분 달떠 어느 결 날개 달아 구만리장공을 훨훨 날을 것 같은, 툭 걸쳐 세상에 나서도 맵시 나거니와 때로는 조금 점잔도 빼며 터전에 깊숙이 뿌리박아 삶의 안팎을 실하게 하되 꺼당기는 탄력에 끌려 노상 몸을 친친 싸고 감고 두른 채 다니고픈, 평생 벗고 싶지 않은 수필은 옷.

('수필은'…, 『현대수필』 윤재천 엮음)

5. '좋은 수필 다시 읽기' 창작 노트(추천사)

'분재는 변용變容된 내 문학'

김길웅

동창東窓가 테라스에 분재 넷을 두고 있다. 소나무, 참느릅, 소철, 오죽. 가까이 끼고 산 지 스무 해가 넘었으나, 내게 온 경로도 또렷하지 않거니와 이전 이력을 명백히 말하기는 어려운 것들이다. 소철은 마당의 모체 겨드랑이에서 잎을 내놓기에 버리지 못해 따내 분에 심은 것이라 전후가 분명할 뿐이다.

중요한 것은 내게 암묵적으로 이입돼 오는 이들 삶의 모습이다. 이들은 사람에 의해 극도로 압제된 분盆이라는 터수에 몸을 놓아 제한적인 삶을 영위한다. 거친 손이 자의적으로 뒤틀고 감고 꺾고 꼬고 얽고 줄이면서 수형을 만든다. 그럼에도 외마디 함성도 절규도 신음도 없다. 저항의 몸짓도 거친 항변도 않는다. 순명으로 받아들일 뿐이다. 은일 자적하는 도인의 풍모다.

그렇게 훈육된 걸까. 질릴 줄을 모른다. 야성을 잃었으면서도 산야의 그것들과 다름없이 잎이 돋고 가지를 낸다. 꽃을 피우고 열매를 맺는다. 잘리고 꺾이지만 그들의 생장은 쪼그라들지언정 멈추지 않는다. 억척스러운 도생圖生에 숙연할 수밖에 없다.

나는 분재가 재어 놓은 시간을 헤집고 이를 한 인간이 펼치는 생의 기·승·전·결로 치환해 가며 순간순간 감동하고 있다. 어지간히 굴곡지지 않았다. 하지만 당장의 굴욕에도 절정을 향해 간단없이 뿜어대는 강단과 결기를 세상 어떤 존재에게서 만날 수 있으랴.

넷 중에도 소나무 분재는 수고 세 뼘을 넘지 않으나 사방으로 가지를 뻗어 허공을 장악하며 작은 우주를 거느린다. 창창한 빛깔에 꼿꼿한 기개가 주위를 압도하는 기품의 저 눈부신 아우라.

동병상련인가.

'분재의 말'이 우의寓意로, 은유로, 무슨 말씀으로 내 안 깊숙이 들어와 있다. 이웃 같은 토정이고 지날 바람 같은 토설이다. 변용變容된 내 문학이다. 아직도 다스릴 줄 모른 채 언어 앞에 웅그려 앉은 내 수필, 내 시詩다.

분재

김길웅

푸른 수의 내던지고 녹색으로 성장盛裝했지만 갇혀 있습니다
넘지 못하는 견고한 검은 벽 안 영어의 몸입니다
그렇다고 질곡이라거나 정체라고는 생각지 않습니다
거세는 더더욱 아니고요
작고 만만한 변방이 아닌, 가장 현란한 핵심입니다
오금 못 추지만 내 영토에 엄연하게 앉아 확장의 야욕 일찍 버리고, 세상 유람하는 허접스러운 꿈같은 것 접은 지 오래입니다
긍정하는 것, 수용하는 것이 넓히는 자유가 진정한 것임을 터득한 지금입니다
쫄깃쫄깃 씹히는 달디단 제한적인 이 자유를 누가 재단했건 그야 무슨 상관이겠습니까

나이 먹어 온 시간만큼 꼬이고 뒤틀리긴 했지만 어디까지나 창조적인 연마입니다

날이 갈수록 어루만져주는 애무의 눈길에 매달려 나는 행복합니다

뻗고 치솟지 않는 내게도 하늘이 와 있고 밤엔 별이 쏟아지고 새벽에 내리던 이슬이 언제부터인가 무서리를 불러 영그는 꿈 한 자락 밟고 앉았습니다

이런 세상에 생을 누리고 있는 걸 축복이라 여겨 울울해 하거나 구시렁거리지 않기로 했습니다

많은 말을 갖되 말하지 않는, 이웃 지은 돌에게서 배운 침묵이야말로 무거운 내 존재의 무게입니다

말을 적게 하는 것이 아닌, 말하지 않을 것을 말하지 않는 미덕은 수식하지 않은 문장처럼 깔끔합니다

초조해하거나 미적거리지 않고 오달져 꼿꼿합니다

몸은 겹겹 남루를 감았지만, 손끝은 옴짝거리며 날의 실과 씨의 실을 잣아 새로운 생명의 잉태에 늘 분주합니다

태어나는 순간순간, 손끝에 이는 떨림이 속살 깊숙이 줄 하나 새겨 넣고 반 뼘의 키를 키움으로써 당장의 이 왜소함도 어깨 떡 벌어져 거목 앞에 크고 딴딴합니다

세파에 얽히고설키면 야무지고 당차야 풀리는 게 갈등임을 알아 일찌감치 몸을 사렸지만, 정신까지 구부정한 건 아닙니다

나만의 노래가 있어 새가 노상 오지 않아도 슬프지 않습니다

바람이 머물다 가는 날이면 그 옛날 인욕의 기억을 훌훌 털고 일어나 아침 해를 향해 마음을 여미고 또 여밉니다

요즘 들어 노루 꼬리만큼 짧은 여름밤에도 잠을 물리고 마당에 나앉아 별을 헤어봅니다

언제쯤 꿈 한 번 꿔 보려는 소망인들 왜 없겠습니까.(2010)

6. 수필과비평사가 뽑은 화제의 작가

『수필과비평』 표지(1997)

『수필과비평』 화제의 작가

김길웅

- 제주 출생
- 오현고, 제주일고, 함덕상고, 제주중앙여고, 대기고 교사
- (서울) 서울학원, 상아탑 학원 강사
- 제주 신인 문학상 (수필 부문)
- 〈수필과 비평〉 '눈물의 연유' 신인상
- 한라일보 '관탈섬' 필진
- 제주일보 '해연풍' 필진
- 한국문인협회 회원
- 수비문학회 회원
- 제주수필 문학 회원
- 현) 제주도 교육연구원 자료 제작부 근무
- 작품집 : 〈버리고 비울 수 있다면〉, 〈지극히 작은 자에게〉,
  〈슬픈 시대의 슬픈 기억들〉 등 공지 7권

손자의 돌 사진

마루 한쪽 벽에 큼직한 사진 하나가 걸려 있다. 손자 지훈이의 첫돌 사진이다. 밖에서 현관을 들어서면서 맨 처음 시선이 달려가는 게 바로 이 사진이다.

무려 반절지 크기의 액틀에 넣어 걸어 놓았으니 사진 크기만으로도 추위를 압도할 만하지만, 결코 그 외형적인 위세만 가지고 얘기하는 게 아니다. 그 내용이 나를 온통 사로잡는 것이다.

사진 속에서 손자놈이 환히 웃고 있는데, 이 웃음이야말로 신비의 묘약妙藥이다. 이 웃음을 대하는 순간만은 잔뜩 부아가 났다가도 봄볕에 눈 슬듯하고, 찌푸렸던 양미간의 구김살도 다리미 지나간 뒤처럼 말끔히 펴져 버린다. 그러니 본래 웃음이 군색한 나로서도 이 웃음 속에 빠져 허우적거릴 만도 하다.

첫돌 사진이라 아들이나 며느리가 꽤 신경을 썼을 법도 하다.

사진 속의 손자놈은 하얀 턱시도에 빨간 넥타이를 매고 있다. 서울에 산다며 으스대기라도 하듯 제법 세련된 모습이다. 입이 째지게 웃고 있는 고놈을 바라보자니 눈이 다 부시다. 게다가 고놈이 왼손을 반쯤 치켜들고 입 뱅긋 무슨 말을 떠벌이는 양한다. 흡사 '장차 저는 이런 사람이 되겠어요.' 하며 우쭐대는 것 같은 폼이다. 웃음을 베어 물지 않을 수가 없다.

손자놈 위로 이젠 그 애의 아빠가 된 큰아들의 그 떡판 같은 커다란 얼굴이 포개어진다. 얼른 보아 닮지 않은 듯하나 부자父子의 연緣으로 닮지 않을 수 없는, 영락없이 닮은 두 얼굴이다.

또 그 위에다 작은아들을 덮씌워 놓는다. 형과는 딴판이라지만 초등학교 소풍 때 사진에 박아 나온 형제의 얼굴은 분간키 어려울 만큼 혹사酷似했다. 하지만 큰아들은 안면이 넉넉한데 작은아들은 광대뼈가 불거졌으니 누가 보면 형제가 아니라 할 지경이다. 직장인과 의과 대학생이라는 둘이 처해 있는 형편이 그렇게 만든 것일 뿐, 같은 바탕에 그려놓은 지극히 유사한 두 개의 밑그림이다.

이제 나이가 들어가는 것인지 아들과 손자, 이렇게 순혈純血이 한 줄기의 혈통을 이루고 있는 세대의 자랑스럽고 희망적인 모습들을 바라보는 것이 전엔 못 느끼던 희열이다.

다시 손자놈의 옷매무새로 눈이 간다. 하얀 양복에 빨간 넥타이 빛. 양복의 하얀빛이 넥타이의 빨간빛을 표면으로 밀어내었으니 선연함이 고혹蠱惑스러운 한 떨기 장밋빛이다.

불현듯 큰아들 결혼 때, 하얀 턱시도를 입은 모습에 취해 흐뭇한 시선으로 그 애를 쓰다듬었던 생각이 난다. 워낙 결혼예식이었던 탓도 있었지만, 예복으로 입은 턱시도가 너무 잘 어울리는 바람에 아들에게서 가문家門의 번영을 앞당기기라도 한 양하여, 알 수 없는 기쁨이 가슴을 그득 채워오던…….

그랬었구나.

저 손자놈의 사진에 눈이 자주 가는 이유를 이제 알겠구나. 그 애가 입고 있는 턱시도의 상징성 같은 것, 그것은 다름이 아닌, 우리들 사이에 한 맥락을 이루고 있는 세대교체의 의미이다.

저런 옷을 한 번 걸쳐보지도 못한 나와, 그나마 결혼 예복으로 입어 본 아들과 첫돌 때부터 의젓하게 입고 눈을 반짝이며 앉아 있는 손자…….

40년대 초와 60년대의 끝과 세기말이라는 각기 다른 출생의 이력이며, 시골에서 자란 나와, 소도회에서 성장한 아들과 출생과 더불어 서울시 주민등

록번호를 부여받은 손자 사이의 그 차별화한 운명성.

이렇듯 제각기 다른 시대에 태어난 만큼이나 성장 배경도 다를 수밖에 없는 할아버지와 아들과 손자. 이 삼대로 이어지는 가계家系의 또 한 번을 다시 시작하려는 거리낌 없는 저 아이의 영롱한 모습.

할아버지는 선생이고 아버지는 회사원인데 저는 장차 무엇이 되려는지…….

시원한 이마와 서늘한 눈매와 삶을 긍정할 것이 들여다보이는 저 낙천적 웃음의 기, 그리고 저 제스처의 현란함.

저 애가 크면 무엇이 되어도 될 거라는 기대감 때문일까. 아직도 사진에서 눈을 떼지 못한다.

삭은니

저녁 식탁.

꿈틀대는 날 전복 하나를 썰어 네모난 접시에 가지런히 늘어놓았다. 대중음식점에서 먹는 갈비탕 열 그릇 값에 상당하는 거금을 투자한 거란다. 섬에 살면서도 전복이나 소라를 먹기가 쉽지 않은 게 서민들의 어설픈 살림이라, 아내가 이쯤 하려면 독한 마음을 먹었음에 틀림없다. 술 좋아하는 남편과 삼십 년을 살아온 아내는 내가 어떤 때 술 생각에 군침이 도는지에 바싹 통달해 있다.

한일 소주 한 병이 놓여 있고 경주 옥돌로 만들었다는 술잔이 은은하게 빛을 내고 있다. 이내 아내의 손이 옥돌 잔에다 술을 채운다. 나는 아내가 술을 따라 줄 때면 으레 행복을 느낀다. 나도 답례로 한잔을 권한다. 요즘 들어 급격히 이가 나빠진 아내는 질긴 육질 때문에 전복도 그림의 떡인 게 안타깝다. 신선한 안주를 대하였으니 거푸 서너 잔을 마셨다. 전복 안쪽의 희멀건 부분은 연뿌리처럼 설겅거리며 씹히는데 바깥쪽은 돼지갈비의 심줄만큼이나 질기다.

나는 오늘 바로 그 질긴 전복 끄트머리를 씹다가 뜻밖의 이물감을 느끼게 된 것이다. 갑자기 입안에 작은 구슬알 같은 게 걸려들었다. 씹으려는 순간 반사신경에 의해 일단 제동이 걸렸다.

"아, 내 입안에 뭐가 들어 있네. 진주 아냐……"

조심스레 꺼내 보니 그러나 진주의 섬뜩한 광채는 아니었다. 그것은 다름 아닌 내 어금니였다. 얼마 전 갈비집에서 쪼개져 나가다가 남았던 반쪽이 결국 떨어져 나온 것이었다. 내 혀끝이 벌써부터 그 놈이 붙어있던 자리를 찾아 그 현장을 확인해 내고 있었다. 왼쪽 아래어금니였다. 이가 들어앉았던 자리가 대번에 감지되었다. 혀끝에 매끈하고 부드러운 잇몸의 질감이 와 닿는 것이다. 마치 그것은 어머니의 유두처럼 야들야들하였다.

나는 내 몸에서 완전 이탈한 이齒 조각을 손에 들고 찬찬히 들여다보았다. 쌀 낟알 두 개쯤 뭉쳐놓은 것 만한 이 이齒 조각은 안쪽이 누렇게 삭아 있었다. 어금니라 늦게 돋아났음을 감안하더라도 마흔 해 가까이 내 입 안에서 온갖 섭생의 맛을 돋우며 식도락을 누리는 데 최선의 봉사를 다해 온 소중한 연장이던 그것.

잠시 야릇한 기분이 되어 있었다.

'아, 이제 나도 늙는구나.'

이가 빠지기 시작하면 늙음이 빨리 진행될 것이 분명하다. 하나, 둘, 셋. 이의 손상이 걷잡을 수 없게 되면 틀니를 매달아야 할 것이다. 그 전 같지 않아 치과가 만들어내는 이도 일체감을 갖게 할 만큼 완벽한 시술을 해낸다고는 하나 아무래도 본디 것만은 못할 것이다. 하필 왼쪽 아래 어금니라니……. 조금은 서글펐다. 이제부턴 씹는 즐거움에 한계를 맞게 될 터이고 또 그만큼 먹는 일에도 절제가 따라야 할 것이기 때문이다.

나는 마시던 소주잔을 마저 비우고 밖으로 나왔다. 내 입 안에서 분리해 나온 이를 버리기 위해서다.

불현듯 어린 시절 이를 뽑던 생각이 났다. 이를 갈던 시절의 일이었다. 이가 흔들리기 시작하면 손가락을 넣어 안팎으로 마구 흔들었다. 조금씩 자꾸 되풀이하는 동작에 이가 밑동에서 흔들린다. 그래도 뿌리가 쉬 뽑히질 않았다. 흔들다 자고 난 아침이면 더욱 크게 흔들렸다. 금방 빠져나올 것처럼 좌우로 노는데도 그러나 이는 끝내 빠지질 않았다. 참 끈질긴 착근着根이었다. 여러 차례의 끈질긴 시도 뒤에 마침내는 이에 실을 잡아매고 당기는 방식으로 가야 했다. 실도 바느질하는 실로는 약해서 연 날릴 때 쓰던 것이거나 낚싯대에 매던 질긴 것이라야 소용이 닿았다.

실을 이 뿌리의 턱에다 용케 걸어 매긴 했으나 직접 당겨 빼질 못했다. 사람이 모질지 못해서였는지 제 이를 제가 빼는 게 겁났던 것이다. 그러니 내 젖니는 대부분 어머님 손으로 처치되는 수밖에 없었다.

어머님은 실 두 가닥을 이의 밑동에다 한번 호고는 "가만있어라, 가만있어라."라며 되풀이하다가 '훅'하는 소리를 내며 단숨에 잡아당기는 것이었다. 그러고 나면 백발백중 실 끝에 이가 매달려 나왔다. 입안 가득 뻘겋게 피 섞인 침이 괴었다. 어머님은 뺀 이를 내게 주시면서 마당에 나가 반드시 지붕 위로 던지라고 하셨다. 아무데나 버리면 새 이가 나지 않는다시면서 "묵은 이랑 물러가고 새 이랑 나오라." 하면서 던져야 한다고 하셨다.

꼭 쌀알 만한 내 젖니가 지붕 위로 던져졌다. 어머님이 하라신 대로 어김없이 그렇게 하였다. 새 이가 빨리 돋아나기를 기원하면서, 앞니 두세 개가 한꺼번에 빠진 모양은 정말 흉측했고, 또 아이들이 '이 빠진 하르방'이라고 부르며 놀려댈 것이 몹시 마음에 걸렸으니 새 이에의 기원은 절실한 것이었다.

지금 부서진 이 어금니도 그런 어린 시절의 기원 속에 솟아나온 내 몸의 중요한 일부였다. 그래서 나를 일탈하고 만, 이 어금니 조각을 바라보는 감회가 야릇한 것이다.

'묵은 이랑 물러가고 새 이랑 나오라.' 하고 크게 내어지르려 했는데 그만 소리가 나오지 않는다. 그냥 이齒 조각을 지붕 위로 내던지고 말았다. 어린 시절 내 젖니를 던지던 초가지붕이 아닌 시멘트 슬라브의 옥상을 향하여.

기원이 섞이지 않았으니 필경 새 이가 돋기는 글렀다. 맥없이 내 오른팔이 축 처져 내린다. 나는 어느새 그만 새 이에의 기원 같은 희망이 배제돼 버린

나이를 먹고 있는 것이다.

그래도, 그래도 제 본분에 충실하다 망실되고 만 내 어금니 한 조각에 감사의 마음만은 보내야 할 것 같다.

〈화제의 작가〉

김길웅의 수필문학세계

근원적 삶의 표정

鄭周煥

1

수필과 비평지 출신으로 비교적 완미한 작품을 쓰는 사람이 김길웅 씨가 아닌가 한다. 그는 작품을 쉽게 쓰지 않는다. 단어 하나를 다듬고 언어 하나를 조탁한다. 그만큼 그는 작품에 혼신의 정열을 다한다. 그래서 그의 작품은 정결하다.

김길웅 씨 하면 먼저 떠오르는 것이 있다. 그의 열의에 찬 다정한 인상이다. 그러니까 본지와 인연을 맺은 때가 93년도였을 것이다. 다음 해 시상식 때, 씨는 부인 곁을 한 발자국도 떠날 수 없는 간병 중이었다. 그럼에도 불구하고 폭설 중에도 그는 시상식에 참여하기 위해 제주도에서 백양사까지 왔었다. 그리고 시상식이 끝나자마자 단걸음에 되짚어 다시 제주도로 돌아가는 열정파였다. 현명한 사람은 자기의 삶을 그냥 흘려보내지 않는다는 말이 있듯이 그는 제 몫을 다하기 위해 혼신의 정열을 다 바치는 사람이다. 그만큼 그는 수필을 사랑하고 수필에 열애를 바치는 사람이다. 그가 시간에 매달려 있는 것이 아니라 시간이 그에게 매달려 든다고 할 정도로 그는 시간 속에 파묻혀 살아간다. 뿐만 아니라 추진력도 대단한 활동성 있는 작가이기도 하다. 그가 본지에 추천한 작가가 대여섯 명이 넘는 것만 보아도 그것을 잘 알 수 있다. 제주 수필문학도 모두 그가 심고 가꾼 씨앗의 결과다. 그는 불화살 같은 정열로 수필을 쓰고 불화살 같은 정열로 수필을 사랑한다. 지금도 그는 수필을 쓰기 위해 황홀한 눈빛을 번득일 것이다. 그리고 고통과 고뇌에 차 있을 것이다. 다음의 글이 그것을 잘 말하여 준다.

> 수필을 쓴다는 것은 아득하게 어둠으로 덮인 터널을 통과하는 일이다. 지금 그 터널 앞에 내가 서 있다. 그냥 서 있는 게 아니다. 서성이고 망설이고 허둥댄다.
>
> 빛을 떠나 어둠을 택하는 게 마음에 걸린다. 또 무엇보다 그 속에 유폐된 채 머물러 있는 억압된 냄새의 입자가 배어있는 해묵은 공기가 싫다. 또 침침하고 음습하다. 그리고 다른 무엇보다도 늑장 부리며 쉽게 흘러가 주지 않는 시간의 권태로운 속성이 얄밉다. 총체적으로 그래서 도통 사람을 침울하게 만든다.
>
> -'수필을 쓴다는 것은'

수필을 향한 그의 집념을 엿볼 수 있는 부분이다. 그는 수필 쓰는 일을 어둠침침한 터널로 비유하고 있다. 그만큼 그는 수필 한 편을 만들기 위해 고통스러워하고 있다. 그토록 고통스러운 작업을 그는 왜 이행해야만 하는 것일까? 해답은 간단하다. 수필을 사랑하기 때문이다. 사랑이 없다면 그는 이미 그 일을 그만두었을 것이다. 그러나 그는 너무도 수필을 열애하기에 버리지 못하는 것이다. 아니, 사랑하는 정도를 지나서 그는 푹 빠져 있는 것이다. 글을 쓴다는 일은 그에게 새로운 날개를 다는 일이라고 그는 술회하고 있다.

옛날이나 지금이나 이런 열정이 좋은 글을 쓰는 비결이고 보면 오늘날

완미한 작가로 성장하기까지 그가 얼마나 이미지 찾기에 끝없이 몰입했던가를 알 수 있을 것이다.

> 앞으로도 수없이, 몇 번이고 나는 같은 시도를 되풀이할 것이다. 터널을 뚫고 나오는 나의 처절한 만신창이의 모습이 세상에 알려질 어느 날에 나는 나의 무용無用의 날개들을 모아 조용한 나랫짓을 할 것이다.
>
> -'수필을 쓴다는 것은'

수필을 쓴다는 것은 농부가 농사일을 하는 것이나 마찬가지 일이다. 울화가 터지는 지긋지긋한 농사를 다시는 짓지 않겠다고 입버릇처럼 되뇌이지만 이듬해면 다시 그 일을 해야만 하는 것처럼 그에게도 그런 악순환이 있는 것이다. 수필을 쓰기 위한 아픔, 고통의 어둡고 침침한 터널을 걸어야만 한다. 그것은 그만큼 그가 작가적 열의에 꽉 차 있다는 것을 말하여 준다. 열의가 없다면 고뇌일 수 없다. 어머니가 자녀를 사랑하는 마음이 없다면 우려와 염려는 존재할 수 없다. 그러나 사랑이 있기에 걱정이 따르듯 그에게는 수필이라는 애정이 있기에 긴 터널로 몰고 가는 아픔이 있는 것이다. 하지만 그 긴 터널은 그에게는 희망이요 별빛이다. 그만큼 그는 수필 속에 산다. 수필은 그 생활의 씨줄이요 날줄이다.

2

좋은 수필이란 어떤 수필일까? 한마디로 말한다면 운문과 산문이 곁들여진 수필이 아닐까. 운문은 자연성이라면 산문은 인위적이다. 운문은 우선 간단히 입으로 읊조릴 수가 있지만 산문은 기록성에 바탕을 두고 있다. 운문은 감정의 흔들림에 놓여 있다면 산문은 사실과 논리에 근거를 두고 있다. 운문은 감동시키는 데 주안점이 있다면 산문은 설득시키는 데 초점이 있다.

그러나 좋은 수필은 일반 산문과는 달리 운문과 산문의 중간체를 이루고 있는 글이다. 그래서 수필 속에는 시적 요소가 반드시 함축되어야 좋은 수필이 된다. 그러므로 수필은 시와 멀어진 글이 아니요, 시에 인접한 글이며, 논리적인 글이기 전에 정감에 호소하는 글이어야 한다. 그리고 정감의 흥분 속에 휩싸여 있으면서도 논리가 깃들여야 한다. 따라서 수필과 운문은 독립된 글이 아니요, 상호 보완하는 관계선상에 놓인 글이다. 그래서 우리는 좋은 수필을 대하다 보면 한 편의 시를 읽는 기분을 느끼게 된다. 따라서 훌륭한 시인이 좋은 수필을 낳고 훌륭한 수필가가 좋은 시를 쓰는 이유가 여기에 있다. 피천득 같은 사람이 바로 그런 작가라면 김길웅도 그런 범주에 드는 작가 아닐까.

> 소주 한 병이 놓여 있고 경주 옥돌로 만들었다는 술잔이 은은하게 빛을 내고 있다. 이내 아내의 손이 옥돌 잔에 술을 채운다. 나는 아내가 술을 따라 줄 때면 으레 행복을 느낀다. 나도 답례로 한잔을 권한다. 요즘들어 급격히 이가 나빠진 아내는 질긴 육질 때문에 전복도 그림의 떡인 게 안타깝다. 신선한 안주를 대하였으니 거푸 서너 잔을 마신다. 전복 안쪽의 희멀건 부분은 연뿌리처럼 설겅거리며 씹히는데 바깥쪽은 돼지갈비의 심줄만큼이나 질기다.
>
> -'삭은니'

참으로 그는 특별한 수필적 재능을 가지고 있다. 더 정확히 말해 비범한 작가적 재능을 가지고 있다. 지금 숙성의 과정을 거친 그의 수필은 그윽한 5월의 향기로 나풀거린다. 비유와 대비, 연상과 형상이 자유롭다. 그러면서 한 사물을 집요하게 묘사하고 있다. 하나의 구슬을 굴리듯이 그렇게 반짝거린다.

이같이 그는 주정적 세계와 주지적 세계를 함께 융합한 절묘한 언어들로 음악처럼 언어를 날리고 있다. 바람에 연을 날리듯 가볍고도 거침없이 정조를 날리고 있다. 여기에서 날린다는 말은 펴놓고 우리가 그림을 보듯 그렇게 아름다움에 심취하고, 즐겁고 상쾌한 마음으로 음악을 듣듯 읽는다는 말이다.

> 나의 선택은 잔디이지 클로버가 아니다. 그러니까 잔디를 살리기 위해 클로버를 죽여야 하는 것이다. 클로버에게는 선택의 여지가 있을 수 없었다. 닥치는 대로 호미로 클로버를 뽑아내야 했다. 뿌리째 뽑아내어야 했다. 클로버를 뽑아내는 일에 나는 상당히 공을 들였다. 덕분에 클로버는 우리 마당에 어디에도 또 한 놈도 뿌리내리지 못하였다. 마침내 클로버의 축출에 성공하였다. 그건 믿기지 않을 만큼 신통한 실적이었다.
>
> 냉이, 쑥, 씀바귀 따위도 큰 문제는 아니었다. 바람이 씨를 나르는 민들레도 새순이 돋아날 그 무렵에 처치해 버리면 되었다. 그것만이 근본적인 방책이었다.
>
> -'잡초와의 전쟁'

확살히 그의 문장은 분명 한 편의 시문이다. 운율 감각이 퍽 감미롭고 시적 운치도 가멸차다. 그러나 시는 아니다. 엄연히 한 편의 수필이다. 그래서 옛부터 산문을 쓸 줄 모르는 사람은 시를 쓸 줄 몰랐다. 서양의 유명한 시인들이 좋은 수필을 남겼고 우리나라 유명한 시인들이 좋은 수필을 남긴 이유가 여기에 있다. 그런 작가로는 서양에서는 매슈 아놀드(1822~1888)가 그렇고 T. S. 엘리어트가 그렇다. 그리고 우리나라에서는 박목월이나 신석정 그리고 피천득이 그렇다. 그들의 수필을 보라. 얼마나 문장이 아름다운가. 시감이 감도는 부드러운 수필들은 야광주를 쟁반 위에 굴리듯 그렇게 굴러가는 수필을 쓴다.

김길웅의 수필은 이러한 옥구슬 같은 수필을 쓰되 삶의 체험이 진진하다. 물론 수필가는 자신의 상상력이나 체험, 이질적인 타인의 체험까지도 포괄적으로 수용하기 마련이다. 그러나 김길웅의 수필은 실제 체험 속에서 우러나오는 내용들이다. 그래서 가시적인 범주를 벗어나는 것이기 때문에 의미개념이 신선하고 감명 깊다.

새벽 네 시.

음력 유월 열엿새, 기망의 새벽달이 그 한쪽 모서리가 벌써 이지러지기 시작했다.

새벽하늘에 구름 한 점 몇지 않고 별도 달빛에 빛을 잃었다. 월명성희月明聖稀가 맞다.

달은 왼쪽에 반듯하게 섬뜩히 빛을 내는 별 하나 거느리고 중천을 벗어나 아스라이 서편으로 기울었다. 엊저녁 옥상 난간에 걸렸던 북두성도 가없이 사라지고 없다.

모래알같이 작은 별 하나, 가느다란 줄을 흘리며 시집을 가고 있다. 반짝하고 대엿 걸음 미끄러지더니 까마득하게 숨어 버렸다. 아주 가까운 이웃집으로 시집을 가는 모양이다.

미리내는 흐르다가 멎은 물안개처럼 자욱한데 동쪽 하늘 끝에 있다.

저 달과 별들 사이, 그리고 나와 그들의 거리는 몇 광년일까. 광대한 우주 안에 편재해 있는 달과 별들의 존재는 무엇이며 그들과 나는 무얼까. 그들은 내게 무엇이며, 나는 또 그들에게 도대체 어떤 의미일까.

-'기망旣望의 새벽달'

'기망의 새벽달'에서도 문장이 날렵하고 경쾌하다. 꼭이 한 편의 노래를 듣고 있는 것처럼 우아한 맛이 향으로 번진다. 宮 商 角의 음은 서로 합하여 음악을 만들듯이 김길웅의 수필은 언어와 언어가 모여 찬란한 햇살로 나타난다. 형상이 섬세하고 의미가 미묘하다.

수필의 소재는 누구나 일상적이고 보편적인 데서 취한다. 그러나 작품은 그 보편적인 데서 취하지만 그 보편성을 벗어난다. 푸른빛은 쪽에서 취하지만 쪽이 아닌 것과 같다고나 할까. 그래서 사물을 형상화한 작품은 사물을 초월하여 미묘한 빛으로 나타난다. 그것이 김길웅의 수필이다. 그는 사물을 형상화할 때 소묘적인 방법을 취한다. 그리고 그 소묘에는 김길웅 작가 자신의 정감을 알맞게 덧칠하는 것을 잊지 않는다. 정감은 글의 흥이다. 그는 수필에 있어서 무엇보다도 정감이 중요하다는 것을 잘 알고 있다.

사실 수필은 정감의 문학이다. 그래서 이성적인 사람보다는 정감적인 사람이 좋은 작품을 낳는다. 정감적인 사람은 감정의 흐름이 따스한 사람이다. 따스한 사람은 사물을 대하되 무심하지 않는다. 사랑이란 렌즈를 가져다가 댄다. 수필의 본질도 시의 본질처럼 작가의 사상에서 파악된다는 말도 이런 데서 논의된 것이라 할 것이다.

3

일에는 시작할 때와 마무리할 때가 있다. 시작하지 않을 때 시작하는 것은 일을 그르치게 된다. 작품 쓰는 일도 그렇다. 시작해야 할 때 붓을 들어야 한다. 소재에 대한 내용을 가슴속에 몇 번을 굴리고 되새기고 다시 고뇌하는 가운데 붓을 들어야 가멸찬 작품이 나온다. 그렇지 않을 때 실패로 끝나고 만다. 작가 김길웅 씨는 글을 쓸 때를 알고 있다. 그래서 그의 수필은 구성이 튼튼하다. 이 말은 형상화가 잘 되었다는 말이다.

형상화란 대상에 몰입하게 되면 그 대상이 저절로 만들어진다는 뜻이다. 약속 시간에 애인을 기다리다가 제시간에 나타나지 않으면 우리는 많은 것을 생각하게 된다. 교통사고도 생각해 보고 변심도 생각해 볼 것이다. 이렇게 머릿속으로 복잡하게 생각해 보는 것이 상상이라면, 그 상상이 긴 시간을 두고 한 생각으로 모두어질 때 그것을 형상화라고 한다. 우리의 정신 작용이란 그렇게 복잡하고 미묘한 것이다. 김길웅 씨는 그렇게 한 소재를 만났을 때 그렇게 많은 상상을 거쳐 형상화시킨다. 그래서 그의 작품은 편편이 아름답다.

"네 덕분(?)에 서울에서 설을 쇠게 됐구나. 오늘밤 제사도……. 하기야 그전 서울에 몇 년 살았으니 서울서 처음 하는 제사도 아니다만."

설 연휴로 제주에 내려갈 애가 서울의 병원에 눕게 될 줄이야, 더욱이 우리를 예까지 불러들인 셈이니 누가 예견이나 했던 일입니까.

작은애의 손을 꼭 잡아주고는 병원을 빠져나와 큰애네 집, 할아버님의 장손 집에 와 짐을 부렸습니다. 할아버님의 손부인 제 아내가 제사 준비를 서두르기 시작하였습니다. 갑자기 아들네 집 세간을 만지려니 손끝이 거북한 모양입니다만 군말 한마디 없이 채곡채곡 음식 장만을 하는 모습을 옆에서 지켜보며 새삼 스무 해도 더 봉제사를 가누어 온 제 아내가 참 마음이 고운 여인이라는 생각을 다 하였답니다.

경황없음에 단출하게 차리고 웬만큼은 간추리라고 일렀으나 평소에 올리던 음식은 다 갖추어야 직성이 풀리는 당신의 손부 아닙니까. 저런 추스름이 있었기에 저희 가족이 조상의 음덕 속에 이만큼이라도 삶을 지탱하는가 싶어 숙연하기까지 하였습니다.

-'할아버님 제삿날'

설을 앞두고 아들이 갑자기 병원에 입원하게 된다. 그래서 그는 단숨에 상경하게 된다. 그러나 생각했던 것보다는 심각하지 않아서 본의 아니게 큰아이 집에서 제사를 모시게 되는 장면을 쓴 글이다. 숨 가쁘게 달려가는 화자 자신의 마음도 아름답지만, 설날 제사상을 올리는 그의 부부의 효심이 예사롭게 보이지 않는다. 그가 조상에 대한 추모의 정신이 빈약했다면 모든 걸 생략했을 것이다.

옛날부터 우리는 가문을 자랑하고 권문세족임을 표방하는 것을 큰 영광으로 생각했다. 그래서 걸출한 문인들은 반드시 조상에 대한 깊은 애정을 노래했던 것이다. 이렇게 그는 원류를 잊지 않는 선비다. 원류를 잊음은 그 뿌리를 잊음이다. 뿌리를 생각하지 않는 사람은 그 자손에 대해서도 생각하지 않는다고 E, 버크는 말했다. 그래서 그의 손자를 사랑하는 마음은 누구보다도 크다.

> 사진 속에서 손자놈이 환히 웃고 있는데, 이 웃음이야말로 신비의 묘약이다. 이 웃음을 대하는 순간만은 잔뜩 부아가 났다가도 봄별에 눈 슬듯하고, 찌푸렸던 양미간의 구김살도 다리미 지나간 뒤처럼 말끔히 펴져 버린다. 그러니 본래 웃음이 군색한 나로서도 이 웃음 속에 빠져 허우적거릴 만도 하다.
>
> -'손자의 돌사진'

손자놈이 웃고 있다. 그것도 실물이 아닌 사진 속의 손자 얼굴이다. 그러나 그는 그 사진 속의 손자 얼굴에서 우울했던 마음을 녹여버리는 것이다. 화났던 얼굴도 펴지게 하는 것을 보면 그의 말마따나 신비로운 묘약이다. 화자의 손자에 대한 흘러넘치는 그 뜨거운 정은 방류되어 수많은 별을 만들고 그 별들은 독자의 가슴으로 흡수된다. 이렇게 그가 낚아 올리는 글마다 애정의 구슬이 줄줄이 엮여 있다. 둥글게 둥글게 원을 그리면서 물살이 퍼지듯 그렇게 문장이랑 이랑에 넘실댄다. 이 글은 그가 조상을 흠모하는 것과 맥락을 같이 하고 있다.

> 이때 꿀꺽 침 넘어가는 소리가 난다. 이 소리를 공공연히 낼 수 있는 건 아버지뿐이다. 나도 설설 입안에 침이 돌았다. 하지만 어머니 입에선 끝내 그 침 소리가 나오지 않는다.
>
> 참고 계신 것이다.
>
> 자정은 됐을 것이다. 아버지께서 일어나 앉는다.
>
> "안 되겠구나. 뭐 밤참거리가 없나."
>
> 혼잣말 같지만, 은근히 어머님의 대답을 유도하는 말씀이다. 그래도 어머님의 입에서 아무 말도 나오지 않는다. 성급하신 아버님이 바지를 주워 입으시더니 밖으로 나가셨다. 몇 분 뒤 하얗게 뒤집어쓴 실눈을 털며 마루에 올라서신 아버님의 손에는 내 팔뚝만 한 무가 두 덩이 들려 있다. 무를 파러 텃밭엘 다녀오신 것이었다. 아버님께선 보리 베는 'ㄱ'자 낫을 찾더니 무를 길이로 벗기기 시작하는 것이다. 쓱쓱. 어느새 무 한 토막을 입에 깨문다. 사각사각. 갑자기 방안은 야밤중 마구간의 말들이 마른 고구마 줄기 씹는 소리로 덮인다.
>
> -'밤참 삼제三題의 추억'

김길웅의 수필은 참 특이하다. 여느 수필가처럼 사회적인 비판에 눈을 돌리고 있지 않다. 주로 가정에 많은 소재를 두고 있다. 그만큼 그는 가정적일 수도 있지만, 그러나 사회 문제나 인생 문제에 비전을 제시하지 않는 것은 조금은 아쉬운 흠일 수도 있겠다는 생각이다. 그리고 애틋함이나 그리움을 뽑아 올리는 정서가 빈약하다.

그에 값할 수 있는 것이라면 지난날 가난했던 시절의 아버지의 모습을 떠올리고 있다. 얼마나 배가 출출했으면 무 구덩이를 생각했을까 하는 아버지의 모습은 그에게 연민이요 아픔이다. 가난했던 기아의 시대와 빈곤의 시대가 바로 김길웅이 살던 시대다. 그러기에 그의 염원은 요즘 아이들이 그때의 아버지의 모습을 알아주었으면 하는 것이다.

> 냉이, 쑥, 씀바귀 따위도 큰 문제는 아니었다. 바람이 씨를 나르는 민들레도 새순이 돋아날 그 무렵에 처치해 버리면 되었다. 그것만이 근본적인 방책이었다.
>
> 한데 망초란 놈이 문제였다. 집 앞 눈높이의 공터에 길길이 무성했던 그들이 가을이면 민들레처럼 털에 싸인 씨알들을 바람에 실어 우리 집 울타리를 넘게 하는 것이다. 이 풀의 번식력은 놀라운 것이었다. 봄비가 내리고 나서 사나흘을 지나고 나면 마당의 빈 데를 꽉 메우며 무더기로 싹을 틔워 놓았다. 엄청난 수효다. 마구 뿌려 놓은 묘판에 한꺼번에 돋아난 배추 모종같이 수를 셀 수도 없다. 이걸 뽑느라 마당을 휘젓다 보면 허리가 다 휘고 만다. 이들과 싸움은 봄에서부터 비가 잦은 여름까지 계속된다. 주말이면 나는 거의 마당 주변을 서성거려야만 되었다. 집을 나갈 때 몇 개 뽑고, 들어올 때 몇 개 뽑고……. 뽑아도 뽑아도 돋아나는 강한 풀이었다. 늦가을, 마당에 서리가 내리고 잔디에 누런빛이 감돌 무렵에야 이 망초도 자취를 감추기 시작했다. 그런데 이 망초보다 더한 잡초가 있었다.
>
> -'잡초와의 전쟁'

이 글 역시 가정에서 소재를 취하고 있다. 어느 날 마당에 잔디를 조성하기 위해 잔디를 괴롭히는 잡초와 전쟁을 벌이는 내용을 재미있게 다루고 있다. 마치 그가 수필을 쓰는 그 열의만큼이나 잡초와 전쟁을 치르고 있다. 그 제목이 전쟁이라고 표현했듯이 그는 아주 끈기 있게 잔디를 해치는 풀들과 다음 해 봄까지 싸웠다. 그래서 빌로드 같은 잔디밭을 만들어 놓는 것이다. 작가의 어떤 결단성 내지 어떤 의지성을 엿볼 수 있다. 그는 어떤 일에 당하면 끝까지 밀어붙이는 무서운 의지력을 가지고 있는 것이다.

이 글에서 사물을 바라보는 철학적인 투시력을 함께 병행했더라면 더 좋은 문학적 효과를 거두었을 것이다. 그런데 오직 잡초 제거만이 이야기의 내용으로 삼아서 그의 의지력을 간파하는 데는 좋았지만, 글의 문학적인 맛은 반감되었다는 생각이다.

지금까지 김길웅의 작품 세계를 대략이나마 살펴보았다. 앞에서 언급했듯이 그의 문장은 그늘 밑에서 매미의 노랫소리를 듣고 있는 것처럼 가락이 있고 호흡을 유지하고 있어서 맛깔스럽다. 뿐만 아니라 치달리고 날아오르고 걷고 달리는 율동까지도 들려주는 날렵함이 있다. 그래서 수필의 재미를 더해준다.

그리고 또 한 가지는 그의 수필은 가정적이며 가장 평범한 소시민적인 삶을 살아가는 내용이기에 우리의 심장을 떨게 하는 경이로운 것은 없다. 그러나 그는 불합리한 세상을 분노하지 않고 정결한 삶을 살아가고 있다는 데에 그 가치를 두어야 할 것이다. 사실 그가 분노하자면 한두 가지가 아니었으리라. 그러나 그는 그것을 마음속으로 삭이면서 엄숙한 통찰력과 상상력을 통해 사물의 언어를 새롭게 탄생시키는 데 정력을 쏟고 있는 것이다. 그래서 그의 수필은 미래를 내다보아도 좋을 것이다. 수필은 정감이면서 문장이기 때문이다.

7. 지역 문학의 진흥을 위해 몫을 하다

중앙 문단에 등단하면서 신문에 칼럼을 쓸 수 있는 반듯한 자격을 획득하면서 처음으로 한라일보 '관탈섬' 필진으로 합류해 3~4년 글을 썼고, 제주일보 '해연풍'에 이어 제민일보 '아침을 열며'에 한동안 글을 올렸다. 1993년부터 제주 지방 3대 유력지를 두루 거친 셈이다.

쉬지 않고 이어진 칼럼은 현재 제주일보의 '김길웅의 안경 너머 세상'을 집필하면서, 2016. 1부터 2023년 현재까지 7년을 이어 오고 있다.

2004년 사회복지법인 '춘강'이 개설한, '글을 사랑하는 사람들의 모임'에서 문학 강의를 시작해, 15년간을 진행해 오다 2023년 건강이 좋지 않아 중단했다. 15년간 『대한문학』·『현대수필』을 통해 10여 명의 수필가를 배출함으로써 중앙 문단에 진출하게 길라잡이 역할을 하는 데 힘을 기울였다.

특히 강의 교재 〈좋은 수필 정확한 표기 에서〉를 개발해서 시간마다 활용해 수필을 쓰는 기본자세를 정확한 국어 표기에서 갖춰 나가도록 강조했다. 다른 장르에서 소홀하더라도 수필만은 맞춤법에 게을리해서는 안 된다는 게 수필을 쓰면서 지켜온 원칙이다. 수필은 우리말 우리글의 파수꾼이기 때문이다.

2005년부터 종합문예지 『한국문인』에 수필 월평을 집필하면서 신인상 심사위원을 역임, 제주 지역에 20여 명의 시인과 수필가를 중앙 문단에 진출시켰다.

2006년 제주시 참사랑 문화의 집과 우당도서관에 수필 창작 교실을 개설해 각각 주 2회 강의를 진행했다.

8. 2007년 수필 문학단체 '동인脈' 창립

기존 수필문학회와 차별화한다는 전제에서, 회원 수를 정예소수화해 9명으로 제한하면서 첫발을 내디뎠다. 동인 정신 다섯을 내놓았다.

· 수필문학의 성실성 · 진정성 추구
· 실험정신으로 수필의 새 패러다임 창출
· 기존 수필에 대한 해체와 일탈 시도
· 매너리즘의 탈피로 현실 안주 거부
· 혼을 태우는 쉼 없는 창작열의 실천

곁들여, 동인脈의 표방 둘을 제시했다. 활기 차 역동적이다.

1. '삶의 진실을 치열하게 탐구한다'
2. '脈이여, 뻗어라!'

창간호에 실린 축시엔 작품으로서 시적 품격 이전에, 새로 태어난 한 동인의 일어섬의 몸짓, 생명적 꿈틀거림이 행간에 넘쳐난다.

脈이여, 뻗어라

—脈 창간호에 부쳐

김길웅

남루 걸친 고단한 몸 바람에 업혀 왔다
비 추적이는 밤, 가슴에 이울던 불씨 하나 물고
멀리 돌아서 오느라 발품 팔았다
잠 한숨 붙이지 않은 눈에 쌍심지 돋우며 달려온
아, 눈매 형형炯炯한 사람들
깨어난 의식의 자락 걸음걸음 눌러 밟으며
허공 속 빈가지 끝으로 열려오는 이 아침
어둔 혼돈과 그만그만한 일상을 털어내며
물살 센 강 노 저어 온 강단 있는 사람들아
굽이치는 계곡을 지나 저 팔부 능선을 넘자고
심장 팔딱이며 저벅저벅 서슴지 않는 행보
저 꼭대기에서 섬으로 내리는 산의 정기
풀풀 선홍의 피 끓는 산의 맥脈 가슴에 품으리
맥脈이 내린 푸근한 둥지에 새 둥지 틀었다
아홉이 한데 깃들인 그것 참 알뜰한 역사役事
심줄 펄럭이는 맥脈의 푸른 숨결 안으로 들여
우리들 심전心田에 하얀 영혼의 집 지으리
손에, 손에 들린 잘 벼려진 감성의 날 선 삽
한 삽씩 떠내는 생살 찢는 언어의 아픔

한 삽씩 떠내는 서술과 메타포와 상징과 역설
아, 간당간당 내리는 언어의 낯섦이여
우리 영혼 속으로 스미는 서늘한 맥脈에 전율하며
가슴속에 파장 몰고온 열락의 산통産痛
갓 태어난 생명, 세상 휘어감아 흔드는 소리
脈이여. 脈이여, 뻗어라!

동인脈이 지역 사회 속으로 첫걸음을 내디딘 벅찬 감회 속에 초대 회장에 추대돼 4년간 문학회의 토대 마련에 온 힘을 기울였다. 회원 모두 창작에 치열함으로써 동인脈의 위상을 정립하자는, 그럼으로써 초심을 잊지 말자는 그 실천의 일들이었다.

가열苛烈할 만큼 우리는 자신에게 혹독했다. 그리고 수필 앞에 겸손했다. 맞춤법, 어휘 선택, 표현 기교, 작품의 구성 전개에 이르기까지 충실을 도모해 기어이 양질의 수필에 이르고자 매진했던 것이다. 돌이키건대 그 일관성으로 적잖은 문학적 성과가 있었다고 자평한다.

하지만 脈이 제15집(2021)을 내는 어간, 창립 회원들이 휑하게 떠나고 한 사람(이용익)만 쓸쓸히 남았다. 창립한 사람으로서 끝까지 지켜야 할 나 또한 물러나 앉았으니, 병중病中이라 하나 유구무언 낯이 뜨겁다. 그런저런 연유를 달겠으나 인간사란 게 부질없는 것 아닌가 한다. 돌아앉았지만 눈 흘기지는 말았으면 좋겠다. 우리는 그래도 문학 하는 사람들이 아닌가.

내가 밖에 나와 있으니 남을 탓할 게 아니나, 동인 맥脈이 비탈에 선 형국이다. 그러나 최근 회동에서 다시 손을 맞잡았다 하므로 가슴을 쓸어내린다. 동인지 발간 등 어려움이 따르겠지만, 우리가 애초 발돋움하며 표방한 대로 '脈이여, 뻗어라!'고 소리 내 외치고 일어섰으면 좋겠다.

새로 회장을 맡아 이 고비를 넘겨야 할 이용익 수필가가 내가 올리는 「제주일보」 '안경 너머 세상'에 동인에 대한 저간의 내막을 내비쳤으면 좋지 않겠느냐 하므로 흔쾌히 신문에 글을 올렸다. 그동안 지역으로부터 사랑받아 온 동인이라 지금의 처지를 알리는 게 도리라 생각했던 것 같다. '동인脈이 비탈에 서다'는 내 한 가닥 심중을 토설한 글이다.

'동인脈'이 비탈에 서다

김길웅

지역 문단에 반듯한 수필 문학단체 하나 만들자 해 나섰다. 2007년 9인의 수필가가 한자리를 틀었다. 섬 서쪽 외딴 벌판에 있던 식당 '오름풍경'이 산실이었다. 제주에 비옥한 수필의 밭을 일궈 보자는 꿈이 있었다. 9명으로 회원을 제한한 것은 '10을 채워 완성을 바라는, 미완인 채 정예소수를 지향하자는 당찬 의도였다. 거기 맞춰 가슴 울렁이는 낯선 표방을 내걸었다. 하나, '삶의 진실을 치열하게 탐구한다.' 다른 하나, '脈이여, 뻗어라!'

회원은 적었으나 우리 행보는 걸음걸음 지축에 닿았고, 양질의 좋은 수필을 쓰자는 창작에의 열망은 이글이글 도요 속처럼 타올랐다. 마주 앉아 이뤄지던 합평은 의례적 만남이 아닌, 수필을 공부하며 열띤 토론을 벌이던 학습의 장이었다.

새로운 것을 담아내고 부족한 것을 채우고자 우리는 겸손했다. 맞춤법을 메모하고 문장도를 위해 수사를 익혔다. 나이 든 사람들의, 아이같이 초롱초롱하던 서로의 눈매를 바라보며 한때 수필을 쓰는 호사에 푹 빠졌다. 입소문이 퍼지며 우리 동인으로 다가오려는 눈길에도 애초의 '9명'을 고집하며 손사래 쳤지 않았나.

동인脈을 창립한 지 어언 16년, 코로나19로 비대면에 갇혀 가까스로 냈던 최근호까지 동인지 『脈』 15집을 지역에 내놓았다.

한데 사람의 일엔 우여곡절이 따르게 마련인가. 동인脈이라고 행로가 순탄할 수만 있으랴. 결론부터 얘기하면 험로를 딛게 된 중심에 내가 있었음을 토설한다. 2년째 건강에 빨간불(뇌질환)이 켜지는 바람에 내가 동인脈을 내려놓았지 않은가. 치료에 매진하려 칭병稱病할 수밖에 없었는데, 소통에 문제가 있었는지, 반향이 씁쓸했다. 수필은 인간학이다. 동인을 이끄는 사람이라면 그래도 중환자에게 위로 전화 한 통은 있어야 예의 아닌가. 동인 사이가 이렇게 냉랭하다니, 입김 같은 온기를 바란 건 아니나, 참 가슴 저릿하다.

동인脈이 비탈에 섰다. 자유의사 선택에 맡겨 두셋이 떠나는 모양새다. 야속하다. 최근 모임에서 친구면서 동인脈 창립 회원 L이 신임회장으로 추대됐다. 너울 치는 바다 한복판에서 난파선의 이물 고물을 부둥켜안아야 할 책무를 짊어졌다. 부지런에 손매 좋은 L이 나서는데, 소 닭 쳐다보듯 해서 되겠는가. 건강 때문에 나 몰라라 할 수 없는 형국이다. 마련한 사람 자리를 찾아야 할 때 같다. 이마적에 좋은 심성에 글 잘 쓰는 두셋 따듯이 품고 싶다. 찾으면 있지 않을까. 9명 고집도 버리고 회원도 좀 늘리려는 심산이다.

평생 끌고 가리라 한 동인脈이다. 받치고 붙들고 끄당겨 가며 끌어안을 길이 있지 않을까.

한때 동인脈 회원들과 작품을 놓고 토론하며 시간 가는 줄 모르던 일들이 떠오른다. 몇 년 문학을 먼저 시작했노라고 욕심을 내기도 했던 건 수필에 쏟은 열정이었다. 혹여 삼가지 못한 것으로 비쳤다면 송구하다. 이해하기 바란다.

이런저런 사정으로 나고 듦이 있었다. 인간사 무릇 그러려니 해 고개 끄덕이다가도 한편 휑뎅그렁하다. 시간은 흐른다. 지나간 일, 새삼 아문 상처를 건드릴 건 없다. 이제 와서 그들에게 새삼 무슨 말을 하랴. 순탄한 문운 속에 건필하기를 기원할 따름이다. 만남과 헤어짐이란 끝없이 이어지는 연기緣起인 것을….

새 사람 몇 찾아야겠다. 어차피 위기는 넘는다. 인연이 기다릴 것이다.

'동인脈', 10년 회고

동보 김길웅

"맥脈은 줄기다. 살아 있는, 살아 있지 않은 유정·무정의 것들에 맥은 있다. 크고 작은 맥, 살아 숨 쉬는 맥, 천년 휴식에 든 맥이 있다. 나는 가장 사람 사이 인연의 맥에 집중한다. 마음에 담고 싶은 인본적인 맥이다. 사람과 사람 사이에 정의 물꼬가 틜 때, 진정한 인맥은 엮이어 꿈틀거린다.

문학 하는 사람들이 동인이란 이름으로 만난다. 상징적인 인맥의 만남이다. 뜻을 같이하는 사람들 아홉을 끈으로 한데 묶었다. 묶였다. 벽이 아니다. 공간이다. 놀이의 공간이 아닌, 일의 공간, 글쓰기의 공간, 수필의 공간이다. 이름하여 '동인脈'이라 한다."

-「脈」 창간호. 초대 회장 김길웅의 프롤로그에서

'동인脈'은 이렇게 고고지성을 내어지르며 탄생했다. 2007년 3월 28일. 제주의 동쪽 호젓한 산중에 자리한 '오름풍경'. 내가 아홉 사람을 한데 묶어 등 떼밀었다. 거기서 탯줄을 끊고 첫울음 뒤 배냇짓으로 함께 웃었다. 동인 '아홉'. 열은 완성이니, 아홉이 미완의 미래가 있는 숫자라 여백을 두자

한 암묵적 합의였다.

그해 9월, 창립 두 달 만에 동인지 「脈」 1집을 냈다. 오늘, 창간호를 10년 만에 펼치니 감회 유별하다. 지면 한 쪽을 가득 채워 클로즈업한 필자들 사진, 가히 탤런트 저리 가랄 수준이었다. 그리고 뒷면의 수필에 대한 동인 각각의 소회를 풀어낸 '나의 수필은….'

"수필은 표면적이다. 내가 들어앉기에 아주 쾌적한 영토—수필은 영혼의 집이다. 나는 이 집 속에 면벽하고 앉아 나른하게 자적한 삶을 누린다. 격정을 삭여 주고 고뇌를 물리는 자락에서 나는 대자유인이 되는 것이다.

내게 수필은 퍼포먼스다. 실없는 넋두리거나 허접스러운 언어의 유희가 아닌, 삶을 통째로 포장했다 다시 발기발기 찢어 놓는 길바닥 위의 퍼포먼스. 둥글게 원을 그려 가며 구경꾼들이 몰려들어 함께 원융했으면 좋겠다. 그중, 구체적 내 행위의 언어적 반란 앞에 단 한 사람 공명의 박수라도 있었으면 좋겠다…."

- 김길웅의 '나의 수필은…'

"등단한 지 두 해째, 문학 수행에다 여생을 바치겠다는 일념으로 출발했다. 그새 마음만 조급했을 뿐, 일궈 놓은 게 없다.

새로운 다짐이 필요했다. '동인脈' 회원으로 활동하는 게 나로서는 버겁다. 그러면서도 문학에 열정을 갖고 있는 회원들과 함께 수행에 나서고 싶은 걸 어이하랴. 얼굴을 내민 「脈」 창간호에 작품 여섯 편이 실렸다.

수필 소재가 생활 속에서도 나오는가를 실험했다. 가족 얘기와 함께 갈팡질팡하는 내 근황이, 게걸음 치는 노인의 비애와 신음하는 제주의 산하, 요즘 달라진 남녀 간의 세태가 조명됐다."

- 이용익의 '나의 수필은…'

글은 글쓴이와 독자의 것, 수필집은 수필가의 영혼의 집, 「脈」은 동인脈의 포근한 둥지. 동인 작품 머리마다 동인 한 사람이 필자로서 안팎 한 장을 독차지했으니, 동인脈 수필은 그렇게 작가를 존중하며 '사람'을 내세워 첫걸음을 내딛었다.

성실성 · 진정성 추구, 실험정신으로 패러다임 창출, 기존에 대한 해체 일탈, 현실 안주 거부, 혼을 태우는 창작열 실천이라 내건 5대 동인정신이 오늘에 새롭다. 그리하여 우리들 고양된 정신의 표점標點 위에 세워 놓은 표방 '삶의 진실을 치열하게 탐구한다' 이후, 줄곧 화두 돼 온 '진실, 치열, 탐구'.

되돌아보거니와 '동인脈' 탄생을 지켜보는 응시의 시선이 있었던 것을 우리는 기억한다. 아홉의 정예소수를 지향함에 그 제한된 수를 향한 볼멘 목소리들이 있었지 않나. 하지만 우리는 '아홉'을 고집하며 길 없는 길 위에 발을 놓아 묵연히 여행勵行했을 뿐으로, 그런 수적인 것엔 마음 둘 여념餘念이 없었다.

돌이키건댄, 주위와 통섭은 하되 열을 채우지 않기로 한, 불통의 단호한 작심은 그때 우리의 긍지이기도 했었다. 그것은 우리 수필의 자양으로, 토양으로 동인을 비옥하게 한 근원이었다.

우리는 좋은 수필을 쓰기 위해 일 년에 여섯 번 만난다. 여러 번 무릎 맞대는 「脈」 편집 일정은 뺀 횟수다. 그중 6월, 1박 2일 워크숍에선 한 해의 노작을 절정의 층위에 올려 마침내 거둬들인다. 매번 다섯 시간을 넘는 합평과 문학에 관한 심도 있는 담론은 정신의 독한 허기를 달래면서 부지불식중 '우리'를 좋은 수필을 빚는 잘 익은 누룩으로 발효시킨다. 터득은 깨달음이었고, 사람 탐구를 위한 우리의 맑은 사유는 샘이다 줄기를 이뤄 마침내 인생철학의 변경邊境으로 소리 내어 흐른다. 그것은 유의有意하면서 즐거운 경험이고, 놀라운 발견에 다름 아니다.

6집에서 '21세기는 문학이다'라 단정한 이용익 회장이 7집에 이르더니,

다시 '우리는 치열하다'고 「脈」의 포만감을 세상에 뿜어냈다.

"변화의 물결은 수필 세계에도 뻗어들었는지 그 길이가 점점 짧아 가는 추세. 7매에서 5매로, 다시 2.5매로 바뀌고 있다. 동인脈이 '삶의 진실을 치열하게 탐구한다'는 캐치프레이즈를 내걸고 고고의 소리를 울린 지도 7년차, 이번에 아포리즘 수필을 몇 편씩 내놓아 새로운 패러다임을 창출해 나가는 첨병 역할을 다하련다."

－「脈」 7집. 2대 이용익 회장의 프롤로그 '우리는 치열하다' 중에서

동인脈은 지역을 넘어 이름을 전국에 띄웠다. 많은 수필가들이 제주에 동인脈이 있음을 알고 말한다. 평판이 있다. 「脈」 2집을, 원로 수필가 故 김규련 선생(중학 국어 교과서에 실린 '거룩한 본능'의 작자)에게 보냈더니 축하 서한이 왔다.

"김길웅 회장님

안녕하세요. 보내주신 수필집 「脈」 잘 받았습니다. 감사합니다.

머리글 '헐렁한 옷 같은 수필'을 읽고 감동한 나머지 김 회장님의 수필 '수필아, 미안하다', '재미없어요', '마당에서 이삭줍기', '몸의 지시'들 단숨에 독파하고 깊어 가는 가을 하늘을 바라봅니다. 오랜만에 수필의 진수를 만났다고 할까요. 가슴에 울림이 컸습니다.

「脈」, 정인情人처럼 곁에 두고 회원님들의 작품 모두 감상할 작정입니다.

앞으로도 많은, 살아 숨 쉬는 작품 창작하시기 기원합니다.

늘 건필, 건승하소서.

2008. 10.18. 김규련 合掌."

동인脈 10년 역정이 순탄하지만은 않았다. 우여곡절이 있었고 굴곡진 대목이 있었음을 토설한다. 그것은 성장통 같은 것이었다. 요 몇 년 사이, 두세 겹 주름에 골이 팼고, 가파른 비탈이 골짝으로 굽이쳤다. 지붕에 박 올린 집 낮은 바자울 삽짝이라 달밤에 쉬이 넘는 줄 모르고 넘었는가. 나는 붙들려 차마 손을 내밀지 아니했다. 우리 곁을 떠나간 그네들 뒷모습이 어른거린다. 동인脈에서 왜 돌아앉은 것일까. 좀 혼란스럽다. 세상 물정 어둡고 미욱한 나로선 아직도 그들의 속정을 짚어 내지 못한다. 그러려니 할 뿐이다.

가노라 한마디 말이 없었으니, 그들 발걸음인들 표표하지 않았을 테다. 문학 하는 사람은 인생을 재단하는 일가一家의 식견을 지닌다. 하물며 그들의 자유의사에 의한 깔축없는 선택이니 누가 무어라 할까. 미묘한 속정쯤 있으려니 함에도 무심결 눈이 먼 산마루에 가 있다.

젖니 뺀 자리에 간니 돋듯 빈자리는 금세 새살로 아문다. 인연의 새 얼굴들이 말쑥하고 싱그럽고 정겹다. 이분들, 참 실하고 올차다. 수필은 사람을 쓰는 문학이니, 무엇보다 마음 뿌듯한 것이 그들의 순정純正한 인성이다.

이용언 회장(3대, 현 회장)이 허했던 데를 한 솔기 덧대고 기워 한마디로 추슬렀다.

> "동인脈은 '좋은 수필'에 목마릅니다. 이 갈증은 수필의 정체성 획득과 양질의 수필 창작을 갈구함에 연유합니다. 그러기 위해서는 매너리즘을 탈피하고, 삶의 본령本領을 천착함은 물론 사물의 내면을 꿰뚫어 볼 수 있어야 하고 사회 현상에 대한 깊은 통찰이 따라야만 할 것입니다. 우리 동인들은 '좋은 수필'을 쓰는 데 한마음입니다."
>
> -「脈」9집. 이용언 회장 프롤로그 '우리는 좋은 수필에 목마르다' 중에서

어느덧 10년. 동인脈 나이 열 살, 그새 거둬들인 열매 「脈」 10집….

그러고 보니, 그 어간 많이 자랐다. 고갱이 꽉 차고 밑동 실팍해 듬직하니 줄기도 굵직하다. 곁가지에 잔가지 돋아나고 잎들이 수수만만으로 우거져 바야흐로 작은 숲을 이룬다. 열한 그루의 나무가 이뤄낸 게 작아도 큰 숲—동인脈이 이제 지역의 한 모롱이 터수에 넓고 깊은 숲 그늘을 드리운다. 수필의 숲이다.

나는 지금, 동인들과 함께 「脈」 10집을 펼치고 앉아 활짝 웃음을 터트리고 있다. 제주에 그리 흔치 않은 새, 한적한 아침나절 뻐꾸기 한 마리 앞산에 와 울더니, 머리 위로 흐르던 한 조각 지날 구름도 머물러 기웃거린다.

숨을 깊이 들이쉰다. 무심코 동인脈의 두 번째 표방을 되뇌고 있다.

"脈이여, 뻗어라!"

9. 중앙문단에서 '좋은 수필'로 평가받다

문단의 여러 수필 유력 전문지에 작품이 수록돼 좋은 수필로 인정받아 왔다.

*계간수필 : 2010년 겨울호에 〈이곳에 살 것이다〉, 2014년 여름호에 〈병목 현상〉, 2017년 봄호에 〈비산飛散〉이, 2020년 봄호에 〈내 리스크〉가 수록되고 서 숙의 비평' 운명, 시간, 문화 그리고 언어의 향기에 '〈내 리스크〉에 대한 비평이, 2021년 봄호에 〈표정들〉이 수록됐다.'

수필이건 시이건 문학으로 흐를 수 있는 언어의 바다 위 범위는 어디까지일까. 분수 모르고 나불대는 아이처럼 들뜨고 설레기도 했다. 하지만 문학은 그냥 쓰는 것일 뿐 누가 금 긋듯, 주추 놓듯 이만하다 계량화하지 못한다. 팔딱이는 싱싱한 날것의 언어에 에워싸여 울고 웃고 할 뿐, 지나고 돌아보면 시간의 퇴적이 의식의 하구에 작은 섬 하나로 앉아 있곤 하는 것. 그 발견이 황홀해 오늘도 책상머리다.

『계간수필』 - (김길웅의 〈내 리스크〉 중에서)

*선수필 : 2004년 여름호에 〈거리의 할아버지와 손자〉, 2005년 가을호에 〈수목장〉, 2006년 여름호에 〈잎들의 소망〉, 2012년 겨울호에 〈주름〉, 2014년 겨울호에 〈내 안의 나무 한 그루〉가 수록되다.

*계간 수필세계 : 기행문 〈김길웅의 유럽 읽기〉 연재되다.(2012년~2017년)
월간 좋은수필에 2014년 〈제주를 위한 序說〉, 2017년 4월호에 〈작은 공간〉, 2022년 3월호에 〈새의 뒤를 따르는 눈〉이 수록되다.
〈새의 뒤를 따르는 눈〉이 좋은수필 제정 2023 제5회 '베스트 에세이 10選'에 선정되면서, 수상 작가 작품집에 〈내 방을 스켄하다〉·〈밥〉과 함께 3편이 수록되다.

*월간 수필과비평 : 2019년 12월호 다시 읽는 이 달의 문제작, 〈작품론; 박양근의 인지학으로서 수필과 발견의 사유〉가 수록되다. 현대수필가 100인선으로 선정돼 『구원의 날갯짓』이 출판되다.

*the수필 : 〈새의 뒤를 따르는 눈〉이 '2023 빛나는 수필가 60'에 선정되다.

*고양문학 : 2022년 고양문인협회가 발간한 '100년 후로 가는 길' 초대 수필에 〈내 방을 스캔하다〉·〈밥〉 2편이 수록되다.

10. 김길웅의 수필작품 세계 · 기타

다시 읽는 이 달의 문제작

〈작품론〉 — 박양근

'인지학으로서 수필과 발견의 사유'

인간의 삶은 무지에서 시작하여 앎으로 나아간다. 인식이라는 정신적인 여정은 목숨이 다하는 날까지 계속된다. 그 앎과 깨침의 세계는 철학의 공통적인 영역으로서 소크라테스가 "너 자신을 알라."는 횃불로 빛을 내기 시작하였다. 그 후 데카르트가 "나는 생각한다."고 부연하였고 베이컨이 "아는 것이 힘이다."라고 설파했다.

앎과 삶 사이에는 갖가지 방정식이 존재한다. 인간은 태초부터 눈에 보이는 세계와 눈에 안 보이는 세계 사이에 교량을 놓으려고 노력하였다. 물질적인 의식주, 정신적인 자정의 언어, 문자, 그림이라는 매개체, 인식 감수성 상상 등과 같은 힘조차 사람과 주변 세계를 연계시키려는 노력의 일부였다. 사고라는 디딤돌이 지금껏 대면하지 못했던 새로운 정신세계를 향하는 문을 활짝 열었다.

그 문으로 들어가려는 노력 중의 하나가 인지認知이다. '인지학'의 뜻은 '인간에 관한 지혜', 즉 '인간에 관한 참된 앎'이다. 사람(AntHropos)과 지혜(sophia)의 합성어인 인지학(Anthroposophy)의 창시자 루돌프 슈타이너는 다음과 같이 설명한다. "인지학은 정신세계에 대한 과학적 탐구이다. 이 탐구는 자연에 대한 인식이면서 물질과학이 일깨우지 못한 신비를 꿰뚫어보고, 잠재된 힘을 계발시키려는 사람을 보다 높은 세계로 이끈다." 요약하면 인지학은 '인간에 내재하는 고도의 자아가 만들어내는 지식'이다.

'인간에 내재하는 고도의 자아'는 동서양 철학자들이 탐구해 온 "나에 대한 앎"에 일치한다. 수필도 의식주와 자정의에 대한 앎을 기술하고 서술한다. 자연을 대상으로 하든, 삶을 소재로 삼든, 수필은 나에 의한 나의 발견을 이야기한다. 그런데 수필을 쓸수록 분명해지는 것은 나 속에는 타자가 가득 차 있다는 사실이다. 가족, 직장, 친구, 빵, 책, 신발, 가방, 자동차, 스마트폰…. 이런 구성원과 구성 물질들이 나에게 어떻게 작용하는가를 살피는 분야가 인지학이고, 그렇게 인지한 내용을 기록하는 것 중의 하나가 수필이다.

인지학을 과학적으로 해석한 사람들 중 대표적인 인물이 오스트리아 철학자 슈타이너이다. 그가 정립한 발도로프 교육은 직관으로 인간 본성을 대면시킨다. 나아가 사람 안에 있는 정신을 우주 안에 있는 정신으로 끌어올린다.

깨달음에 이르고자 하는 욕망을 관찰하는 인지학은 3단계로 이루어진다. 우선 인간의 성장과 삶의 리듬, 생성과 소멸을 관찰하여 물질적인 자연환경과의 관계를 살핀다. 두 번째는 영혼(psycho)의 영역 안으로 들러가서 사고, 느낌, 의지와 같은 내면의 삶과 육체와의 상호관계를 인식하고 무의식의 의식적인 삶에 끼치는 영향을 살핀다. 세 번째는 자아와 연결고리로 이어진 초인간계를 통해 자아가 가진 개성적인 정신(spirit)을 파악하는 것이다. 인간 운명에 답하는 인지작용은 육체의 소멸과 상관없이 대대로 반복되면서 인간을 변환시켜 '너 자신을 알라.'는 자아 성찰력을 활성화한다.

매번 새로움의 경계선을 뛰어넘는 것이 인지의 본성이다. 자연과학이 외면적이고 물질적이고 육체적인 인간을 연구한다면, 인지학은 내면적이고 정신적이고 영혼적인 인간을 보다 구체적으로 분석해 낸다. 수필도 일상의 탈일상화, 개인의 탈개체화, 육화의 탈육화를 도모함으로써 더욱 깊은 존재성의 본질을 파악한다는 점에서 인지학과 상당한 연관성을 맺고 있다.

이번 이 달의 문제작에서는 인지학이라는 개념을 수필평에 도입하기로 했다. 육체적 생멸을 논하고, 인간 영혼으로 들어가 물질과 정신과의 관계를 논하고, 초인간계의 스피릿과 접촉하려는 인지방식이 어떻게 이루어지고 그 특징은 무엇인가를 다루고자 한다.

김길웅 〈밥 3〉

사람의 생존에 필요한 기본조건은 의식주이다. 먹고 입고 자는 것 중에서 가장 현실적인 문제는 먹는 것이다. 마찬가지로 김길웅은 밥을 제재로 삼아 인간의 존재성이 어디에 있고 무엇인가를 다루고 있다. 밥을 먹고 빵을 먹고 국을 먹고 반찬을 먹는다. 이 모든 것이 밥이라는 단어에 포함될 때 밥은 '한 그릇의 밥'이 아니라 '먹는 모든 것'을 지칭하는 대명사가 된다. 밥이라는 단어로 지구상의 모든 생명이 살아갈 조건을 제시하는 김길웅은 밥에 대한 지각 활동을 시작한다.

서두는 '별안간 머릿속을 밥이라는 단어가 점령했다.'이다. '별안간'이라는 부사에는 '마침내'라는 함의가 숨어 있다. 76세의 그가 비운 밥그릇 숫자는 무려 8만 3,220끼니이다. 밥을 못 먹으면 생명도 건강도 잃는다. 살아온 수명을 밥그릇 숫자로 계산하는 방식이야말로 사느냐 아니냐에 대한 체감

효과가 가장 크다.

밥이 어떤 의미를 지니는가는 단계적으로 구현된다. 밥이 육체적 생물학적 수명을 유지하게 해주는 것임을 깨닫는 것이 인지의 첫 단계라면 두 번째 단계는 밥이 인간 정신에 미치는 영향에 대한 인식이다. 밥이 만들어지려면 곡물을 심을 토지와 땀 흘려 벼를 키우는 농부와 벼를 쌀로 만드는 여러 노동자가 필요하다. 쌀과 농부와 노동자가 있어야 소비자가 먹는 밥이 완성된다. 밥에 대한 그의 인지작용은 정신과 육체의 합성으로 이루어진다. "요즘 들어 밥통의 밥을 손수 밥그릇에 퍼 담는다."는 동작은 일하는 강도에 따라 밥의 양이 결정된다는 점을 알려준다. 밥에 대한 태도가 물질적에서 정신적으로 이동했다는 설명이다. 이러한 인지작용이 밥을 소재로 수필을 쓰게 하는 동력이라고 하겠다.

> 축낸 밥만큼 이치에 통달했는지도 모른다. 이제야 밥에 대해 정색하는가. 한 톨 쌀알이 나오기까지 여든여덟 번, 농부의 손을 거친다 하니 웬만한 노고가 아니다. 그 노고란 게 농부가 흘린 땀의 총화—땀이 쌓이고 쌓여 종당에 남은 축적물이 밥이란 의미일 것이다. 나는 농촌 태생이라, 수없이 밭을 드나드는 농부의 발걸음 소리에 귀 기울여 일찌감치 그 노고란 걸 목도하며 자랐다.

쌀이 나오기까지 여든여덟 번의 손길이 필요하다는 사실은 '농부는 땀으로 양식을 장만하는 위대한 일꾼'이라는 진화된 개념을 만들어낸다. 농부의 땀이 쌀로 바뀜으로써 '우리에게 일용할 양식을 주옵시고….'라는 식사기도는 농사는 성스러운 노동이므로 쌀과 밭과 농부에게 경건한 존경심을 가져야 한다는 인식을 일깨워 준다.

밥과 쌀에 대한 인지활동은 계속 이어진다. 생각의 시간이 늘수록 쌀에 대한 앎은 인간의 노동과 연계시키려는 노력은 더욱 확장된다. 작가는 쌀을 매체로 인간과 자연 간에 인지라는 고리로 연결하려 한다. 이런 인지의 3단계는 자아가 고양되는 효과도 낳는다. '농부는 땀으로 일용할 양식을 생산하는 일꾼'이라는 정의는 '농사는 생명을 살리는 성스러운 노역'이고 '농부의 밭은 성지'라는 개념과 합쳐진다. 밥은 땅과 물, 불과 바람, 이슬과 빗물이 스며 있고, 공깃밥 한 그릇, 배춧국, 김치 한 접시가 놓인 밥상을 지구와 우주와 인간을 유기적으로 생각할 수 있는 경건한 사유의 무대로 설정한다.

종국적으로 밥의 가치와 본질이 분석 종합된다. 작가는 밥을 사유의 시렁에 올려놓음으로써 '나는 생각한다. 고로 존재한다.'는 준거를 마련한다.

> 밥은 삶의 준거準據다. 온갖 사고와 행동거지가 밥에서 발원한다. 우리는 밥에 울고 웃는다. 실제 그러면서 궁핍과 혼란 속에서 어둡고 지루한 역사의 터널을 지나왔고, 암울하던 시대의 강도 건넜다. 관념적 · 철학적 사변을 떠나 실재하는 게 삶이고 현실이다. 때론 단순할 필요가 있다. 얼토당토않아해도 살기 위해 먹어야 했고, 먹기 위해 살아야 했다, 밥을.

'밥은 실재하는 현실'이라는 개념이 정점에 이르도록 밥과 관련된 다양한 단어가 합쳐진다. '소식하는 나, 내가 축낸 밥' 외에 '보리밥, 조밥, 고구마밥, 쌀밥, 오곡밥, 톳밥, 수수밥, 메밀범벅'을 열거한다. 잡곡밥은 퓨전과 하이브리드로 소개하며 어린 시절에 눈물짓게 했던 반지기와 1960년대에 베트남에서 수입한 알랑미도 빼먹지 않는다. 무엇보다 절집 요사채에서 대접받았던 공양을 경건하게 풀어내어 "밥은 하늘이다."라는 의미를 완성한다.

밥에 대한 김길웅의 인지는 마침내 종교적 세계로 접어들었다. 밥을 생명의 보시로 여기는 인지단계는 '깨달음의 열락'이라는 문구로 구체화 된다.

발우공양은 정신과 육체에 미친 밥의 공덕을 요약한 최종 표현이라도 볼 수 있다.

> 양반다리로 밥을 먹는데 그릇에 수저 부딪는 소리는커녕 숨소리도 안 들린다. 밥 먹는 곳까지 따라와 앉은 숨 막힐 듯한 산사의 고요. 그 속으로 함께 가라앉은 건가. 낯선 절밥에 끌린 건가. 나는 사뭇 무화해 있었다. 평소 뭘 먹을 때 심한 쩝쩝 소리도 온데간데없었으며 눈으로 공허의 실체를 보고, 그것의 촉감을 만지고, 그것의 향기를 맡고 있었다. 밥 티 하나 남김없이 먹고 나서 물로 헹궈 천으로 닦아 시렁에 얹던 발우공양은 색다른 체험이었다.

작가는 살기 위해 밥을 먹는다는 일상적 상식에서 벗어나 자신과 우주와 하나라는 심정으로 밥의 희생을 받아들인다. 일흔여섯 살까지 축낸 8반 3220끼니가 단순한 숫자가 아니라 가늠할 수 없는 희생과 보시의 무량수임을 자각한 작가는 이제 감사와 깨침의 상징과 물상으로서의 밥을 먹는다. "먹는 게 밥을 밥으로 존재하게 하는 것이지."라는 '먹히는 존재'로서 밥은 인간과 자연과 우주를 엮는 사색의 키워드이다. 식사를 마친 그는 무엇을 생각할까. 아마 나는 나로서 어떻게 존재케 하는가 하는 자문자답이라고 여겨진다.

(『수필과비평』 2019년 12월호)

《계간 비평》

운명, 시간, 문화 그리고 언어의 향기

- 서 숙

|문향에 잠기기|

분주하게 복잡하게 온갖 것을 욕심내고 추구하면서 버둥대 다가가도 삶의 일정 부분에서 문학의 향기를 누리는 시간이 할애되어야만 살아갈 수 있는 사람들이 있다. 이들은 영화 뮤지컬 음악회 미술전시회 오페라 발레 등등 온갖 예술 문화의 장르가 다양해도 책이 주는 즐거움을 최고로 놓는 사람들이다.

언어 안에서 즐거움을 누리고 기쁨을 놓치지 않으려는 사람들끼리는 은밀하게 통한다. 창작을 하건 그냥 독자이기만 하건 상관없이 언어의 향연을 누리는 것이 꼭 필요한 사람들이다. 그래서 도서관 등에는 크고 작은 독서 클럽들이 항존한다. 그러한 언어의 향유와 문학 추구 바탕 위에 수필이 존재한다.

한 수필가는 '나의 글의 어느 한 부분에서라도 고개가 끄덕여지고 미소 지을 수 있다면 그것으로 충분하다.'라고 수필집 서문에서 공손하게 말한다. 그의 말에 공감하는데 이번 호에도 그런 단락이 여럿 있어 반갑다.

김길웅의 〈내 리스크〉의 이 구절은 어떤가.

'수필이건 시이건 문학으로 흐를 수 있는 언어의 바다 위 내 범위는 어디까지일까. 분수 모르고 나불대는 아이처럼 들뜨고 설레기도 했다. 하지만 문학은 그냥 쓰는 것일 뿐 누가 금 긋듯, 주추 놓듯 이만하다 계량화하지 못한다. 팔딱이는 싱싱한 날것의 언어에 에워싸여 울고 웃고 할 뿐, 지나고 돌아보면 시간의 퇴적이 의식의 하구에 작은 섬 하나로 앉아 있곤 하는 것. 그 발견이 황홀해 오늘도 책상머리다.

– 김길웅의 〈내 리스크〉 중에서

철학자 칸트는 오전에 강의를 하고 오후에는 주로 동네 아주머니들과 수다를 떨며 시간을 보냈다고 한다. 아마 그는 그 가운데 자신의 방대한 관념론에 대한 정지작업의 틀을 마련했을 것이다. 수다란 곧 대화를 통한 소통이다. 수필도 어찌 보면 한바탕의 수다가 아닐는지. 그러나 독자는 가만히 귀 기울여 주는 여유를 가지면, 그것으로 문향 만리, 마침 천리향의 향기가 베란다에 그득하다.

『계간 隨筆』 2020 봄호 통권 99호

11. 구좌문학회와의 대담_대담 : 진해자

東甫 김길웅

- 문학을 하게 된 동기는?

오래전, 고등학교에서 국어를 가르치며 문학에의 꿈이 움텄을 것입니다. 교과서에 나오는 김진섭의 '백설부'와 '매화찬', 이효석의 '낙엽을 태우면서', 이양하의 '수목송', 피천득의 '인연' 같은 수필 또 소월과 목월과 조지훈과 박두진 그리고 청마와 미당의 시를 가르치다 보면 어느새 가슴 뭉클해 있고 했으니까. 감응했던 것이지요. 그들의 수필과 시가 내게 와 있었던 걸 겁니다. 숲길에 서면 숲에 끌리고 새소리 물소리를 듣노라면 그 소리에 젖게 되는 그런 것, 말하자면 대상과의 통섭 혹은 혼효混淆일까요?

수필의 좋은 구절들과 시구들이 스멀스멀 내 안으로 스며들었어요. 웬만한 시는 암송하게 됐고요. 그래야 가르칩니다.

잡문 따위를 틈틈이 쓰기도 했는데, 시작은 수필이었습니다. 하지만 쓰는 일이 지속되지 않고 중간중간 끊긴 걸 보면 동기가 뚜렷하지 못했던 것 같아요. 그런 중 커다란 충격과 맞닥뜨립니다. 법정 스님의 『무소유(1976)』입니다.

나를 뒤흔들어 놓았어요. 사물을 바라보는 그분의 그윽한 눈길, 사상事象에 다가가는 작고 나직한 목소리에 매료되고 말았어요. 공명한 것이지요.

스르륵 풀잎 끝 이슬이 줄기로 흘러들 듯 그의 글이 내 안으로 왔어요. 나는 그분의 언어들로 흠뻑 젖었습니다. 습윤濕潤이었지요.

감동의 파장이 자그마치 나를 덮치더니 어느 범위 안에 가둬 놓았습니다. 『영혼의 모음』, 『서 있는 사람들』, 『산방한담』, 『물소리 바람소리』, 『버리고 떠나기』, 『새들이 떠나간 숲은 적막하다』, 『아름다운 마무리』에 이르기까지 모조리 섭렵했지요. 이 책들은 지금 내 서가 반듯한 자리에 가지런히 꽂혀 있습니다. 간간이 대할 때면 감회가 유별합니다.

좋은 글을 쓰려면 좋아하는 작가의 글에 빠지라 했습니다. 그냥 읽는 게 아니라 그게 자신의 눈빛이 되고 말이 되고 목소리가 되게 읽으란 얘기이지요. 내 것이 되게, 내 영靈과 육肉이 되게 말입니다. 그게 바로 내면화, 육화肉化라 하는 것일 텝니다. 그 뒤로 피천득의 〈인연〉은 나를 수필로 견인하더군요. 단박 일녀日女 아사코를 주인공으로 설정한 그 소설적 플롯에 반했지요. 여러 비판에도 불구하고 〈인연〉은 우리 현대문학사에서 유일무이한 수필 역작임에 틀림없습니다. 피천득의 대표작이면서 우리 문학의 대표작이지요.

내 몸 안에 문학의 싹이 꿈틀하는 것이었어요. 이후, 시가 내린 것은 순전히 교과서를 가르치던 순간순간의 감동이 내게 들어오면서 나를 흔들던, 그 여운의 파동이었을 것입니다. 때로는 너울로 몰아치기도 했으니까요.

- 글쓰기란 어떤 의미인지요?

글쎄요. 글을 쓴다고 동전 한 닢 굴러들어오지 않잖아요.

1930년대 이 상과 김유정이 폐결핵으로 각혈하며 갈구했던 것은 몸 보할 몇 마리 구렁이였어요. 그걸 고아 먹었으면 해서 유정이 출판사 하는 친구에게 보낸 서한이 우리를 슬프게 합니다. 외국 작품 한 편 번역해 보낼 터이니 고료 좀 미리 줄 수 없겠냐고. 궁핍의 극한이었습니다. 요즘 결핍과 허기가 글을 쓰게 한다는 얘기는 호사이고 사치입니다. 서른을 넘기지 못하고 다들 세상을 떠났잖아요. 요절의 천재들, 시대가 너무 가혹했지요.

자신에게 물어봅니다. 그들은 왜 문학을 했을까 하고. 대답이 궁할 수밖에요. 그들처럼 참혹해 보지 않았으니 모른다 해야 맞습니다.

나는 글쓰기를 '깨달음'이라 합니다. 쓰면서 혹은 쓰고 난 뒤, 이거다 하고 무릎을 탁 치며 눈 번쩍 띄게 하는 그것. 삶의 의미 곧 글쓰기의 의미와 맥을 같이 하리란 생각이에요. 복합적 사고를 걷어내 단순화할 필요가 있을 것 같아요. 무슨 거창한 담론 이를테면 정치精緻한 이론을 내세울 게 아니란 생각이에요. 이 경우, 궁극적으로 '왜, 어떻게 쓰느냐'는 '왜, 어떻게 사느냐'와 등식이 성립될 거란 얘기지요. 굳이 글쓰기를 경제 논리를 빌려 효용가치를 말한다면 '즐거움' 그러니까 미적 충족 혹은 정서적 쾌락, 희열, 환희 이런 것들로 구체화할 수 있을 것입니다. 생산성 운운할 게 아닌, 형이상적 최고의 가치 실현이지요.

수필 한 편, 시 몇 줄 쓰고 난 뒤의 기쁨을 무엇에 비하겠습니까? 청마 유치환의 말처럼 못 배기니까, 쓰지 않고는 못 배기니까 쓰는 것입니다. 바로 그것입니다. 써야만 하므로 써지는 것, 쓸 수밖에 없는 무엇, 그게 시이고 수필이 아닐까요. 글쓰기의 의미란 그런 것일 겁니다.

덧댄다면, 나는 글쓰기를 수행修行이라 말합니다. 쓰다 보면 감정이 순화되고 정신이 정화되고 있음을 느낍니다. 체험적 진실을 쓰니까요. 감정의 부유물이 가라앉는 일종의 침전현상이라고나 할까요. 그러니 글 곧 도道입니다. 글을 쓰기 전에 먼저 사람이 되라 했습니다. 글로써 사람을 완성하려는 것, 그게 문학입니다. 글쓰기의 의미를 달리 부여할 게 아닙니다. 즐거우니까. 쓰고 싶으니까 쓰지 않나요. 시인 작가는 쓰면서 완성됩니다.

- 수필을 하다 시를 쓰게 된 계기는 무엇인지요?

특별한 계기가 있었던 건 아닙니다.

수필도 시도 문학 아닌가요? 산문이냐 운문이냐 하는 형식이 다를 뿐 원뿌리는 하나입니다. 다만, 언제부터인가 내겐 수필이 직선이라면 시는 곡선이라는 문학에 관한 잠재의식이 싹트고 있었던 것 같아요. 딱딱하니까 좀 부드러웠으면 한 것, 서술이 산만하고 건조하므로 함축적이고 감성적인 정서에 목마르게 되더라고요. 풀어내는 데 버둥거리다 울렁거리는 가슴을 열어 놓고 맘껏 부르짖고 싶은 영탄에의 강렬한 욕구를 만났습니다. 시였어요.

그렇게 어느 날, 나는 시를 갈구하고 있었습니다. 내림굿 같은 것이었을까요? 갈증은 종내 조갈燥渴을 불렀습니다. 이후 나는 매일 새벽 세 시, 한마장 안 불탑사의 목탁소리에 깨어났어요. 새벽의 순간을 알리기 위해 수련으로 깨어난 것입니다. 찬물로 세안하고 동창을 열어 새벽 공기를 불러들이며 안두에 앉습니다. 전에 없던 일이었지요. 자신에게 최면을 걸면 내 소우주 안으로 하늘이 내려옵니다. 끄느름하던 하늘에 동살이 틔면서 터진 틈으로 뭇별들이 반짝이기 시작합니다. 작아도 소중한 별들입니다. 내 영혼의 연못에 뜨는 별 하나에 말 하나, 다른 하나에 은유. 옥상에 올라 바라보던 한라산이 진경眞景으로 다가오고, 눈 아래로 바다가 뒤척이며 어제완 다른 낮고 낯선 소리로 변주하는 게 아닙니까?

시무룩이 묵연하던 나무와 꽃과 새가 내게 말을 걸어옵니다. 말하는 침묵엔 저마다 파장이 일더라고요. 그리고 공명共鳴합니다. 나는 암연히 그들의 노래를, 꿈틀거리는 그들의 감정을 대필하고 있었습니다. 이미지를 받아 적은 것이지요. 시를 빚는 게 아니라 시가 내린 것입니다. 소리가, 빛으로 오는 빛의 소리가 시를 부르고 나는 받아쓰기합니다.

우당도서관은 자그마치, 시에 배냇저고리를 입힌 내 시의 성지聖地입니다. 나를 산사에 유폐하지 못해 막판에 고른 곳이었으니까요. 다섯 해를 그곳에 살다시피 했습니다. 바다를 연모戀慕해 숨 가쁘게 내린 산이 기어이 바다와 해후하는 순간의, 팔딱거리는 감정의 변곡점에 나앉아 나는 마침내 시의 끝자락을 밟고 섰지요. 황홀했습니다. 움직이는 물은, 그 속에 꽃의 두근거림을 지닙니다. 내가 선 곳은 그토록 열망하던 시를 쓰는 이들의 반열이었습니다.

바슐라르는 수련을 말합니다. "낮과 밤의 리듬에 그토록 충실한 복종, 새벽의 순간을 알리는 그 정확성, 그것이야말로 수련으로 하여금 바로 인상주의 꽃이 되도록 한 이유다. 그것은 세계의 한순간이다. 두 눈을 지닌 아침이다. 또한 여름 새벽의 경이驚異다."

열두 해 전 일, 나는 한 작은 연못에 수련으로 피어났지요. 시를 쓰게 된 것입니다.

- 소재는 어떻게 찾고, 소재에 따라 시와 수필로 가는 특별한 기준이라도 있는지?

자연과 인생, 사회와 역사, 어느 하나 소재 아닌 게 없지요. 초목군생이 다 글의 소재에서 벗어나 있지 않아요. 하지만 그게 글의 소재가 되려면 그것들을 어떤 의미망 속에 가둬야 합니다. 힐끗 한 번 쳐다보고 겉을 만지작거리는 것만으로는 안돼요. 흔들어 깨워야 합니다. 속살을 꺼내 보아야 하지요. 오브제에서 인생의 의미를 발견해야 된다는 의미입니다. 그것은 무엇이며, 내게 무엇으로 존재하는가 하는 것을 탐색해야 한다는 것이지요. 길 가다 인도블록 틈을 비집고 뙤약볕 아래 작은 꽃망울을 터트린 들풀에서 생의 의미를 찾을 수 있어야 합니다.

때때로 마당을 돌며 정원의 나무에게 말을 걸거나 나뭇가지에 앉았다 허공으로 날아가는 새의 공중부양을 크로키하면서 그 생명력에 감탄합니다. 길 건너 바닷가 풀밭에서 순부기와 구절초에 내린 하늘을 만나기도 하고요. 퍼뜩 떠오르는 고향 생각에 몇 마을 지나 내가 낳고 자랐던 긴 골목, 옛 집터에서 유년의 회상에 잠기기도 해요. 그리고 어느 날엔 오일장에 가 삶의 밑바닥을 흐르는 상인들의 악다구니에 귀를 기울이곤 하지요. 삶처럼 모질고 질긴 게 어디 있나요. 그걸 끄집어내는 것입니다. 그것들의 생리 말이에요.

다만 목전의 사물이나 일에 그치지 않고 사유 속에서 글감을 만나는 경우가 많습니다. 사물의 본질을 들여다보는 것이지요.

'사랑하는 것들의 향기'가 아침 햇살에 부스스 깨어나고, 나는 어느새 등 떼밀려 신발을 졸라매고 있었습니다. 그렇게 바깥으로 나간 나는 한나절 밖을 바람으로 떠돌다 해질녘, 사랑하는 것들이 있는 집으로 돌아옵니다. 문틈으로 새어 나오는 향기와 손끝에 감촉으로 만져지는 사랑 하나. 문고리에 손을 얹으려는데 안에서 열리는 문—현관. 이렇게 흐르는 일련의 사고가 한 편의 글을 쓰게 합니다. 〈현관〉이라는 수필, 최근작인데, 만날 들락거리는 내 일상의 입구이면서 출구인 그곳이 수필 거리가 되리라고는 생각지 못했던 일입니다.

시냐, 수필이냐 하는 특별한 기준 같은 게 있는 건 아니고요. 매양 글을 쓸 때의 호흡이 있지 않나요? 좀 느슨하면 수필로, 목울대를 차올라 숨이 밭으면 아무래도 시 쪽으로 가게 되는 듯합니다.

요즘은 시와 수필의 경계가 무너지고 있잖아요? 장르의 해체 혹은 일탈의 시도를 통한 융 복합의 실험, 그러니까 퓨전으로 가는 추세가 현저해졌습니다. 특히 수필은 시적 감성에 소설적 서사를 접목하면서 그 함량을 더욱 충실히, 견실히 채우고 본령本領을 확장하려 합니다. 종국엔 모티프가 두 장르 중 어느 하나에 기울도록 조정할 것이긴 합니다.

- 다작하시는 것으로 알고 있거든요. 그 힘이 어디서 나오는지?

습작기를 거치면서 누구나 겪게 되는, 지나는 한때의 바람 같은 것이 아닐까요. 쓰려는 욕구가 열화처럼 타오를 때가 있습니다. 하지만 조정기라 할까요. 어느 고비를 넘기면서 숨 고르기에 들어가는 것이지요.

다작은 내공을 쌓기 위한 딱딱 뼈 마주치는 자기 연마입니다. 언어로 쓰는 것은 귀금속에 문양을 새겨 넣는 것에 한 켜 더해야 하는 세공細工입니다. 흔히 구양수의 삼다三多를 얘기하는데, 글쓰기의 전범일 수밖에 없어요. 읽고 쓰고 생각하는 것을 많이 하라는 것. 문학은 어차피 혼자 하는, 고독한 길입니다. 책을 스승이라 하잖아요. 다독하고 다작해야 하는 이유입니다.

제가 문단에 이름을 올린 게, 1993년 제주신인문학상에 늦깎이로 당선되면서니까 그새 사반세기가 됐어요. 열매가 그냥 익는 게 아니잖아요. 라이너 릴케가 〈가을날〉에서 노래했듯 '남국의 햇볕'이 있어야 합니다. 그것은 환경이면서 자극이고 자양입니다. 햇볕, 그게 있어야 농익습니다. 볕을 많이 받아야 해요. 열매의 감미로운 맛과 완숙은 입안에 넣어 보면 압니다. 잘 익은 과육果肉의 찔끔거리는 그 맛. 다작은 바로 그런 이치에 닿습니다. 문학은 어떻게든 완성에 이르려 애써야 하는 영원한 미완일지 모릅니다.

이 모두, 시인 작가들의 정신적 노작 속에 얻어 낸 경험칙에 다름 아닐 것입니다. 요즘 들어 글쓰기에 변화가 온 것 같아요. 제주新보에 고정 칼럼 '안경 너머 세상'을 쓰면서 그렇게 돼 갑니다. 매주 한 편을 쓰다 보니 부지불식중 내 문학의 한쪽 모서리가 축나면서 위축돼 가는 겁니다. 몸을 옴쳐선 안 되겠기에 특단의 노력을 하고 있지요. 그래서 내건 게 '칼럼의 수필화'예요. 문학성을 포기하면 이미 저널리즘 이상의 것이 아니니까요. 깜냥이 어떨지 모르지만 비켜서지 않으렵니다.

종이신문 · 인터넷신문(제주의소리) 양쪽을 넘나들다 보니 매주 두 편의 글을 내보내야 해요. 엄정히 말해 칼럼은 본격이 아니라 '다작'한다고 하기엔 좀 그렇고요. 아무튼 많이 쓰고 있는 건 사실입니다. 앞에서 말했듯 쓰고 싶어 쓰는 글입니다. 쓰지 않고는 못 배기니까 쓰는 것이지요.

솔직히 얘기해, PC에 저장한 폴더에서 작품을 찾으려면 좀 헤매야 할 정도입니다. 시, 수필, 칼럼, 기타로 꽉 차 있어요. 과부하, 과포화입니다. 시답잖은 것들이라, 나는 이를 '텅 번 충만'이라 합니다. 분량으로는 천석꾼, 부자이지요만.

그 힘이 어디서 나오느냐고요? 백면서생이 부자 소리 듣는 일은 뜻밖의 소득 아닌가요?

- 앞으로의 계획에 대해~

계획 따위 색다른 게 있겠어요? 그냥저냥 살면서 쓰는 것 말고. 시집과 수필집을 연년이 동시 출판해 오다 근년 들어 주춤해 있어요. 힘이 달려 그럽니다. 시집과 수필집 각 여섯 권, 합이 열둘인데 출판비가 장난 아니잖아요. 퇴임해 수입은 없는데 모아 놓은 것 곶감 빼먹듯 하고 있어요. 먹고 살기 빠듯한 신세에 출판은 무리입니다. 작품은 있는데 그것들을 음습한 곳간에 쌓아 두고 있으니 스산해요.

얼마 전, 서울 정은출판으로부터 출판 의뢰를 받아 수필작법 〈수필이 맨발로 걸어 들어오네〉를 낸 것, 또 지난 7월 '현대수필가 100인선'에 선정돼 수필선 〈구원의 날갯짓〉을 낸 것은 등단 이후 맞이한 작지 않은 위안이요 기쁨이에요. 일단 작가로 평가받은 셈이니까요.

부모는 자식을 과년하기 전에 시집 · 장가 보내야 마음 편한 법입니다. 꼭꼭 갇혀 오금 저려 있을 녀석들이 안쓰러워 내심 궁리 중입니다. 조만간 출판을 서둘러야지요. 물론 두 장르의 동시 출판 방식이 될 것입니다.

쓰고 있는 글들에 매여 있어 별다른 계획을 생각해 보진 않았지만, 제주 소재의 글—풍속과 자연 그리고 제주인의 삶에 관한 것을 망라하면서 그

내면을 천착한 가장 제주적인 글을 썼으면 하는 바람을 갖고 있어요. 쉽게 이룰 수 없을 것을 알지만 결코 허황한 꿈은 아닐 것입니다.

이제 내게 쓰지 않는 삶은 의미가 없어요. 쉽고 담백한 그러면서 울림으로 다가가는 시에의 열망을 갖고 있어요. 또한 수필에 대한 애정만은 누구 못잖아 나이 든다고 처지고 싶지 않고요. 수필을 통해 삶과 세상을 대하는 용기와 정직한 자세를 두텁게 지니고 싶은 것입니다. 그러려면 에너지 넘치는 문장 그리고 그 이면에 단단한 내공이 뒷바라지 돼야 가능한 것이라 더욱 글쓰기에 매진한 각오입니다.

- 구좌문학에 바라는 점은?

먼저, 구좌문학에 대해 송구한 마음을 갖고 있음을 토정합니다. 구좌 출신이기 때문입니다. 태생적 죄책감이지요. 문협 일을 보던 때, 애월문학회 행사에 참석한 적이 있는데, 놀라운 것이 그 문학회의 열기였습니다. 행정구역상 동서 대칭이랄까 일반의 화중에 흥미롭게 비교되곤 하는 두 읍인데, 문학에서 한쪽은 풍성하고 한쪽은 좀 빈약하지 않나 하는 생각을 털어내게 됩니다. 지역성일 듯한데, 어쨌든 아쉽거든요. 어느 시에 나오는 '백마 타고 오는 초인'을 기다려 가능한 일일는지요. 이왕지사, 구좌문학회는 그렇게 탄생했고 이렇게 가고 있습니다. 작아도 올찬 모습을 기대하는 수밖에요.

해마다 나오는 〈동녘에 이는 바람〉이 담아내는 문학회가 지향하려는 바에 공감하면서 열심히 하는 모습이 참 보기 좋습니다. 어언 12집이군요.

한마디 덧얹는다면, 회원들의 수록 작품을 조금만 더 늘렸으면 어떨까 합니다. 출판 주기가 일 년에 한 번이니 그래야 할 것입니다. 자연히 책도 두툼해질 것이고요. 그것을 문학회의 위상과 관련지을 것은 아니지만, 어차피 문학회가 지니는 품격과 무관하지 않을 것이란 생각입니다. 문학회의 근본은 회원들의 창작욕을 북돋고자 하는 것인데, 결국 그러한 문학적 에너지를 발양하는 텃밭은 문학회 이름으로 출판하는 '책'이라서 하는 얘기입니다.

문학에 대한 의욕으로 넘치면 독자들이 곁으로 다가옵니다. 그에 더할 기쁨이 있나요?

진심으로 더욱 건강한 문학회가 되기를 빌겠습니다.

12. 김길웅의 작품세계

* 표백/고백, 창작, 실험정신 : 김길웅의 수필

李成俊

김길웅의 수필집에는 '바람'이 뭉쳐있다. 그 바람은 삼다三多의 섬 제주에 부는 바람일 수도 있고, 그의 가족을 뒤흔드는 혼란의 바람일 수도 있고, 생활인인 그의 가슴을 냉정하게 할퀴는 바람일 수도 있고, 자연과 함께하려는 그의 삶의 한복판에 일렁이는 바람일 수도 있고, 글에 대한 애착과 집념으로 끊임없이 일어나는 바람일 수도 있다. 따라서 그의 수필집은 '바람과 함께'라는 부제를 붙일 수 있을 만큼 '바람'은 자연스러운 그 무엇이 된다.

1-1 표백 또는 고백의 문학

문학을 어떻게 보느냐의 문제는 관점에 의해 달라질 수 있다. 그러나 문학이 작가에 의해 창작된 창작물이란 점에서 작가와의 관계를 무시할 수 없다. 작가와의 관계를 무시하고 텍스트의 관점에서 접근한 비평들이 점점 쇠퇴해지고 있음은 이를 잘 보여준다. 하늘 아래 새로운 것은 없을지 모르지만, 창작자(생산자)가 없는 창작물(생산품)은 있을 수 없기 때문이다. 특히 수필의 경우는 서술자가 곧 작가라는 등식이 다른 장르에 비해 보편화되어 있다. 물론, 서술자와 작가를 분리시켜 객관화하려는 시도가 없는 게 아니고,

그런 기법을 통해 수필의 새로운 영역을 개척한 것도 사실이다. 그러나 아직까지 수필이란 장르는 작가의 삶과 인식, 사고, 철학 등을 서술한 글이라고 인식하고 있다. 이런 속성을 잘 드러내는 것이 바로 김길웅의 수필이다.

그의 수필에는 작가의 삶이 진솔하게 드러난다. 자신의 삶의 모습과 인식, 철학뿐만 아니라 아내, 아들들, 손자들, 며느리들, 지인들의 모습이 손에 잡힐 듯이 그려지고 있다. 또한 삶의 근방近方에서 일어나는 크고 작은 사건들이나 그 사건들을 둘러싸고 있는 자연의 모습도 생생하게 그려진다. 어쩌면 그의 수필은 수필이라기보다 자기 표백 내지는 고백을 하는 고백록에 가깝다는 생각까지 들 정도다. 첫 수필집 『삶의』에서 그 모습들을 들여다보면 다음과 같다.

① 내 아들이 의사가 되려고 지금 섬 중 섬에 나가 파도 소리에 에둘려 산다. 그 애가 걸어온 길이 힘들었고, 걸어가야 할 길은 더 험난함을 나도 이제 알 듯하다./하지만 내게도 믿는 게 하나 있다. 그 애의 화창한 웃음이다. 나는 지금, 위병을 싹쓸이 한, 한 대의 포도당 주사 같은 그 애의 웃음을 바라보고 있다. 정녕 의사의 웃음이다./눈이 부시다.(『삶의』, 23면)

② 눈에 보일 듯 보이지 않는 그 빛은 신의 입김 같은 것이었다. 진작 어머니에게서 발원한 그것은 어머니처럼 은혜로웠다./삶의 뒤안에 내리는 햇살. 그것은 이제 내 아내에게로 스며들었다. 불자인 아내는 매일 새벽녘에 사경하고, 절에 가면 오체투지로 절을 한다./지금, 나는 그 햇살 속에 있다.(『삶의』, 44면)

③ 서울 사는 내 손자들, 그 애들이 보고 싶다. 제 부모들이 갈라서는 바람에 나하고도 생이별을 했으니, 사람으로서는 견디기 어려운 노릇이다./한 울타리 안에서 '아빠'를 부르지 못하는 그것들이 불쌍하다. 이 일을 어쩌면 좋을지. 시간이 흐를수록 불행도 같이 자란다는데…….(『삶의』, 48면)

④ 저승길이 멀다고 서두르지는 마라. 누릴 만큼 누린 다음, 먼 훗날에 아주 느긋하게 길을 나서려무나./사랑하는 두 아들아, 사람의 일을 어찌 아느냐. 너희가 내 베갯맡에 앉아 임종해주기를 백 번 바라지만 되는 일이 아니다. 경우에 따라선 이 말을 눈빛으로 대신할 수도 있을 것이고, 혹은 이 글이 있어 침묵할 수도 있음을 미리 알고는 있어야 한다.(『삶의』, 60면)

⑤ 오는 토요일에는 영미네 내외랑 점심이나 함께 할까 보다. 날씨를 보아 어느 바닷가 눈앞에 수평선이 걸려 있는 식당 창가에 마주 앉아 새로 태어날 아기에 대해 얘기도 나누어 가면서./영미는 내 며느리가 아니다. 내 딸이다.(『삶의』, 79면)

⑥ 아들이 소망한 대로 나는 오늘도 몽블랑 만년필로 공문서에 사인을 한다. 그리고 글쓰기를 위한 구상과 소재에 관한 메모도 이 만년필로 하고 있다./공인으로서 교장의 품위를 잃지 않으려는 절제이고, 좋은 글을 쓰기 위한 집중의 한 방편이 되어주고 있는 셈이다./이렇게 하는 것이 곧 아들의 주문에 합당하는 내 몫이라 생각하니, 한편 흐뭇하기 그지없다.(『삶의』, 91면)

①은 작은아들에 대한 얘기다. 추자도에서 공중보건의로 생활하는 모습을 그려내고 있다. ②는 아내의 햇살 속에서 자신의 삶을 영위하고 있음을 감동적인 어조로 말하고 있고, ③은 거리에서 우연히 본 낯선 할아버지와 손자의 교감交感과 나눔을 보며 손자들에 대한 애틋한 정을 표현하고 있다. ④는 두 아들에 대한 유언장 형식의 당부다. ⑤는 며느리에 대한 애정을 듬뿍 담은 글이다. 아들 내외가 아닌, "영미네 내외랑"이란 표현은 며느리에 대한 애정을 유감없이 보여준다. ⑥은 큰아들이 선물해준 만년필에 대한 얘기를 하면서 큰아들의 조기 안정을 기원하고 있다. 이처럼 그의 수필은 자신과 그의 가족 곁에서 떠나지 않는다. 어떻게 보면 너무 개인적인

이야기를 서술하는 게 아닌가 하는, 거부감을 가질 수도 있다는 사실을 잘 알고 있을 텐데도 거기서 물러서지 않는다. 이는 작가의 의지를 분명히 드러내는 것이라 하겠다. 개인적이고 비보편적인 이야기를 통해 일반적이고 보편적인 정서와 사고를 표출하려는 것이다. 주인공들은 비록 자신의 가족에 한정되어 있을지라도 그 내용을 통해 보편적인 진실을 추구하려는 것이다. 이는 알레고리적 수법을 연상케 한다. 원관념을 숨긴 채 보조사물[1]만을 제시함으로써 원관념을 환기하려는 수법.

이런 수법은 가족의 이야기로 한정되지 않는다. 자신이 살고 있는 제주, 조천을 자랑스럽게 이야기하고, 자신의 집과 정원을 세상에서 가장 아름답고 자연적인 공간으로 인식하고 있음이 드러난다. 이는 자신에 대한 애정의 결과이자 자신에게 주어진 것에 대한 애착이다. 이런 성향은 수필이 자기를 드러내고 자신의 삶을 고백하는 매개물이라는 점에서 더욱 의미가 깊어진다.

옥상은 바다를 한눈에 끌어안는 내 현실의 전망대다. 이 전망대 앞에 사철을 두고 바다가 연인처럼 누워 있다./ 옥상에 오르면 바다를 향해 내가 다가오라 손짓한다. 그때마다 바다는 큰 품을 벌려가며 내게 안겨 온다./옥상에 올라 바다를 바라보면서 나는 수없이 독백을 뱉어댄다./'바다여, 섬을 끝없이 밀어내는 바다여, 내게 섬의 신화를 말해다오. 신화가 없는 섬사람들에게 한 토막 신화를 일러다오.'(『삶의』, 188면)

침묵으로 숱한 말을 쏟아내는 저 빛깔과 잎 지움이 무한정 사람을 홀린다. 나는 앞마당에 앉아 제 발로 내리는 가을과 만나 겨울로 가는 그 행간 속으로 빠져든다. 맑은 내 영혼과의 만남, 이 행운이 설령 요번 한 번으로 끝난다 해

---

1) 비유를 말할 때 보편적으로 '원관념'과 '보조관념'이란 용어를 사용한다. 그러나 엄격한 의미에서 '원관념'은 관념일 수 있지만, '보조관념'은 관념이라기보다 사물이 대다수이므로 '보조사물'이라고 표현해야 하지 않을까 한다. 그래서 필자는 부러 '보조사물'이라는 용어를 사용했다.

도 그거야말로 내가 상관할 일이 아니라 중얼거리며.(『느티나무』, 36면)

어쨌거나 스무 해를 손수 가꿔온 마당이다. 누구에게 보여줄 것은 없어도 오래 비웠다 돌아오며 마당에 눈을 주면 뿌듯하다. 가난한 서생의 집 마당인데 이건 어디냐 싶은 것이다./겨울마다 하는 가지치기가 내겐 한 해를 보내며 치르는 제의가 돼간다.(『느티나무』, 106면)

집으로 돌아왔다. 벽에 걸려 있는 그림 속의 집으로 들어간다. 가물거리는 내 기억 속으로 한 가닥 길이 나 있다. 내 방에서 함께 지낸 지 스무 해가 된다. 지금도 나는 이 그림 속의 집에 있다.(『느티나무』, 219면)

마당 둘레에 자갈을 깔았다. 잔디마당에서 나무와 돌들 사이에 빈 데를 자갈로 덮은 것이다. 〈…중략…〉 갑자기 자갈이 소리를 낸다. 바람소리를 낸다. 이 섬의 소리, 바람에 맞서 온 섬사람들이 서로 간에 살을 맞대가며 몸의 소리를 낸다. 영혼의 소리를 낸다. 그 소리들이 자갈에서 살아나고 있다.(『떠난』, 149면)

잔디 마당이 하얀 솜이불을 머리까지 둘러 덮었고, 나무와 돌들도 흰 옷을 꺼내 두껍게 껴입었다. 눈이 옮아가는 동선을 따라 어느 한 곳 눈 소도록하지 않는 데 없이 미만하다.(『떠난』, 187면)

이렇듯 작가의 눈은 자신의 주변에서 아름다움과 의미를 찾고 있다. 그와 함께 자신의 집(정원)을 세상의 중심으로 그려, 단순한 삶의 공간을 의미가 있는 장소[2)]로 전환하고 있다. 이렇게 자신의 거주지를 신성한 장소로 여기는 사고는 자신의 삶을 소중히 생각하려는 작가의 의지와 깊은 관련이 있다. 바로, 자신의 삶을 진솔하게 드러내려는, 자신의 삶을 고백하고 표백하려는 의지와 연결된다.

---

2) 공간과 장소에 대한 개념과 차이는 이-푸 투안, 구동회·심승희 역, 『공간과 장소』, 대윤, 1995. 참조.

1-2 창작에 대한 애정과 애착

김길웅의 수필 속에는 글(수필과 시)에 대한 그의 애정이 잘 드러난다. 정년을 마친 노 교사가 자신의 남은 일은 오직 글밖에 없다는 각오는 비장하다 못해 존경심을 불러일으키기에 충분하다. 그런 글에 대한 그의 애정과 애착은 『삶의』에서부터 일관되게 드러난다. 특히 『삶의』에서는 한 장을 따로 설정하여 글에 대한 단상들을 정리해둔다. 그러면서 「수필을 쓰는 그대에게」에서 자신과 글의 관계를 밝히고 있다.

> 수필은 자체가 내 삶이다. 내 삶을 수필과 따로 떼어놓지 못한다. 내 삶 속에 수필이 있고, 수필 속에 내 삶이 깃들어 있다. 내 삶은 수필을 위한 전제이고, 수필 속에 내 삶이 녹아 있다.(『삶의』, 203면)

그는 "내 삶은 수필을 위한 전제"라고까지 극언한다. 수필이 없는 자신의 삶은 아무런 의미가 없다는 뜻이다. 이렇듯 비장감이 돌 정도로 글에 대한 애착을 보인다. 그런 창작에 대한 열의와 열정은 『느티나무가』를 거쳐 『떠난』에 이르면 신앙에 가까울 정도로 창작에 대한 열의를 드러낸다.

> 빈손이 할 수 있는 게 하나 있다. 글쓰기다. 수필을 쓰고 시를 쓰는 일이다. 돈과는 거리가 먼 일이지만, 이름을 드날리는 것도 아니지만, 글쓰기만은 떠날 수 없는 내 정신의 자리, 영혼의 본령이다. 빈손이 할 수 있는 단 하나 내 삶의 방식이다. 즐겁다. 끽연보다 끽주보다, 식도락에 더하는 즐거움이 바로 그것이다. 한량없는 즐거움이 글쓰기에서 발원한다.(『떠난』, 46면)
>
> 한 달 두 달…. 시간과 함께 내 삶의 구조는 단순화의 길을 갔다. 생략이고 간결이고 압축이었다. 그러면서 그것은 속도감 있는 진행으로 나아

갔다. 〈…중략…〉 워드프로세서는 나머지의 짧지 않은 시간을 적절히 녹여내는 용광로다. 〈…중략…〉 이상하게 향기가 돌고 날개가 돋고 별이 뜬다. 변용變容하는 것이다.(『떠난』, 80면)

진정 내가 한 그루 나무이고 싶다. 나무와 꽃과 같은 시로 피어나고, 열매와 같은 수필로 매달리고 싶다. 고혹하지 않아도 향기로운 한 송이 꽃 같은 한 줄의 시, 작아도 튼실한 한 알의 열매 같은 한 편의 수필을 쓰고 싶다. 〈…중략…〉 일이 줄었고 삶이 간소해졌다. 꿈도 단순화했다. 이루다 만 그 많던 꿈들을 밀어냈다. 몸도 마음도 가볍다. 비워내니 홀가분하다.(『떠난』, 136면)

이번에야 두고 보리라. 회심의 미소를 지어가며 수필이다, 시다 하면서 깃발을 내걸었다. 맞바람에 배 불룩한 깃발의 충만한. 이제는 됐다, 스르르 문이 열리리라 했다./한데 이 웬일인지. 내 손이 문고리를 놓친 채 허공만 만지작거릴 뿐, 나는 텅 빈 바깥에 있었다.(『떠난』, 169면)

이런 진술들을 근거로 판단할 때, 김길웅이 글을 쓰는 이유는 소명의식의 발현인 셈이다. 가난하고 가진 것 없기에 자신의 삶을 간소화하고, 빗장을 걸고 있는 사물의 본질이나 영혼들을 간결하고 압축적으로 그려내고 싶기 때문이라 할 수 있다. 돈도 되지 않는 글을 쓰는 이유는 자신의 삶의 흔적과 편린들을 알리고 싶은 마음에서 우러난다. 그 의식은 비장하면서도 경건하고, 경건하면서도 본질을 탐구하려는 의지에 닿아 있다. 거경궁리居敬窮理라고나 할까. 마치 참선을 하는 자세로, 기도를 하는 자세로, 본질을 탐구하기 위해 모든 것을 단순화하여 공경하는 자세로 만물의 이치를 탐구하려는 도학자를 떠올리게 한다.

창작에 대한 작가의 열의는 자연 친화적인 사상과 결합하여 더욱 의미를 발한다. 위의 세 번째 예문(『떠난』, 136면)에서 보듯이 그는 자연과 일체된 경지에서 살고자 한다. 이런 사상은 인생과 자연, 삶과 죽음에 대한 관조에서부터 나온다고 볼 수 있다. 최근작인 『떠난』에 보면 그런 작가의 관점을 읽을 수 있는 글들이 많다. 아니, 『떠난』은 관조와 달관의 경지를 위한 수필집이라 해도 과언이 아닐 정도다.

> 아직 떠나는 것들, 떠나려는 것들이 있으니 나는 존재한다. 그것들이 떠나고 난 뒤, 나도 떠나야 한다. 떠나는 것들 속의 내가 떠나는 것일 뿐이다./알고 보면 삶이란 떠나기 위한 연습인 것 같다.(『떠난』, 17면)
>
> 할아버지가 가는 길은 소슬바람에 낙엽이 흩날리는 길이다. 뒷모습이 쓸쓸하다. 하지만 어깨 쫙 펴고 보무당당하게 인생의 마지막 길로 걸어 들어가야 한다. 손자 손녀를 끌어안기 위해 따스하게 가슴을 데워가며.(『떠난』, 32면)
>
> 빈손이 좋다. 글을 쓰는 빈손이다. 책을 내는 빈손이다. 아들들에게 책을 건네는 빈손이다. 텅 빌수록 좋은, 내 손은 어쩔 수 없는 빈손이다.(『떠난』, 46면)
>
> 침묵의 행간으로 내려선다. 많은 함의가 거기 고여 있다. 말로 풀어내지 않으면 답답하다. 그게 마치 인생의 답인 것처럼 단안을 내리지만 막상 열어놓고 보면 별것 아닌, 심상한 것에 불과하다. 노상 그렇게 살아온다./침묵은 내 생을 통해 풀 수 없는 영원한 숙제로 남을 듯하다.(『떠난』, 55면)

이처럼 앞부분을 잠깐만 살펴봐도 『떠난』은 관조와 달관의 경지를 드러낸 글들이 많음을 알 수 있다. 이는 고희란 연륜에서 우러나오는 것인지도 모른다. 그러나 연륜이 관조와 달관의 경지를 만들어주지는 않으므로 작가의 이런 자세는 많은 사고와 갈등, 성찰을 통해서 이루어진 것임을 알 수 있다. 이런 관조와 달관의 경지가 글에 대한 애착으로 이어지고 있음은 의

미심장한 일이라 할 것이다. 버림을 통해 새로 얻는 역설이 존재하기 때문이다. 그 경지가 만추지절의 자연에서 느끼는 감동이 아닐까 한다. 이런 이유로 해서 수필을 노년의 문학이라고 하는지도 모르겠다.(물론, 이에 대해 반감을 가지는 사람도 있지만.)

1-3 실험정신 : 새로운 수필 문학을 위하여

김길웅의 수필집은 다양한 기법의 실험장이다. 수필의 새로운 길을 모색하고 있는 그의 평론을 보면 그가 왜 다양한 기법을 실험하는지를 알 수 있다. 『떠난』의 부록으로 실린 「수필비평의 새 관점 정립을 위한 탐색적 접근」에서 그는 시적 서정성을 갖춘 수필, 서사적 요소를 갖춘 수필, 상상력(새로운 '의미부여')을 갖춘 수필, 영상수필, 음악 · 연극 · 미술 · 무용 · 과학과의 제휴를 통한 새로운 수필 양식의 개발을 강조한다. 이는 윤재천이 강조하고 있는 '새로운 수필'(윤재천 2010 : 245)[3]의 모습이고, '접목을 통한 발전'(윤재천 2010 : 334~347)에서 강조하고 있는 모습이기도 하다. 이런 자신의 의지를 적극적으로 실험하고 있는 것이 바로 김길웅의 수필집이다.

8월 초순 어느 하오
낙하했다
늙은 느티나무에서 매미 한 마리가 몸을 던졌다
불안한 착지에 허공이 한 번 휘청하더니 이내 잠잠해졌다
땅에 닿자마자 날개를 접는다

---

3) 윤재천은 앞의 책에서 이를 접목수필, 퓨전수필, 메타수필, 마당수필 해체수필, 종합수필이라 명명하고 그 존재 이유와 필요성에 대해서 처음부터 끝까지 일관되게 주장하고 있다. 아직까지 한국수필의 이론이나 새로운 방향성을 제시하지 못했음에 비추어 볼 때, 윤재천의 이런 주장은 큰 의미를 가지고 있다 하겠다.

지금 느릿느릿 기고 있다
길을 감지하는가
천당인가 지옥인가
좌우는 보지 않고 앞만 보고 간다
말이 없다
퇴장을 위한 침묵의 행진이다.(「퇴장 행진」, 『느티나무가』, 89면)

수필에 새로운 패러다임의 도입을 위해 실험적으로 활용하고 있는 시적 서정을 가미한 시-수필의 한 형태다. 이런 기법은 이후 『떠난』에서 적극적인 양상으로 변모한다.

긍정하는 것, 수용하는 것이 넓히는 자유가 진정한 것임을 터득한 지금입니다.
쫄깃쫄깃 씹히는 달디 단 제한적인 이 자유가 누가 재단했건 그야 무슨 상관이겠습니까.
나이 먹어 온 시간만큼 꼬이고 뒤틀리긴 했지만 어디까지나 창조적인 연마입니다.
날이 갈수록 어루만져주는 애무의 눈길에 매달려 나는 행복합니다.(「분재」, 『떠난』, 170면)

장마도 제 꼬리 긴 건 알아 도마뱀처럼 띄엄띄엄 도막내는 모양이다.
기분 눅눅한 거야 연년이 겪느니 구시렁댈 일 아니다.
삶이 금 가고 찢어지고 무너지는 게 문제다.
길이 빗물로 넘쳐나고 한 마을은 집들이 물에 잠기는 소동이 벌어졌다.
진즉 문명이 물길을 막아 수재를 불렀으니 인재다.

국지성 집중호우가 문명의 목덜미를 물어뜯고 패대기친다.
인과율이 건방떤 죄 값을 톡톡히 치르라는 것이지.
열흘로 이어지던 장맛비가 잠깐 갰다.(「비 갠 뒤」, 『떠난』, 176면)

이외에도 「여름 나무가 하는 말」(『떠난』, 72~73면), 「폭설 뒤」(『떠난』, 193~194면), 「호두」(『떠난』, 204~205면), 「추락」(『떠난』, 225~226면) 등을 통해서 실험을 계속하고 있다. 이런 시-수필 말고도 김길웅은 새로운 형식의 수필을 추구하는데 그것은 바로 서사의 형식을 빈 이야기-수필이다.

그가 추구하는 이야기-수필은, 체험이니 일상적이니 하는 함정에 빠질 위험성이 상존해 있는 수필에 허구를 과감하게 도입함은 물론, 소설의 갈등적 요소와 서술기법까지 도입하여 소설 형식으로 진술하려는 것이다. 서사의 기본요소인 허구와 인물, 갈등 등을 적극적으로 활용하고 있다. 그는 "시적 정서와 소설적 호흡의 결합, 이는 상상만 해도 가슴 뛰는 일"(『떠난』, 239면)이라고 의미를 살핀 후, "시적 감성에 소설적 흥미의 요소가 궁합을 이루는 이벤트화한다면, 21세기 문학의 총아로서 문학적 상품가치는 상종가를 창출할 것"(『떠난』, 239면)이라고 낙관하고 있다. 문학의 불모 시대, 감각적인 것만을 추구하는 감각의 시대에 수필이 나갈 길을 모색하고, 새로운 형식과 내용으로 문학에 생명을 불어넣으려는 그의 의지는 이처럼 굳세다. 이런 굳센 의지를 바탕으로 하기에 수필의 미래에 대해서도 낙관적이다. 이런 낙관성은 시-수필과 이야기-수필 형식을 통해서 작가 스스로 가능성을 발견할 수 있었기에 가능한 것인지도 모른다.

그의 수필은 대체적으로 일반적인 수필보다 길다. 대체로 일반적인 수필은 원고지 10매 내외로 서술되는데 비해 그의 수필은 일반적인 수필의 두어 배를 능가한다. 이런 경향은 그의 첫 수필집인 『삶의』에서부터 줄곧 이어지는 속성이다. 이 수필집의 첫머리에 실린 「달밤이 주는 것」도 8면(13~20면)

에 달한다. 일반적인 수필의 네 배 정도의 길이다. 거기에는 서사적인 요소가 개입되고 있기 때문이다. 서사처럼 서술자와 등장인물을 설정하여 이야기 형식으로 풀어간다. 이런 속성은 자신이 평소 지론인 이야기-수필을 추구하는 것이라 볼 수 있다. 물론, 일반적인 수필 분량에 맞춰 쓴 수필도 있지만 그의 수필이 일반적인 수필과는 달리 장형長型을 취한다는 것이 한 특징이다. 이야기-수필을 실험하고 있는 것이다. 이를 통해 수필의 새로운 가능성을 모색하고 있는 것이다.

정주환은 '5매 수필'이란 명칭으로 짧고 압축적인 수필의 의의를 강조하고 있다.[4] 이런 수필은 시-수필의 장점을 적극적으로 수용하는 것으로 압축미와 서정성을 강조하고 있다. 그러나 김길웅은 여기에 머무르지 않는다. 이야기-수필로 새로움을 구가한다. 또한 이야기-수필은 다양한 형태로 전환이 가능하다는 점에서 진폭이 크다 할 것이다. 그 실험적인 노력을 적극적으로 하고 있는 게 바로 김길웅인 것 같다. 하나의 작품집에 이런 다양한, 새로운 시도의 기법들을 뒤섞어놓은 그의 글은 우리 특유의 비빔밥을 연상시킨다. 따라서 김길웅의 수필에 대한 평가는 이런 실험적인 작품들을 얼마나 다양하게 쓰느냐에 따라 달라질지도 모른다. 당장은 각광을 받지 못할지도 모르고, 실험성에 대한 정당한 평가를 받지 못할지도 모른다. 그러나 수필의 체질 개선은 이제 선택이 아니라 필수인 만큼 그의 실험정신에 기대를 걸어본다.

나오며

수필을 '붓 가는 대로 쓰는', '특별한 형식이 없는', '자유로운 양식의 문학'이라는 인식은 수필의 상상력과 문학성을 제한해왔을 뿐 아니라, 수필의 위

4) 정주환, 앞의 책, 3~21면.

상에도 큰 해를 끼쳐왔음은 주지의 사실이다. 이런 인식은 아무런 소재나, 자유로운 형식으로, 자유롭게 쓰는 글이란 인식을 주어 "독자보다 많은 작가"를 양산하는 결과를 초래하기도 했다. 그 결과 수필의 문학성이 떨어졌고, 그에 말미암아 수필은 '잡문雜文'이란 인식을 고착화하면서 독자들의 관심에서뿐만 아니라 문학가·문학연구가의 관심으로부터도 멀어졌다. 이런 때에 수필에 대한 성찰이 본격화되고 있음은 다행스러운 일이라 하겠다. 수필계 스스로 자성과 반성을 통해 양보다는 질적으로 우수한 글들이 산출될 때 수필은 다시 독자들의 사랑을 받고, 문학의 한 장르로 당당하게 자리매김할 수 있으리라 생각한다. 또한 그렇게 됐을 때 문학사에도 수필의 자취는 뚜렷해질 것이다. 그런 의미에서 윤재천이 『윤재천 수필론』에서 시종일관 강조하고 있는 해체·퓨전·마당·종합·접목·메타수필은 선택이 아니라 필수라 할 것이다. 그런 점에서 김길웅은 나름대로 위상을 가지고 있다.

김길웅의 경우는 시-수필, 소설-수필의 양식을 적극적으로 실험하는 한편 일정한 궤도에 올려놓음으로써 제주수필문학에 한 획을 긋고 있다. 이런 점을 높이 평가하여 연구의 대상으로 삼은 것이다.

수필계의 자성과 반성, 새로운 모색을 통해 '새로운 수필'이 창작되고 있다. 그에 맞춰 수필에 대한 연구나 이론화도 활성화되리라 본다. 고인 물은 썩어버리듯이 정당한 평가와 비판이 없는 문학 또한 부패해서 어떤 생명체도 존재할 수 없는 썩은 물이 되어버린다. 그러기에 수필에 대한 관심과 평가, 나아가 문학사의 한 대상으로 서술하는 일은 시급한 과제라 하겠다.

이 글은 김길웅의 수필에 대한 고찰로, 개별 작가의 작품을 고찰하는 것에 머무른다. 그러나 필자의 원래 의도는 제주문학사란 거시적 관점에서 개별 작품들을 고찰하고자 한 것이었다. 따라서 본고는 개별 수필에 대한 이해와 정당한 평가를 시작으로 하여 수필을 문학사의 한 영역으로 자리매김하기 위한 전초전에 해당한다. 그런 의도를 실현시키기 위해 이제 한 걸음을 뗀 것이다. 제주도 지역에서 활동하고 있는 수필가들의 작품을 대상으로 삼아 그 영역을 점점 확대해 나갈 것이다.

참고 문헌

김길웅, 『내 마음 속의 부처님』, 제주문화 : 제주, 2002.

김길웅, 『삶의 뒤안에 내리는 햇살』, 정은문화사, 2004.

김길웅, 『느티나무가 켜는 겨울 노래』, 대한문예, 2010.

김길웅, 『떠난 혹은 떠나는 것들 속의 나』, 대한Books, 2011.

수필가 오차숙의 출간 축하 메일

김길웅 선생님!

그 열정, 그 패기, 그 문학성~

우선 시집《긍정의 한 줄》과 수필집《느티나무가 켜는 겨울 노래》두 권의 동시 출판을 축하드립니다.

정년을 하시고도 넘치는 문학성이 독자를 매혹시키고 있으니, 축하를 드리지 않을 수 없습니다.

한 문장, 한 문장이 은유를 바탕으로 한, 시이고 철학이고 사랑이고 아픔이고 관망이고 응시이고. 어쩜 그럴 수가 있습니까.

매너리즘에 빠져 있는 한국 수필가들의 의식에서 탈피하여 시적인 수필을 펼쳐 나가고 있으니, 어찌 수필을 신변잡기라고 하겠습니까.

열심히 공부하겠습니다.

2010. 7. 16. 오차숙 드림

(『현대수필』 주간, 서귀포시 오조리 출생)

바다 건너온 반숙자 수필가의 메일

김길웅 선생님,

유례없는 폭염에 평안하시온지요?

저는 선생님께서 보내주신 두 권의 저서를 벗삼아 좋은 시간을 보내고 있습니다.

제7수필집《마음자리》를 놀라움 반, 존경심으로 차서 한 편 한 편 읽고 있습니다.

그동안 지면에서 수필을 대하고 참 좋은 수필을 쓰는 분이시네 하던 막연한 감정이 구체화되는 시간이었습니다. 어느 한편 소홀함이 없는 성실성에 놀라고, 힘 있는 문장에 놀라고, 깊은 사유에 고개가 숙여집니다. 이런 경지에 오기 위해 얼마나 많은 시간과 각고가 함께 하셨을지 생각하면 폭염에도 가슴이 서늘했습니다.

권말기를 읽을 때는 그간 제자들에게 써 준 글이 부끄러움으로 떠오르기도 했구요. 감사합니다.

다시 시작하는 마음으로 선생님 글을 등불 삼아 정진하겠습니다.

모쪼록 건강하시어 귀감이 되는 수필을 계속 써 주시기 바랍니다.

2018. 8. 16.

충북 음성 반숙자 드림

작품평

〈제2회 문학秀문학상 대상〉

수상작 제8수필집『읍내 동산 집에 걸린 달력』

김 종 (시인)

문학의 여러 요소 가운데 수사학과 시적인 관계는 원천적이면서도 실질적이어야 합니다. 이는 운문이든 산문이든 문학이 독자에게 감동적으로 다가가기 위해서는 이들의 관계가 보다 절묘해야 한다는 의미이기도 합니다. 이를 통해 표현상의 안정감을 주고 흥미로까지 연결되면 좋은 작품은 저절로 얻어지는 것이 아닌가 생각합니다. 오래된 기억의 조각들을 자별한 언어로 소환하여 개성있는 표현으로 빚는다는 것은 범상한 일이 아니어서 제8수필집『읍내 동산 집에 걸린 달력』은 독자는 물론 문학을 공부하는 후진들을 위해 더없이 마땅한 필독서 같기만 합니다. 끊임없는 사유와 언어적 절차탁마를 작품창작에 직결시키는 김길웅 선생님은 그런 의미에서 좋은 문장을 구사하는 몇 안 되는 작가로 평가받고 있습니다. 그의 유려하면서도 깊이 있는 문장들이 가득 담긴『읍내 동산 집에 걸린 달력』은 동보 김길웅 선생님의 향기 높은 문장을 들여다보는 샘자리가 되기에 충분하다고 하겠습니다. 이 자리를 통해 선생님의 문장들이 갖는 품격과 언어운용은 새삼 감동의 비밀을 들여다보는 기회가 된다는 점에서도 김길웅 선생님을 우리가 주목하고〈문학秀문학상 대상〉에 모시는 이유가 되기에 충분하다고 생각합니다. 선생님의 작품집을 따라가다 보면 어느새 작품 한복판에 이르게 되고 마무리에 이르러서야 비로소 선생님이 보여주고자 한 메시지가 무엇인가를 감득하는 기쁨 또한 크다고 하겠습니다. 갈피 갈피에서 상징어가 던져주는 알레고리라든가 직관적으로 번져온 언어세계의 묘미들도 선생님이 아니면 다가서기 어려운 문학적 장치가 아닐까 생각합니다. 산문문장이 시적인 수사학과 자연스럽게 연맥되면서 작품 전체의 의미에 나아가고 이를 따라 문학으로서의 가치와 풍미가 무엇인가를 알아차리게 하는 문장이야말로 우리가 추구해야 할 일급문학이기도 합니다.

제주를 떠올리면 바람도 많고 여자도 많고 돌도 많다지만 문학의 맹주 김길웅 선생님이 계셔서 제주가 더더욱 가득한 땅으로 기억되는 것이 아닌가 싶습니다. 자신의 지역을 지키면서 이 많은 세월에 많은 후진들을 양성하신 점도 그의 문학에 못지않는 선생님의 존재감이라 하겠습니다. 작가 동보 김길웅 선생님의 그간의 문학적 성과와 이번 무게감 있는, 오늘도 그의 문하에서 공부하는 문학 후배들을 위해 『문학秀』가 드리는 제2회 문학대상은 김길웅 선생님에게 돌아가는 것이 마땅하다고 심사위원 전원 일치로 결정하였습니다. 문학상 대상이 선생님의 문학적 성취에는 많이 작지만 저희가 담은 정성만은 크고 정갈하고 확실합니다.《문학秀문학상 대상》을 받으시는 김길웅 선생님께 거듭 축하를 드리고 앞으로의 나날에 큰 건강을 기원합니다.

13. 시인으로 등단하다

수필을 쓰면서 늘 문학적 결핍에서 벗어나지 못해 방황했다. 오랫동안 시를 열망하다 2005년 11월 월간 시 전문지 『심상』(385호)에서 신인상으로 당선돼 등단했다. 수필 등단 12년 만이다. 돌이키건대 가슴 벅찼던 일로 감회가 새롭다.

등단작은 〈문이 열리는 소리〉, 〈원명사〉, 〈폐가〉, 〈귀가〉 4편이다.

> 너를 처음 만나던 날, 알았어. 난 네게 눈 어둡고 귀 멀었어. 혈관의 피가 다 말라 숯덩이가 되었어. 네가 있었기에 존재할 수 있었어. 너만 보았고 너만 보였어. 빛이 모여들고 있어어. 빛이 몰려오고 있었어. 해도 달도 별도 다 네게로 와 빛을 잃었어. 세상의 빛이란 빛을 다 그러모은 네 몸의 찬란한 광휘. 그 빛을 눈 맞추는 순간, 빛이 한 올 한 올 흩어지고 있었어. 해가 솟고 달이 뜨고 별이 돋아나기 시작했어. 어둠을 향해 눈이 열렸어. 귀에 빛이 꿈틀거렸어. 피 멎는 소리, 아, 문이 열리는 소리.
>
> -〈문이 열리는 소리〉 전문

마음 허허롭거든
원명사 가까이 오게나
부도 속 침묵이 말씀으로 오나니
염불은 듣지 않아도 되네

노상 우리는 무상함을 내세워
삶을 덧없다 말하지만
원명사에 내린 하늘이
하얀 거품으로 또 한 번 부서져
윤회의 길로 나서고 있네

살다가 행여나
초조해지거든
원명사 쪽으로
몸이라도 틀고 앉을 일이네

우리들 세상엔
부도보다 견고한 침묵이 없고
촛불은 제 몸 태우는 공양으로
그 위의 길을 밝히고 있네

지친 하루를 등에 진 채 좋으니
원명사 인근 솔숲 어디쯤에서 몸을 부려보게나
한낮에도 촛불은 타오르려 묵언의 시간을
희디희게 밝히고 있네

- 〈원명사〉 전문

바람에 이끌려
무심코 들어선다
길 건너
바다가 따라왔다가
파돗소리만 놓고 돌아선다
허리까지 올라온
키 큰 잡목들이
낯선 얼굴에게 경계의 눈빛을 세운다
망초들
웃자란 채 허우대를
위태롭게 붙들고 서 있다
토담벽에 시간의 지문이
퍼렇게 묻어나고
안방에 남기고 간 노파의 기침 소리가
거미줄에 매달려 퍼덕인다
이따금 안개가 들어와 기웃거린다
무너진 돌쩌귀에
눈 번쩍이며
귀 열고 있다

-〈폐가〉 전문

일산 가
사나흘
손 놓고
아들네와
섞다가

돌아온 저녁
하늘에 구름 껴
놀도
안 서
어둑한데

어디에 무얼
두고 온 걸까

아내는
부엌 가고
난
난실에 들어
물을 주네

-〈귀가〉 전문

당선소감

무인도를 꿈꿀 때가 있다. 섬에서 태어나 어지간히 부대꼈으니 이 섬을 떠나보면 어떨까. 섬 중 섬이면 어떨까 하는 생뚱맞은 생각을 하는 것이다. 이왕이면 그 섬이 무인도였으면 하는 것은 섬이라는 숙명이 갖다 주는 단절의 극점에 서고 싶은 때문이다. 내 무딘 감성도 고립의 극한에 세워놓으면 소스라쳐 깨어나리라는 환상에 잠기곤 한다는 얘기다.

그 섬에 나만 있을 것이다. 나 혼자라야 혹독할 수 있다. 낮게 드리운 하늘 아래 파돗소리에 귀를 씻으며 빛나는 햇살 속에 영롱한 자유의 알갱이들을, 바람이 켜는 섬의 노래를 내 시 속에 담아내고 싶다. 그리하여 섬 속의 내 삶이 무르익는 어느 시점에 섬이 체화體化하여 나의 시가 될 때 가서야 그때 나는 그 섬을 떠나 세상으로 나올 수 있을 것이다.

시는 이미지의 숲이고 그 숲이 그려내는 은유의 정신도精神圖다. 산만한 도보가 아니라 격렬한 춤의 언어, 박진감 넘치는 영혼의 퍼포먼스 아닐까.

하지만 시가 이념의 도구로 전락하는 것은 용납될 수 없다. 시에 대한 인식과 형식의 틀을 깰 수는 있다. 그러나 해체의 가치만을 고집하는 것은 경계해야 한다. 다양성의 명분을 내세워 시 본연의 정체성을 훼손해서도 안 된다. 이 모두가 시가 빠지기 십상인 자업자득의 함정들이다. 한국시의 문법을 찾고자 할 때, 전통과의 접맥을 소홀히 해 선불리 저버릴 수는 없는 게 아닐까.

그토록 그리던 『심상』의 품에 안겼다. 자그마치 안도하되 무조건적 사랑에 매달려선 안될 것을 알아차릴 나이를 이미 먹어버렸다. 교직에서 정년퇴임하고 난 후 방황의 시간이 몹시 두려웠다. 이제부터 시간의 유실에 마침표를 찍고 오로지 시에 전념할 것이다. 아직은 눈멀어 안 보이고 귀먹어 안 들린다. 머잖아 눈 뜨이고 귀 트이리라는 믿음이 있다. 시에 겸허히 다가서고 싶다.

메마른 시심을 흔들어주느라 책상머리에 들꽃을 꽂아주는 아내에게 살며시 눈짓을 보낸다. 내가 쓴 좋은 시 한 편 소리 내어 읽어 줄 날이 올 것이다.

심사평

오늘의 시를 보는 눈

이번 신인상 심사에서 특별한 것은 시가 지난 언어의 내포성을 도구로 하여 사물의 깊이를 드러나게 하는 방식과는 달리 사실성을 시의 표현 기법으로 사용하는 시편들이 눈에 많이 띄었다는 사실이다. 그 이유는 여러 가지 있을 수 있지만 영상이 중심이 된 문학적 변화와 가장 깊은 연관이 있지 않을까 한다. 이 영상성은 전달의 도구로 영상이 활용되고 이 영상의 이미지에 익숙해짐으로써 언어의 표현 기법이 자연스럽게 그림화되어 가는 추세라고 할 수 있기 때문이다.

그러나 이미지가 풀어져서 설명적 형상이 되면, 주제가 주는 깊이가 단면화되어 그렇게 감동을 끌어내기가 쉽지 않다는 점도 생각해 보어야 할 것이다. 이번 결선에 오른 작품 중에 박은영씨, 최정희씨, 지상영씨, 김유원씨는 훌륭한 시적 정신과 예리한 성찰력을 가지고 있다는 점을 알려주고 있었지만 언어의 선택, 비유의 적합, 의미의 유기적 결합 등 한두 가지 문제로 다음 작품을 기다리기로 했다. 좋은 작품을 보내주기를 빈다.

김길웅씨의 시편은 사물과 떨어진 자리에 서서 볼 수 있는 예지적 묵시가 시의 개성을 이루고 있다. 다만 시의 형상이 짜여진 틀에 갇혀 있는 듯한 느낌을 주는 것은 새로운 것보다 지나온 것에 관한 시각을 시에 보여주고 있다는 점이라는 느낌도 든다.

그러면서도 그의 시편은 그가 바라는 시의 세계가 깊은 명상의 깨달음처럼 스쳐 지나갈 수 없는 의미의 심층을 지니고 있다는 점이 그만의 개성이 되고 있어서 앞으로 좋은 시를 기대하게 된다.

심사위원 : 박동규 (문학평론가, 서울대 명예교수)

문홍술 (시인, 서울여대 교수)

신규호 (시인, 성결대 교수)

14. 새벽을 여는 시(경북일보)

그 풀빛

김길웅

낯선 사람처럼
내게서
돌아앉는 이가 있다

그의
뒷모습을 보다
먼 산을 바라본다

내 무엇이 그를 보내고 있는지
속은 왜 아린 건지
아리송한데
뺏속에 들어와 앉는

한겨울 낙엽수가
그토록 그리워하는 초록
그 풀빛이다

단지
그것이다

이 시는 한마디로 시의 함축성과 간결한 이미지를 잘 보여줌과 함께 시가 지닌 결론 또한 깔끔하고 상큼하다. 결론은 '단지/그것이다' 흔히 사랑을 말할 때 천년만년 이어질 것처럼 말한다.

그러나 그것은 마른 풀잎을 한 순배 마시고 지나가는 소나기처럼 격정의 한순간의 포옹에서 멈추는 자연의 섭리와 다를 바 없다. 다만, 우리가 그 사랑을 지탱할 수 있는 것이 있다면, 그것은 모든 것을 싸안을 수 있는 '기다림과 그리움'의 여유만이 있을 뿐이다.

여기 중진 시인 김길웅이 '그토록 그리워하는 초록/ 그 풀빛'이 봄을 기다리는 겨울 나무의 초록이든, 작자의 가슴속 영춘迎春의 초록이든 기다림 그 자체가 '단지/그'이라는 데 이 시를 읽는 모두가 동의하리라. 특히 사랑해 본 이면 말이다.

근작 시인의 제6집《그때의 비 그때의 바람》에서 실로 오랜만에 이 같은 시를 접하게 돼 무척 즐겁다. 제주시 출생『심상』천료 등단, 제주문인협회 회장 역임.

- 이일기 (시인,『문학예술』발행인)

15. 시를 배우던 시간들

〈줄줄 식은땀 흘리던 영혼〉

김길웅

*

내게는 문청 시절이 없었다. 1961년 사범학교를 졸업해 그 해에 초등교사로 발령받고, 그 어간 교원검정고시를 거쳐 고등학교 교사가 됐다. 연속적으로 고3을 맡아 입시국어를 가르치며 문학과는 딴 세상에 있었다. 국어 강의를 내리 했지만, 사지선다형 답 맞히기에 급급한 것이었다. 가르치는 것과 창작은 별개다. 덧없는 긴 공백이었다.

그 고단한 늪에서 헤어 나온 게 지천명, 그제야 언어에 갈급했다. 수필로 등단하고 다시 십 년 뒤 시의 문을 노크했다. 손으로, 몸으로 두드리고 밀쳐도 시는 빗장을 지른 채 꿈쩍하지 않았다.

정년퇴임하면서 정신에 허기가 와 찾은 곳이 도서관이다. 행운을 만났다. 몇 발짝 떼어놓으면 산이 있고, 산줄기는 굽이쳐 바다와 만나며 나를 싸고돌았다. 시집을 닥치는 대로 섭렵했다. 일간지에 나오는 '아침의 시'들도 깡그리 스크랩해 밑줄 치며 읽었다. 육화肉化하기 위한 세포반응이었다. 지금도 나는 점심시간에 먹던 도서관 구내식당의 그 멸치국수 맛을 잊지 못한다.

몇 년 전, 시 공부한다고/ 댓 해 죽치고 앉았던 도서관 시절 있었지/

줄줄 식은땀 흘리던 영혼/ 산을 끼고 있어 산만 빙글빙글 돌았었지/ 그런 해후/ 산과 바다가 만나는 길에서 시를 울먹이며 눈 붉히다/ 그냥 돌아오곤 했었지/ 자리로 도로 와 턱 괴고 앉으면/ 나무로 부활하던 시들/ 언어를 유폐한 책 속에서 사무치도록 책의 뼛속을/ 이파리로 돋아나던 시들/ 오늘 내 첫 시집에서 시 한 편 꺼내 읽노라니/ 눈앞으로 무엇이 스치고 지나네/ 꽃도 아닌 것이/ 빛도 아닌 것이 마른 땅 위로 그때의/ 비 내리고 또/ 산을 내리던 그때의 바람.

-(졸시 〈 도서관 시절 〉 전문)

도서관은, 나를 산사에 유폐하지 못해 막판에 고른 곳이다. 다섯 해를 그곳에 살다시피 했다. 그러노라니 좁은 바닥에 김 아무개가 도서관에 죽치고 앉아 시 공부한다는 소문이 돌았다.

마침내 신인상에 당선돼 시인의 반열에 오르게 됐다. 황홀했다. 움직이는 물은, 그 속에 꽃의 두근거림을 지닌다. 열망하던 '심상시인회'에 합류한 것이다. 바슐라르는 수련을 "낮과 밤의 리듬에 그토록 충실한 복종, 새벽의 순간을 알리는 그 정확성, 그것이야말로 수련으로 하여금 바로 인상주의 꽃이 되도록 한 이유다. 그것은 세계의 한순간이다. 두 눈을 지닌 아침이다. 또한 여름 새벽의 경이다."라 했다. 나는 한 작은 연못에 수련으로 피어났다.

*

등단은 변신이었다. 그리고 구원이었다. 나는 매일 새벽 세 시, 한 마장 안 불탑사의 목탁소리에 깨어 있다. 새벽의 순간을 알리기 위해 수련으로 깨어난다. 찬물로 세안하고 동창을 열어 새벽 공기를 불러들이며 서안에 앉는다. 잠시 눈을 감고 에드문트 후설의 음성을 경문처럼 중얼거린다. "절대적인 것이 없는 이 세상에서 능동적인 힘으로 자신을 더 높은 수준으로 끌어올리기 위한 성숙한 변신을 이룩하지 못하면 죽은 자나 다름없다." 어느새 자기암시에 걸려든다.

내 소우주 안으로 하늘이 열린다. 끄느름하던 하늘에 동살이 틔면서 터진 틈으로 별들이 반짝이기 시작한다. 번뜩이는, 작아도 소중한 별들이다. 내 연못에 뜨는 별 하나에 언어 하나, 다른 하나에 은유. 옥상에 올라 바라보던 한라산이 실경實景으로 다가오고, 눈 아래로 바다가 뒤척이며 어제완 다른 낯선 소리를 변주한다.

나는 비로소 존재한다. 나무와 꽃과 새가 침묵하다 내게 말을 걸어온다. 말하는 침묵엔 저마다 파동이 인다. 그리고 공명한다. 나는 엄연히 그들이 불러주는 노래를, 그들의 꿈틀거리는 감정을 대필하는 사람으로 있다. 이미지를 받아 적는 것이다. 내가 시를 빚는 게 아니라 시가 나를 만든다. 소리가, 빛으로 오는 빛의 소리가 시를 부르고 나는 받아쓰기한다.

나는 시를 다작한다. 신새벽이 내가 습관적으로 시를 쓰는 시간이다. 한 달 스물예닐곱 편이면, 몸이 술에 젖어 버리는 날만 빼고 쓴다는 셈본이다. 시는 내게 치열하게 나를 넘어서는 집념의 노작, 그것의 결과물이다. 그새 쓴 시의 편수를 말하지 않는 것은 미완의 것들, 태반이 태작駄作이라 그런다. 많이 써 놓고 어느 시기에 따로 줄을 세운다. 체로 씨알을 쳐내듯, 충실한 과일을 선과하듯 옥석을 가리는 재미가 각별한 것은 고약한 나만의 습벽일까.

*

내 시작詩作을 버텨 온 '발' 그리고 내 시의 창窓이 돼 온 '구멍'에 대해 허드레 얘기를 떠벌이려 한다.

내 정신의 내적 기반이 허해 휘청할 때가 있다. 무엇이 나를 직립하게 하는가. 철학이 절름거리고 몸은 잔뜩 노쇠의 길에 서 있다. 그래도 이게 생명을 다스리는 이치인가 해 시간의 자락을 딛고 선다. 꽃 앞에 서면 '발' 없이도 허공을 밟고 설 것 같다. 개화로 꼿꼿이 설수록 강고해 봄을 기다리는 꽃처럼.

저렇게 한순간만이라도 허공을 짚고 직립할 수만 있다면 좌르르 쏟아지며 내 한 생이 마음껏 기울어도 좋으련만. 발의 노고에 대해 무어라 위로의 말을 해야 하나. 시를 위한 끊임없는 탐사의 행보로 굳은 살 박인 내 발바닥을 들여다보다 눈이 흐려지곤 한다. 발에게 져 온 부채를 변제하기는커녕 덜어낼 방책이 없으니 문제다.

'구멍'을 생각한다. 바깥세계로 열어놓는 유효적절한 틈. 삶을 거둬들이는 수납공간. 근원에서 발원해 회귀하는 그곳으로 빛 한 줄기 흘러든다. 들고 나는 사통팔달의 통로가 사고의 숨통을 틔우고 삶의 여백을 열어놓곤 한다. 열화 같은 욕망은 마중물을 내보내는 출구의 폭발적 시도로 이어진다.

내 시의 탄생을 구멍에서 찾는 것은 온당한 탐구적 추적이다. 어느 날, 그쪽으로 빛이 들고 있음을 보았다. 내 시는 탯줄을 끊고 세상으로 나오던 그 속 홍건하던 즉물적 감촉의 기억을 간직하고 있을 것이다. 그 순간, 자신의 미래를 어찌 예견이나 했으랴. 단지 울었을 뿐. 울음을 터트렸던 생경한 소리의 낯섦, 그 단순함.

시의 진화를 위해 나는 아직도 발과 구멍에 관해 통찰을 멈추지 않는다.

설레발

김길웅

긴가민가
줄글인지 홍타령인지
운문인지 산문인지
은유라는 건지 서술이라는 건지
냉탕인지 온탕인지
사뭇 어중간해
오늘도 헛발질, 미적지근한 사유로 부산한
플랫홈을 나댈 뿐
무얼 쓰노라며 설레발만 치는가
만져지지 않고
귀 기울이게 하는 산울림
손에서 가슴으로 일렁이는 한 이랑
울림 같은 게 없으니
막막한

16. 김길웅 선생의 시와 개구리발톱

- 전 제주작가회의 회장 김창집

김길웅 선생님이 두 번째 시집을 냈다. '다시 살아나는 흔적은 아름답다' 라는 제목으로 100여 편을 묶어 냈다.

1부 다시 살아나는 흔적은 아름답다, 2부 우중 산책, 3부 석류의 낙화가 붉은 이유, 4부 낙화를 위한 변명, 5부 정 떼다, 6부 기다리는 건 그리고 자작시 해설로 '시詩다운가'를 곁들였다. 그 중 다섯 편을 골라 별도봉에서 봄을 맞는 여린 개구리발톱과 함께 싣는다.

개구리발톱은 쌍떡잎식물 미나리아재비목 미나리아재빗과의 여러해살이풀로 개구리망이라고도 하며 산기슭 나무 그늘에서 자란다. 높이는 15~30cm 정도이며, 뿌리잎은 덩이줄기에서 뭉쳐나며 잎자루가 길고 뒷면이 희다. 4~5월에 담홍색 작은 꽃이 줄기 끝에 한 송이씩 피고 열매는 별 모양의 골돌과로 산기슭에 난다. 한방에서는 소변불리, 요로결석, 치질, 자궁염, 임질, 경기, 간질 등에 처방한다. 민간요법으로는 뱀이나 벌레 등에 물렸을 때 찧어서 상처에 붙인다.

다시 살아나는 흔적은 아름답다

가뭇없이 지워졌다
다시 살아나는 기억 하나
눈을 빛내고 있다
마주한 물푸레나무 이파리만한
아주 조막만한
유년의 기억 한 쪼가리
배곯아 긴긴 겨울밤을 어린아이
군침 삼키는 곁에
돌아눕던 어머니
당신의 흔적은 아무 데도 없었는데
이순의 문턱을 넘어선 날
내 앞 허공에
길인 듯 강물인 듯 허공인 듯
산인 듯 하늘인 듯
당신이 만지다 간 흔적은
세상없이 아름다워라
바람이 지우다
지우다 아직도 남은.

산그늘

늦가을 날엔 휜 허리만큼 길어진
산그늘이 등 뒤로 두어 발쯤 해를 밀어내며 온다

비듬처럼 하루의 미련들을 털어내느라 길게 늘이며 자리를
뜨려는 마련으로 오는 산그늘이 지는 이맘때를 놓칠세라 산에
눈을 맞추면 산은 잠시 뒤의 밤을 맞는다고 이미 옷가지
하나 껴입어 듬직한 모습이다 일상의 일들이 산그늘 속으로
편입되면서 다들 다소곳하다 비록 한낮이 속절없다 하나 경계를
서성이는 나도 어둑한 저 안으로 슬쩍 들어서면 어떨는지

다소간에 지워가며.

미완未完

몇 날 며칠 버둥대던 열매가 안 된 꽃의 낙화가 서러운 밤
시 한 줄 건져내지 못한 채 안고 잠들었던 작은 평화가 흔들렸다
무엇이든 온전하지 못한 걸 바라보노라면 마음 아프다
외진 골짝 쑥부쟁이도 꽃을 피우고 늙은 새의 날갯짓이 고단하긴 해도
하늘을 이고 산다는 것은 축복인데
꽃 피우고 날으려는, 아직은 미완未完이나.

때수건

책무라기보다는
남루히 살아가며
다만 존재를 생각하는 것이다
천생天生을 저버리지 않는
삶이 숭고한 것은
그가 수차례 지나간 자국에
피는 꽃에서 보았다
몸 닳고서
그만한 꽃이 핀다는
그것.

공중

때로는 중심이 없어야 한다
비명을 지를 만큼
흔들리는 자유를
왜 마다 하느냐
그 속에 집 한 채 짓고 들어앉아
새를 맞이해 담소하는 경계에서도
흔들리고 싶다
굽어보면 어지럽고
우러르면 더 날고 싶을 터이니
그냥 몸 들인 채로 있겠다
중심은 없어도
흔들리기만 하면.

17. 시 월평

〈「대한문학」 2012 여름호·계평/시〉

시의 궁극은 감동

김길웅(시인·본지 편집위원)

시는 인간과 자연과 사물 등 대상의 본질을 시적 상상을 통해 형상화하면서 가급적 함축하려 든다. 시의 메타포이다. 상징, 비유, 풍자, 역설, 알레고리 등이 모두 그 한 기법으로서 모두 메타포의 생성에 유기적으로 기여한다.

이러한 기법들은 시가 독자에게 감동을 줄 수 있도록 구조적으로 작용하게끔 돼 있다. 다른 장르에 비해 시야말로 정제된 형식과 짧은 호흡을 무기로 독자에게 울림으로 다가감으로써 그 본질적인 임무에 충실해야 하는 장르다. 이는 시가 갖는 본성이 감동이라는 데 연유할 것이다.

시적 감동이 자연이나 전통적 정서의 전유물이 아닌 이상 그것에 접맥돼야 한다는 복고적 인식의 카테고리 속으로 끌어들이려는 견강부회가 아니다.

가령 안온한 시작 태도에서 탈피해 사회의 모순과 비리를 풍자하는 현실참여 혹은 현실고발적인 시를 쓸 수 있어야 한다. 학교 폭력과 지구온난화와 환경문제, 디지털시대의 인간소외 문제를 다룰 수 있어야 함은 물론이다. 시인도 엄연한 생활인인 이상 그가 처해 있는 현실적 상황을 간과하거나 좌시하는 자세는 온당한 것이 아니다. 그러한 안일한 시작은 오히려 독자들로부터 빗발치는 비난과 성토의 대상이 돼 마땅하다. 시인은 시대의 문제를 수용할 수도 있고 초월할 수도 있을 것이나, 현실적인 상황을 시화함으로써 일정수준 시대 사회에 대한 책무를 저버릴 수 없음은 지극히 당연한 처사다.

그렇다고 날것을 낚아채는 매처럼 목적적인 것에만 급급해서는 안 된다. 경계해야 할 것이 시의 비시화非詩化이다. 우리는 한때 현대시사에 작은 흔적을 남긴 참여시의 예로 카프카의 시를 기억한다. 그것은 독자를 외면한 한낱 넋두리였지 않은가. 오늘에도 생경한 관념의 시에 매인 나머지 독자와의 소통의 벽을 허물지 못하는 시들이 널려 있는 실정임을 경계할 필요가 있을 것 같다.

물론 독자의 몫으로 돌려줘야 할 감동이란 것은 어떤 특정한 내용에서만 유발된다고 보지 않는다. 다만 어떠한 작품의 가치를 평가할 때 내용의 가치를 소홀히 취급해서는 결코 안될 것이고, 형식과 내용 어느 한쪽에 치우쳐서도 안된다.

어쨌든 시적 효능의 핵심은 감동이다. 양산되고 있는 대부분의 시들이 독자에게 감동의 쾌락을 던져주지 못하고 있을 뿐 아니라 오히려 혼란만 가중시키고 있지 않은가 한다. 시의 존재론적 이유를 운위하기 전에 그런 시 작업은 종식돼 마땅한 것이 아닐까. 고도의 기법에 의해 쓰인 시에 저급한 독자가 쉬이 접근하지 못하는 경우도 더러 있을 것이나, 그런 경우는 예외라는 말이다.

독자를 가슴 두근거리게 하는 시, 독자의 가슴을 때리거나 펑펑 눈물을 쏟게 할 수 있는 그런 감동적인 시를 기대하는 것은 나만의 희망사항이 아닐 것이다.

「대한문학」 2012 봄호에는 현실인식, 자연, 계절감, 이별, 인간사, 가족애 등 다양한 소재에서 독특한 발상과 진득하게 오의奧義를 품은 시편들이 올라 있어 며칠을 두고 그것들과의 만남에 촉촉히 취해 있었다. 지면 사정으로 그 중 다섯 편을 고르고 있는 점, 아쉬움을 떨쳐버리지 못한다.

그곳에서 딸이 낳은 딸이 딸만 셋이란 연락도 주지 않아
풍문에 들은 소리 외국에서 가지 잡은 자식을 잊겠다고 한

그러나 어쩔 수 없는 게 부모 맘인가 잊을 수 없다며
푸른 눈 백인 사위 손녀들 얼굴만이라도 죽기 전에

꼭 한 번만이라도 봤으면 좋겠다며 눈물을 떨어뜨리던
퇴근길에 봤다 주워다 기른 개 마리아를 안고 있었던

자식 교육에 올인 한 뒤 그 자식에게 내쳐져
날깃날깃 닳아 해어진 점퍼를 입고 다니는 옆집 백 씨

– 강만수의 〈예쁜 딸〉 부분

'학위를 받은 뒤 모시고 함께 살겠다고 그것도 큰 소리로 약속하더니 취직하고 결혼해 미국에 눌러앉아 혼자 잘 산다는 외동딸 영미'의 얘기가 산문적 호흡 속에 신경 곤두서게 섬뜩하다. 연락조차도 없다. 발효돼 내면화하기 전에 직설적으로 쏟아놓을 만큼 절박한데, 화자의 육성이 그려가는 정신적 풍경이 참으로 삭연하다.

한국인에게 뿌리 깊이 박혀 있는 내리사랑은 쇠심줄보다 더 질기다는 것을 가까이에서 바라보며 경악하게 된다. '옆집 백 씨'라는 인물 설정으로 삼인칭 시점으로 에둘렀지만, 그것은 장치일 뿐 그 진위여부가 중요한 것이 아니다. '자식 교육에 올인 한 뒤 그 자식에게 내쳐진' 현실이 아픔으로 전이돼 독자를 그 이상 처절할 수 없게 만든다. 이것이 시적 감동이다. 이만한 어조로 시인은 독자에게 음악 이상의 울림을 선사하고 있다. '주워다'와 '헤진'의 표기는 감정의 고조 때문에 놓친 것일 테지만, 시가 상징의 질서 위에

갖다 놓는 장르라 해서 한글을 소홀할 특권은 없을 것이다.

산 아래 초가집 굴뚝에/ 오르던 연기 속 겨울이야기 소리
돌고서야 사라진다

가마솥에 묻어난/ 주걱에/ 한 톨 한 톨 엉겨 붙은 밥알
차디찬 언어 하나 젓고 나면/ 구수한 내음 요동을 친다

그 아궁이만은/ 고구마 익는 냄새로/ 삶을
간지럽게 만들다가

돌아오는 길/ 다정한 모습은/ 겨울에 타는 햇빛이야기

- 김 봄의 〈겨울이야기〉 전문

서사시가 연속적이고 복합적이라면 그에 반해 서정시는 순간적이고 단선적 · 단편적이라 할 수 있을 것이다. 삶의 서정은 시인의 삶의 기반 위에서 유기적 언어들이 결합할 때 비로소 순정한 모습을 띠고 나타난다. 서경과 서정의 융합도 그때 가능해짐은 말할 것이 없다.

'산 아래 초가집 굴뚝' '오르던 연기'의 배경 설정으로 '겨울이야기'가 풀려나간다. 쉬이 들키지 않으려 했겠는데, 소싯적 가난—그 한빈寒貧의 회상을 구차스럽게 조명하지 않은 게 곧 시인의 밝은 성정인 것을 어느새 알아차려버린다. 시는 암시적 표현의 산물이라 언어의 우회성에 의존할 때가 적지 않은데, 시인은 그런 시적 기교를 꿰차고 있어 안에 노적된 내공을 어림짐작하고도 남는다.

'고구마 익는 냄새' '삶을 간지럽게' '겨울에 타는 햇빛이야기'에 녹아 있

는 공감각적 기법이 이 시를 한 차원 상층의 경계로 끌어올리고 있다. '겨울에 타는 햇빛이야기',는 신선감뿐 아니라 진즉 이를 일러 천래天來의 기어綺語라 하는 것이 아닌가.

초병의 얼굴을 후비는
임진강 너머 쌀쌀한 바람결에도/ 철새들은 날아오고
강물은 하구에 이르러 숨을 고른다

물결에 반짝이는 은빛 구슬들
한강의 짝을 만나/ 반가운 목걸이가 되는 걸까

한반도의 하루를 마감하며
석양은 단풍으로 불타는데/ 남과 북의 물
오래 껴안고 정지 화면이 된다.

- 김영월의 〈오두산 통일 전망대〉 전문

분단이라는 현실인식이 발견된다. 공유하지 않으면 안 될, 공유할 수밖에 없는 인식이다. 서정시의 최고의 가치는 아름다움이나 이 경우, 분단 상황 앞에서 잠시 아름다움만을 고집할 수는 없다. 현실인식 자체가 최고의 가치가 되기 때문이다.

'초병의 얼굴을 후비는 쌀쌀한 바람 임진강 너머에서 불어오고 있는'의 현실인식이 철새와 강물이 오가면서 '은빛 구슬'이라는 의식으로 빛나지만, 그도 잠시, 종국엔 '남과 북의 물이 껴안아 정지 화면'으로 변모한다. 시인은 더 이상 어떻게 할 수 없는 현실상황 앞에 급기야 하릴없이 주저앉고 말았을까.

60년 넘는 남북 분단의 허한 근원을 메워 온 것이 매양 그러당겨 울다 지친 허무다. 이 시에 나타난 시인의 현실인식은 곧 분단이라는 민족적 상황의 바닥에 깔린 끈적거리는 허무의 인식에 다름 아니다. '정지 화면'은 몇 번을 디스플레이해도 애통하다. 차라리 정지 화면이 되더라도 오래 껴안을 수 있어도 좋으련만.

어느 날/ 빛바랜 사진첩을/ 뒤적이다가
가만히 젖어오는 그리움에/ 흔들린다

앞만 보고 살아온 동안/ 흔들리면서/ 사랑하며 지나온 날들이
낙엽처럼 붉게 달궈진 모습에/ 옷깃을 여미고

하늘에 닿도록/ 쌓인 그리움의 시간들/ 남겨진 세월의 많은 흔적들이
머문 구름이나/ 돌아가는 바람일지라도

그런 것이/ 한 조각 삶의 전부란 것을/ 이 지상에
피었다지는 꽃들을 보고/ 알 수가 있다.

- 장동석의 〈황혼 즈음〉 전문

이 시에 나타난 화자의 정신적 자세는 '사진첩' '낙엽' '남겨진 세월의 많은 흔적들이 머문 구름' 등을 통해 형성된 것들, 곧 내면에 대한 성찰의 결과물이라 하겠다. 그러니까 어떤 대상을 노래하지 않고 그 피사체를 통해서 연상된 다른 것에 대해 노래하는 우회적인 구사 기법이 눈길을 끈다. 이 시의 기반은 성찰이면서 또한 사유에 닿고 있다. 사유 또한 성찰의 경우와 마찬가지로 대상에서 직접 끄집어내지 않고, 그 대상을 통해 이뤄지는 방

식을 취한다. 성찰과 사유의 대상은 당연히 시인의 내면세계로 그것을 노래한 것일 테지만 직핍直逼하지 않고 간접적으로, 에둘러 노래한다.

사진첩을 뒤적이다 그리움에 흔들리면서 의식의 흐름처럼 흘러온 상념이 '한 조각 삶의 전부' 또한 '피었다 지는 꽃들을 보고 알 수 있다.'고 술회한다.

'가만히 젖어오는 그리움', '낙엽처럼 달궈진 모습', '하늘에 닿도록 쌓인 그리움의 시간들', '이 지상에 피었다 지는 꽃' 등 황혼 혹은 황혼 즈음의 은유가 시적 독자성을 이미 확보해놓고 있다. 감동이 미소로 입가에 번진다. 다만, 끝 연의 '알 수(가) 있다'를 연의 첫머리로 도치하면 어떨지. '피었다 지는 꽃들을 보고(면).'를 맨 뒤로 내치면 의외의 여운도 있지 않을까.

> 누군들 이별 앞에 흔들리는 마음을/ 붙들고 싶은 마음이 없을까만
> 돌아서는 이름으로 멀어진 그림자/ 호소로 얼룩진 가락이 땅에, 땅에
> 무참히 뒹굴고 있네, 등성이를 넘어/ 다시 산등성이를 넘어갈 때쯤
> 목울대 다듬어 불러 보지만 이미/ 돌아선 이름은 멀어진 메아리일 뿐
> 허공은 넓이를 채우느라 핏빛 너울/ 파도는 그렇게 가슴으로 파고드는데
> 잘 가거라, 나의 이별이여/ 철없는 그리움조차, 나의 그리움조차
> 그렇게 떠나가고 있네
>
> \- 채수영의 〈잘 가거라, 이별이여〉 전문

'이별 앞에 흔들리는 마음'이라 한 것은 다분히 인생론적이다. 이런 진맥은 타자에게는 진부한 것일 수 있을지 몰라도 시인에겐 전혀 진부한 것이 아니다. 그게 지금 처해 있는 실제의 모습이 아니라 해도 정서적 가상공간을 외연으로 할 때도, 또 그것을 조금 더 확대할 때도, 더욱이 화자 자신의 체험이었거나 한 것이라면, '무참히 뒹굴'만큼 심각할 수 있다. 이러한 일

련의 시적 의식의 흐름은 점차적으로 심화하는 양상을 보임에 주저함이 없다. '목울대 다듬어 불러 보지만 이미/ 돌아선 이름은 멀어진 메아리일 뿐'이라 하고 있음에서 더욱 확연해진다.

그게 이미 목울대 끝까지 대고 불렀던 것이지만 냉혹하게 돌아서는 그것을 향해 '잘 가거라, 나의 이별'과 '그렇게 떠나가는 그리움'으로 병치倂置됨에 이르러 숨 막힐 지경이다. 당김 뒤의 풀어줌, 집착과 긴장 후의 이완을 가능하게 한 것은 시인의 철학이 아닐까. 이별을 이별의 상황으로 인식한 것은 이별을 극복하고자 한 정신의 소산 곧 자각과 극복의 단계로 이끈 시인의 철학적 관리의 성과라 하겠다. 이 시의 이별은 화자가 격동의 세월을 헤쳐 나올 수 있게 한 동력인지도 모른다. 이별이 육화된 소재로 차용되고 있다는 별개의 의미이면서 관념 속의 이별일 수도 있다는 얘기도 되겠다.

시를 보는 시각은 천차만별이다. 하지만 시가 시일 수 있는 존재가치는 독자에게 감동을 주는 데 있다 함에 이의를 달 사람은 없을 것이다. 시도 예외 없이 목적성의 양식임을 부인 못한다. 시의 궁극적인 목적이 감동에 있기 때문이다. 사회의 모순이나 부조리를 풍자와 해학 그리고 알레고리를 통해 우회적으로 표현할 수 있고, 개인의 감정을 자연이나 사물 또는 삶 자체에 빗대어 형상화할 수도 있을 것이지만 어떤 기법, 어떤 방식을 사용했든 시는 독자에게 감동을 선사할 수 있을 때 임무라는 중압에서 자유로워진다. 이 점 소설이나 수필 이전에 시가 갖는 생래적인 특성임은 너무나 자명한 일이다.

하지만 시가 과도하게 전통에 구속되는 것은 차단돼야 할 일이 아닌가 한다. 해체와 일탈이 현대시의 지향이 된 지는 오래다. 자연의 시이면서 인간의 시, 역사의 시이면서 현실의 시, 참여의 시이면서 시 본령을 고수하는 순수를 고집할 수 있어야 한다는 의미다.

갈등과 대립 속의 이 사회에 건강한 웃음을 선사할 수 있는 그런 시에 독자들이 조갈燥渴 났는지도 모른다. 한순간에 분노를 봄눈처럼 녹여버릴 수 있는 시, 일독으로 빈자貧者도 아름다운 꿈을 꿀 수 있게 하는 시, 절망 속에서 희망을 부르는 예언자적인 시를 갈망하고 있을 게 틀림없다.

「대한문학」 2012 가을호를 기대한다.

18. 『심상』에 실린 김길웅의 시편들

〈이 시인의 공간〉

- 시인 김길웅 편

| 추임새 |

'새벽→ 꽃→ 오늘'.

의당, 〈쓸쓸한 노작〉에 귀결한다.

시와 수필, 두 장르의 접목. 그것은 서정과 서사, 직선과 곡선의 충돌에서 얻어 낸 잇속으로 양자의 화해가 데려온 절충이다. 돌에 부시를 쳐서 빛을 내는 원리다. 빛은 찬연하다.

나는 요즘 일간지(제주新보, '김길웅의 안경 너머 세상' 월 4회)에 칼럼을 쓰며 '칼럼의 수필화'를 실험 중이다. 칼럼에 시적 서정의 옷을 입힌다. 대중영합주의로 가려는 것이 아닌, 글쓰기의 터수를 확보함으로써 그 본령本領을 확장하려는 의중이다. 긴장 속의 융 · 복합은 변용變容으로 또 하나의 창조다.

내 시의 공간은 더 이상 공허하지 않을 것이다.

골짜기를 지날 때

김길웅

하늘이 비켜선 날 숲에 갇힌 새는
날개에 속도가 붙지 않아 구름만 바라보았지
새 내렸지, 내려앉은 자리로
어여삐 피어난 풀꽃의 노고가 눈물겨운 날
이들 조합이 벌어진 골짜기를 지나며
한때 나도 주춤했었지
생명이 제 갈 곳에 이르지 못할 때도 피어난 꽃이 있어
나는 다시 걸음을 내딛었고 골짜기는
전에 없던 함성으로 우우우
이슬을 털며 마침내 일어나고 있었지
지금쯤 그 새 날개 깁고 먼 하늘을 파닥일까
구름도 손짓하며 부를 것인데
골짜기를 지나온 지금
몇 마장 거리에서라도 지켜보고 싶다.

파열

김길웅

먼 길이었다
돌고 돌아온 먼 길이었다
언제는 비바람에 부대끼며 다만
한 번의 만남을 위해 터져 나오는 속울음
삭였던 시간의 뒤꼍에서
몇 밤을 새웠나
말이란 하고 난 뒤가 쓸쓸한 것
이제 무슨 말을 할 것이냐
갈망해 오던 것이라
붉은 속살 드러내 놓고
막춤이라도 추어야 할 것이 아니냐
찢어진 뒤 기쁨이 되는 건
찰나다 눈 꼭 감고
울대 놓아 이제
터뜨려야 한다 생애
딱 한 번이다

현관

김길웅

저녁
거리에 불이 꺼지면
갑자기
세상이 낯설다

고단한 하루를 부리려
고샅에 내리면
굽은 등이 뼈대를 세우며
단숨에 닿는 곳

발자국 소리에 귀
세웠다

손을 내밀려는 찰나 안에서
덜커덩
문이 열리고

확
얼굴을 끼얹는
온기

《시작 노트》

풀이 몫을 다하지 못해도 꽃은 핀다. 햇빛과 바람과 이슬이 협동하는 생명의 이 노역은 위대하다. 기어이, 꽃을 피운다. 꽃은 자그마치 생명이 눈물겨웠음이 실현한 고귀한 성과다. 새의 비상을 지켜본다. 이도 나와 무관치 않으니 무심할 수 없다. 실은 내가 설치한 가설무대—심산유곡에 유폐된 채 이 모든 정황을 바라보던 나도 주춤했던 몸을 일으켜 지금 어디쯤 날고 있을 새의 회로를 쫓고 있다. 당장에 보이지는 않지만 집요하게 그의 궤적을 놓치지 않을 것이다. 너나없이 인생의 골짜기를 지난다. 산다는 것이 그런 것일 테다. 그게 작위인지 여부는 잘 모르겠다.

웃음은 무턱대고 오지 않는다. 슬픔에 겨워 들먹이는 한바탕의 울음 뒤에 온다. 슬픔이 극한에 이를수록 웃음이 밝을 수밖에 없는 이유다. 한데 그 속울음만으로 웃을 수 있으면 좋으련만, 그렇지 않은 것이 인생사다. 이글대는 폭염아래 봉숭아 열매가 통통해지더니 스스로 제 목을 뒤틀며 퍽 하고 터진다. 불과 일초, 삽시의 일이다. 확 뒤집힌 속살의 힘이 씨앗을 밖으로 쏟아놓는다. 찢어지는 것은 아픔이 아닌, 기쁨이다. 때를 놓칠세라, 눈 꼭 감고 울대 놓아 터트려야 한다. 파열, 생애를 두고 딱 한 번 겪는 일이다. 이 눈앞의 숨 가쁜 제의에 하늘이 내린다.

바깥세상에서 속절없이 허둥대다 귀갓길에 설 때, 갑자기 숨이 차오르는 걸 경험한다. 산을 내리며 한 굽이 휘돌려는 고비에 느끼는 하산의 기쁨 같은 것일까. 나이 들어 쉬이 고단한가. 산을 내리는 길이 오를 때보다 힘들다. 그래도 무슨 학습처럼 저벅저벅 풀어내야 한다. 마음이 시키는 대로 따르는 걸음이 순조로운 것은 정한 이치다. 고샅길이 등성이

인데도 잰걸음이 돼 저만치 문간이 눈에 들어와 있다. 굽은 등이 빼대를 세웠으니 알 수 없는 일이다. 내가 먼저 손을 내밀었는데 안에서 먼저 열리고, 얼굴을 끼얹는 온기가 있다. 하루의 피로가 녹는 순간이다.

(심상시인회)

시집 *에필로그『허공을 만지며 고등어를 굽다』

다섯 번째 시집 「허공을 만지며 고등어를 굽다」를 상재하며, 불현듯 내 시 작업의 편린이나마 후기에 따로 넣고자 하는 마음이 일었다. 아직 누구의 손을 빌릴 계제가 아니란 것뿐 딴 뜻이 아니다.

《시작 노트·1》

어머니의 계단

지금 막 바닷물 튕기는/ 등 푸른 언어가 아무런 수식도 없이
저녁을 노릇노릇 태워갈 뿐/ 일상에 전 삶이 밤으로/
퇴색해가는 것이 아니다
진즉부터 비릿비릿/ 하루의 피로가 진동하는 식탁에/
물고 온 슬픔 한 점도
접시 위에 고스란히 놓이는 거지만

(〈허공을 만지며 고등어를 굽다〉 부분)

잠시 나는 꿈을 꾸고 있었나/ 어머니는 저 아래 아주 낮은 데서
심줄 선 당신의 시린 손이/ 호호 불며 나를 밀어 올렸지
예까지 와 굽어보거니와/ 안 보이네/ 그때, 어머니의 계단

(〈어머니의 계단〉 부분)

이쯤에서 나잇값 할 때가 된 것일까. 요즘 많이 가라앉는다. 굽어보게 되고 침잠하는 것 같다. 혈기가 그립기는 하나 이 평온이 좋다. 어릴 적 배곯고 등 시리던 가난이 있어 달콤한 회상도 하게 되는 것일 테다.

"나는 괜찮다." 내게 시종 그러셨던 어머니. 그때, 얼마나 허리 휘셨을까.

고등어를 굽는다. 허공을 만지며 굽는다. 누구의 손이었을까. 그 냄새가 아잇적 기억을 촉발해 낸다. 어쩌다 개날에 한 번 만나던 음식이었다. 후각의 자극에 그때의 가난이 떠올라 울컥한다.

이제 풍요 속, 회상이 이렇게 한 상 차려 입맛을 돋우니 마다 할 이유도 없다. 가만 본다. 지금 막 바닷물 튕기는 등 푸른 언어가 아무런 수식도 없이 저녁을 노릇노릇 태워가고 있지 않은가. 구운 고등어를 식탁에 올려놓는다. 진즉부터 비릿비릿 하루의 피로가 진동하는 식탁에 물고 온 슬픔 한 점까지 접시에 고스란히 놓였다. 어머니 목소리가 들린다. "어서 먹어라, 나는 괜찮다."

내 앞에 밤이 오겠지만 그래도 아침은 온다. 시간이 툭툭 털어내기 전에 바닷가 마을 아잇적 비린내를 깊이 맡아둬야겠다.

구운 고등어를 받아 앉고 밥술 뜨는데 홀연 어머니 생각에 가슴 엔다. 어머니는 당신 시절, 내게 곁을 내주고 어느 계단에 앉았을까. 연신 땀 훔쳐가며 엉거주춤 앉아 있었을 어머니의 자리. 그때, 소란스럽던 기억이 지워

지지 않는다. 담장 저편 수런거리던 소리 너머 바람 새로 나부끼며 짐 부리는 소리, 이따금 왁자지껄한 속 지독한 악다구니, 또 그 뒤로 사위 어수선한데 뚝뚝 끊겼다 이어지곤 하던 지친 사람들의 발길. 어머니는 한 생을 사시면서 노상 무너지는 계단을 안고 있었던 것은 아닐까.

아주 낮은 데서 심줄 선 어머니의 시린 손이 호호 불며 나를 밀어 올렸었는데. 돌아보아도 어머니의 계단은 보이지 않는다. 허름한 어머니의 계단, 그러나 더없이 단단했던.

(『心象』 2012. 6 수록)

《시작 노트 · 2》

개화로 꽂꽂이 설수록/ 강고하여/ 꽃들은 봄을 기다려 핀다
절름거릴 바에는/ 그냥 버틸 수 있는 허공의 얌전한
균형을 설명할 수 있는 건/ 꽃, 그 피어남/
저렇게 시가 직립할 수만 있다면
좌르르 쏟아지며/ 한 생애가 기울어도 좋을 것.

(〈발〉 부분)

근원으로 가는 길/ 갓 들어온 빛 한 줄기/ 세상을 열고 있다
들고 나는 사통팔달의 통로/ 삶을 거두는 수납공간
사고의 숨통을 틔우고/삶의 여백을 열어놓는다
마중물을 내보내는/ 출구의 폭발적 시도 끝으로
소망의 창이/ 아스라이 열리고

(〈구멍에 관하여〉 부분)

내 삶의 내적 기반이 허해 휘청할 때가 있다. 무엇이 나를 직립하게 하는가. 철학이 절름거리고 몸은 잔뜩 노쇠의 길에 서 있다. 그래도 이게 생명을 다스리는 이법인가 해 시간을 이끌고 다닌다.

봄이면 다퉈 꽃들이 피어난다. 해마다 이어지는 이 개화의 신비, 그 황홀. 꽃 앞에 서면 발 없이도 허공을 딛고 설 것 같다. 개화로 꼿꼿이 설수록 강고하여 봄을 기다려 피는 꽃처럼. 내가 이대로 버틸 수 있는 허공의 얌전한 균형을 설명할 수 있는 건 꽃, 그 피어남밖에 없다. 한순간이나마 허공을 짚고 저렇게 직립할 수만 있다면 좌르르 쏟아지며 내 한 생이 마음껏 기울어도 좋을 것 아닌가.

'발'의 노고에 대해 무어라 치하의 말을 해야 하나. 끊임없는 탐사의 행보로 굳은살 박인 내 발바닥을 들여다보다 시울 붉히며 눈이 질벅거리려 한다. 발에게 져 온 부채를 변제커녕 덜어낼 방책이 내게 없으니 문제다.

감사하는 마음으로 내 발을 거즈로 포근히 감싸주고 싶다. 혈기를 앞세워 내딛을 일은 없다 하나 앞으로도 어지간히 노고를 끼쳐야 할 것이다. 동병상련, 손으로 발을 어루만져줘야겠다. 내 삶의 엔진동력인 그것, 발을.

'구멍'을 생각한다. 바깥 세계로 열어놓는 참 유효적절한 틈, 밖으로 내놓았다 삶을 거둬들이는 수납공간. 근원에서 발원해 회귀하는 그곳으로 빛 한 줄기 흘러들고 있다. 들고 나는 사통팔달의 통로가 내 사고의 숨통을 틔우고 삶의 여백을 열어놓곤 한다. 열화 같은 욕망 그리고 탐구는 여직 마중물로 내보내는 출구의 폭발적 시도로 이어진다.

내 출생의 신비를 구멍에서 찾는 것은 온당한 탐구적 추적이 아닐 수 없다. 어느 날, 그쪽으로 빛이 들로 있음을 바라보았다. 정녕 나는 어머니의 뱃속에서 탯줄을 끊고 세상으로 나오던 그 속 흥건하던 즉물적 느낌의 기억을 간직하고 있지 않은가. 지각없는 출생의 순간, 인생을 어찌 예견했으랴. 단지 울었을 뿐. 울음을 터트렸던 그 생경한 소리와 촉감의 낯섦, 그 단순함, 그래서 나는 울었을 것이다.

내가 무너져 내릴 때, 무너지다 일으켜 세우면서 그 근원에 구멍이 있음을 발력한 것은 오래된 일이 아니다. 인생이란 구멍을 뚫는 것, 또 그것의 확산을 도모하는 것, 혹여 그것의 위협으로부터 도망 다니는 것. 때론 그것과 맞서거나 땜질하려 버둥대는 것.

구멍에 관하여 나는 아직 통찰을 멈추지 않는다.

(2012 '심상시인회 시화집 수록)

〈새벽의 속살〉

김길웅

쪼글쪼글 마른 손이 싹싹 비비며 빛을 그러모으고 있다. 비손에게서 광명의 물 한 모금 받아 목축일 양으로 가파른 등성이를 어정거리는데 자꾸 헛발질이다. 자빠지면 일어나고 자빠지면 다시 일어나 중심 잡으려 해도 속절없다. 자리에 서 버린 정지된 운신에도 간밤 꾸던 미완의 꿈 한 조각 깃들어 내게 날개를 달아 주려 버둥거리는 손. 게슴츠레한 허공 속으로 만져지는 새벽의 속살에 서린 쫀득한 한 줌 온기에 돋아난 눈빛이 먼 데서 오는 말씀을 읽어 내리고 나는 어언 그 소리에 깨어나 눈 껌뻑거린다. 지워도 지워지지 않고 살아나는 음성이 높고 견고한 관념의 성채를 허물며 나를 끌어내고 있다. 문득 손을 벋어 만져지는 물컹한 살 냄새. 무명의 시간, 이슬 밟고 와 계신 어머니!

(황혼의식인가. 듬성듬성 전에도 그랬지만, 이즈막에 와 숨통을 쥘 듯 우심하다.

옥상에 올라 바다로 자맥질하는 저녁놀에 눈시울 붉히는 날이 늘어 간다. 어둑하게 사상事象들을 지우며 저무는 풍경-모색暮色 속에 서면 사위로부터 와 앞으로 내리는 고요.

나는 이 시간 눈 감고 어머니를 더듬는다. '불효자는 웁니다', 사람들은 차라리 내 시보다 가요에 공명할 것 같다. 그게 두렵다. 그래서 '어머니'를 부른다.)

〈꽃의 이력〉

김길웅

걸어온 길에 대한 진술

검은 구름이 목비를 준비하며 꿈꾸어
맛깔나게 달달한 적 있었다고
그때, 꼭 쥐었던 간절한 주먹 풀며 하늘 우러러
구름 틈새로 새어나오던 한 줄기
빛에 달떠 있었노라고
뒤로, 구만리장공을 날으려 한 일이
나무를 뿌리째 넘어뜨린 바람이 침묵에 들려는 즈음
풀들 소스라쳐 일어나던 일이
신기했다고

핵심을 쥐어짜던 치통의 기억 너머 돋아나는 앳된
아잇적 웃음을 얻노라
삶이 웃는 연습에 돌입한 지 오래
생살 찢던 그 어금니 둘을 발치한 아침

동창에 돋아난 해 불끈 품다.

(마당에 더러는 꽃들이 철철이 핀다. 동백, 철쭉, 솔잎채송화, 천리향, 맨드라미, 봉숭아, 채송화, 국화, 석류, 모과…. 고혹해서가 아니다. 각양의 빛깔과 맵시와 표정에 그대로 혹하고 만다. 그들의 신비는 또 있다. 섬엔 바람이 잦고 거세어 기세등등하다. 강풍 뒤면 꽃들의 생채기가 깊다. 상처 속으로 피어나는 꽃들. 자빠졌다가도 몸을 일으켜 세우며 마저 피우는 꽃의 독한 삶. 나는 얼마나 섬약한가. 꽃은 내게 '해'다.)

〈오늘 위로〉

김길웅

오늘 위로 비가 내린다
오늘 위로 바람이 오고 비 거세다
비바람이 겨울을 앞당길지라도
오늘은 엄연하고
그리하여 나는 오늘에 갇혀 버린다

하루가 지나고 나면
내일이 돼 버릴 이 시간 속으로 안도하는
전에 없던 편한 이완은 무엇인지
내가 미욱해 이럴 거라는
아이 같은 부질없는 생각이 깊어 갈 무렵
적당히 고단한 몸을 일으켜
길을 나선다
오늘 위로 비바람 어지러워도
나를 다독이는 이 길.

(나이 듦인지, 바깥출입이 가탈인 수가 있다. 세상과 통섭이 없으면 섬에 갇히니 고독하다. 하지만 때로는 적당히 떨어져 있는 이격離隔, 이런 이완이 좋다. 그런다고 이냥저냥 살고 싶진 않다. 오늘은 항용 엄연해 변모하는 또 다른 길이다. 이 길 위에 서야 한다. 어간, 바람에 떼밀리며 살아온 이력을 나는 신뢰한다. 오늘 위로 오는 비바람, 그래도 삶은 자재하다.)

《시작 노트》

〈쓸쓸한 노작〉

김길웅

연일 가을비라 기분이 쌉싸래하다.

동창 앞 매실나무, 초록이 쇠락해 위태위태하다. 강풍에 잎 거지반 내리더니, 모질이도 여남은 잎, 마저 지려나.

시 한 편 쓰다 미완인 채 밀어놓은 게 그끄제. 그새, 또 하루가 절반을 접더니, 도로 반나절을 털어내려는데 나까지 부산해졌다.

새벽에 쓰던 걸 덧대 놓지 못하고 먹먹히 앉아 있더니, 쓸쓸하다.

비단 쓰는 것뿐 아니다. 하는 일이란 게 무디고 더디고 느슨해 어눌하다.

언어의 집에서 영혼이 탈주해 버린 건 아닌지. 글에 말의 빈껍데기만 나뒹굴면 어찌하나. 그게 여실한 것이면, 더 가열苛烈하든지 손을 떼든지. 이제처럼 내 은유도 호흡도 없이 몇 줄 쓰는, 이 무슨 궁상인지.

"여보, 오늘은 점심 먹잔 소리가 없네. 오랜만에 고기국수 삶았는데…."

홱, 소리 나는 쪽으로 고개를 돌린다. 오후 두 시. 홀연히 허하다. 고기국수라고? 그래, 먹자. 이런 날엔 국면전환이 필요해.

늙은 아내가 혼자 앉아 웃고 있다. 풍덩, 아내의 웃음이 헤벌어진 대접 속으로 빠져든다.

좋아하는 국수다. 어쩌면 이렇게 내 속을 꿰찼을꼬. 대접을 받쳐 들고 후루룩 후루룩 국물을 들이켠다. 거푸 국수를 밀어 넣는다.

참 맛있다. 비 그쳤을까.

한데 웬 국수가 유별나다. 온통 고춧가루뿐이었는데, 햐, 이게 다 무언가. 돼지 갈비에다 양파, 호박, 대파, 버섯, 당근에 또 어묵까지. 이런 국수는 여직 처음이다.

'자신 있다는 거였구나.' 알겠다, 조금 전 찬연했던 아내의 웃음.

나도 웃는다. "여보, 잘 먹고 있소."

단숨에 비워냈다. 큰 손이 담아 놓았으니 이 동산만한 포만감.

"이 배 좀 봐!"

물러나와 책상머리에 앉는다. 그새 비 개고, 동창으로 드는 가을 햇살.

눈이 번쩍 띈다.

나는 오늘, 간신히 시 한 편을 건졌다.

(『心象』 2016년 7월호)

이 시인의 근작시

〈어머니의 휘파람〉

김길웅

불볕에 땅이 불타고 바람 한 점 없는 여름날 커다란 웅덩이같이 푹 꺼진 밭에 앉아 조밭 매던 어머니 땀으로 갈적삼과 갈몸빼가 흠뻑 젖었다 긴 한숨을 내쉬더니 홀연 어머니 입술이 휘파람을 불었다 처음 듣는 어머니 휘파람 프휘이이 프휘이이 가까운 솔밭에서 솔가지가 하늘거렸다 건들바람 한 가닥 담 넘어 어머니에게 왔다 기적이 일어났다 부는듯 마는듯한 미풍

에 호미 든 어머니의 손놀림이 도로 빨라졌다 작아도 땀에 젖은 어머니의
머리카락이 나부끼는 들바람이었다 어머니의 손이 하루가 기우는 시간의
궤적을 따라 역주행해 갔다 모를 일이었다 어른이 돼 무더위에 땀 들인다
고 휘파람을 힘주어 부는 데도 풀잎 하나 까딱 않는다 나는 휘파람을 제법
부는 데도

(자작시 해설) :

무학이었지만 어머니는 내게 존엄하다. 사랑과 인고의 화신이었다. 당신에 대한 회상을 13,4행의 소품시로 쓰려 한 것이, 막상 쓰려다 보니 벅차 서사에 기울면서 종내 산문율에 의탁했다.

초등학교 5학년 여름방학 때였을까. 찜통더위가 기승을 부리는데 바람 한 점 불지 않는 날, 나도 조밭을 맨다고 어머니를 따라나섰다. 한 시간도 안돼 흐르는 땀에 두 손 들고 말았다. "저 솔밭에 가 좀 쉬어라." 어머니가 등을 떠미는 게 아닌가. 사랑의 손길이었다.

폭염의 날. 연일 내리쬐는 햇볕에 스치고 지나는 바람 한 점이 없다. 오랜 가물에 올라오는 복사열에다 호미질할 때마다 풀풀 날리는 흙먼지까지 괴롭혔다. 한동안 솔밭 그늘에 앉았다 어머니 곁으로 왔지만 땀이 눈 안으로 흘려들어 앞을 가렸다. 어머니 손이 나를 다시 솔밭으로 떠밀었다. 솔밭 오가기를 몇 번 반복했을 것이다.

가만 보니 대패랭이를 쓴 어머니 머리에서 흐르는 땀이 온몸을 적시고 있다. 땀에 젖은 갈적삼이 몸에 찰싹 달라붙었고, 몸빼는 흙에 범벅이 돼 있다.

그때다. 깜짝 놀랄 일이 벌어졌다. 어머니 입술이 휘파람을 불고 있지 않은가. 프휘이이 프휘이이. 솔밭에서 솔가지가 하늘거리더니 앞으로 한 가닥 바람이 왔다. 미풍이지만 어머니 이마에 내린 몇 가닥 머리카락을 나부끼게 하는 바람의 기운, 기적이었다. 어머니가 휘파람을 불다니. 상상도 못한 일이었다.

지금은 제주가 살고 싶다 찾아오는 곳이지만, 옛날엔 절해고도인 데다 환경이 사뭇 열악했다. 못 살고 낙후했다. 하지만 우리 제주의 어머니들은 억척스러웠다. 거칠고 메마른 자연에 시종 저항하며 자식을 키우고 공부시켰다.

나는 휘파람을 잘 불지만 그 뒤로 바람이 오지 않는다. 어머니의 휘파람은 내게 알 수 없는 일로 남아 있다.

아쉬워 가슴 쓸어내린다. 〈어머니의 휘파람〉, 불볕 속에서 김매던 그 현장을 한 장 사진에 담아뒀더라면 좋을 것을. 사진이 힘들던 시절이었지만, 단 한 장만 있었더라면, 처음으로 아침 햇살 드는 거실 벽에다 시·화로 걸어 놓았으면 좋았을 텐데. 시와 사진, 두 장르의 접목으로, 시는 큰 액자에, 사진은 조그만 액자에 넣되 크고 작지만 윗 라인을 가지런히 해.

늘그막에 어머니를 떠올린다. 연일 더위가 기승을 부리는데 나는 좀체 에어컨을 켜지 않는다. 뜰에 내려 나무 그늘에 앉아 살랑대는 잎새로 눈을 보낸다. 귓전으로 오는 어머니의 휘파람, 프휘이이 프휘이이. 더위에 내성耐性이 생긴 것 같다.

〈노형동 까마귀〉

김길웅

쌍둥이 빌딩 38층 드림타워가 솟아오르면서 차곡차곡 문명을 완성해 가는

노형동엔 밤낮 고층빌딩 숲을 끼고 도는 자동차들이 밤새 줄을 잇는다

꿩이 푸드덕거리던 덤불숲과 감귤밭을 갈아엎어 들어선 도시에 흙먼지 날리는 바람이 부는 날이면 산으로 쫓겨난 까마귀들이 떼지어 몰려와 울부짖

는다 읍내 절물자연휴양림 까마귀는 솔가지에 앉아 까르르 까르르 미끄러지는 활음조로 우는데 노형동 까마귀는 까악 까악 깍깍 허공을 찢는 파열음으로 운다 뺏긴 영지를 되찾겠다는 시위인가 뱉어내는 경음이 그악하다 우리들의 숲이었다 돌려달라 아우성이다 오늘은 아파트 단지 하늘을 선회하며 몇 마리 울어 울어 목이 쉬었다 머잖아 세를 규합해 섬을 박차고 서울의 용산 하늘로 날아갈지도 모른다

(자작시 해설) :

〈노형동 까마귀〉를 3인칭시점으로 쓴다는 게 객관적 접근으로 거리를 벌리면서 1인칭관찰자시점이 된 듯하다. '노형동의 현실'에 무게를 싣다 보니, 주관으로 흘렀다.

올여름은 폭염의 나날이다. 이 더위에도 노형동 까마귀들은 쉴 새 없이 울며 허공을 오간다. 숲그늘에 앉은 아파트 주민들이 투덜거린다. "이 더위에 쟤들 왜 저러나!"

제주는 날로 신비와 원시성을 잃어간다. 개발 논리의 고질 때문이다. 섬의 허파인 숲-곶자왈을 파헤쳐 빌딩이 들어서면서 난개발이 제주의 민낯을 훼손하기 시작한 지 오래다. 구석구석 중장비가 할퀴고 지나간 상흔투성이다. 어디를 보아도 성한 데 없게 제주는 지금, 아물지 않을 상처에 신음하고 있다.

김광섭의 〈성북동 비둘기〉가 떠오른다. '새벽부터 돌 깨는 산울림에 떨다 가슴에 금이 간', '성북동 산에 번지가 생기면서 번지를 뺏긴 새'—비둘기는 끝내 산도 잃고 사람도 잃고 사랑과 평화의 사상까지 낳지 못하는 불임의 새가 돼 버렸다고 했다.

노형동 까마귀는 당최 '성북동 비둘기'에 비할 바도 아니다. 천연 숲들이 무지막지한 중장비의 이빨에 해체되더니, 농부들의 귤밭들마저 무참히 짓밟혔다. 몇 년 새 노형동은 시멘트 구조물들이 빼곡히 들어차면서 제주 제일의

번화가가 됐다. 들판이고 숲이고 경작지였던 이곳, 토지의 도시화는 자연이 문명에 밀려난 참사였다. 지금 노형동엔 건물과 자동차와 상업과 물신 들린 사람들이 우글거릴 뿐, 이웃이 없고 인정이 없고 따듯하고 정겨운 웃음이 사라지고 없다. 슬픈 일이다.

까마귀들이 떼지어 오는 이유가 있다. "조상이 깃들었던 우리의 본향이다. 옛 숲을 되찾겠다."는 것이다. 단지, 옛 것에 대한 한낱 향수가 아니다. 실지 수복의 결의로 무장한 날갯짓이 허공을 찢는다.

얼마 전, 노형동엔 불쑥 38층 드림타워가 치솟았다. 랜드마크다. 빌딩이 오르며 사람들이 시나브로 오만해지는 건 아닌가. 늦가을 바람 몹시 불던 날, 까마귀가 새카맣게 무리 지어 드림타워의 하늘을 선회하고 있었다. 유유히 나부끼던 날갯짓을 사람들은 어떤 시선으로 바라봤을까.

이틀이 머다고 두세 마리 까마귀가 아파트 위를 날며 앙칼진 파열음을 쏟아낸다. 푹푹 찌는 더위도 아랑곳없다. 답을 못 찾으면 서울의 광장으로 날아가겠다는 퍼포먼스인가. 촛불을 들는지도 모른다.

〈어떤 장례〉

김길웅

황망히
새 한 마리 날아와 영산홍
숲속으로 내린다
날갯짓이 기운 게 거슬렸다
기척에 감았던 눈을 가느스름히 뜨더니 도로

사르르 흰자위에 덮여 버린다
비낀 해에 화급했는가
마당가 숲을 찾아온 게 마지막
그 길이었구나
흙 몇 삽 떠 숲 그늘에 깊이 묻어 주었다
머잖아 영산홍이
선연히 피어날 것이다
영전에

(자작시 해설) :

늦가을 숲에 새의 몸을 덮었던 깃털이 흩어져 있어 그것이 한 생명의 죽음을 얘기해 올 때 흠칫 숨이 멎는 수가 있다.

새는 낢으로 지상을 굽어보는 초월적 존재다. 자기만의 세계를 누린다. 그들에게 행여 언어가 없다고 업신여긴다면, 그것은 인간의 편견과 아집과 오만에 지나지 않는다.

사람의 둘레는 물론 숲에서 새의 주검을 만났던 적이 있는가. 깃들어 사는 숲속에서 새털을 만나는 것조차 쉽지 않다. 그들은 생의 마감을 함부로 하지 않는다.

새는 마지막을 안다고 한다. 종말에 대한 직감이다. 뒷정리와 수습을 위해 먼 데를 날다가도 여정을 포기하고 숲으로 돌아올 것이다. 놀라운 일 아닌가. 사람이 엄중히 성찰해야 할 일이 아닐 수 없다. 미물인 새에게 고개 수그러드는 이유다.

늦은 봄날 길지 않은 해 설핏한 무렵이었다. 난실에 앉아 있는데, 통유리 너머 공중을 가로지르며 웬 검은 물체가 황망히게 파닥여 눈이 갔다. 내려앉은 마당 건너 영산홍 숲으로 가보았다. 낯선 새 한 마리가 잔뜩 옹송그려 바르르 몸을 떨고 있다. 인기척에 무겁게 닫았던 눈두덩이가 실눈을 하더니 이내 덮어 버린다.

영혼이 떠나간 새, 마지막을 맞고 있었다. 새를 위해 해줄 수 있는 일을 생각하다 삽을 꺼내 파묻어 주었다. 변변찮지만 명색 꽃 숲이다. 지난해 다니는 절 주지 스님이 절 마당을 정리하다 정원에 갖다 심으라며 내준 영산홍을 모아 심어 된 숲, 새가 그 숲으로 내린 것도 인연이 아닐까,

부지런히 물을 주었더니, 영산홍 숲에 진분홍 꽃이 무더기로 피었다. 꽃빛이 유난히 선연하다. 눈앞으로 새가 내려앉던 마지막 날갯짓이 떠올랐다. 영면에 들었을 것이다.

(2022. 7『심상』)

19. 한때 제주문인협회를 맡다

『詩보다 아름다운 제주』 펴내다

2012년 8월 20일 제주를 노래한 번역 시집을 펴냈다. 제주문인협회 회장 재임 시, 제주의 아름다운 자연풍광, 풍습, 인심, 민속 등을 소재로 한 번역 시집 『詩보다 아름다운 제주』 발행을 주관했다.

제1부 이 섬 제주에 이는 바람

제2부 제주, 그 인정 많은 섬

제3부 산 바다 꽃 그리고…

도 내외 유명시인 50인의 시를 영어와 중국어로 번역해 제주를 찾는 관광객들에게 배포함으로써 제주를 홍보하는 데 한몫을 했다.

제주문인협회 회장으로서 '제주는 아름다운 가치'란 제목의 프롤로그를, 당시 우근민 제주도지사가 '세계인의 노래, 제주'란 제목으로 축사를 올렸다.

성산 일출봉, 치자꽃, 바다 풍경, 들판에 방목한 말, 서귀포 앞바다에 뜬 섶섬, 바닷가 숨비기꽃, 오름, 표선민속촌, 잠수하는 해녀, 동백꽃, 정방폭포, 입동 귤밭, 멀리 보이는 마라도 정경…. 아름다운 제주의 자연을 담은 사진과 시가 한데 버무려졌다.

제주는 아름다운 가치

한국문인협회제주특별자치도지회 회장 김 길 웅

한라 영산과 다양한 식생, 청정 바다와 아기자기한 풍경들, 기묘한 오름과 수많은 용암동굴이 있는 제주는 거대한 화산박물관, 아름다운 가치입니다.

섬이 아름다워 사람들도 정 많고 선량합니다. 자연에 동화된 것입니다.

제주가 생물권보전지역 지정, 세계자연유산 등재, 세계지질공원 인증으로 유네스코 자연부문 3관왕을 획득한 데 이어 세계7대자연경관에 선정돼 70억 세계인의 보물섬으로 떠올랐습니다.

이번 제주문인협회는 제주특별자치도의 지원으로 제주의 아름다움을 노래한 번역시집 「詩보다 아름다운 제주」를 펴냅니다. 해방 이후 오늘에 이르는 많은 시 중 제주를 노래한 좋은 시 50편을 엄선, 이를 영어와 중국어로 번역해 그 진면목을 담아낸 것입니다.

아름다움은 공유해야 할 보편적 가치입니다. 제주가 세계인들에게 박진감 있게 다가갈 것이 기대됩니다.

제주특별자치도가 표방하는 '세계가 찾는 제주, 세계로 가는 제주'의 실현에 작게나마 기여하게 되기를 빕니다.

2012. 8. 15

《濟州文學》(제56호)

들머리에

성숙한 변신

회장 김길웅

'절대적인 것이 없는 이 세상에서 능동적인 힘으로 자신을 더 높은 수준으로 끌어올리기 위한 성숙한 변신을 이룩하지 못하면 죽은 자와 다름없다.' 독일의 철학자 에드문트 후설의 얘기입니다.

예술가는 타고난 재능을 갖고 있지만, 상상력에 불을 붙이려는 지적 노력 없이는 훌륭한 예술적 성취를 거둘 수 없다는 뜻일 것입니다.

'성숙한 변신'이란 말에 전율합니다. 자신을 돌아보게 하고 자신의 글쓰기를 한 번쯤 되작이면서 무심결 몸 옴치게 됩니다. 과연 어쭙잖은 내 글이 독자에게 울림으로 다가가는가 하고 반문해 보면서 자괴감에 사로잡힙니다. 쓸수록 힘든 게 글쓰기인 것 같습니다. 저기가 고지다 소리 지르며 저벅저벅 걸어 오르지만 나그네는 노상 산 밖에 있으니까요.

등단해서 5년의 고비를 잘 넘겨야 한다고 한 목월 시인의 말을 떠올립니다. 자만을 경계하면서, 자기도취라는 함정에 빠지지 말라는 말로 들립니다. 좀 엉뚱한 말일지 모르나 작은 망울들의 소국小菊을 보노라면 포병객抱病客이 지병을 아끼듯, 생의 언저리를 쓰다듬고 싶어지는 것은 글 쓰는 우리들만의 본성은 아닐는지요?

오래전, 대문 위에 보리밤나무를 올려 숲이 우거졌습니다. 어떤 영문인지 녀석은 분별도 없이 사시장철 잎을 떨어뜨립니다. 아침마다 장비로 문간을 쓸어야 합니다. 내 깜냥으로 버거운데도 어느새 일과가 돼버렸지요. 일어나 맨 먼저 나뭇잎을 쓸어 모으는 일은 나를 위한 검속檢束이며 어쩌면 몸에 밴, 내가 잘할 수 있는 일인지도 모릅니다. 다만, 내게 문득 다가오는 게 있습니다. 굽은 허리로 대문 언저리를 쓸고 나면 훤히 날이 밝고, 방금 쓸린 맨 바닥의 고운 빗자국, 그것도 내겐 위안이 된다는 사실입니다.

글쓰기와 비질에 공분모가 있을 듯합니다. 둘 다 현실이라는 것, 현실은 일상이 되기도 하지요. 글쓰기가 생활의 일부로 편입돼 있어 우리는 거기서 열락의 경계를 아울러 경험하게 되는 것인지도 모릅니다.

다만, 자신이 쓴 글에 대해서는 책임질 수 있어야 하리라 믿습니다. 작가로서 이고 져야 할 온당한 책무입니다. 글은 누가 간섭할 수 없는 작가의 독자적인 영역입니다. 그러나 여기엔 그만큼 깊은 고뇌가 따라야 할 것입니다. 그 해법을 축적된 내공에서 찾아야 합니다.

문인협회는 문학을 매개로 하는 문인들의 친목 단체입니다. 책이 곧 생명입니다. 따라서《濟州文學》은 우리 문협의 본령이면서 존재 이유입니다. 명실상부하게 제주의 지역 문단을 대표할 수 있어야만 합니다. 제56집이 질과 격에서 탄탄한 수준에 이른 양질의 작품들로 채워졌으면 하는 바람입니다. 이야말로 비단 몇 사람에 그치지 않는, 회원 모두의 소망이라 여깁니다.

'성숙한 변신', 우리 회원들이 풀어야 할 과제이고 문학적 성취를 위한 대전제입니다. 우리에겐 그만한 소양과 감성과 문학적 역량 그리고 완성을 향한 견고한 의지가 있습니다. 기필코 이뤄내야만 합니다.

변화, 우리 제주문인협회의 표방이면서 지향입니다.

2012. 7. 30

일곱 살 4·3 점묘

김길웅

일곱 살 적의 일
학교가 불탄다고 동네 형이 훌쩍였다
그 밤에 우리 골목 여섯 가호 중 세 집이 불탔다
하늬에 불티 날리는데 옆집 할아버지
우리 집 지붕 위에 올라 멍석을 덮으며 외쳤다
"나를 죽여라. 왜 사람 사는 집에 불을 놓느냐, 이놈들아!"
퉁퉁거리며 시커먼 사람 서넛이 마당을 질러 사라졌다
행동하는 무서운 실루엣이었다
뒷동산 너머 집에 불이 붙었다
우리 집 대신 그 집에 불을 지른 것일까
불길이 하늘까지 닿는 걸 숨죽여가며 바라보았다
산에서 내려온다며
뒷날 밤엔 온 동네가 언덕 아래로 숨었다
뒷날도, 또 뒷날도 숨었다
나는 어머니 품에 얼굴을 묻고 가슴만 콩닥거렸다

해마다 4월이 오면, 골목이 불타던 날 밤
우리 집 지붕 위에서 목젖 내놓고 소리 지르던
할아버지 모습이 떠오른다
지금까지도 지워지지 않는 핏발 선
할아버지의 그 눈빛

(재56호 특집_ '4월 하늘에 평화의 노래를' 중에서)

주름 외 1편

김길웅

저만치 서서 바라보면
내 다섯 살 적 이마의 웃음기처럼
남실남실 흘러드는 참 고운 문양이네
철벅이며 기우뚱하는
내 삶을 두성듬성 받쳐 온
곰상스러운 흔적
금실 오라기 자잘하긴 하여도
얕은 골짝을 빠져나와
노을 속으로 뛰어내리는 마지막 햇살만 같아
누구에게 보여도 자상하네
나지막한 언덕에서 굽어보거니와
인생은 아직도 작고 자잘한 이야기 속을
일렁이는 아담한 파고쯤이네
저벅저벅 내디뎌 온 발자국들이
빛 한 줄기씩 몰고 와 반짝일 때마다
돋아나는 기억들이 얌전히
물비늘로 달 아래 이랑 베고 누워
낮은 숨결로 파닥이네
바로 저거였네

내 인생의 건천에도 몇 줄기 물 저리
소리 내어 흐르고 있을 것이네

《濟州文學》 제56집

붉은 벽돌 집

김길웅

스무 살 성년을
받친다고 머리 맞대고
스크럼 짰다

스물네 시간 풀 가동하는 센서
엊저녁도 바람 불고
한쪽 귀 금 가는 소리에
비쩍 마른 등짝 들이밀어가며

무너질 듯
아슬아슬한 직립 뒤
벌겋게 상기된 얼굴이다

벽돌이 일으켜 바람벽이 된 집
싸안아 뜨듯한 구들

한밤중에도 붉은 낯
식솔들 오순도순 두런거리더니
벽돌도 눈물 흘리더라

누더기 이불에 발 막아 누워
오랜 세월 지붕 이어 온 사람들의
메마른 가슴에도 질퍽하게
물이 고이면서

시퍼렇게 흐르는
강물이 깊다

《濟州文學》 제56집

아직도 별을 따고 계실 당신

- 故 오성찬 작가(1940~2012) 영전에

김길웅 (제주문인협회 회장)

한 계절이 떠날 즈음, 거목의 자리 함몰해 푹 팼습니다

땅이 꺼지고 하늘이 내려앉더니 일월이 빛을 잃어 혼돈 광막하더이다
창졸간, 섬을 삼킬 듯 물기둥으로 일어나 바다는 전에 없던 광기를 부르며 월파越波로 무너져 내리더이다
아둔하게도 나중에야 연유를 알았습니다
그 밤, 당신은 그렇게 우리 곁을 떠나시더이다
꽂힐 듯 머리 위로 내리던 날빛 찬연한 운석 하나 우리들 두 눈으로 관측했더이다

돌이키건대, 1969년 〈별을 따려는 사람들〉, 그 후, 70평생 걸음걸음 삶의 무게로 천근만근 그러나 거침없이, 버거워도 돈후 결곡하던 실존의 행보
허구 속에도 통속을 거부함으로 쟁쟁하던 육성의 반향이 섬뜩 허공을 가르며 산을 불러앉혀 귓전에 이 섬의 전설로 살아납니다.
꼬이고 뒤틀린 사회를 향한 날 선 시선
찢어지고 허름한 현실을 재단하다 수선하던 땀땀이 올곧은 손길 시종 불의 앞에 준열하던 질타의 말씀

언제나 큰 사랑 바라 곁불 지피던 그 온기
굴곡진 길 에둘러가며 웃음 놓지 않던 서민의 푸근한 표정
이제 다 내려놓아야 한다니 어찌합니까, 이를 어찌합니까

이제 생각거니 우리 참 야속했습니다
얕고 분수없고 철없이 미욱하고 인색했더이다
황망히 찾은 빈소에서, 검정 치마저고리에 새하얀 동정이 서럽던 등 굽은 미망인에게 차마 눈을 마주할 수가 없더이다
그 삼일장
이승을 내려놓자 뒤도 안 돌아보며 훌훌 털고 떠나신 당신

팍팍한 다리 그새 좀 쉬시려는지요
당신을 보내고 난 뒤에야 정녕 창망함과 애도의 염念을 넘어 살에는 회한에 가슴 칩니다

그러나 이쯤에서 알아차립니다
허공을 만지며 천년의 말없음으로 앉아 계실 당신의 침묵이 살아있는 자들에게 제 몫으로 남겨진 것임을
언뜻 우리 곁에 이야기로 웃음으로 목소리로 살아나는, 정으로 추억으로 체온으로 조촘조촘 다가오는, 언어로 진리로 철학으로 현현하는 당신의 기 · 승 · 전 · 결

회상 속에도 눈부신 당신의 아우라에 한없이 작아지는 우리
오늘에야 가슴 여미며 아득히 당신을 향해 섭니다
삶에 더할 진실의 다른 층위가 없음을 이야기로 풀어내며 가장 소설적인

삶을 살다 가신 당신

큰물 뒤에도 산 내려 강으로 내달리던 도도한 서사, 끝가지에 이는 바람의 결이던 섬세한 묘사, 온통 들판을 적시듯 꽃처럼 새같이 냇물같이 치밀하던 격물치지의 인간 탐구

늘 하시던 대로, 그리하여 그곳서도 멈추지 않고 아직도 또 하나 별을 따고 계실 당신 앞에 고개 숙여 묵념합니다

오성찬 작가님, 부디 영면에 드소서

(《濟州文學》 제57집)

(추모 특집_故 오성찬 작가 삶과 문학)

20. 기타 시편들

사회복지법인 춘강 30년사 〈축시〉

春江은 흐른다

東甫 김길웅

1987년에 태어나, 먼빛으로 오던 春江
어느덧, 서른 살을 먹었으니 한낱 풍경이 아닌
꿈꾸는 이들이 울바자 둘러 함께하는 동네, 시대 속의 한세상
속으로 소리 내어 흐르는 강이다
사람 사이에 근원하여 쉬지 않고 사람 속을 흘러 온 강
사람이 사람다이 살게 하고자 春江은 매양 세상 속의 사람 곁을 흐른다
한때, 머리 위 음울한 하늘을 이어
우리를 친친 싸고도는 칠흑의 어둠이었어도 밝음을 향해
빛이 오는 쪽을 우러러 온
春江의 정겨운 눈짓과 찬연한 웃음
표정과 가슴과 언어와 영혼과 철학
늘 길섶에 낮게 오도카니 들풀로 나앉아
때론 모진 풍우에 젖고 흔들리며 일으켜 세운, 오직 복지에의 꿈
꿈을 머금은 날들이 이제 강물이 되었구나
대지가 불타는 가뭄, 목마른 날에도 소리 내어 흐르나니

사람으로 산다는 것이 지난한 세파 속에서
사람으로 살려 버둥대 온 아팠던 시간들이 불끈 강물로 일어나
질펀한 들판을 가로질러 春江은 흐른다
우리에겐 우리의 터수에서 걸어 온 날들을 얘기할 내일이 있다
사람으로 산다는 것은 존재의 크나큰 기쁨일지니
春江의 도도한 흐름
눈 서늘한 저 푸르디푸른 물줄기를 보아라
우리에겐 사람다이 살아갈 꿈이 있다, 일이 있다, 날개가 있다
인제, 파닥이며 창공을 날아야 하리
흐르는 春江을 굽어보며 날갯짓하는 저 새들을 보아라
春江은 흐른다, 굽이치며 영원히 흐른다.

스치는 바람에도 깨어 집을 지키는 충직한 파수꾼, 서럽고 고독한 자의 따뜻한 우정, 사람이 한 수 배울 일이라.

저만큼 의리 있고 우호적일 수 있다면,
저만큼 정성 어리고 저만큼 의로울 수 있다면,
사람들도 서로 간 배척하지 않고 우애로울 것이라, 더 살가워질 것이라.
그러하면 불의不義와 멀어질 것이라, 종당에 밝아질 것이라.

사람들로 엮이어 사회를 이뤘으면 사람으로 살아야 하리.
저만한 보살핌과 섬김, 저만한 사랑의 따뜻한 마음도 품어야 하리.

〈축시〉

저 암각화巖刻畵처럼

東甫 김 길 웅

우리는 시대 속에 아이들을 품었다.
따뜻이, 가슴 깊이 품었다.
그들을 품어 우리의 영지領地엔 꽃이 피었고 장엄했다.
거길 가로질러 도도한 물굽이, 강물로 흘러 50년!

어둔 시대를 살아, 결핍이 아이들 유산일 순 없다는 단호한 명제에 뼈 저렸던 우리.
일탈한 자유는 방종이라, 아이들을 풀 질펀한 들판에 그냥 방목하지 않았다.
사랑하되 까닭 없인 사랑 않고, 고삐를 쥐어 훈육했다.
아이들에겐 덕목의 옷을 입히되, 우리는 매운바람 앞에 너덜대는 남루.

폭포수 앞에서, 저만 못해선 자신의 소리를 얻을 수 없으니,
"물처럼 떨어지며 흩날려 보아라, 목청 터지게 소리쳐 보아라." 가르쳤다.
우리 아이들, 끝내 득음得音했다.

덧대어, 쉴 새 없이 시도했다.
원석을 쪼고 갈아 수백 번 물을 붓고 걸러 말리어, 돌에서 뽑아 낸 천연

석채天然石彩는 불변이고 색이 오묘했다, 풀잎의 결로結露처럼 영롱했다.
우리는 교육으로 그걸 해 냈다.
그리하여 평생을 교육, 그 아우라에 기울었지 않나.
창의적 노역으로 교육만한 가치가 없다 한 우리의 선택은 절대 옳았고, 숭고했다.

우리 앞으로 억겁 시절, 이끼도 거부한 그림이 내렸다.
짐승과 물고기, 사냥과 어로, 풍요의 간절함을 바위에 새긴 선사시대의 암각화.
머언 먼 풍상에도, 면과 선에 머문 손의 훈기에 외경한다, 전율한다.
아! 적막하여라.
그림 속으로 그때의 비 뿌리고 그때의 바람이 분다.
우리들, 저걸 놓치지 말아야 하리.

오늘도 아이들을 품어 우리의 영지엔 꽃이 피어 장엄하다.
이 섬에, 제주특별자치도교육삼락회 반세기
그 이름, 시 · 공간 너머에 한 시대로 빛나리라.
저 암각화巖刻畵처럼.

('삼락회' 창립 50주년, 2019)

21. 작품집 해설

여러 해에 걸쳐 시인 작가의 작품집을 해설해 왔다. 대개의 경우, 개인적인 연고에 따른 청탁에 의한 것인데, 어려운 집필이다. 평론을 한다고 하지만, 의뢰해 오는 사람이나 작품 해설을 하는 필자가 서로 익히 아는 사이라 작품에 대해 평하는 게 여간 까탈스럽지 않다. 일정 수준에 이른 작품일 때는 해설을 쓰기가 편한데, 작품에 따라서는 선뜻 대놓고 얘기하기가 난처할 때가 적지 않다.

여차하다 작가의 자존심을 자극해 불편해질 수도 있고, 남의 글을 혹평한 게 간혹 창작 의욕에 딴지를 거는 수도 있다. 글을 쓴다는 입장 이전의 인지상정이라 할 측면이기도 하다. 중앙에서 발행하는 몇몇 잡지에 월평이나 계평을 쓸 때는 개의치 않는 일이 지역 문인이기 때문에 난감한 처지에 놓일 때가 종종 있었다.

해설의 기준을 느슨하고 온화하게 하다 보면, 부지불식중 극찬으로 흘러 주변의 눈살을 찌푸리게 되기도 하는 모양이다. 호평을 한다는 뒷얘기가 들리기도 한다. 온정주의는 결코 아니다. 작가로서의 기량을 보면서, 발전 가능성에 기댄 평자의 입장을 백안시하는 시선이 야속하다. 제대로 메스를 가했다가는 책을 내놓은 작가가 너무 혹평이라 투덜댈 뿐 아니라, 정도가 심하면 좌절감에 빠지기도 할 것이다.

이래저래 힘든 게 작품집 해설자의 처신이다. 그렇게 외로운 작업이다. 나는 중도를 견지하려 애쓴다. 저자에게 활력을 불어넣어 주면서, 그가 나아갈 문학의 올바른 지향에 방향성을 제시하려는 확고한 의지를 잃지 않으려 노력한다는 말이다.

언제부터 해설을 써 온 작품집이 어간 50여 권(부주의로 유실본도 몇 권 있었다.)에 이른다. 등단 30년을 회고하면서 이 부분에 대해서 정리를 하는 것도 유의미할 것 같다. 내 책상머리에 양쪽으로 쌓아놓은 것을 한 권 한 권 열어 가면서 해설의 제목까지 열거해 놓는다. 언제 이렇게 썼던가. 내가 쓴 것인데 적지 않음에 새삼 놀란다.

현민식의 청일원의 달빛(수필집) (수필 속에 번지는 먹의 향기)

현민식의 명상 속에서(제2수필집) (서예와 수필의 접목에서 발효한 영묘한 문자향)

전영재의 휘갈겨 쓰는 잡기장 낙서(수필집)
(원숙한 경지에서 피어난 자득自得의 시선)

김덕창의 길을 내며 그 길을 걸었네(수필집)
(삶의 터수에서 펴 올린 사유의 깊이와 넓이)

고앵자의 가설무대에서 얻은 아름다운 자유(수필집) (허심虛心에 이르다)

문두흥의 돌확의 추억(수필집) (한 땀 한 땀 올곧게 떠간 자연인의 삶의 궤적)

문두흥의 돌아보며 내다보며(수필집) (자신을 향한 끊임없는 응시와 관조)

서경림의 「전쟁과 놀이, 그리고 지옥」을 읽고(서평)

김영기의 내 안의 가정법(시조집) (결곡한 인품이 시조를 품다)

김영기의 동심은 나의 힘(아동문학 40년 회고집)
(마음자리에 꽃으로 피어나는 영혼의 맑은 노래)

박영희의 잠자리 날개 같은(수필집)
(땀땀이 떠간, 눈 온 아침 첫 줄 같은 삶의 궤적)

박영희의 그 바다의 아침(수필집)
(서라벌 여인이 길쌈하듯 내공으로 결 고운 수필을 자아내다)

이용익의 석양의 메시지(수필집) (마침내, 수필을 정인情人삼다)

아용익의 번지다(수필집) (인생을 발효해 얻어낸 자득自得의 맑은 눈)

김도명의 나도 꽃이다(시집) (일상적 토양에서 움튼 자발적 리듬의 시)

서흥식의 어버이 은혜를 저버리지 말라(수필집) (발문)

조영랑의 홀가분한 오후(수필집) (수필에 담아낸 향기롭고 따뜻한 인생 서사)

강미숙의 그리움 하나(수필집) (성실과 열정이 피워낸 꽃은 눈부시다)

이동수의 굽이치는 길에서 만나다(수필집) (내리막에도 숲이 있다)

정복언의 사유의 변곡점(시집) (유현幽玄한 사유의 궤적들)

정복언의 내게 거는 주술(시집) (시적 변용과 추상의 형상화)

정목언의 살아가라 하네(수필집)
(도저到底 · 유현幽玄한 사유로 인간 생명의 근원을 언술하다)

정복언의 뜰에서 삶을 캐다(제2수필집) (뜰은 그에게 사유의 공간, 창작의 산실)

이애현의 묵은 잠, 뒤적이며(시집) (체험을 질료로 한 자아 탐색)

이애현의 따뜻한 소실점(수필집) (목마름을 축이며 벌판을 걸어가는 맨발)

문두흥의 마음속 댓돌(수필집) (작가의 순직한 인품이 빚어낸 결이 고운 경어체 수필)

양재봉의 인연의 끈(수필집)
(수많은 체험이 잎으로 돋아나 광합성 왕성한 나무의 서사敍事 가팔라)

양재봉의 다독이는 소리(수필집) (서리에도 별처럼 빛나는 생초生草 같은 사람의 글)

양재봉의 겨울 산딸기(수필집) (녹슨 보습을 닦으며 일궈낸 수필 밭의 충만함)

문영호의 문득 바라본 마음속 風景들(수필집) (놀랍게도 나날이 수필로 깨어나는 삶)

이용언의 그 길에서 나를 만나다(수필집) (그는 지금도 그 길 위에 있다)

이용언의 나도풍란(수필집) (인간사를 사람 얘기로 풀어낸 진솔한 글쓰기)
이용언의 내 안에 한 그루 나무가 자란다(제2 감성수필)
(아무나 수필 나무를 키울 수 있는 것이 아니다)
이용언의 내 안에 숨은 행복(네 번째 수필집) (늦게 일군 글밭에, 삶의 8할이 수필이다)
한영조의 곡선이 치유한다(시로 엮은 제주 오름 왕국 이야기)
(오름 왕국 제주에 치유의 에너지가 흐른다)
김승석의 소 치는 사람(수필집) (명상으로 원융圓融에 이른 견고한 수필의 성城)
강순희의 천천히 그러나 항상 앞으로(수필집) (문학을 향한 오랜 꿈, 수필에 가두다)
강순희의 가을 물들다(수필집) (낮게 앉아 깊이 보는 정시正視의 시선)
김여종의 덤 인생의 나날(시집) (인생을 넘어 구술口述하다)
김여종의 덤 인생(수필집) (운명을 넘어 침잠에 이른 사랑과 소망의 언어)
김익수의 섬빛 오름(시집) (눈앞의 사상事象에 말을 거는 시)
김양택의 하회탈(수필집) (평상심으로 풀어낸 그윽하고 유의미한 인생 담론)
김양택의 가을빛 노웃(제3수필집)
(사람을 품은 따스한 훈김, 사회를 바라보는 날 선 눈)
김양택의 갈무리(제2수필집) (항심恒心에서 써내려간 긍정의 인생 서사)
김양택의 내 언의 풍경(제4수필집) (의깃 속으로 우거진 풍경들)
고여생의 탯줄의 연(수필집) (지등처럼 밝혀든 고향 사랑의 따뜻한 시선)
고연숙의 내 삶의 아름다운 변주(수필집) (굽이치는 삶 속 따뜻한 시선의 언어)
임시찬의 두럭산 숨비소리(수필집) (문득 돌아본 회상 공간 속의 풍경들)
임시찬의 못 다한 이야기(수필집) (일인칭 창에 비친 삶의 적나라한 서사)
고공희의 빨랫줄(수필집) (이데아를 향한 인간 탐구의 낯선 투망投網)
진성구의 돌에 핀 꽃(수필집) (회상의 창窓에 비친 기억의 편린들)
임경윤의 시련은 있어도 좌절은 있다(수필집)
(절망의 늪에서 건져 올린 밝음과 웃음의 미학)

발문

등단 30년을 거슬러 올라 내 문학 안팎의 궤적을 뒤적여 보았다. 30년은 한 세대를 이르는 짧지 않은 시간이다. 그동안의 내 문학을 둘러본다고 무척 설렜더니, 막상 작품들을 꺼내 놓고, 볕 들이고 바람 쐬며 낱낱이 눈 맞추다 여간 실망한 게 아니다. 다작해 온 데서 오는 허망함일까. 시든 수필이든 이거다 하고 눈에 들어오는 것이 별반 없잖은가. 그만그만한 것들뿐 선뜻 대표작이라고 내놓을 게 눈에 띄지 않는다. 부끄럽다.

문득, 옛날 어머니가 집 어귀 바람목에 앉아 콩을 장만하던 장면이 떠오르는 게 아닌가. 하늬바람에 까부른 콩 껍질을 날리면 어머니 앞으로 동글동글한 콩들이 동그마니 쌓여 갔다. 갓 거둬들인 콩은 씻기라도 한 듯 잡티 하나 없이 곱디고왔다.

쭉정이라곤 섞여 있지 않은 순연한 알곡이었다. 먼지를 뒤집어쓴 까만 얼굴로 어머니가 이를 드러내어 환하게 웃고 계셨다. 일 년 농사의 수확에 기쁨이 오죽 했을 것인가. 더러는 장에 내어 팔아 가용으로 쓰고, 나머지는 메주 쒀 된장을 만들 것이었다. 지금도 그렇지만, 가난한 시절 된장은 먹거리에 없어선 안되는 맛의 바탕, 곧 질료였다.

어쩌다 이런 회상을 했을까. 30년을 했다는 문학인데 시 한 편, 수필 한 편,

무릎 치게 하는 작품이 없다니 한심한 일이 아닌가. 어머니 앞으로 쌓이던 알곡을 바라서가 아니다. 한두 편 세상에 내놓을 작품이 있어야 할 필요 충분한 시간이었는데 내가 쓴 작품에는 아무리 눈 밝혀 찾아보지만 한 낱알의 알곡이 없는 성싶다. 쭉정이들뿐, 어머니 때면 속이 빈 것이라 탈곡하면서 연료로 분리되던 것들이었다.

내가 쓴 글들이라 차마 버리질 못한다. 시와 수필이 컴퓨터 곳간에 잔뜩 저장돼 있다. 웬 자욱한 땀 냄새인지 진동하매 그냥 지나치질 못했다. 다들 산통을 견뎌내며 몸을 풀었던 그것들, 쭉정이라 눈 흘기던 것들인데, 모로 흔들다 세워놓고 보니 그것 참 무슨 변고인지 새록새록 정이 묻어나질 않는가.

그래서 몇 편 골라 등단 30년을 회고하는 마당에 세워놓았더니, 시 98편 수필 184편이 됐다. 지면이 주어지는 바람에 얼떨결 세상으로 나가는 호기好機를 만나 막춤이라도 출 듯 들뜬다. 보잘것없는 것들이나 가까이 다가앉을 독자 한둘을 해후한다면 그런 행운은 없겠다. 진작부터 어린애처럼 사뭇 가슴 설렘을 어찌하랴. 문학은 작가와 독자와의 공감이라는 쌍방의 교호작용에서 비로소 빛을 발하는 것임을 실감한다.

내게는 문청 시절이 없었다. 그 시절, 나는 교단에서 국어를 가르쳤다. 52세에 수필, 정년 퇴임하던 해에야 시 등단했다. 늦깎이로 문단에 발을 내디디면서 후배를 좇아가자고 두 눈에 불을 켜고 마음이 급했던 것 같다. 그때의 심경을 솔직히 토설한다. 다짜고짜 많이 쓰자 했다. 다작이 좋은 글에 이르는 비방이라 여긴 것이다.

수필은 워드로, 시는 백지에 하루 한 편을 썼다. 이를테면 시 1000편을 채워야 제대로 된 시를 쓸 거라는 막연한 꿈을 꾸었던 것 같다. 허황한 꿈이었다. 험산의 능선을 수없이 오르내렸지만, 내 시업에는 이렇다 할 가시적인 진전이 없었다. 시에 기울어 가팔랐던 그때의 숨결이 졸시 〈설레발〉에 여실히 담겨 있다.

그런 중에도 작품집을 상재했다. 독자들에게 평가받고 싶었다. 출판비 부담이 따르는 일이었지만, 출판하는 족족 시집과 수필집 두 권을 동시에 내놓았다. 시와 수필 각각 8집에 이른다. 그나마 불길처럼 타오르는 창작욕이 있었기에 가능했던 일이다. 과작하는 시인 작가도 있으나, 나는 그쪽에 동의하지 않는다. 시인 작가로서 자신의 확고한 존재감을 유지하기 위해서라도 작품집 상재는 필수라 생각하기 때문이다.

작품집에 곁들여 수필 작법서 「수필이 맨발로 걸어 들어오네」와 수필보다 편하게 쓴 글들을 모아 산문집 「일일일」도 냈다. 지역을 벗어나 중앙 문단으로 발돋움하려는 시도였으나 별무성과였다. 외롭고 쓸쓸했다. 하지만 후회는 않는다. 문학을 시종 나 혼자서 독학으로 해 온 터수로 그만한 도전이라도 해보았으니 된 것 아닌가.

대단한 용기는 아니었지만 문학을 향한 결핍 속에 버둥거렸던 그 허기에의 항거, 젊음의 혈기는 그 시절의 자신에게 소중한 에너지였던 것 같다. 나이 여든둘 고비를 돌아 나오는 지금도 어머니 앞으로 쌓이던 알곡의 생생한 그 장면은 기억 속에 화석처럼 또렷이 각인돼 있다. 당신이 말로 구술하거나 글로 쓸 기회를 훗날로 미뤘던 묵직한 어머니의 묵시록이다.

제아무리 내가 문학에 목말라 한들 어머니의 농사일만큼 힘들까. 집에 있다가도 오던 비가 그칠 낌새면 먼 밭으로 내닫던 당신의 홰 걸음을 흉낸들 낼 수 있으랴. 어림없는 일이다.

나는 어머니가 까불어 앞으로 쌓이던 알곡 한두 알이라도 내 문학의 소성小成으로나마 내놓을 수 있기를 소망한다. 수필 등단 후 12년 만에 만난 시는 내게 신기루였다. 그것은 환상적으로 나를 점령해 오로지 시에 지배되게 했다. 수필이 어느 궤도에 올라 중앙 문단에 진출하는 길이 열렸으니 시 또한 그 수준으로 올려놓자 한 탐심의 소치였는지도 모른다. 수필과 시, 양

수겸장을 자신한 것이다. 하지만 시는 그렇게 호락호락하게 나를 품어 주지 않았다. 60줄의 낡아빠진 감성이 시에 다가앉으려 했지만, 시는 등단의 문을 찔끔 열어 주었을 뿐 더는 손을 거두어 버렸다.

시를 쓰며 곤혹스러운 게 메타포와 이미지다. 시적 사상事象, 곧 추상의 형상화다. 각인이 각각의 유니크한 기법으로 변용하다 보니 마치 시가 언어의 난장이 된 형국이다. 무엇을 표현한 것인지 언어를 차단한 짙은 안개에 휩싸이고 만다. 관념시는 난해하다. 시인과 독자 사이에 뜻하잖은 소통 장애가 막아 나선다. 종국에 이르러 독자들이 시를 읽으려 않는다. 시에서 떠나버린 것이다. 독자보다 시인이 많다는 목소리에 가슴 저리다.

나도 시 등단하면서 선배들 사이에 흐르는 시의 기류에 합류했던 게 사실이다. 첫 시집 「여백」에서 제6시집 「그때의 비 그때의 바람」에 이르기까지 나는 문맹처럼 시에 눈이 머물렀을 뿐 까막눈이었다. 그 공허의 시공간을 건너 제7시집 「텅 빈 부재」, 제8시집 「둥글다」에 이르러 내 시의 바다에 개안의 급물살이 일렁이기 시작했다. 그것은 '시를 쉽게 쓰자' 한 자신의 시작에 대한 분노요 반란이었다.

고유어가 얼마나 영롱한가. 한자어의 관습에서 벗어나 순우리말을 시어로 대거 활용하자. 시적 응축을 풀어 더러 산문적 자유율을 도입하자, 이미지를 중시하되 아이가 능금에 빨강 일색을 올려 마구 칠하듯 단순하고 선명히 하자, 구어체를 끌어들여 시의 현장감을 최대한 살리자, 이렇게 환골탈태를 시도하게 된 것이다.

그야말로 내 시에 일어난 획기적 사건이 아닐 수 없다. 이런 변모된 시를 등단지 『심상』에 수차례 올렸을 뿐 이렇다 한 평을 받거나 들어본 적이 없으니 성과를 계량화하기는 아직 이르다. 다만, 나는 고집스럽게 이 방식으로 시업을 단단히 쌓아갈 요량이다. 내게 허락된 시간이 많지 않을 것이지만, 문학은 자신만의 자율적 영역이면서 한편 되돌아보며 성찰해야 할 자신의 업보다. 자신을 살피며 끝까지 가보려 한다.

나는 30년 전부터 지방 일간지에 칼럼을 쓰고 있다. 어쩌다 일 년도 쉬지 않고 계속 써 왔다. 2016년 1월부터 「제주일보」에 '김길웅의 안경 너머 세상'이 자리를 틀면서, 일주일에 한 번, 한 달 네 번의 글을 올리고 있다. 이미 7년이 넘었다. 나는 이 코너를 통해 사회와 대화를 나누고 세상과 소통한다. 떼려야 뗄 수 없는 긴밀한 관계망이다. 시국에 관한 것, 정치 · 사회의 동향, 문화와 시대 조류를 소재로 한 것도 있으나, 요즘에 세상 살아가는 이야기에 집중하고 있다. 나도 독자들도 정치나 사회가 돌아가는 어수선한 모양새를 보면서 어지간히 식상했지만 그냥 지나칠 수는 없다.

그런 틈새에 신문글을 쓰다 보니 무의식중에 처음과 다른 글을 쓰게 됐다. 독자에게 작은 감동을 선사하는 울림이 있는 글을 쓰는 쪽으로 시선이 머물게 돼 간다는 말이다. 신문글의 저널리즘적 건조함에 살짝 서정적 요소를 가미함으로써 글을 촉촉하게 하자는 것인데, 나는 이런 색다른 기법을 일러 '칼럼의 수필화'라 표방하고 있다. 단조한 저널체에 정서적인 분위기를 얹어 놓으면, 글에 따라서는 행간으로 문향文香 퍼져 향기롭기까지 하다. 뜻밖의 시너지다. 수필과 칼럼의 벽을 허물 수 있는 가능성을 실험해 나름 성과를 거두는가. 나쁘지 않아 보인다.

나는 이제 등단 30년, 자연인으로 어느덧 여든둘의 계단에 올라섰다. 뒤를 돌아보니 구름이 잔뜩 덮여 막막할 뿐 눈에 들어오는 것이라곤 아무것도 없다. 앞을 바라보아도 예측 불허한 허공만 뎅그러니 막아 나서며 아득히 이어진다.

이 나이에 무얼 시작할 것이며, 그렇다고 하던 것에서 돌아설 것인가. 배운 게 그것뿐이라고, 해온 게 글줄이라고 끼적이는 것이니, 주어진 여생을 쓰는 속에 심신을 놓을 것이다. 시와 수필, 둘을 다독이면서 더불고 가려 한다.

시간에 쫓길망정 내가 반드시 이루려 하는 게 있다. 옛날 우리 어머니 가을

늦은 오후, 바람 좋은 목에 앉아 갓 장만한 콩을 까불 때, 둥그런 멍석 위로 내리던 노란 콩알, 쭉정이 말고 알곡 낱알 같은 시와 수필 몇 편씩만 내렸으면, 그래 주기만 한다면 원이 없겠다.

끝으로 「제주일보」 '안경 너머 세상'을 주 1회 신문에 실리는 족족 가위로 오려가며 일일이 스크랩해 주신 김경림 원로 수필가님의 섬세한 손길과 따듯한 응원에 감사드리고, 이사하며 버려지던 상패들인데 앞을 내다봤던지 카메라에 담아 빈약한 자료를 채워준 양재봉 수필가의 선견지명이 은혜롭기 그지없다.

너울 뒤, 바다 고요

여든두 번째
계단에 서다

김길웅 제9시집

너울 뒤, 바다 고요

마침내, 고향 바다로 회귀하다

아잇적, 집에서 5분 거리에 바다가 있었다.

사철을 두고 리듬으로 출렁이는 쪽빛 바다의 그 천연덕스러운 운동감이 나를 사로잡았다. 자연, 바다가 좋아 자주 오갔다.

제 속살을 그대로 보여주던 에메랄드 봄 바다, 세상을 다 품어 넘실거리던 갈맷빛 여름 바다, 그맘때면 늘 태풍의 길목에서 조바심으로 너울치며 묵직이 그늘을 드리우던 가을 바다 그리고 석 달 내내 삭풍에 항거하며 들짐승처럼 맹렬히 울어대던 겨울 바다.

시절의 궁핍이 옹기처럼 내성으로 굳어 있었을까. 사정없이 겨울바람이 살을 에는 혹한에도 무명옷 바람의 소년은 틈만 있으면 겨울 바다로 달려갔다. 너울 속 역동의 바다가 마냥 좋았다. 담대하고 호쾌하고 격렬했다. 숨이 붙어있는 것, 생명이라면 저렇게 너울로 일어나 춤추고 포효해야 한다고 생각했다. 철딱서니 없는 어린 것 어느 구석에 그런 품이 있었을까. 그것은 내 생애를 통틀어 바다를 하나의 사상事象으로 받아들인 첫 번째 긍정의 몸짓, 넉넉한 수용의 마음 자락이었다.

진정 나를 놀라게 한 것은 따로 있었다. 바다의 그 동물적인 막춤도 허공을 발기발기 찢어 놓는 울부짖음도 아니었다. 바다를 뒤집어 놓은 뒤의 사람을 숨죽이게 하는 적막. 천지를 혼돈으로 몰아놓다 본래로 되돌리는 새치름한 본성으로의 회귀. 너울 뒤, 바다 고요. 나의 바다는 원시로 돌아가 어느 결 긴 휴지에 들었다. 이때를 놓칠세라, 바다 앞에 서 보면 안다. 춥다고 후들거리거나 기침 소리도 낼 수 없는 별스러운 고요 속의 평화, 그 자유의 진제眞諦를.

어린 시절 너울 뒤, 고즈넉하던 고향 바다의 고요는 어머니의 품으로 내게 위안이었다. 당신의 품은 깊고 푸근했다. 그것은 나를 몰두하게 하는 학습이기도 했다. 고요는 너울 뒤에 오는 것임을 깨닫게 한 것이다.

이것이다. 작품이야 어쨌건 내 시의 태반은 고요 속에 회잉懷孕했다. 자다 깬 한밤중이거나 새벽녘의 정갈한 적막 속이었다. 세상의 잡된 소리들이 소멸한 뒤 고요의 시공간에서 한 편 한 편 몸을 풀었다. 그 적막, 그 고요는 내 어린 시절 고향 바다의 그것에 닿아 있음을 나는 안다. 소년을 숨죽이게 하던 그 너울 뒤, 바다 고요…. 나는 오늘에야 다시 고향 바다 앞에 선 것이다.

이제 나는 아직도 와 주지 않는 내 은유를 위해 더욱 방황해야 한다. 혹독할수록 좋을 것 같다. 그리고 그 은유를, 화가의 손매를 빌려다 언어로 그리듯 형상화하는 데 좀 더 땀을 쏟아야겠다.

시 등단 18년, 내 시詩는 아직도 만날 맴돌고 있다. 은유가 없어서다. 등단 30년을 고비로 내 시를 통렬히 다그쳐야 한다. 은유를 내려받으려는, 그것은 내 시업에 상당한 변화를 불러들이리라 기대하고 싶다.

나는 지금, 나이 든 데다 질환의 내습으로 잔뜩 움츠려 있다. 궁상맞다. 몸은 하 지쳤지만 그렇다고 정신의 날개는 꺾이지 않았다. 구름 사이로 트인 저 하늘을 향해 다시 날아올라야지. 행여 추락할지도 모르지만, 그러면 다시 시도하는 거다. 좋은 바람에 탈탈 흙먼지도 털어가면서.

2023년 6월

베란다 창가에서 한라산을 바라보며

東甫 김길웅

차례

2부 꽃샘 바람

3부 / 벤치에 앉았는데

4부 눈을 감을 때와 뜰 때

5부 겨울 뜰을 스케치하면서

6부 꿈속의 진달래

7부 겨울 숲은 깨어 있다

1부
남은 시간

가장 오랜 회상의 창

나지막한 토담집에 조그만 사랑방이 있었다
증조할아버지 거처였다
거기서 산도 짚으로 멍석을 엮고 멱서리를 짜고 초신을 삼았다
늘 독한 담배 연기로 저려 있어도 여섯 살
나는 조금도 그곳이 싫지 않았다
어른은 쉴 새 없이 손을 놀리면서도 나를 당신 무릎에 앉혀 어르고
달래고 추었다
어머니 품 못지 않게 포근했다
할아버지의 긴 수염이 신기해 손이 자꾸 갔지만 한 번도 싫어하는
기색이 없었다
아들(내 조부)이 고기잡이 나갔다 불귀의 객이 됐던 슬픈 가족사가
아버지가 유복자로 태어난 연유인 것을 안 것은 훌쩍 큰 뒤다
금쪽같은 놈이라고 나를 끔찍이도 품었을 것이다
내 생애 가장 오래된 회상의 창엔
가까이 길 건너 바다의 물결 소리도 집 앞을 지나던 바람 소리도
나뭇가지에 앉아 울던 새 소리도 없다
방 천장에 끈으로 매달아 한 치씩 불어나며 멱서리 흔들거리던
그 출렁거림만 눈앞에 남아 있을 뿐 또 하나
할아버지가 날 어루만지던 그 손길

건널목

예까지 이른 경로는 몰라도 되지만
알면 나아갈 진로에 방향 감각이 될 텐데
오리무중이다
농촌 태생이라 도시는 불안하다
길을 잃어 미아가 될 수도 있는 개연성이 위협적일 때가 있다
저기, 신호를 알리는 빛깔의 메시지가 선명하니
그것만이 위안이다
반짝하면 오갈 분주한 걸음들 속으로 빨려들려
낯선 도시의 공기를 심호흡 중이다
건너려 했던 대로 가 닿아야지
언제처럼 건너다 초읽기 지점에서 되돌아오려 해선 안된다
조금 전 머릿속에 떠오르던 생각의 실마리는
건넌 뒤 뒤적이면 좋겠다

설야

눈이 쏟아져 내린다
천지가 하얗다
세상은 이 밤에도 깔축없는
눈의 영지領地

사람들은 다들 숨었고
차들이 사라진 유령의 거리를 휩쓰는 눈발
나무도 풀도 꼼짝않는다
어제 피던 꽃은 눈 속에 애끓겠구나
어두컴컴한 허공
쏟아지는 눈으로 별 안 뜬 하늘엔
은하수도 멈췄으리

혼돈은 깊어가는데
잠은 오지 않고
왜 어린아이처럼 가슴 설레는 걸까
머리는 맑은데

격절隔絶

이웃이 등 돌리는
단순한 물리적 거리가 아니다
서로 간
있었던 교섭의 회로를 닫아 버리고
주고받은 근본까지 걷어내는 것
존재로 거듭났던
성장 이력의 이런저런 스토리 전체를
톱질해 바람에 해체해버리는 것
섬 중 섬으로 있어
서로에게 다가오는 물결 소리
새 소리까지 닫아 버리는
애초 없었던 것으로 돌아서는, 이것은
완전한 결별

결핍

본래의 일
어머니로부터 분리된
한 조각 파편
결핍일 수밖에 없다

극도에 이를 때
글을 쓰며 달래려 하지만
채울 수가 없다

채우려고
시종 버둥댈 뿐

아직도

메일
아침에서 저녁까지
잠자는 시간 말고 밤에도
생각에 잠긴다
지금 무엇을 하려는가
지금 무엇에 버둥거리는가
아직도 머릿속에서 무엇을 하려 하면
부산하다
마음은 설레발치고
띤죽놓지만
내 앞으로 꽃이 피어날 날을
기다리지만
피어나지 않는
한 송이
꽃

어둠 속에서

하루가 저물어 밤으로 가는
시간의 점층적 이행은
섭리이거나
신의 지엄한 분부다

하루를 살아내 고단한 팔다리를 쉬고
궁리하느라 쫓겨온 머리도
생각의 결박에서
잠시 풀어놓으라는 것이다

어둠은
다 놓아버리는 시간
어둠 속에 뜨고 가라앉는 시간

빛 앞에 서려 서둘 지 마라
지친 시간
빛은 너무 눈부시다

그래도

봄날
까치 부부 날갯짓이 부산하다
낙엽수 날가지를 부리로 꺾어 물고
둥지로 나른다
둘의 협동이
죽이 맞게 이어진다
물오른 꽃눈이 까치집 서까래가 되고 있는 건
제 임의로
일방적 선택이다
고개 젖혀 늙은 나무를 우러른다
가지가 수천
까치가 제멋대로 부러뜨리지만
그래도
용서할 만하다
우주는 신비 속 하나의 관계
인드라망*

*인드라망 : 불교에서 말하는 끊임없이 서로 연결돼 세상으로 퍼지는 법의 세계. 부처가 온 세상 구석구석에 머물러 있음을 상징한다.

길을 가다가

길을 가다가 주춤한다
마주 오는 사람과 부딪히거나 바닥이
너절한 탓이 아니다

문뜩
떠오른 생각이 걸음을 세워놓는다

아이들이 열심히 일할 시간
잘하고 있을까
힘든 시국
세파에다 산의 높이로 치솟는 금리와 물가
몹시 치댈 텐데

걔네 쉰댓인데도 일고여덟 살 어린아이로
세워놓고 시간을 뛰어넘어
역주행 중이다

늙으면 들어왔다 나가려 하는가
모처럼 들던 철

불화

자꾸
물러나 뒷걸음질

이탈했다

아득히
먼 데로 돌고 돈다

모를 일
오늘을 살면서 이 무대에
내가 없다

내가

남은 시간

시 써 18년
만년필로 잉크를 찍으며
더듬는 시

파커잉크
몇 병째인가
그것
책상머리
손 가는 자리에
오도카니 앉아 있다

8할쯤 남았다

이제
내 시간은 얼마일까
마르도록 쓸 수 있을까

모른다
그냥 쓸 뿐

비몽사몽

새벽녘
잠에서 깼다
적막한데 안에 격리돼 있어 밖을 모른다
책상을 당겼을 뿐 인지하지 못하는
장승

무의식이 의식으로 이동하는 동안
나는 무엇으로 있는가
아무것도 아니다
무위

꿈인 듯 꿈 아닌 듯 앉아 있는 허접스레기
공간은 그대로인데 시간만 흐르는
어중간한 자락에
나는 외롭다

어렴풋이
아직도 멍하게 앉아 있다

빛이 오는 쪽으로 나앉아야겠다
어서

자서전

팔십에 이르러
자서전을 쓸까 고민하다 그만뒀다
내가 나를 쓰다니
그건 아니다
자신은 아니라 우겨도 뻥이다
그것은 미화. 그것은 과장, 태반이 거짓말
자전적 소설을 생각했지만 소설 자가 붙으면 까놓은 망나니로
허가받은 허구다
마음이 내키지 않는다
소설은 써 본 적이 없다
얘기꾼도 아니고

자서전 2

자서전은 안 쓴다
내 꽃
한 송이
나만의 꽃을
피운
적
이

없
어
서

2부 꽃샘 바람

새싹

드디어

저것
우주를 향해
불끈

솟았다

노송에게

외로운 밤을 지새우지 마라 이제는 바람 앞에 혼자 있지 않게
내가 지키고 있어
밤을 지워내는
달빛 머무는 시린 시간은 처음이겠지
네 앞에 와 있으니 애오라지
혼자 누려 봐

허구한 날에 쓰러지지 않은 건
네게 꿈이 있어서야
꿈은 믿음이었어, 신앙이었어

새벽안개 속 다스한 온기에
피어오르는 네 입김이
서려 있는 걸 나는 벌써 알고 있었지

늙어 뼈대만으로 서 있어도 네 그 뼈대를 향해
헌사를 쓰리란 걸
일찌감치 알고 있었을 거야

네가 있는 날까지 나도 있어야 해
있어야 세상이야
겨울 햇살이 왜 이리 따듯할까

눈雪

눈이 내려 천지 하얗다
이것저것 이쪽저쪽 일색으로
도배한 세상
하늘이 겨울을 기다려 맘먹고 기획했나
많다 적다
옳다 그르다
행복하다 불행하다
갑이다 을이다
밝다 어둡다
너는 내 편 나는 네 편
꼬리 잡아 늘어지며 말 많은 세상에
대놓고 내리는 경고장
이렇게 살아야 한다는 것이지
새하얀
무채색이 밝은 거대한 화폭
강아지가 꼬리 치는
이유를 이제 나도 알겠네

단풍의 흐름도

봄에서 여름을 건너 가을, 제법
생각이 깊어간다
첫걸음을 내딛으며 노랗게 물들었잖으냐
가라앉을수록 활활 타는 빨강
이제는 돌아앉아 갈색
한 시절을 내 색깔로 물들었으니
그만하면 됐다
머지않아 펄펄 눈이 내릴 것이다
바람이 맵다 하여도
잎 진 가지에 하얗게 눈이 덮이면
따뜻할 것이 아니냐
나 어릴 적 구들장 윗목보다 나을 것이야
그렇게 혹한의 시절을 나는 거지

겨울 숲에서

매정한 것 잘 알잖아
여린 별마저 바람이 앗아갔어
그래도
나무들 두 발 묻었잖아
잦아들던 새소리에 졸음을 털어냈잖아
우우우
소리 내어 하루해의 뒤를 종종 따르던 살아 있는
것들의 행보는
고귀한 기록으로 남을 것이야
숨죽여 봐
음울한 구석에서도
목련은 지금
터지려 혀를 깨물 것이야
아무래도 눈 감고 지난겨울을
되새김질해얄 것 같아
연례행사거든

동면기

겨울잠은 문맹의 일이다
읽고 쓰지 않아도 되니 겨우내 잔다
식자를 자처한다고
겨우내 글에 매달려야만 된다는 건 아니다

눈발 속 산행이거나
가고 싶던 곳을 며칠 다녀와도 좋다
일단 일상을 떠나는 것이다
떠났다 얼마 후 일상으로 돌아오는 것
그동안을 텅 비우자는 것인데
알 수 없는 일이다
비웠는데 빈자리가 채워진 것을 감지하는 건
한참 뒤의 일
주기적으로 혹은 마음 내키는 대로 실행하는
그 순환의 고리는 의미 있다

떠나는 것도 겨울잠이다
떠나지 못해서일까 물푸레나무는
겨우내 물속에 산다

양재봉 시인의 손

노작의 손은 작아도 큰 손, 멈출 줄 모르는 손이다. 흙을 갈아엎어 농사짓고 날 저물면 손 씻어 서예하고 서각하고 사진 찍고 난을 키우고 비 오다 개면 채마전에 잔뜩 웅크려 앉아 무농약으로 푸성귀를 가꾸느라 손으로 벌레를 잡는다. 안에서 실바람에 살랑살랑 귓전으로 오는 첫 손자 옹알이에 흙 묻은 손 탈탈 털며 달려가 안고 헤헤 웃는다. 세상 혼자 차지한 웃음이다. 모처럼 그의 손이 쉬고 있다.

문풍지

어렸을 땐
바람 드는 목에
종이를 붙여 삭풍을 막았다
프르르 프프르
초가집 창틀의 이격을 넘나들며
펄럭이는 소리에도
겨울밤 깊는 줄을 몰랐다
방이 썰렁해도
시간 모자라 못 자던 잠
그 잠이 어디로 도망질한 걸까
새시 창에 창호지를
발라놓고
틈새를 뚫고 들오는
바람 소리에
귀 열어 놓을까

구름

형형색색
거대한 손이
데생해 색을 올렸으리
하지만 오래 머물 걸 기대하지는 마라
흐름의 DNA
사람들의 도시를 지나 강 건너
설산 준령을 뒤로하고 숲과 계곡을 가로질러 흐른다
오늘은 어제가 아니고 지금은
내일을 향해 이동 중일 뿐
닿을 곳은 모른다
목마르니 더 목마르기 위해 떠나야 한다
발이 닿는 곳에 기다림이 있을 걸
기다리지 않는다
일이 있어야 하고 일이 없으면 바로 멈춰버린다
멈춤은 자유를 방기하는 것
곧 죽음이라 믿는다
오늘도 시간의 가파른 능선을 타고 있다
겹으로 이어지는 노마드의 날들

꽃샘 바람

꽃샘 바람 맵다
옷깃 세우고 뜰에 나갔다
잰걸음으로 들어와
보일러를 넣고
머그잔으로 뜨거운 물을 들이켠 뒤
창틈으로 낙엽수를 바라본다

그들은
땅속에 발을 묻은 채
전사처럼 바람과 마주했다

우우우
칼바람 소리
그들의 아우성이 아니었다

낙엽수는
속울음을 운다

나이테

분명 예 있었어
삼백육십오일 예 있었어
걷고 뛰고 노래하고 춤추며
일하고 꿈꾸며 예 있었어
허공에 피는 꽃은 아름다웠어
나는 새는 세찼어
피고 날고 피고 날고
보내는 시간이 나뭇가지에 걸어도 잔다는
잠을 물렸어
구름 따라 계절이 오갔고
뒤로 고이는
고요
어제는 오늘이 오늘은 내일이 됐어
그렇게 그렸는데 왜 없겠어
반듯할 것이야

비가림귤

하우스에서 비를 가려주는 건 맞는데 그보다 춥지 않게 감싸 준다고 생각한 건 짐작이었다 보다 비를 머금지 못하게 하는 기술이었다 하우스는 수분을 차단해 당도를 높이기 위한 장치라는 것 귤의 당도는 경쟁력이다 대각사 주지 관종 스님이 인편에 서귀포산 비가림귤 한 상자를 보내주셨다 꿀맛이다 옆에 끼고 앉아 먹는다 며칠 안 가겠다 비가림이라 달달한 것 아무래도 이유가 있을 것 같다 스님이 보내주신 거라서

냉이

잔뜩 졌던
겨울을 부려놓고
봄기운 왁자한
들에 가
봄 한 소쿠리 캐다
뿌리째 넣고 된장 풀어
한소끔
설설 끓이면
물씬
입안 가득 고이는
흙 내 속
봄내음

상록수야

눈 맞춘다
늘 푸르다는 건 늘 초록이라는 것이지
놀라워라, 사철 늘푸른 마음 싱그러운 네 시간
내 눈엔 네가
가을에 현란한 단풍이 없어도 초록 일색으로
전혀 단조하지 않아
초록 하나의 빛으로 시종 세워 온 네 삶의 맥락을
사뭇 신뢰하는 것이지
한 생을 통틀어
성취와 획득을 위해 하나의 빛깔에 집중하는
너이기에 시간을 틈타
소리소문없이 잎갈이하는
은밀한 네 낙엽을 발설하지 않기로 한 것이야
왜 내가 모르겠니
네가 있어 청산을 바라보게 되는 소중한 이 인과의 인연을
발가벗은 이웃에게 눈 흘기기커녕
자신을 드러내려 않는 예도를 대해 온 나로서
오늘, 섬이 꽁꽁 얼어붙은 한파 속에서
살을 맞댄 발가벗은 이웃에게
바람 막아주는 후덕함이 눈물겨웁구나
상록수야

3부 벤치에 앉았는데

전기스탠드

너는 끝까지
흔들림이 없구나
읽고 쓰게끔 너는 내게 늘
충복이구나

어둠 속에도
네가 갈 수 있는 데까지만 가는
불변.
恒心에 놀란다

나도 너처럼
시도하려 한다
할 수 있는 데까지만 하려고
넘보지 말자고

감빛 옷

새벽녘 떠오른 생각
서른이나 마흔의 나이, 한창 학생들
앞에 서던 그 시절
지금 같았으면
수업 시간이 아닌 기회를 보아
넥타이를 풀어 던지고
노랗고 붉은 윗옷을 입었을지 모른다
활활 태워서 노랗게 농익은
감빛 옷
왜 이런 생각을 했을까
문뜩, 그때의 열정이 떠올랐을 것인데
지금은 팔십 두 번째 계단에 올라
감빛커녕
저녁놀이나 마주하고 서 있다
밤으로 간다며
저리 고운

전자시계 2

숨 차지 않나
하루 스물네 시간 일 년 삼백육십오 일
그 흔한 반차도 안 내고
쉬지 않는데도 지치지 않은가

째깍 째깍커녕
숨 쉬는 소리마저 들어본 적 없다
단 한 번도 없다

시간만 먹고
배 두드리며 사는
외골수

겨울 정원에 대한 관법觀法

다른 하늘 아래인가

혹한의 겨울 정원은 또 다른 세상이다
두텁게 화해하면 견딘다는 건가
발가벗은 자와 두껍게 입은 자들이 어깨를 맞댔다
허우대 치레한 자와 왜소한 자들이 섞였다
빛깔을 지운 자와 빛깔을 바른 자들이 같은 대오를 지었다
바람 앞에 아우성치는 자와 그에 침묵하는, 시절을 오래 함께해 온
인연의 끈이 질긴 자들
웅성거리며 간간이 악다구니 들려도 앞가림하는 것이지 이건
거드름이 아니다
제자리를 떠나지 않으면서
왜 발 묶인 채로 있는지에 대해선 함구

선량한 자들의 세상

소공원

길로 에워싸인
소나무밭이
섬 같다
수선화 모도록이 피었는데
벤치 다섯
소나무에 등대었다
하오 한 시
길 걷다 쉬고 있는데
초봄 여린 햇볕이 머물더니
쏟아지는
자동차 소리 깊이 숨고
이 웬 한낮
도심 속
고요
해 설핏 해야
몇 걸음 걸어 나오다
뭘 두고 왔나
또다시
돌아보고 있다

과거가 아직도 연유인지

과거는 떠나간 시간인데
소멸한 것인데
이상하다
머릿속 어둔 그늘에서 어른거리는 집착의
그림자 짙다
목을 넘으려다 걸린 가시처럼 껄끄럽게
돌아앉는 이 아픈 역행
못 먹고 못 입던
시절의 일이 지금도 기억의 곳간에 숨어 있었나
과거라는 총체적 시간의
이름으로 일어나
남루로 걸려 너풀대고 있다
과거가 아직도 연유인지 현재시제를
통제하려 드니
어쩌랴
정 안되면 돌아앉을밖엔

구두가 낯설다

알 수 없는 일
퇴직하면서
뜻밖에 구두를 신고 싶지 않았다
넥타이를 풀어선가
어언 18년째

그때 폼나게 신던 다섯 켤레가 신발장 안에서
밤낮 잠에 떨어졌다
툭툭 건드리려다 그만뒀다
운동화와 캐주얼화 둘이면 너끈한데 잠 깨라
채근할 게 뭔가

왠지 궁금해
오랜만에 그들 다섯을 꺼내놨더니
갑자기 낯설다

너완 이제 생이별인가
가슴 먹먹하다

아파트의 아침

느슨하지 않다 아파트는 늦게 자고 일찍 일어나는 사람들의 일상이 촘촘하게 엮여지는 좀 별난 곳이다 일어나자마자 눈 비비며 너울 치는 세상을 향해 손질해 둔 그물을 던지는 어부처럼 낯선 아침을 연다 어제 갔던 곳도 지워져 가뭇없거나 어제의 오늘이 어제가 아닌 시절이라 늘 그들의 투망은 서툴다 잰 걸음으로 둘레길을 돌고 긴 숨 내뱉는 사람, 아직 여섯 시가 안 됐는데 주차면을 떠나는 핸들을 잡은 부지런한 손도 놀랍지 않은 곳이다 15층에서 함께 내려 손을 흔드는 아이 옆엔 아내의 따듯한 웃음이 차창에 성에로 돋아 흐리다 엑셀레이터를 밟는다 여기저기 내달리는 찻소리에 고였던 정적이 산산이 깨어지면서 베란다의 창들이 활짝 열린다 잠시 뒤 책가방을 등에 진 학생들이 키득거리며 입구 쪽으로 쏟아진다 언제 들어도 싫지 않은 건강한 웃음소리다

그 순간을 놓쳤다

숲을 쓰기 위해
숲에 오랫동안 머물러 왔다
숲의 마음속을 읽으면서 싱그럽게 새와
숲의 노래를 함께 불렀고
비바람 속에 같이 흔들리기도 했다
어느 날 숲이 저녁놀빛에 물들어 눈부셨다
숲이 그렇게 찬연한 건 처음이다
나는 그 순간 바짝 숲으로 다가앉았다
이때라고 무릎을 쳤다
숲을 쓸 시간이 왔다고 생각한 것이다
'이제 나는 너를 쓸 것이야'
아니었다
내 손엔 아무것도 들어 있지 않았다
예감했는가
첫 낱말이 내리지 않아 그 순간을 놓쳤다
이슥해 밤이슬 기척에 깨어났다
내일 또 올 것이다

백목련 2

바람 살랑대는 날
볕 바른
나뭇가지에 빼곡히 앉은 저
웬 하얀 새 떼인가
뜰에 달아놓은 지등 같다

어깨 겯고
머리 맞대 무리 지어
둥둥 뜨겠다

하도 설레어
한나절을 꽃그늘 아래
서성였더니

뒤숭숭해
한밤중 잠을 청하다 기어이
그 아래 내렸다

벤치에 앉았는데

섬이 4도라니
그래서 오솔오솔 춥구나
내외가 아파트 둘레를 돌다 숨 고르느라
숲을 낀 벚나무 아래 앉았다
발가벗은 나무에서 눈을 떼지 못한다
저러고 겨울을 나잖는가

바람까지 가세하니
오가는 발걸음이 뜸하다
사람이 그리운 날
맞은편 오솔길을 빠져나온 젊은 여인이
우리 곁을 지나며 한마디 남긴다
"보기에 좋습니다"

얼떨결에
뭐라 한마디 답례를 못 건넸다
추위 속에
우리가 나란히 앉아 있는 모습이
풍경이 됐던 걸까

이 사진

부부가 에밀레종 앞에 서 있다
해본다고 알록달록한 커플티를 입었다
서른 해 전
우리에게도 저런 시절이 있었구나
쉰 살 즈음이었나
염색한 것보다 더 검은 머리
배불뚝이 아니네
허리의 선이 또렷한 몸매
우리로 서 있는 건데 잊어버린 우리인가
액자를 책상 앞에 세워 놓아
훔치듯 그때를 드나든다
들었다 나올 때 돌을 달아맨 걸음
그래도 애써 되감기 한다

붕어빵 2

기온이 떨어지더니
목 좋은 붕어빵 가게에 사람들이
줄을 섰다
기다리는 시민들은 선량하다
몇 마리 뜰채에 뜨고 가
거실에 띄워놓으면
유영하면서
똑같은 모양 똑같은 크기 똑같은 맛깔을
선사한다고 가족들에게
활활 헤엄쳐갈 것이다
공평한 보시다
따끈하니
남는 거라곤 쪼가리도 없다
육肉보시
그렇게
생을 마감한다

내 책상

쉰 줄의 큰아들이 일산에 살 때 쓰던 사무용 만한 책상.

제주로 이사 오며 내가 읍내에서 쓰다 손주 녀석이 몇 년 받아 앉더니 요즘 다시 내게로 왔다. 대를 내리며 물려받지 못하고 왔다 갔다 임자가 바뀌었다. 순탄치 못한 가족사의 뒤안을 들여다보는 것 같다. 내가 오래지 않아 남겨놓을 것인데 그때는 또 손주가 차지하려나. 글 몇 줄 끼적이다 책상을 위 아래로 어루만진다. 원목인데다 위판에 깐 크고 두꺼운 유리가 그대로다. 몇 년씩 쓰는 동안 저 속으로 삼대의 의식이 흐르고 있을까.

삼색 볼펜

눈길을 끄는 건 빨강이다
개성이 강하다
교통신호등이 빨강인 이유도
적신호라서다
그라운드의 축구선수들도 빨강 유니폼이
강렬해 보인다
자극적인 시너지다
빨갛게 익은 청송 사과는 과즙이 진해
맛이 그립다
내 삼색 볼펜도 빨강이
먼저 고갈된다
수정할 때 빨강을 쓰니 목이 마른가
어느새 이 색
이상한 중고가 돼 있다

4부
눈을 감을 때와 뜰 때

선線 넷

봄엔 훈풍, 바람이 살랑거리며 불어와 드디어 신이 공들여 만든 곡선이 된지라 온화하다
여름은 뜨거운 볕에 도시의 포도가 질질 녹아내려 선이 면이 되니 바다로 뛰어들어 식혀야 한다
가을은 짙고 현란한 빛을 올려 채색 고운 속이 달아날까 봐 선을 단풍으로 깊이 품는다
겨울은 바람이 날을 세우는 바람에 에누리 없는 직선, 너무 꼬장꼬장해 늘 지치지만 나야 봄이다

눈을 감을 때와 뜰 때

눈 못 감는 물고기에 몰두하다가
녀석의 문맹을 나무라다가
나의 무지몽매가 목에 가시 걸려 버둥대는
바람에 눈을 떴다
눈을 뜨니 가시는 더 살을 파고든다
숨 쉴 때마다 점점 파고드는 집요한 이 침투
병원에 가기도 겁난다, 눈을 떠도 감아도 눈물이 쏟아진다,
호흡곤란의 이 대형 사고

꿈이었다
번번이 꿈꾼다
뇌의 오작동으로 꿈에 기이한 일이 벌어지기도 한다
누가 내 얼굴을 만지며 이제 일어나라
때로는 돌아가신 지 오랜 어머니가
아파트 문간에 앉아 초조한 낯빛으로 안을 살피기도 한다
뭐라 한마디 말 못하는 나는 머저리인가

응시와 성찰이다
눈 뜰 때 상대의 속을 들여다보고
눈 감을 때 숨겼던 나를 밖으로 내놓아야 한다
바다는 너울만 치지 않는다
어떤 새벽엔 얄브스름한 물안개를 두껍게 입고
눈을 떴다 감았다 하며 하루를 연다

설화雪花

오로지 흰색
하나의 색으로 순일하다는 게
마음에 닿으면
놀라워 또 쳐다보곤 한다
몰아치는 눈보라에
색색이 피우면 온기도 돌 것을
꼭 흰색 하나만 고집하는
이젠 어쩔 수 없는
눈시리게 흰
저 운명성
해마다 단풍 하나 물들이지 않고 맞는
한 철 겨울의 생애가
애틋해
눈 오는 날이면 눈이
눈 덮인
산에 가 있다

데생 하나

하나는 발가벗고
다른 하나는 두껍게 입었다
한설 몰아치는데
둘은 이웃으로 있을 뿐
한 이불을 덮잖았다
하나는 뼈대를 내놓아 뚝심으로 우기고
다른 하나는 맨살로 맞서고 있다
서로 기댄 것 같아도
어깨는 겯되
삶은 자기 것이란다

해토머리

깜짝 놀랐다
겨울잠 자던 靑田 그림이 햇살에 뻥 터졌다
사방이 깨어나 부산하다
재잘재잘 불어난 개울 흐르는 소리
길섶에선 살랑대는 바람에 늘어선 포플러 하늘하늘 춤사위
봄은 아직 하루해가 짧다
보습 닦아내고
흙은 질편해졌지만 사래 긴 밭 언제 갈아엎을꼬
이랴, 쟁기 짊어진 농부 밭갈소를 앞세워 길을 재촉한다
마음이 바쁜가
길모퉁이를 돌더니, 갑자기 자진모리 걸음이
휘모리장단을 타기 시작이다
햇살 두어 줄기 내리더니 새벽안개 걷히고 가까스로 엊저녁
돌아오던 농롯길이 눈에 든다
짚신 신은 발바닥이 융단보다 푹신하다
음마~ 묵묵히 걷던 소도 크게 운다
해토머리다

동면冬眠

셈법이 아니다

할 수만 있다면
아니 할 이유가 없다

맵찬 겨울 석 달
웅크리고 앉아 잘 수만 있다면
왜 마다 할까

만사 제쳐 놓고
자신을 확 놓아버리는
쉼

할 만한 선택이지
께어날 때를 상상해 보라
그 낯섦

시詩야

시야

허구한 날 너를 끌어안는다

거저 거르는 날이 없다

맹목인 이 사랑이 여태 일방통행인 걸 왜 모르랴

알면서 너를 더는 껴안지 못한다

사랑하므로 머뭇거리나

혹여 네가 머물 것 같아 깊은 밤 잠든 숲에 앉아 네 숨결에 귀를 세우다 퍼질러지기도 했고 어느 새벽엔 네게 더 맹렬해지려 너울 치며 다가가기도 했지만 너는 나를 안아주지 않더라

눈에 띄지 않아도 피는 꽃의 순간을 기다려 널 사모하는 마음 자락을 길들이려 끝까지 기다리려 한다

언제든 네가 나를 끄당겨 한 번 껴안아 촉촉한 음성으로 내 이름을 단 한 번이라도 불러다오

목울대로 울어 울어 하는 말이다

시야

고치

작다 마라
생명이 앉은 집이다
허술하다 마라
저건
쑥쑥 커가는 한 세상이다
가다림이다

오로지
완성을 위해 매일 꿈꾼다
먼 데로 날으는 꿈

숨결에 귀 대어 보아라
크노라 그런다
가쁘다

그 이름들

이름들도
죽으면 유효 기간 만료 아닌가
이상하게
떠난 지 오래된 이름이
머리맡을 오간다

꿈의 시간은 역류하는가
나이 먹기 전
그때로 돌아가 이름들을 부른다

그때의 바람 앞에서
그때의 얼굴로
그때의 말들을 하며
기뻐하고 혹은 슬퍼하면서

그 이름들과

까무룩

그럴 때인가
나뭇잎을 스치는 바람에 졸다가
벌레 소리에 귀 기울이다가
따순 햇볕을 손으로 만지작거리다가

까무룩

머릿속이 텅 비어 버렸다
멍때렸다가 주섬주섬 깨어날 때

늘 부르던 이름
늘 입에 올리던 낱말들이 나를 떠나간
이 적막감

실종된 것들
하나둘 긁어모으는 데 한나절
뭐가 뭔지 모른다

혼돈의 시간

분수대 앞에서

오직 하나였지
세상 밖으로 나온다는 일념으로
치고 올라왔다

뜻을 이루어 저리
비산하는가

부질없게도
산산이 흩어지는 포말들이 아래로
아래로 지고 있다

낙하해 감성의 낱알들이 잦아들면
무엇이 남을 것인가

분수대 앞에 서면 상념들이
막장엔 말을 잃어
침묵 속으로 가라앉는다

유허遺墟

초가 한 채
여긴 뒤란이었을까
가는 대나무숲이 바람을 막아서고
별도 잘 들었겠다
밤하늘 쏟아지는 별 안아 꿈꾸고
새벽이슬에 목축이던 시절 있었으리
집이 헐리고
주인은 어디로 떠나갔을까
퀭한 들판 모서리에
오늘도 세상모르고 무던히 무성하구나
저 대나무숲
저녁 짓는 연기 피어오르던
날들이 그리운가
바람에 흔들며 살 맞대 비비고 있다
수런수런 무슨 소린가
식솔들 주고받던
정담 같다

입김

늘 그랬다
어머니는 어린 내가 아프다고 하면
당신 품에 안고 두 손으로
내 얼굴을 감쌌다
바로 머리꼭지에 입술을 묻고 숨을 깊이 들이마신 뒤
천천히 아주 세게 불어넣었다
당신의 입김이었다
코호오 코호오 코호오
온 힘을 다하려면 처음 '코' 소리가 나는가
반드시 '코'를 먼저 내고 이어지던
'호오 호오 호오'
어머니 입김은 따뜻했다
머리에서 아래로 내리는 기운이 퍼지며 힘이 솟는 게
신비했다
코호오 코호오 코호오
늙은 것도 잊은 채 그리운 입김
그 온기

입맞춤

입맞춤과 키스
둘 다 사랑을 표출하는 행위이지만
고유어 외래어만큼이나 다르다

키스가 이성 간의 뜨거운 애정의 표시라면
입맞춤은 젖 빠는 갓난이 두 볼에다
그 어미가 뽀뽀

키스가 불붙는 성애의 초입이라면
입맞춤은 그게 아니다
모정이다
가장 원초적인 것, 어미 사랑이다

아기가 방긋 웃으며 엄마라 불렀을 때
그때, 그 엄마 아기 얼굴에다
퍼붓는 입맞춤은
얼마나 진한가

5부
겨울 뜰을 스케치하면서

설레발

긴가민가
줄글인지 홍타령인지
운문인지 산문인지
은유라는 건지 서술이라는 건지
냉탕인지 온탕인지
사뭇 어중간해
오늘도 헛발질, 미적지근한 사유로 부산한
플랫홈을 나댈 뿐
무얼 쓰노라며 설레발만 치는가
만져지지 않고
귀 기울이게 하는 산울림
손에서 가슴으로 일렁이는 한 이랑
울림 같은 게 없으니
막막한

지팡이 6

처음엔
내가 딴 세상 사람 같았다
잊고 현관을 나섰다 되돌아오기
일쑤였는데
이젠 녀석부터 찾는다
출렁이던 걸음이 편안하다
무너지지 않는다는 굳은 믿음이 생기면서
나는 어느새
삼족오가 돼 있다
녀석을 더불지 않으면 불안하다
이미 내 몸이 됐다
놀랍다

겨울 뜰을 스케치하면서

시답잖게 새삼스러운가
겨울의 뜰에 앉아 낙엽으로 상록수의 초록이 더욱 푸르다는
사실을 실감했다
애기동백꽃만큼 헤벌어진 시절 인연의 한때가 있음도 알았다
잎 진 늙은 나무가 바자울을 두른 키 작은 화양목 더미에 우뚝 선 걸 처음
바라보는 듯 내 도화지엔 소소히 낯선 풍경들이 별나게 나앉았다
별안간 있던 것의 없음
계절은 있던 존재를 기억하게끔 없음의 시간으로 깊어가고
초록을 지운 것들은 지워진 기억을 다시 소환하려는 기다림의 시간 속에
안절부절못하는데, 그들의 시간 위에 등 디밀고 앉은 나는 왜일까
겨울 해가 짧기만 한데

초콜릿 시간

길 건너 카페에 가
카푸치노 한 잔 시켰는데
단골이라고 초콜릿이 덤으로 나왔다
카푸치노를 마시다 초콜릿을 깨물었더니
아주 달달하다
그러게도 됐지 않나
카푸치노 쓴맛을 상쇄한 것이고 흐르는 선율에
마음이 편안한데
시골 살던 사람 이곳서 이 시간을
한 달 두세 번쯤
즐길 만하다
나이 가파른 고비

섹슈얼리티

누구의 말인가
섹스는 두 다리 사이
섹슈얼리티는 두 귀 사이

젊은 시절
육체적 교섭이 절정을 치고 나면
그때사 대뇌가 깨어나
진정, 마음 차례가 도래한다

팔십이 돼 보니
물불을 못 가리다 늙어야 비로소
대뇌의 작동이다

젊었을 때 공부를 많이 해
궁극에 닿았으면서
새삼 무슨 새로운 학습을 하랴

남은 생
도인이 되는 거지

시계

비싼 것도
싼 것도 한통속
금강석을 박으면 무엇하나

임시변통이라곤 모르는
세상없는 외곬
딴전 보거나 뒤돌아볼 줄 모르고
한쪽으로만 휘감아 오르는
자폐성 고질

꼬박꼬박 져 나르는 거라고는
촌각을 놓치지 않는
시간

우리 거실에 있는 놈은
그래도 성에 차지 않다는 건가
온몸이 벌겋게
달아올랐다

화분에 물을 주다가

안시리움에 한 달 세 번 물을 준다
열대산이라 물을 좋아하나
절제하라 한다

늘 내 발걸음에 귀를 세우더니
인사치레인가
한겨울에도 잎이 푸르고
꽃 없는 계절에 핀 노란 꽃이 기특하다

화분에 물을 주다가
떠듬떠듬 골목을 내 발로 걸어
고샅에 첫발을 놓던 날
아이의 눈빛엔 저 잎의 푸른색이 돌았고
낯선 동네를 바라보는 순간
달아올랐던 저 노란 꽃 빛 두 볼의
지워지지 않는 기억

물을 줘야지, 흠뻑 줘야지

무소유

1

한겨울
뜰 앞 낙엽수
몸에 누더기 한가지 걸치지 않고
발가벗었다
텅 빈
나신裸身

2

눈발 치는데
목 좋은 붕어 빵집에 사람이 줄 섰다
바삐 손 놀리는
아줌마
석 달 벌어
일 년 산단다

3

리어카 끌고
가파른 길에 선 등 굽은 노인
산처럼 실어야 3, 4천 원 받는단다
차 한 잔 값
그래도
멈추면 안된다
못 산다

머리말

평온할 땐
꿈도 내렸겠지만
고단한 날엔
고통이 천만근의 무게로 내렸다
고단한 날이 많았는지
어수선한 상념이 머물렀던 자국들
처음의 실마리를 찾아 줄 세울 수조차 없는
허튼 사유의 퍼즐들
한 생을 살아내느라 과부하였나
땀 냄새 배어 있고
지워지지 않은 눈물 자국

저녁노을은
지는 해가 잠겨있어 눈부시다
왠지
한 가닥 놀 빛
이리 들이고 싶어라

실존

얼어붙은 땅에
눈이 하얗게 덮였다

겹겹이 입고 뜰에 나섰다가
숨이 막혀 왔다

눈 속에
고개를 쳐든 저 풀들

그러려니 하는 건지
미동도 않는다

어려운 철
또 한고비 넘으려는구나

눈으로 어루만진다
눈이 흰 만큼
시퍼런

저 실존

불완전변태

고치는 때가 돼야 허물을 벗고
우화한다
아이들은 너무 성급히 키우는 것 같다

"풍진세상을 만났으니 너의 희망이 무엇이냐,
…주색잡기에 출몰하랴",
"한 많은 대동강아, 변함없이 잘 있느냐",
"미아리 눈물 고개, 님이 넘던 이별 고개…"

어린아이들을 다퉈 가수시키려
발버둥들이다
노래를 잘하는 데 웬 잔소리냐 할지 모르나
아이들이 사랑을 알며 눈물 이별인가

조금 기다려도 된다
열매는 가을볕에 잘 익어 탐스럽다
쩍 벌어진 다음에 따야 한다.

낙숫물 2

자연이다

비 개자
토담집 처마 밑
방울방울
빗물지는 소리
온종일
뚝
뚝
뚝

물 한 번 안 줘도
그 물 먹고
텃밭
정구지
퍼렇게 돋아났다
뚝
뚝
뚝

너울 뒤, 바다 고요

다들 잠든 시간
밤새 너울에 뒤척이다
서성이던 새벽이
한 가닥 빛을 들이미는 길목에서
쉴 새 없이 칭얼대며 치기로 설레는 바다

어드메인가
밤안개 걷어낸 자리로
몰려오는 반란의 발걸음 소리
오래전부터 바다를 향해 피리라던
꽃은 오늘도 여여한가

이쯤에서 시간은 널브러진 나태를 뭉개며
고운 눈매로 바다를 어루만지리
잠이 실종된 밤을 떼지어 물새로 우짖는
성찰의 바다여

활활 제 몸 태우고서
인제
고단해 쉬려나

결 곱구나

너울 뒤, 바다
고요

인연

흙에 씨를 뿌리면
햇빛과 바람과 비와 이슬에 싹터
고운 꽃을 피운다
우리는 살면서
수많은 사람을 만난다
만남은 관계다
부부가 되고 사제지간이 되고 친구가 된다
떼려야 뗄 수 없는 사이
인연이다
눈 감고 헤아려 볼 일이다
'65억 분의 1'의 확률
기적이다
그렇게 만난 우리의 인연
얼마나
섬뜩히 소중한가

6부 꿈속의 진달래

해후

만년설로 뒤덮인 알프스 주봉 융프라우요흐 앞으로 날아가는 한 마리 까마귀를 보았다 하얗게 눈부신 세상에 까마귀는 작아도 새까맸다. 낙엽처럼 나부끼며 가물가물 작아지더니 소실점 너머 사라졌다 뜻밖이었다 거기가 어디라고 갔을까

그 까마귀, 오랜 세월이 지났지만 내 회상의 공간에 새까만 한 점으로 파닥인다 지금 어느 하늘을 날고 있을까

댓돌

저녁
내려앉는
시간의 둘레 안으로 살아낸
하루가 뚝
멎는 바로 그 지점
늘 따듯하다
신발 몇 켤레 가지런히
놓이는
곳

아침
신발의 먼지를 털고
앞다퉈
세상 속으로 나서는
동선의
야무진 시작점
날개를 못 달아도
맞바람도 서슴지 않으니

고단한 몸에
마음
푸근한
곳

신발이 채워지고
뒤로
깔축없이 하루가
닫혔는데
안에서 들리는 웃음소리에
들어서려다
귀 기울여 서는
곳

만년필에게 보내는 헌사

빈털터리지만
만년필
그 이름으로도 행세한다
평생 끄적여 온 글이 황하사인데
너를 손안에 넣어야
피가 돌고
노래가 나오고
꿈이 일어나 나래치고
눈으로 빛이 든다
백지를 선호하는 네겐 없음이 있음이구나
흐르는 구름도 불러 앉히고
날으는 새도 수중에 넣어 뜨겁게 할딱이는
생명을 말로 치환하나니
이제 원컨대
내 앞으로
몇 걸음에 한 송일지언정
피어나길, 꽃아

메모 수첩

그 여름 땡볕에 옷 활활 벗어 던지고 갈맷빛 바다로 풍덩 몸을 던졌지. 삽시에 서늘해지자 수평선 향해 지치도록 유영했던 게 생각나.

뚝, 잎 하나 앞으로 지고 있었거든. 떼지어 비산하지 않아도 그 한 잎으로 충분히 가을을 느꼈어. 한 생애가 그렇게 지고 있었다니까. 누가 섭리라 부연하더군. 갑자기 천지가 적막했어.

꽃은 그렇게 지던 자리로 도로 피어났어. 절망을 받아들일 수 없었던 거겠지. 동살 틀 무렵을 기다려 부산하더니 해 솟아오르자 하늘을 열기 시작한 거였어. 왜 그런지 주체하지 못한 나는 한동안 눈 감은 채 숨죽여 있었지. 가슴이 뻥 뚫려 오더니 나도 어디론가 떠나고 있었으니까.

이렇게 순간순간 행간을 끄집어내 몇 줄에 가둬 놓았지. 그것들을 아주 봉쇄한 거야. 볕 한 번 쬐지 않고 바람 한 번 쐬지 않았지.

몇십 년 만에 열었더니 웬걸 졸졸졸 물 흐르는 소리가 나지 않겠어. 멱 감는 것처럼 청량했어. 석간수가 꾸역꾸역 한 가닥에 모여 오랜 시간을 두고 줄기를 이뤘지 않나. 갇혀 있어도 안에서 흐르는 게 물이야. 흐르므로 절대 썩지 않아. 메모!

안경

대충 넘어가면 좋을 것을
너무 잘 보아주면 난감할 때가 있다
눈이 떼지지 않아 뭉그적댄다

살짝 언저리만 봐 좋은 것일 때는
안경을 올려 버린다

요즘 녀석이
활자 앞에선 쩔쩔매고 있다
확대경을 산다고 벼르다 주춤해 있다
그다음 대책이 없잖으냐

먼지나 잘 닦으며 써야지

반야심경 가락지

불심 깊은 아내가 스님에게서 받은
마하반야바라밀다심경을 세공으로 새긴 샛노란
황금색 가락지를 물려받아
왼손 무명지에 끼었다
딱 맞다
산문 주변을 서성여 온 마흔 해
경을 외지 못하니 대신 몸으로 받아들인다
'언덕에 이른다'는 이백일흔 자의 말씀
금반지로 볼는지 모르나 상관없다
바라보며 눈 빛내는 아내에게
"내가 먼저 가게 되더라도 빼지 마오." 당부했다
왼쪽 팔이 무겁더니 이젠 가볍다

역주행

시간이 지나도 그대로다
날것, 언제 봐도 현재진행으로
싱싱하다

말소리 들리고
드라마의 주연배우를 능가하는 표정
꿈틀거리는 추억에
가슴 먹먹하다

마침내 서사로 쏟아내면서
눈앞으로 펼쳐진
기 · 승 · 전 · 결의 스토리텔링

오십 대 두 아들 옆에 선 사진 속에서
이십 대의 웃음과 만나
내가 아이 되는
이 역주행, 싫지 않다

꿈속의 진달래

꿈을 꾸었다
알 수 없는 사람들과 산에 갔다 한 밭이랑에서 진달래 두 그루를 뽑았다 활짝 꽃 핀 것과 아직 꽃이 없는 것 비 온 뒤라 뿌리째 쏙쏙 뽑혀 잘 살것 같다며 산을 내리는 걸음이 날겠다 도중에 웬 상노인을 만났다 대뜸 판관처럼 재단하는 게 아닌가 선생이 남의 걸 훔친다는 질책이다 학생들에게 소월의 〈진달래〉를 가르치면서 그 나무를 심어 꽃을 피우고 싶었다고 우물우물 이실직고했더니 그제야 빠듯이 고개를 끄덕인다 옳은 일을 한 건 아니었고 나는 꿈의 공간을 빌려 진달래를 소유하려 완벽한 범죄를 시도한 게 명확해졌다 꿈은 이어지지 않았다
뒤가 허전하다

일몰

아서라
저것 보아라
새카만 장막이 우주를 싸고 있다
일체에서 떠나라 한다
신호가 왜 저리
검은지 생각해 보았느냐
경계 짓자는 것
커다란 손이 빛을 걷어내고 있다
어차피 속에 갇혀야 하느니
늘 이맘때 내리는 시간인데 왜 비켜서려느냐
개미 한 마리 저보다 큰 먹잇감을
문 채 묻혀 가고 있다
해 설핏할 무렵 이미 손을 탔잖으냐
슬그머니 산 그림자로 내려
침묵에 들었다
존재를 지우는 시간의 무게
무겁다

병에게

자네와 동거한 지 어느덧 이태가 지났네.

동거라지만 사실 우리의 연은 자네의 틈입闖入으로 시작됐거든.

머리로 가는 혈관을 막아 나서면서 내 뇌는 자네 눈치를 보며 하던 구실도 제대로 못한다고 의사가 딱지를 붙였잖나, 뇌경색 그리고 파킨슨씨.

하루에도 몇 차례 내 머릿속은 암흑으로 새까매지고 말짱하던 혀는 지독히 말을 더듬는다, 평생 국어 선생으로 살아온 내게 말더듬이, 참 낯설고 어이없고 심난하다, 이 언어장애.

난 도인이 아냐, 이 지경이니 도저히 자네를 용서할 수 없었어.

하루 거르지 않고 약을 먹으며 자네를 내몰려 이를 악물었지, 팥알 만한 두 알, 독한 약이야, 삼켜 5분도 되기 전에 머리가 핑핑 돌아 바로 잠을 강청해야만 해, 매일.

푹 자고 나면 머릿속이 가끔 은빛으로 맑아, 9할은 그냥이기 일쑤고.

이제 걸음까지 균형이 무너져 지팡이를 짚은 지 몇 달째야.

세상이 코로나19로 비대면을 이어가는 동안이 내겐 집콕의 시간이었어.

우린 이상한 인연이네.

자네가 하필이면 이 팔순 늙은이를 찍었는지, 나는 그걸 내 업보로 생각해. 하지만 글쎄 더는 짊을 수가 없어.

어느 시인은 병을 우정처럼 품더라만 대놓고 말하거니, 나는 오지랖이 넓지못한 사람, 제발 이만하고 짐 싸 들기를 바란다.

저물던 한 해가 서산마루에 닿았어.

그새 대접은커녕 약 세례로 자네를 초 죽음으로 몰고 갔지만, 나도 인제 시간에 급박히 쫓기는 사람이라네.

늦게 발 디딘 시를 이렇게 무성의하게 대하다 냅다 팽개칠 순 없어.

내게 시간이 필요해.

원컨대 시에 기울다 가게 해주면 안되겠나.

속된 욕심이 아니니, 부디 이 가여운 소망에 귀 기울여 주게.

자네 앞에 무릎 꿇고 손 모아 빌 테니.

낙엽수야

야멸치다
눈바람 몰아치는 겨울 한복판
초록이 실종된 들녘에서 떨고 있구나
남루 한가지 걸치지 않은
발가벗은 나신
겨우내 살을 도려내는 칼바람에
세상을 뒤흔드는 네 아우성이 귀청을 찢는다
계절은 비정도 해라
네게 품을 벌리기는커녕 지나가는 위로의 말
한마디 없지 않으냐
다가앉아 네게 묻거니 이렇게 너를
버티게 하는 게 무엇이냐
지난 시절에 꿨던 풍요의 꿈이냐
꿈이 피웠던 꽃과 영글었던 열매의 기억이냐
그나마 어깨 겯고 선 이웃과
네 빈 가지로 내려앉는 여린 볕이 있었구나
내 어릴 적 어머니 입김 같은
따듯한 저 구원의 온기
언 몸 녹이며 손 호호 불어가며
제발 눈 위에 눕지는 마라, 꼿꼿이 서 있어야지

겨울 해는 짧디 짧다
네 뼈대의 강단으로 견디어라
낙엽수야

사진

그때로 멈췄다
시종 표정으로 침묵하는
조각난 서서

과거로 편집된 지 오래지만
시간의 역주행으로
그리움이 그때로 출렁거리면서
간간이 오늘로 외출한다

볼 때마다
눅눅한 시간 속으로
융융하게 일어서 덮쳐오는
추억의 파편들

복구해야지
한 장 한 장 엮으면
그게 역사인데

적막하다

늦은 하오
소스리바람 일더니
신시가지 아파트에 까마귀 떼지어 와
걸쭉한 목소리를 풀어 난장이다
까악 까악 까르르 까악
박박 이를 가는지 파찰음으로 허공을 찢어
놓는 울음소리
옛날 둥지 짓고 살던 땅인데
웬 아파트냐. 당장 돌려달라는 건가
바람을 타고 빌딩 사이를
들고난다, 날짐승들의 저 포효
갑자기 휘청거리던 나무들 우뚝 섰다
다 기울던 해 구름에 덮이고
까마귀들 온데간데없다
틀어막았던 두 귀를 확 열었다
요란턴 소리 뒤 소리 없음
적막하다

7부 겨울 숲은 깨어 있다

겨울 숲은 깨어 있다

온기 없지만
바람 앞
한 점 바람 막은 적 없다

은하수도 흐르다 멈춘 밤
긴 긴 밤을 웅숭그렸다 새벽이면
추위에 깨어나
입김으로 희뿌연 겨울 숲

나무들 생살을 맞대고 서서
겨울을 견디고 있다

폭풍한설에 주저앉지 않는다
오직 그것 하나
꽃이 필 날을 기다려

허구한 날
그렇게 살아온 대로
낮에도 밤에도
겨울 숲은 깨어 있다

평상심 2

신문을 읽다 심란해
밖으로 나선다
왜 사람들은 쉴 새 없이 으르렁댈까
다투고 시샘하고 윽박지르고

부자와 빈자
힘센 자와 약한 자

뜰은 겨울에도 바람 타면서도 태연하다
요지부동이다
나무들은 사람이 못하는 걸 한다

키 큰 나무나 작은 나무나
남루를 걸친 나무나 푸른 나무나
다 평등하다

투덜대지도 거들먹거리지도 않는다
삼백예순 날이 하루 같다

저 평상심

쉬지 않는다

다들 쉬는데
쉬지 않는 심박
무심결
왼쪽 가슴에 조심스레 손을 얹는
버릇이 있다
잠이 덜 깼는데
조금은 나지막하게
아주 나지막하게 뛰고 있다
분명 뛰고 있다는
사실 앞에
손을 내리며 웃는데
느닷없이
창 너머 쏟아지는
싱그러운 햇살

경계

비둘기 한 마리
아파트 13층 베란다 창가에 와 앉는다
비를 그으려는가
바람을 피하려는 걸까
베란다엔 12월의 찬비를 막아줄 지붕이 없다
한동안 웅크리고 있다
안을 힐끔거리는 강렬한 눈길
눈을 맞추지 않는다
안쓰럽지만 안으로 들일 수는 없다 훠어이
멀리 쫓을 수도 없다
내가 네게 갈 수 있는 건 정해 있다 바로
네가 앉아 있는 거기까지다
너와 나의 경계

회춘 2

말 같잖은데
가슴 설레는 말이다
회춘

돌아앉으면
짜장 우울해진다

오죽했으면 말 같잖은 말을 했을까
처음부터
반어적 수사였다

팔순 넘은 아내가
나더러 툭 던진 말이다

"당신, 회춘했네. 검은 머리 났잖아."
내 눈엔 안 보이는 걸

그 사람, 참
웃고 말았다

목마르다 2

목마르다

설설

입안에 침이 끓는데도 목마르다

비가 와도

물을 사발로 들이켜도 목마르다

축여지지 않는다

영혼이

목마르다

문 하나 사이

방과 베란다 사이에 문이 있다
엄연한 경계다

한겨울인데
안시리움은 문밖에 두고 나는 안에 잔다
반려라 해놓고 별거다

계면쩍은 게 아니라 성찰해야 한다
이럴 거면 처음부터 반려하지 말아야지

나만 생각했었구나
미안하다
이제라도 방으로 들여놓으마

언저리 2

어제는
살랑대며
붉다 노랗다
낙엽을 어루만지더니

오늘은
언저리로
오는 소스리바람이
날을 세웠다

보이지 않는
저 손

여명에

섬이
눈 비비며
물결로 깨어나
날것들에게 선사할
빛을
소리 내 부르고 있을 시간
난청이라
물결 소리 애매하다
소스리바람에
옷 주워 입고 다가설까
저 소리에 손 내밀면
한 움큼 새어들
싱싱한
날빛

움

언 흙이
채 풀리기도 전에
땅을 뚫었다

우리 어머니 물주며 키우던
시루 속
콩나물 같은 노란 싹

기적이다

겨우내 잠자던 개구리 점프에
놀랐는가

흙을 팔
한 자루 호미도 없는
맨손

불쑥
세상으로 나오다

워드 장난끼

워드를 치는데
별안간 색깔이 나온다
자음 다음 모음이라야 하는데
계속 자음만 잇따르고 모음이 안 나온다
자모가 만나기 싫은가
한번은 교정을 보는데 뒤의 글자가
먹혀들어 사라져 버린다
한도 끝도 없다
아무래도 탁월한 손을 빌려야 할 것 같다
씨름하다 노트북을 닫았다
무심결, 두어 시간 후 열었더니
워드가 제자리로 돌아왔다
이런 이런
누굴 약올리려 장난친 건가
쉬려 했는지 모른다

블랙홀

스르르

지평이 열리더니
끝없이 빨려들어 '0'이 돼버렸다

빠져나오지 못한다
꺼낼 수도 없다

암흑 속

내 詩

내 안의 풍경

겨울 낮 여린 볕에 창문을 연다
바람은 따로였나
경주마처럼 달려들어 치대는 바람
문을 닫아 버린다
겨울에 볕까지 누리려 또아리 틀고 눈치 보다
느슨하면 돋아나는 탐심
내겐 찬 구들방에 누이와 한 이불에
발 막고 자던 밤의 기억이
아직도 생생하다
문풍지 소리에 귀 열어도
짧기만 하던 아잇적의 그 긴 긴 밤
아이들은 나뭇가지에 걸어놔도 자느니라
어른의 목소리가 되살아난다
잠 못 이뤄 뒤척이다
간신히 제 자리로 귀환했다
여든의 나이에도 안은
너울 치는 바다
잔잔해지면 어른 구실 해야지

파장 뒤

12월 30일
2022 임인년이 오늘 내일
이틀 남았다

해거름
아파트 뜰에 나섰다 깜짝 놀랐다
벚꽃 광장
늙은 벚나무 일곱 그루
발가벗은 가지에
이파리가 단 하나 남아 있지 않다

완벽한 떨이다
파장 뒤
홀가분한가

바람 소리에 사위 스산한데
간간이 몸 흔들 뿐
무심하다

내려놓다

여든두 번째 계단에 서다

김길웅 제9수필집

내려놓다

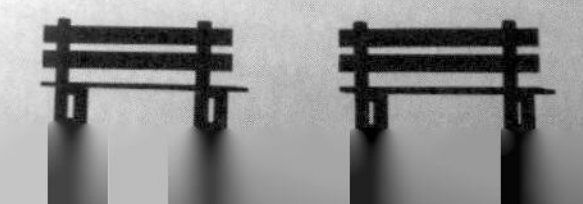

작가의 말

이후도, 쓰고 싶다

그새 적잖게 썼다. 글이 어떤지는 모르나, 연필 잡은 중지에 군살이 박이도록 썼다. 괴로울 때 썼고, 외로울 때 썼고 기쁘고 즐거울 때 가슴 설레고 마음 달뜰 때 썼다. 슬플 때 글썽이며 썼고, 고독할 때 빈 가지 끝에 매달린 마른 잎을 보며 썼다.

내가 수필로 등단했던 1993년엔 지역에 글 쓰는 이들이 셀 정도였다. 어휘 하나 선택해 놓고 글귀 하나 써놓고 표현 하나 떠올렸다가 개긴도긴 했을 뿐 물어볼 사람이 없었다. 나대로, 혼자서 찾고 뒤적이고 궁리했다. 국어 선생을 한 덕에 자신만만한 건 표기법 하나뿐. 하지만 수필은 감성으로 하는 것이지 문법으로 하는 게 아니었다.

나는 '생각나는 대로, 붓 가는 대로' 시절에 수필을 시작했다. 묵은 이론에 발붙여, 점차 수필은 '인간학'임을 경험하면서 '낯설게 하기'로 가파르게 능선을 넘었다. 시간이 흐르면서 시대가 품어주는 바람에 수필은 바야흐로 문학의 총아로 등극했다. 어떻게 양질의 수필을 쓸 것인가. 수필 앞에 놓인 과제는 중차대하고 묵중하다. 수필을 쓰면서 시 등단을 하지만, 대부분 시를 쓰는 이가 시를 쓰며 수필을 갈망하지는 않는다. 수필을 쓰는 사람이면 한번쯤 성찰해야 하리라.

이 대목이다. 나는 수필로 시작했지만, 처음부터 산문에 만족하지 않았다. 마치 자성처럼 수필에 시적 서정의 접목을 시도한 것이다. 설령 미문美文의 함정에 빠지더라도 독자에게 수사적 쾌락을 선사할 수만 있다면, 절반의 성공은 거둔 것이라는 믿음에 단호했다.

물론 문학의 구경적 과제인 인간탐구를 외면하려 한 게 아니었다. 수필의 주제를 생광케 하려면 어차피 서정적 표현의 감흥을 빌려야 한다는 연맥緣脈을 저버릴 수 없었던 것이다. 하지만 그것도 한쪽으로 쏠리고 치우친 것 같아 근래에는 양자의 절충에 나서고 있다. 수필은 온아우미한 품격과 세련된 문장이어야 하기 때문이다.

『내려놓다』에 실린 수필은 2020년 이후의 근작들이다. 「제주일보」 '김길웅의 안경 너머 세상'에 나갔던 칼럼 몇 편이 끼어 있다. '칼럼의 수필화'를 내건 것들이라 그쪽으로 받아들였으면 한다. 지면이 되면서 84편을 올리게 돼 기쁘다. 한세상을 얻은 것 같다.

책 이름을 『내려놓다』로 한 데는 심상찮은 속사정이 있어 실토하겠다. 2, 3년을 전후해 뇌질환을 앓고 있다. 뇌경색과 파킨슨. 뇌로 가는 혈관에 장애를 보이는 증상이다. 약물치료에 매진하고 있어 악화되지는 않는 것 같으나 힘들다. 머릿속이 캄캄해 오거나 언어장애로 발음의 잘 안되는 증상을 보인다. 걸음도 균형을 잃어 지팡이 신세를 지고 있어 바깥 나들이를 삼가고 있다. 그러다 보니 시간이 안 가 자연 글쓰기에 매달리게 된다. 글을 안 쓰면 시간이 멈춰 버리니, 머리가 맑을 때를 기다려 책상머리에 앉는다. 글 쓰는 동안은 내게 다시 없는 열락의 시간이다. 글을 쓰는 중에 제발 병이 떠나줬으면 좋겠다.

내 나이 이제 여든둘이다. 짧지 않은 생을 누렸다. 무엇을 더 바라랴. 남은 생에 웬 욕심을 낼 것인가. 젊은 날부터 내 앞으로 크고 작은 산이 첩첩했었다. 그동안 많은 산을 넘어왔다. 한데 앞에 버텨선 몇몇 산이 멀거니 나를 쳐다보고 있다. 왜 주춤하느냐는 것이다. 순간, 산행에서 돌아앉아 버렸다. 그럴 때인 걸 왜 모를까. 그러려니 해 살려 한다.

오래 진행해 오던 문학 강의도 그만두었고, 안타깝지만 열정을 기울이던 동인 활동도 접었다. '내려놓은' 것이다. 단 한 가지, 글 쓰는 일만은 붙들고 앉는다. 쓰는 걸 그만 둘 수는 없다. 기댈 거라곤 오직 그것 하나뿐이라서다.

이후도, 내게 주어진 어느 시간까지 글만은 쓰고 싶다. 쉬면서 가는 데까지 동행해야지.

2023년 7월 아파트 베란다에 기대앉아

東甫 김길웅

차례

2부 / 핸드폰의 범위

3부 참 아름답습니다

4부

작은 행복들

5부 / 새의 뒤를 따르는 눈

6부 몸의 언어

7부 까치는 날가지로 집을 짓는다

1부

억새는 바람에 강하다

산의 고요

강풍이 몰아치면 숲이 휘청거린다. 나무들이 목이 터져라 아우성친다. 격렬한 저항의 몸짓이고 최후 발악의 목소리다. 살아야겠다는 절규가 천지를 흔들어대지만 세상은 비정할 뿐, 뻗치는 구원의 손길은 없다. 바람이 숲을 떠나야만 간신히 진정을 되찾아간다.

바람이 휩쓸던 동안, 휘청거리거니 소리 지르기는커녕 숨 한 번 크게 쉬지 않고 기다린 건 산이 있을 뿐이다. 그냥 자리에 앉아 있어 눈 한 번 크게 뜬 적 없고, 한숨 한 번 몰아 쉰 적이 없었다.

산의 심성은 고요다. 강단 있어 고요다. 땅에 뿌리박은 몸의 무게로 고요다. 그 안의 결기로 고요다. 천년을 간직해 온 침묵이다. 산이 닦아 온 덕목이다. 산은 동요하지 않는다. 시시종종으로 고요다. 절제된 그의 언어가 고요다.

세상에서 가장 중요한 것은 비바람 뒤의 고요함이다. 놀라운 변화다. 섬이 그렇다. 너울 뒤, 바다 고요.

봉우리를 구름이 덮어도 고요, 몇 덩이 조각구름이 떠 있어도 멈췄다 흘러가도 고요다.

나는 젊은 시절 한때, 도시를 접으려 한 적이 있었다. 도시의 소음은 고통이다. 산에 사로잡힌 꿈의 유혹 때문이었다. 산에 가 살고 싶었다. 산속 고요에 싸여 살고 싶었다. 고요는 최고의 가치라 생각했다. 고요는 자유이고 평화라는 믿음이 종교보다 강하게 나를 이끌었던 것 같다.

사시사철 계절이 지나고 옷을 색색이 갈아입지만 언제 바라보아도 산은 고요하다. 흔들림 없는 고요다. 기슭마다 변함없는 항심恒心이고 여여히 노니는 평화의 결.

그래서 산으로 가려 했지만. 끝내 질긴 속연을 끊지 못했다. 산의 고요에 지은 죗값을 무엇으로 씻어내랴. 아침에 깨자마자 베란다 창을 열고 달려드는 한라산과 눈을 맞춘다. 뭐라 한마디 하려다 입을 꾹 다물어 버린다. 산은 냉정하게도 무표정이고 무언이다. 나는 침묵의 언어를 부지런히 학습 중이다. 한참 산을 바라보다 눈을 거두고 삶 속으로 첫발을 내디딘다. 나는 요즘 산의 기운을 받아 산다.

간간이 산이 입을 연다.

"고요하라."

내 안의 소음이 잦아드는 순간에 그 음성 내게 스밀까. 세상에서 가장 소중한 게 무엇인지를 함축했다. 간략하나 귀에 쟁쟁하다.

숲길을 걸으면

누구의 말이던가. '숲길을 걸으면 시인이 된다.'

미문美文과 싸운 러시아 시인 오시프 만델스탐도 걸으면서 시를 썼고, 단테도 마찬가지였다. 니체도 하루 두 번 긴 시간 산책을 했다.

"내 상상력의 에너지가 가장 자유롭게 흐를 때, 내 근육 활동이 가장 왕성했다. 내 모습은 춤을 추고 있는 것처럼 보였을 것이다. 나는 눈곱만큼도 피곤함을 느끼지 않은 채 일고여덟 시간을 거뜬하게 걸어 다니곤 했다. 나는 잠을 많이 잤고 많이 웃었다. 매우 혈기 왕성했고 끈기가 있었다."

숲길을 걷는 것은 운동으로 걷는 목적에 구속받지 않는다. 숨 가쁘지 않고 한가로우면 평화가 온다. 걸으면서 마음의 평화를 느꼈다면, 약간의 감성만으로도 이미 시인이 된 것이다. 숲속으로 부슬부슬 비 걸어오는 소리가 들리고, 나무 위를 스치는 바람과 귓가를 지나는 바람이 다르다는 것을 알아간다. 허물을 벗는 것이다.

나는 근래에 숲과 깊은 연을 맺고 살아온다. 서른 해를 작은 숲을 가꾸며 시골에 살았다. 시내로 이사했더니, 숲이 무성한 아파트가 아닌가. 이런 행운이 없다. 큰비 안 오고 강풍이 몰아치지 않으면, 나는 하루 한두 시간 아파트 숲길을 걷는다. 숲속 오솔길의 휘어진 곡선이 나를 유혹한다.

이미 시를 쓰고 있어 이제 시인이 되려는 건 아니다. 하지만 욕심을 내고 있다. 노욕이라 해도 상관없다. 이 길 위에서 내 시가 더 그윽해졌으면, 더 깊고 질펀해졌으면, 조금만 해맑아졌으면 하고.

어느 겨울날의 일기

하루하루를 선물 받은 것처럼 살라 한다. 사물에 닿는 긍정의 에너지가 느껴진다.

'하루를 선물 받은 것처럼'이란 직유의 보조관념, '선물'에 골을 파며 흐르는 유창한 웃음, 대화, 언덕에 올라 먼 산 바라기, 겨울을 나는 낙엽수의 치열한 생존, 머리 위로 내리는 다사로운 겨울 햇살, 오랜만의 완결된 만남, 지난밤 꿈속을 달리던 완주의 기쁨, 누웠던 몸을 일으켜 세우며 나를 읽기, 요즘 세상사 한쪽 톺아보기….

인생을 단순화하면 별것 아니다. 삶을 가까이서 보면 비극, 멀찌감치 풍경으로 밀어놓고 봐도 비극이다. 우리는 너나없이 배설하며 가리는 것부터 배우고, 인생의 마디마디를 의례로 치르며 거드름도 피우다 한 생을 마감하기 전엔 또 배설이라는 구실이 어려워진다.

누군가의 말을 인용해 보니 참 그럴싸하다. 사실, 그렇잖은가. 방바닥을 기다 첫걸음을 떼며 직립보행의 환희에 겨워하다가 덧없는 세월에 등 굽더니 다시 바닥을 기어 다니는 아기가 된다. 까짓 환갑의 회귀, 짧은 인생을 길게 서술할도 없을 것 같다. 사람의 삶을 단문으로 요약하면, '삶을 단순화하며 조금씩 죽어가는 것이다.'

요즘 들어 겨울의 뜰을 거닐다 자주 서성이는 곳이 있다. 잎사귀 하나 남김없이 떠나 버린 늙은 왕벚나무 아래다. 아름드리다. 치켜보니 원줄기에서 줄기로 가지로 곁가지로 갈려 나간 신체의 섬세한 분화에 눈이 가면서, 견뎌온 삶의 무게에 경탄한다. 그 위의威儀에 압도되는 순간이다. 저런 삶을 살았고 오늘도 찬바람 속, 남루 한가지 걸치지 않은 채 발가벗고 서 있다. 그런데도 빈한한 겨울을 떠나지 않는 나무. 어느새 바람 자고 우듬지로 눈부시게 겨울의 여린 햇살이 내려앉는다.

베란다에 앉아 여러 번 봤던 까치 부부, 구면이라 반갑다. 13층에서 제일 가까운 눈 아래 워싱토니아에 집을 지어 살더니, 거처를 옮겼는지 내왕이 뜸했다. 건축술이 탁월한 녀석들이지만, 자기 집을 쉬이 버릴 수 있는가. 요즘 집값이 고공행진인데, 모를 일이다.

쉼터 옆 작은 숲에 귤 네 알이 겨울 들어 노랗게 익어 참으로 탐스러웠다. 아이처럼 좋아하더니 그중 둘이 종적을 감췄다. 귤 철이라 싸고 만만한데 누가 실례를 한 걸까. 만인이 함께 즐길 것인데, 이런 일이 또 있을까. 참 딱하다. 선진국에 진입했다는데 이게 뭔가. 안 그래도 뒤뚱거리는 걸음이 잘 떨어지지 않는다.

가만 보니, 경비원이 클린하우스 안에서 쓰레기 분류를 하는 양하다. 유리로 두른 시설이라 일하는 모습이 영상처럼 눈에 들어온다. 경비실에 있다 이곳 일도 번갈아 하는 모양이다. 늙음이 한창 깊어가는 연세 같은데, 소임이 가볍지 않을 것 같다. 그래도 노후에 하는 일이 있으니 얼마나 다행한가. 저게 삶이다. 일하고 나서 집으로 돌아가는 걸음이 가볍겠다.

언제부터인지 주전부리가 습관으로 눌어붙었다. 아내가 내놓는 '가파도 건빵', 그곳 해풍 맞은 깨보리 건빵이라는데, 한둘 입에 넣어 오물거리다 보면 손이 자꾸 간다. 버릇이다. 이거, 작은 일이 아니다. 자연, 입을 놀려야 무얼 끄적이게 된다. 책상에 앉아 눈앞으로 다가오는 한라산 설경에 눈을 줄까 하는데, 오늘은 잔뜩 구름이 덮였다. 또 한 움큼 꺼낸다.

겨울 하루는 짧디짧다. 그래도 삼시세끼는 챙겨 먹는다. 저녁 시간이다. 커튼을 반쯤 내리자.

꽃에 관한 명상

고혹적이라며 장미를 꽃의 여왕이라 하는 건 모순어법입니다. 무릇 세상의 꽃들은 꽃으로 피어 있어 자존이고 지존입니다. 낙목한천에 서리를 쓰고 핀 국화를 오상고절傲霜孤節이라 한 것은 한 시대에 가둬 놓은 편애입니다. 눈 속에 눈빛으로 순정한 수선화에 외경해 놀라 자지러질 것도 아닙니다. 꽃은 자체로 존재입니다. 환경을 견뎌내지 않고 피는 꽃은 없습니다.

지상에 피어나는 뭇 꽃들은 제각각 고유한 빛깔과 향기와 맵시를 지닙니다. 다들 톡톡 튀는 개성입니다. 눈이 외양에만 갇혀선 꽃을 말할 수 없습니다. 꽃들이 자신 만한 터수로 제 속내를 드러내는 방식은 참 이례적이고 생각보다 이채롭습니다.

품평하듯 붉다 희다 노랗다 보랏빛이다 분홍이다, 꽃의 빛깔을 평판하는 것은 아이들 성적을 서열화하는 고질적 습관이 저지른 병폐입니다. 무지갯빛만 곱다는 관념에서 한 발 물러서면 검정도 회색도 색으로 독자적 위상을 갖습니다. 유채색을 무채색의 비교우위에, 무채색을 비교열위에 두는 것도 온당하게 수용할 수 없는 독선으로 논리의 혼돈입니다.

남달리 꽃과 나무를 사랑한 법정 스님을 떠올립니다. "매화는 반만 피었을 때 보기 좋고, 벚꽃은 활짝 피었을 때 볼 만하고, 복사꽃은 멀리서 바라보아야 환상적이고, 배꽃은 가까이서 보아야 자태를 알 수 있다." 꽃의 사생활을 당신의 법문 속에 녹여 오묘하게 들려준 것으로 머릿속 깊이 각인돼 있습니다.

그건 비단 법정 스님만의 시선은 아닐 듯합니다. 꽃을 진정 사랑하는 이라면, 꽃이 꽃으로 존재하게 된 뒤꼍의 내밀함을 모르지 않습니다. 햇빛과 비와 바람과 이슬 속 대지에 한 알의 씨앗을 떨어뜨려 움 틔울 적부터 그만의 색과 향기와 맵시로 태어난 것이야말로 그들이 오랜 기다림 속에 이뤄낸 인연과因緣果입니다. 꽃이 결과로 결실에 이르는 건 섭리입니다.

그럴진대 꽃 치고 어느 하나도 모두 아름답고 어여쁠 수밖에 없습니다. 지상에 피어난 어떤 꽃에게도 이름을 지어 주어야 하고, 그 이름을 불러 주어야 하는 이유입니다. 이 세상 어디에도 존재로서 꽃만큼 엄연한 것은 없을 것입니다.

이런 연유를 잠시 엿보기만 해도, 우리는 꽃 앞에서 일그러진 얼굴로 버럭 화를 내거나 불안해하거나 절망할 수조차 없습니다. 늘 눈으로 보는 현상일 것입니다. 꽃에겐 하늘도 무심하지 않습니다. 한겨울에도 외진 구석, 찬바람 앞에 꽃 다복다복 앉아 있는 위로 따스운 햇볕이 내립니다. 언 몸 녹이라는 하늘의 배려이고 신의 은총입니다. 고단하더라도 꽃을 보며 웃게 웃지 못할망정 한숨 쉬며 삶에 대한 단안을 내릴 엄두를 내지 못합니다. 결핍하다는 한마디도 입 밖에 낼 수가 없습니다.

꽃은 한 세계입니다. 법정 스님은 꽃의 그 세계를 숨죽여 들여다본 것이라 공감합니다. 꽃은 꽃으로 존중돼야 하므로 이러저러하다 허투루 말하는 것은 꽃에게 무례이고 불손이고 불경입니다. 그래서 꽃이 반개했을 때나 만개했을 때, 먼 데서 혹은 지척의 거리에서 숨죽여 가며 열람했을 것입니다. 맑은 혜안의 섬세한 관찰입니다. 자연이란 커다란 질서에의 동참입니다. 꽃에게 다가서며 향을 맡고 결 고운 맵시를 눈으로 어루만지던 조신한 몸짓이 전이해 오면서 끝내 가슴 울렁거립니다.

꽃을 이렇게 감상할 수 있어 불심의 끝닿는 높고 깊고 그윽한 경계에 이르렀으리라 생각하는 순간, 퍼뜩 정신이 듭니다. 꽃을 보면서 단지 언저리에 눈 맞추고 그만 지나쳐 버리는 오랜 습관에 대해, 어디선가 엄혹하게 성찰하라는 지엄한 목소리가 귓전에 우렁우렁합니다.

집 둘레를 둘러보지 못하고, 하는 일 없이 빈둥거리고 있었습니다. 사월은 영산홍의 시절입니다. 마당가에 흐드러졌습니다. 이 친구들은 홍자색으로 정열적입니다. 향기는 없으나 그래서 꽃이 저리 아름다운 것일지도 모릅니다. 아주 내밀한 속정을 알아냈습니다. 꽃잎 안쪽 수술 있는 곳이 좀 더 붉은 것 말입니다. 벌들이 꿀샘을 쉽게 찾을 수 있도록 암시해 주는 색깔의 정교한 문법이랍니다. 사람들이 아름다운 자태에 감탄하는 데도 꽃은 그것만으론 모자랐던 모양입니다. 먼저 자신의 이익을 위해 벌을 홀리려 했습니다. 벌은 꿀을 모읍니다. 그렇게 상생합니다. 내가 이롭고 타자 또한 이익이 되니 자리이타自利利他입니다. 꽃의 이런 생리는 영적이기도 해 만물의 영장이라는 사람보다 한 켜 상층입니다.

꽃길에 서고 싶습니다. 청명한 날 함초롬히 핀 꽃잎이 미풍에 이슬을 털고 흩날리는 사월의 길이었으면 좋겠습니다. 사월은 낭만의 시간만이 아닙니다. 생명의 계절이고 꿈의 계절입니다. 꽃그늘 아래 서서 사월을 가슴에 한가득 안았으면 합니다. 단박 눈물겨울지 모릅니다. 잃어버린 시간의 기억이 추억입니다. 가슴으로 안겨 오는 추억에 숨 가빠하다 그 신명에 몇 마장 봄 길을 내달리게 될 것입니다.

오가는 길에 지천인 들꽃에도 눈 맞출 것입니다. 지난겨울의 고난을 견뎌낸 꽃에게 지친 내 영혼이 위로 받았으면 좋겠습니다.

코로나19로 세상이 어수선한 가운데 맞이한 사월이고 봄날입니다. 꽃 앞에서 차마 낯 찡그릴 수 없으니, 활짝 웃을 것입니다. 내게 꽃은 늘 위안이니까요.

내 둘레로 피는 꽃

내 둘레는 넓지 않다. 한눈에 들어올 쾌적한 보행거리, 그 품 안 언저리다. 거추장스러운 장식도, 분에 넘치는 가설물架設物 따위도 없다. 단조하고 단출하다.

시골 인심이 좋아 서른 해를 섬 동쪽 읍내 동산 집에 둥지를 틀었다. 집터가 바람 센 날 까마귀들이 떼지어 나는 동산이라 하여 '까막동산'이라 불리는 곳, 지형적으론 동네를 굽어보지만 실제 내 푼수론 나지막하고 작았다. 집은 딱히 빗대거니와, 주인의 눈높이에 맞게 틀어 앉은 조그만 와옥蝸屋에 불과했다.

그것도 과분하다고 동네에 나가면 주민들에게 자신을 낮추느라 늘 언행을 삼가서 어김이 없었다. 삶의 둘레는 집주인이 쌓아가는 품격이라는 확고한 믿음이 내게 있었다. 주변과 잘 섞여 어우르다 돌아올 때는 한결 발걸음이 가벼웠다. 그럴 때마다 내 둘레가 더 넓게 다가왔고, 그 넓어지며 트이는 둘레의 공간으로 훈훈한 바람이 따라오는 것을 느끼곤 했다.

그런 날엔 화색 도는 얼굴에서 행복의 민낯과 낯설게 만나곤 했다. 삶이란 잘 살아야 한다고 높은 곳만 쳐다볼 게 아니라, 자신을 깜냥껏 껴안으면 그만이라는 이치를 터득했던 것 같다. 읍내의 삶에서, 서른 해를 좁고 작은 둘레의 확장을 위해 상당히 공들였던 뿌듯한 추억을 나는 가지고 있다. 마음 맞는 이에게 내놓고 싶은 자랑스러운 대목이다.

그 둘레에 작은 정원을 가질 수 있었던 것은 개인사에 빼놓을 수 없는 획득과 성취의 빛나는 페이지였다. 140평 대지에 100평의 정원을 확보해 거기다 7,80여 종의 풀과 나무를 키웠다. 시골이라 가능했던 내 몫에 감사하며 힘 기울여 그것들을 어루만졌다. 심고 물 주고 거름 주고 흙을 북돋우고 가지 치고…. 식물은 받은 사랑을 저버리지 않아 숲으로 무성하면서 꽃을 피우고 열매로 답한다. 토종 동백, 매화, 석류, 자목련, 영산홍, 철쭉, 산철쭉, 천리향…. 작아도 끊임없이 저만의 빛깔과 흥미로운 사연을 꽃으로 보여주던 봉숭아, 상사화, 꽃무릇, 송국죽, 해란, 맥문동…. 여름에 깊은 그늘로 바람을 부르던 내 영혼의 쉼터—돌 탁자의 지붕을 덮었던 멀꿀나무와 통째로 문간을 감쌌던 보리밤나무의 그 울울한 숲. 지금도 내 회상의 공간에 풍성하게 자리하고 있다.

그리 크진 않아도 정원은 싱그러웠고, 볼륨은 야무졌다. 숲이 우거지면 둘레로 새들이 나고 들었다. 참새, 까마귀, 동박새, 직박구리, 비둘기, 꿩 그리고 무심히 지나던 바람도 머물러 숲을 흔들며 무딘 내 감성을 일깨웠다. 어떤 큰 손이 다가와 정원 풍경을 데생해 다양한 물감을 올리면서 신명 나게 사계의 추이를 그렸다. 그새 손품으로 완성한 수채화는 몇 점이었을까. 읍내 서른 해, 가진 게 없어도 생애를 통틀어 풀과 나무와 꽃으로 삶의 풍요를 누릴 수 있던 왕성한 시절이었다.

이제 내 둘레가 달라졌다. 읍내 동산 집에서 도심 속의 아파트로 둥지를 옮기면서다. 내 소유로 둘레를 그득 채웠던 푸른 정원이 순식간에 실종돼 버렸다. 아무리 뒤적여도 그 많고 푸르던 낱낱의 풀과 나무들이 온데간데없다. 가슴을 치지만 하릴없다. 눈을 번쩍 뜨고 보아도 아파트라는 둘레, 그 안 궁색한 조경 속의 숲으로 아파트의 풀과 나무가 있을 뿐이다. 크다

작다 불만을 터뜨리는 게 아니다. 그것들은 아파트 주민들의 것으로 내 것이 아니다. 충격적 변화는 나를 주눅 들게까지 했다.

이제 내겐 겨우 화분 다섯 개, 보듬을 수 있는 내 전유의 초목이라곤 이것들뿐이다. 많고 적다 투덜대는 게 아니다. 텅 빈 공허에 가슴 사뭇 아리다. 이런저런 길사에 선물로 받은 것들, 게발선인장·안시리움 둘, 인삼팬더·스퀘미페럼. 모두 유입종으로 낯설다. 집에 들인 지 이태밖에 안돼 그것들 성향이나 습성에도 어둡다. 물을 얼마나 좋아하는지, 양지바른 곳을 선호하는지, 추위에는 어느만큼 강한지, 분갈이는 어떻게 해야 하는지, 좋은 영양분은 어떤 것인지. 나이 들어 이 좁은 둘레에 고혹하다고 장미를 심으랴. 저것들도 인연이니 깊이 끌어안으려 한다.

컴퓨터 검색으로 얻어낸 몇몇 정보로는 턱없겠으나, 상태를 살피면서 우선 성의를 다하는 중이다. 식물은 운명에 저항하지 않는다. 움직이지 못하니 한곳에 붙박아 산다. 소소한 무엇 하나 저대로 선택하지 못하는 존재다. 중요한 것은 그들에게 베푸는 따듯한 사랑의 마음이 아닐까 싶다. 정원을 가꾸며 체험을 통해 얻은 경험칙이다. 그들에게 혼신으로 집중하려 한다.

한라산 어깻죽지에 눈이 하얗게 덮인 며칠 전, 깜짝 놀랐다. 게발선인장이 혹한 속에 꽃을 내밀기 시작했잖은가. 게발처럼 마디마디 돋아난 이파리 끝마다 봉긋봉긋 밀어내는 연분홍이 고운 꽃봉오리. 멀리서 바다를 건너와 피어나는 꽃은 물리적 거리를 넘는 것이라 가슴 뭉클했다.

넉넉하던 시골집 대지에서 번화가의 손바닥만한 내 땅도 없는 아파트로 왔으니, 이제 내 둘레는 이렇게 볼품없이 집약돼 버렸다. 워낙 식물을 좋아하는 심성이니, 땅은 없어도 곁에 꽃은 있어야 한다. 저무는 인생길이지만 허접한 둘레로 꽃 몇 송이 피울 수 있으면 되는 것 아닐까.

화분 다섯. 흙을 살펴 물 주고 이파리를 어루만지다 알음알음 녀석들 속내를 짚어내며 저것들만이라도 꽃을 피우리라 단단히 작심했다. 개화는 저들의 황홀한 제의祭儀다. 욕심일지 모르나 일찌감치 기다리는 중이다. 행여 꽃들이 만발할라치면, 지인 몇 오라 해 차 한잔하게끔 빌미가 돼 줄 터이지.

낙수落穗

출판사에 원고를 보내놓고 가책이 오기를 기다리는 중이다. 여덟 번째로 시집과 수필집을 동시에 낸다. 가책이 와 최종교정을 보고 OK 사인만 보내면 며칠 안에 책이 박아 나온다. 과문인지 몰라도 두 장르의 작품집을 한꺼번에 내는 경우는 흔치 않다. 시와 수필을 함께 하고 있어 그렇게 해 온다. 누가 시킨 일이 아니라 내가 쓰고 싶어 두 영역을 넘나들다 보니 굳혀진 일이다. 좋든 궂든 그러려니 한다. 번거로워도, 버겁고 힘겨워도 깜냥으로 버티고 견뎌 내야 한다.

상재 뒷이야기를 하게 된다. 첫 출판이 2002년의 일. 어언 18년이 지났다. 그 후 2, 3년 간격으로 이어지면서 이번이 각각 여덟 번째에 이른다. 수필로 등단한 게 1993년, 시가 2005년이니 그새 27년, 작품집 16권, 수필선과 수필작법을 얹으면 18권이다. 많지 않으나 적지도 않은 것 같다.

애초에 재정적인 부담이 있었던 게 사실이다. 몇 번 내고 난 뒤 세 번인가 창작 지원금을 받아 작품집 수를 늘려온 것은 행운이었다. 출판은 출혈을 감수해야 하므로 자부담했다면 도저히 가능하지 않았을 것이다.

나이 든 사람이 독장친다 할까 봐 멈칫거렸던 것도 사실이다. 이 대목이 계속 개운치 않을 것 같아 속이 찜찜하다. 늘그막에 일에서 떠나 있다 보니 끄적거리는 게 글이다. 내게 머무는 시간으로 시와 수필, 두 장르를 거느리고 갈 만하다. 이렇게 가다 문학을 여기餘技로 하게 될까 흠칫할 때가 없지 않다. 답보와 정체는 가장 경계해 온 것이지만, 때로 위기의식을 느끼기까지 한다.

하지만 크게 걱정하지는 않는다. 내 비록 3류 시인 · 수필가라 할지언정 내 글을 스스로 비하하거나 업신여긴 적은 없으니까 하는 말이다. 안에 갇혀 먼 데, 더 너른 세상으로 퍼 나르진 못해도 내 시, 내 수필에 대한 자존감은 엄연해 조금도 뒤무르거나 섬약하지 않다.

안 쓰면 내 둘레가 허연 허공 속이다. 머릿속이 허옇고 마음자리가 허옇고 정신이 허옇고 영혼의 쉬는 자락이 허옇다. 허연 것은 무심이지만 무위無爲이기도 하다. 소성小成이라도 거두려면 손 하나라도 까딱해야만 성취가 있고 비로소 바람 앞에 설 만하다. 그래서 컴퓨터의 키보드에 손가락이 운율을 탄다. 열 띨 때는 상당히 공격적이다. 하긴 머릿속 뇌의 명에 따라 노작의 하수인 손이 작동하는 것이다.

이번 작품집도 수록되는 것과 밀려난 것으로 희비가 엇갈렸다. 2년 동안, 시 500편, 수필 300편을 줄 세워 놓았다. 그것들을 당기고 밀어내느라 뜻밖의 고전을 치렀다. 밀려난 것은 내 책의 울타리를 영 벗어나 버리기 십상이다. 의붓자식도 보듬어야 도리인데 이건 이상한 홀대라 경우가 아니다. 그보다 가슴이 저려 왔다. 따지고 보면, 내가 썼으니 다들 그만그만한 것들이다. 혹여 저울 눈금을 잘못 읽을 수도 있으려니 해 노심초사했음을 실토하게 된다.

작품 선별을 끝내면서 손 털고 돌아섰다. 곧바로 출판사에 송고했다. 열흘째 되던 날 두 책 표지 시안이 첨부돼 왔다. 나는 작품집 표지에 관한 한 고집스레 추상을 선호한다. 디자인한 부서와 전화하며 잘된 것 같다고 치켜 줬다. 좋은 게 좋은 거라지 않는가. 일하는 사람을 생광하게 하고 나면 속이 편하다.

원고를 두 번에 걸쳐 매의 눈으로 꼼꼼히 톺아보았다. 늘 몇 군데 결정적인 오류가 들어 있어 가슴을 쓸어내리곤 했다. 자그마치 18권의 책들. 이번엔 출판 뒤가 씁쓰레한 일이 없을 것이라 자신한다. 가책이 오면 한 번만 설렁설렁 훑어보리라.

낙수란 가을걷이한 밭에서 이삭을 줍는다는 말이다. 이삭이니까 줍지 책이 돼 나온 뒤 잘못 찍힌 활자는 줍지 못한다. 교정은 저자가 독자를 위해 할 수 있는 최후 최종의 서비스다. 그래서 작가는 자신의 작품을 한 권의 책으로 집대성한다. 그래도 남은 게 있다. 작품을 완성하는 것은, 비단 한 사람이어도 열독하는 독자의 몫이다.

낙수落穗 2

2020년 5월, 시집 『둥글다』와 수필집 『읍내 동산 집에 걸린 달력』을 상재했다. 둘 다 여덟 번째로, 내 문학이 정리기로 접어들었음을 내보이는 작은 의미를 포함하고 있는 간행인 셈이다. 이번에는 적어도 내 의중에 그런 뜻이 들어있다 함이다.

둘을 한꺼번에 냈으니 동시출판이지만, 새로운 건 아니고 내리 여덟 번을 그렇게 해 온 것이라 별나게 생각되는 소회 따위는 없다. 그래 온 대로 이번에도 그러한 것일 따름이다. 운문이든 산문이든 써 놓은 것이 있어 책으로 낸다는 쪽으로 마음이 기울었고, 여건이 마련인 대로 해 온다.

어떤 이는 과작寡作이라 등단 수십 년에 작품집 한두 권에 그치거나, 근간에 책을 냈다는 소식이 뜸하기도 한다. 각자에게는 창작의 내밀한 습관이나 취향 혹은 환경에 따른 선택의 문제가 있을 것이라 가타부타하거나 어느 쪽이 어떻다 말하기는 그렇다. 다만 나는 시와 수필 두 장르를 묶어 동시에 작품집 두 권씩을 내 오고 있다. 하지만 얼마 전부터 이런 흐름을 오래 끌고 가지는 못할 것이라는 예감을 갖고 있다.

깨 놓고 말해, 글이야 어찌어찌 될 것이지만 우선 재정적으로 감당이 안 된다. 서너 번 문예진흥기금 지원에 기대어 동시출판을 꾸려 왔지만, 지금

요량 같아선 장상 그럴 수만도 없는 노릇이다. 후배들에게 돌아갈 혜택을 독식하는 것 같은 몰염치함을 느낄 때가 있어, 속이 편한 것이 아닌데다, 내 사정도 마냥 녹록치 않다. 원로에게 특혜가 주어진다는 소리가 들리긴 하나, 그건 그때 가 봐야 하는 일이다.

그렇다면 책을 내는 것도 자연 살금살금 줄어들게 돼 갈 것이다. 하기는 나이를 먹고 있으니 크게 욕심 부리지 않아 좋은 것이다. 젊을 때 왕성하게 보이던 창작욕도 늙으면 노욕이나 노회로 비칠 것이기 때문이다.

늘 그랬듯 작품집 둘을 냈더니, 이번에도 책을 보내기 위한 작업이 만만치 않다. 일차 보낼 게 얼추 3백 권에 이른다. 봉투에 주소를 쓰거나 라벨을 잘라 붙이고 책 둘에 '000 시인(수필가 · 작가)님'이라 쓰고 그 아래다 '김길웅 삼가'라 친필 사인한 다음, 낙관해야 한다. 그뿐 아니다. 봉투 하나에 책 두 권을 빠듯이 넣고 테이핑까지 해야 하나가 완결된다. 그것도 혹여 떼어질라 두 손으로 꾹꾹 눌러 가면서.

동시출판은 이 과정에서도 쓰고 찍고 붙이는 작업 또한 곱빼기가 된다. 몸소 해 보지 않은 사람은 실감하지 못하는 일이다. 몇 번의 경험으로 힘겨울 것을 알아, 받는 이에게 '혜존惠存'이라는 의례적인 말, 사백詞伯 혹은 인형仁兄이란 관용적 존칭도 싹 다 줄였다. 간소화는 외면할 수 없는 시대의 물결이다.

특히 혜존에는 '책을 받아 잘 간직해 주십시오.'라는 뜻이 들어 있어 은연중 읽기를 강제하는 듯한 뉘앙스가 내포돼 있어 책을 보내는 좋은 예도가 아니라는 생각이다. 일단 보낸 뒤는 받는 사람이 알아서 할 일로, 읽어 주면 좋은 일일 뿐, 저자가 간여할 영역은 아니다.

사흘에 걸쳐 이뤄진 작업에 몸이 파삭 삭아 삭정이가 다 돼 있다. 주소를 쓰고 사인하느라 혹사한 손과 팔목, 특히 어깨가 뼈마디에서 이탈한 것처럼 삐걱거리면서 지근지근 아리다. 이태 전만 해도 이렇게까지 부대끼기 않았는데 그새 몸이 많이 쇠한 것 같다. 누가 보면 엄살떤다 할 정도로 입에서 무의식중 '아이고' 소리가 연신 새어 나온다.

사람이 이렇게 급속히 허약해지다니, 그냥 일이 아니다. 그런다고 버둥거려 될 일도 아니라 잠시 손을 내려놓고 쌓이는 책 봉투에 눈을 보낸다. 나는 지금 무엇이며 책을 내는 일은 무엇인가, 허망감에 잠시 마음에 동요가 일어 출렁인다. 이럴 때면 노상 해 오던 대로 후우 하고 큰 숨 두어 번 내쉬고 추슬러 버린다. 사람의 일이란 따지고 보면 다 그만그만한 게 아닌가 싶다가도, 그나마 새로 나온 책의 깔끔한 의장에 눈이 가 위안을 받는다.

또 한 절차가 남았다. 가까이 사는 수필가 Y가 달려와 지역별 · 주소별로 분류하고 묶어 우송할 준비까지 도맡아 해 준다. 친동생도 해 주지 못할 일을 마치 제 일 하듯 해 주니, 이 고마움을 어찌하면 좋은가. 우편집중국에 가 우송까지 해 놓고 끝내겠다는 게 아닌가.

마침 노동절이라 우체국이 휴무이고 내일이 토요일, 어린이날 전날에 부치면 끝이다. 옆에 Y 같은 인연이 있어 하지 나 혼자로서는 될 일이 아니다. 그가 한창 일을 해놓고 지친 기색도 없이 환히 웃으며 떠난다. 문간에 나가 그의 뒷모습에 눈을 보내며 고샅이 꺾여 내릴 때까지 서 있었다.

책을 내면 부수적으로 이런 번잡한 일이 따르니 쉽지 않다. 이전 같지 않아 점점 어려워질 것이라 문제다. 당하면 쩔쩔 매다가도 시간이 지나면 다 잊고 만다. 당한 대로 하겠지만, 여태 그렇게 해 왔으니 앞일이 보이는 듯하다.

겨울나무로 사는 법

나무는 아무 곳에나 뿌리를 내린다. 야산이든 냇가든 계곡이든 깎아지른 벼랑이든, 어느 집 울안 정원수로도 서 있다. 험하고 박한 곳도 있고, 평탄하고 온화한 곳 비옥한 땅도 있다.

나무는 태어나기 위해 지금의 자리를 선택한 적이 없다. 고목 아래 내린 씨앗이 혹은 새의 배설물로, 산을 넘는 바람이, 흐르는 물이 내려준 터전이다. 태생이 운명적이다. 그렇게 얻은 생명이라 나무의 삶의 양태는 실로 다양하다. 뿌리 내린 곳 환경이 같을 수 없으니 천차만별일 수밖에.

대부분 제공된 환경이 야성을 키운다. 높직한 산마루라면 탁 튄 시야에 신선한 공기와 드나드는 새소리에 시간 가는 줄을 잊고 살 것이지만, 험산준령의 벼랑이면 한겨울 폭설에 수난을 겪을 테다. 계곡이라면 흐르는 냇물에 목축이고 싱그러운 숲 그늘에 몸을 놓아 하루하루가 흥겨울 것이며….

운명이지만 쾌적하게 뿌리 내린 곳은 울안일 것이다. 정원수는 평생을 호사 속에 윤택한 삶을 누린다. 호스를 들이대어 목마름을 풀어주고 흙을 북돋아 주는 손길에다, 폭우에 쓸리지 않고 폭풍한설에 얼지 않게 하늬를 막아 주는 높직한 울타리가 있다. 나무에게 이에 더할 삶의 탄탄한 기반은 없다. 정원과의 인연은 필연일까.

12월, 이제 겨울이라 마음 잔뜩 스산한데, 코끝으로 와 폐로 스며드는 산소가 어제의 것이 아니라 몹시 낯설다. 차가운 공기가 몸 안으로 들어가며 오장육부가 번쩍 깨어난다.

생각이 거기에 미치면서 문득 겨울 속의 나무를 떠올린다. 저 적나라해진 낙엽수들, 그들의 생존 방식은 무엇일까. 옷 위에 두툼히 껴입고 머리 싸고 목 두르고 장갑 끼고도 춥다 투덜대는 사람에겐 나무의 겨울나기가 궁금할밖에.

퍼뜩 지난가을 난폭했던 태풍의 장면을 떠올린다. 링링 · 타파 · 미탁. 그것들이 사람의 영역을 강타했다. 길이 동강나고 집이 주저앉고 농작물이 떠 내렸지만, 가로수 몇 그루 뽑혔을 뿐 나무는 무사했다. 나무는 바람에 맞서지 않았다. 앙가슴으로 받아들여 제 몸을 흔들며 비바람 속에 서 있었다. 휘청거림으로 중심 잡는 몸짓이 유연했다. 와중에 나는 난리를 견뎌내는 나무의 그 생존 방식을 목도했다. 색달랐다.

겨울도 저렇게 나리라. 낙엽은 겨울을 날 마련인 대로 그 실현이었다. 들에서 골짝에서 냇가에서 산등성이에서 비탈진 자드락에서 겨울나무는 숨죽이며 봄을 기다린다. 서 있는 곳이 어디든 그들에게 기다림은 설렘이고 꿈이다. 기다림이 있어 겨울도 그들을 쓰러뜨리지 못한다.

나라가 겨울나무처럼 힘들어 보인다. 광야에 홀로 선 듯 외롭다. 엄동설한 앞에 선 한 그루 나무같이 사방에서 불어 닥치는 바람에 허우적댄다. 머잖아 폭설이 덮일 것이고 영하의 기온이 몸을 얼게 할지도 모른다. 발칙한 것, 늘 오던 새도 종적을 감추면 겨우내 적막할 것인데 어찌할까. 이웃들, 섬은 과거도 잊은 척 염치불고 하고, 뭍은 그 덩치에 만날 저울질이다. 해묵은 벗마저 눈앞의 이득에만 눈 밝히고 우리의 다른 한쪽은 도무지 갈피를 잡지 못한다. 이 겨울, 나라가 갑자기 얼어붙을 것만 같다. 하지만 기상은 늘 가변적이다. 흐린 뒤 개고 춥고 나면 따습다.

서둘러 겨울나무로 사는 법을 익혀야 한다. 혹한 속에서도 겨울을 나는 나무의 생존법이 있다. 끝까지 나무로 서 있어야 한다는 것, 나무로 서 있으면 그 앞으로 봄이 온다.

억새는 바람에 강하다

전해 오는 얘기가 있다.

친구인 억새 · 달뿌리풀 · 갈대 셋이 살기 좋은 곳을 찾아 길을 떠났다. 긴 팔로 춤추며 가노라니 어느새 산마루. 바람이 세어 달뿌리풀과 갈대는 서 있기도 힘겨웠지만 억새는 견딜 만했다. 억새는 잎이 뿌리 쪽에 나 있다. "와, 시원하고 경치가 좋네. 사방이 탁 트여 한눈에 보이니 난 여기 살래." 달뿌리풀과 갈대는 "우린 추워서 산 위는 싫어. 낮은 곳으로 갈 테야." 억새와 헤어져 산 아래로 내려간 둘이 개울을 만났다. 때마침 둥둥 떠올라 물위에 비친 달에 반한 달뿌리풀이 말했다. "난 여기가 좋아. 여기서 달그림자를 보면서 살 거야."하고 거기, 뿌리를 내렸다. 갈대가 개울가를 둘러보더니, 둘이 살기엔 좁다며 달뿌리풀과 작별하고 더 아래쪽으로 내리는데, 그만 바다가 막아서질 않는가. 더 갈 수 없게 되자 갈대는 강가에 자리 잡았다.

비탈은 자드락이고 가팔라 풀이 설 곳이 못된다. 그곳에 서려면 중심을 잃어선 안된다. 비탈은 사철 휘몰아치며 지나는 바람의 길목이다. 쉴 새 없이 흔들린다. 흔들려도 자신을 받쳐 줄 바지랑대가 없다. 까딱하다 쓰러지기 십상이고, 쓰러지면 다시 일어나기 힘들다.

하지만 억새는 강하다. 제주 산야엔 억새가 너울 치며 은빛 물결로 춤을 춘다. 무덕무덕 뒤덮인 억새 숲 위로 햇살이 폭포수처럼 내린다.

억새 오름이라는 새별오름, 소곤소곤 말을 걸며 끝없이 걷고 싶게 유혹하는 산굼부리, 휘청대면서도 억새가 바람에 맞서 능선 따라 흐르는 따라비오름. 여기도 억새, 저기도 억새다. 한데 바람 부는 날이 더 장관인 이유가 있다. 매서운 바람 앞에 너울너울 춤을 추기 때문이다.

억새는 음습한 곳을 싫어한다. 햇빛 쏟아지는 들판에 군락을 이뤄 사는 여러해살이풀이다. 2m나 되는 훤칠한 키에 굵은 땅속줄기가 빽빽하게 뭉쳐난다. 그래서 바람 앞에 질기고 모질다.

지난 2월 6일자 「제주일보」, 고동수 전 편집국장의 〈춘하추동〉 '억새는 바람을 피하지 않는다'를 읽으며, 창밖을 내다봤다. 그칠 줄 모르고 눈이 펑펑 내리고 있었다. 머릿속으로 산비탈 가파른 자락에 허옇게 눈을 쓰고 있는 억새 숲이 출렁거렸다. 폭설과 한파에도 억새는 끄떡 않고 고난의 겨울을 날 것이란 믿음이 있어 웃었다.

고 전 국장이 내놓은 오피니언 타이틀 '사노라면'은 먼 어둠의 바다로 던지는 어부의 투망投網이다. 온갖 고기가 그물 안에 걸려들어 파닥거릴 것 같다. 필자들이 편하게 쓸 수 있는 소재의 탁 트인 시야. 언젠가 그 함의含意에 반했다 했더니, '안경 너머 세상'을 치켜 올리매 함께 웃었다. 그뿐인가. 문화면의 낯설어 풋풋한 편집과 풍성한 읽을거리로 신문이 인문정신의 부활을 예약했다.

제주新보로 새 이름을 달던 곡절을 먼발치서 바라보며 가슴 아리던 우리다. 신문이 세속에 맞섰던 정의로움을 제주도민들은 모두 안다.

신문이 일일신日日新하고 있다. 고난의 날들을 몸으로 겪어 왔지 않은가. 고 전 국장이 글의 도입에서 한 말이 쩌렁쩌렁 쇳소리로 되살아나며 귓전을 울린다. "거친 바람이 가녀린 풀을 억세고 강하게 만든다."

제주新보는 해냈다. 버티고 막고 붙들고 추슬러, 이로理路 정연히 맞섰다. 억새는 비바람에 굽히지 않는 풀, '경초勁草'다. 어느덧 제주新보는 들판의 억새가 됐다.

혹한 속에 며칠째 폭설이 이어진다. 엄청나게 눈이 내린 여러 날 아침, '숫눈길을 밟고 온 제주新보'가 대문에. 끼워져 있다. 시내에서 읍내까지 이 눈길을 어떻게 밟고 온 걸까. 푹푹 발을 묻으며 마당을 가로질러 신문을 갖고 왔다.

억새는 이 눈발에도 꿋꿋이 비탈에 서 있구나.

백목련

나무에 핀 연꽃이라 목련木蓮이다. 꽃의 빛깔이며 활짝 핀 꽃장이 닮다는 것인가. 그보다 둘 다 타고난 성정이 청순 무결하다 함 아닐까. 봄비 속에 핀 연못 위의 연꽃과 목련은 얼마나 처연한가. 작명한 이의 애틋한 서정이 묻어나온다.

나는 목련에게서 읽을 수 있는 최고의 덕목, 그의 청초 순정함을 좋아해, 오랜 세월 마음속에서 피고 져 온 꽃이다. 목련이 필 때를 기다리다 차오르면 봄 하늘에 흐르는 흰 구름을 우러르곤 했다. 희다고 다 채워지지 않아, 봄이면 어서 피라 설렘 속기다리는 꽃이다.

몇 년 전 아내의 안질을 구완한다고 안과에 용하다는 서울 성모병원으로 가던 4월 초순이었다. 번화가 큰길 건너 멀찍이 어느 집 정원에 피었던 백목련의 눈부신 정경을 잊지 못한다. 하도 눈 시려 도시가 시골 같았고, 그 집 가족의 웃음은 목련꽃처럼 눈 부실 것만 같았다. 가지 풍성한 나무에 활짝 피어 닥지닥지 달린 하얀 꽃들, 껑충 키 큰 나무가 온통 하얀 철새로 뒤덮인 것 같았다.

저 꽃들이 날이 저물면 하얀 지등을 켜 돼 온 동네를 환히 밝히리라는 즐거운 상상에 가슴 두근거렸다. 소담 단아하고 자잘 섬세한 매무새가 바라보는 시선을 여지없이 압도했다. 좋아하면서도 진즉 꽃에 대한 지식에 밝지 못해, 목련도 저렇게 작은 꽃봉오리로 빽빽한 종이 있구나 했었다.

바쁜 길이 아니었으면 다가가 울 안을 들여다보고 싶은 충동마저 일었다. 그 집엔 꽃처럼 얼굴이 희고 천성이 곱디고운 여인이 살고 있을 것 같았다. 그리고 그녀는 목련꽃 그늘 아래 시집을 펼치고 있을 것 같은 환상이 눈앞에 어른거렸다.

얼마 전까지 살던 읍내 집에는 자주목련이 부티를 뽐냈지만 백목련에 차지 않아 허하더니, 마당 한구석에 심자면서 손이 가지 않은 채 시내로 떠나오고 말았다. 올봄엔 길까지 쫓겨나와 멀리 가까이 백목련을 찾아 두리번거린다.

백목련은 어루만지는 봄바람에 꽃망울이 막 열릴 즈음이 참 아름답다. 꽃도 아름다운 것은 오래 머물지 않는지, 누리는 시절이 하도 짧아 아쉬움을 남긴다. 아쉬움은 기어이 애틋함이 돼 가슴을 엔다.

지면서 소멸할 때 아름다운 꽃이 있으랴만, 백목련의 끝자락은 그에 한켜 더해 참혹할 지경이다. 꽃샘 속 비바람에 발기발기 찢긴 수많은 꽃장들이 누더기처럼 너덜거린다. 자연은 관대해 한없이 품고 보듬다가도 때로는 일시에 자비를 접어 버려 우리를 슬프게 하는 천의 얼굴을 가졌다. 목련꽃이 시들 무렵, 우수 경칩 지나 부슬부슬 봄비라도 내리는 날이면, 왠지 명치 끝이 빳빳해 오는 서글픔을 느낀다.

고귀한 것은 사랑하게 하는가. 꽃말이 고귀함, 자연애, 숭고한 정신, 우애라 한 게 우연이겠나 싶다. 심지어는 꽃 속에서 이루지 못할 사랑이라고까지 끄집어낸다. 생애 짧아서일까. 목련은 피었다 진 자리로 오래도록 눈이 머물게 한다. 숨죽인다. 꽃 떠난 빈자리에 그냥 주저앉아 눈만 껌뻑거리는 적막감….

"목련꽃 그늘 아래서 베르테르의 편질 읽노라/ 구름꽃 피는 언덕에서 피리를 부노라./ 아아, 멀리 떠나와 이름 없는 항구에서…"

목월 시에, 운율에 갑자기 이방인으로 외로워지는 우리 가곡, 열여덟 학창 시절 목놓아 부르던 〈4월의 노래〉를 무심결 흥얼거린다. 꽃 생각에 넋을 놓았나, 한순간의 일이다. 돌기처럼 깨어난 내 안의 오감이 북치고 활을 꺼내 현을 켜고 하모니카를 불어대고 있다. 나도 놀라는 뜻밖의 변주다. 풋풋했던 그 시절로 돌아가려는가.

베란다에서 아파트 마당을 내려다보는 눈길이 자장 안으로 빨리듯 일시에 멎는다. 믿어지지 않아 동그래진 눈을 감았다 다시 떠 달려가 꽂힌다. 눈앞에 백목련이 있다. 분명 백목련이다. 앞 동棟 입구 한쪽 화단에 백목련이 초조하게 개화를 서두르고 있지 않은가. 서울의 길가에서 병원 가던 그 길에 바라보던 자잘한 목련꽃 봉오리들이 다닥다닥 달렸다. 나란히 서 있는 두 그루. 엊그제 봄비를 머금었는지 막 망울을 터트릴 양 종종거리고 있다.

지난 첫여름에 이사해 처음 맞는 봄이니, 저것들, 나와는 이제 해후로 첫 수인사다. 창을 열고 내다보면 곧바로 눈에 들어온다. 우연찮게 행운을 붙든 것 같다. 지척의 거리에 백목련이 두 그루씩이나 있다니.

취향이 아니라 이사 후 적응하느라 투덜댔더니, 이젠 아파트에 다가앉게 될 것 같다. 13층에서 아침마다 저 백목련을 내려다보면 좋겠다. 꽃이 지면 푸른 잎에 눈을 맞추면 된다. 심록이 짙어 갈 풍성한 잎에서 기를 받아 왕성하게 여름 속으로 들어가면 좋겠다.

가을 오는 소리

여름내 덥다. 하늘에서 불잉걸이라도 쏟아 붓는 것 같다.

오후 한 시경엔 땅에서 올라오는 지열로 아예 나들이할 엄두를 못 낸다. 낮에는 폭염, 밤에는 열대야. 연일 찜통더위다. 해질 녘이면 살랑대는 산들바람이 불어와 한낮의 열기를 식혀 주건만, 올여름은 아니다.

어느 곳은 최고기온이 40도를 넘었다 하고, 산바람 바닷바람 좋은 제주도 줄곧 33, 4도를 오르내린다. 모든 걸 명찰하는 하늘인데 너무 무심하시다. 얼마 전 국지성 소나기 두어 줄금 뿌리더니, 그 뒤로 비 한 방울 내리지 않는다.

입추 지나면 주춤하려니 했는데 그도 아니었다. 하늘만 우러르는데 막무가내다. 24절기도 대강 짜 맞춘 것인지 이가 맞지 않다. 조석으로 산산하게 바람 한 점 불어오지 않는 입추일 거면 하등 달력에 눈을 줄 이유가 없었다.

입추 지나 일고여드레, 한밤중 목덜미로 흐르는 땀에 깬 새벽 세 시.

귀를 의심했다. 눈 비비고 귀 기울이니 그 소리, 정녕 귀뚜라미 울음소리다. 이어지는 청아한 음색 '찌르르 귀뚤귀뚤'. 삽시에 눈 번쩍 떠 동창을 열어젖뜨렸다. 가을의 성악가, 귀뚜라미가 울대 놓아 터뜨리는 저 청량한 소리, 가을의 신호음이다. '아, 가을이 멀지 않았구나.'

한데 왠지 녀석 소리가 나지막하다. 처음엔 제법 파열음이더니 척 가라앉았다 한두 마디 뒤, 또 그렇게 이어 간다. 회색을 띤 낮고 어둔 음조다. 막 시작하느라 이웃을 불러들이지 못했나. 며칠 후면 저 소리 번져 집단으로, 연속으로 울어댈 것이다. 이름 모를 풀벌레 울음들과 어우러져 화음을 내려니.

귀뚜라미 소리에 눈 감고 쫑긋 귀 세운다. 감성을 자극하는 소리다. 시원스레 비 한 줄기 맞는 것 같다. 저 소리를 한글로 '귀뚤귀뚤'이라 시늉했다. 또 있다. 동요에선 '또르 또르르 또르르르르'라 했고, 어느 시인에겐 '뚜르르'로 오더란다. 중국의 시성 두보는 '애절한 거문고나 격렬한 피리소리도 천진한 귀뚜라미 소리, 그 감동보다는 못하다.' 했다.

그때도 이 철, 이맘때였을까. 어린 시절, 흙벽 시골집에 누우면 예제 울던 귀뚜라미 울음소리. 섬 밑 마루 밑 그뿐인가, 베갯맡으로 내려 나뭇가지에 걸어도 잔다는 아이 잠 흔들어 깨우던 소리, 밤 새워 울어대던 바로 그 소리다. 한여름 새벽이라 더욱 정겹다.

가을은 귀뚜라미 소리에 실려 눈치 보며 슬금슬금 새벽으로 내린다. 계절이 오는 길목으로 나가 노래 한 곡 흥얼거릴까. 중학생 때 여선생님이 가르쳐 준, 지금도 잊히지 않는 그 노래, '! 가을인가.'

'아~ 가을인가. 아~ 가을인가. 아아아아아~아~아 가을인가 봐. 물통에 떨어진 버들잎 보고 물 긷는 아가씨 고개 숙이지….'

열사 같던 여름도 이제 끝자락, 가을이 눈앞이다. 광복절이 지났으니 바닷물도 차가워 입수入水에 가탈 부릴 것. 해수욕장도 서둘러 철시할 테다.

그나저나 이 새벽 첫울음 운 귀뚜라미, 동네 이웃 친척들 다 불러 모으려나. 방울벌레며 여치, 초가을의 명연주가들 울대 놓아 한소리 해댈 것이다.

가을이다. 더 맑고 크게 뚝뚝 귓전으로 떨어질 서늘한 저 소리. 새벽마다 귀를 열어 놓아야지, 가을 오는 소리 '찌륵 찌르륵, 뚝, 돌쯔 돌쯔….'

'죽간풍竹間風'

정건영 소설가의 옛 스승 회고담 일부다. 스승은 청록파 3인 중 한 분인 혜산兮山 박두진 시인.

혜산 시인은 정 작가의 연세대 은사. 정 작가는 대학신문 '연세춘추' 편집국장으로 혜산 시인 댁을 유난히 드나들었단다. 예사로운 연이 아니었다. 정 작가는 졸업하면서 해병대 사관후보생으로 군에 입대했다. 나중에 청룡부대 전투요원으로 월남에 파병돼 트이호아, 추라이 전투에 참전한다.

전쟁은 참상이었고, 인간이 숭고한 정신적 · 영적 존재임이 허구란 사실도 밝혀졌다. 짜빈동 전투로 가치관이 완전히 뒤집혔다고 한다. 방어진지 안팎에 240여 구의 월맹군 시체가 내장을 드러낸 채 흩어져 있고, 교통호에는 인간의 피가 개울을 이뤘다고. 정 작가가 쏜 포탄도 살생에 아주 유효했을 거라고….

육신은 멀쩡히 귀국했으나 내면은 허물어져 있었다. 이때, 화두 하나에 허무했다 한다. '총구 앞에서 문학은 무엇을 할 수 있는가.' 결국 소설에서 돌아앉았다 한다. 5년 군복무 뒤, 소설의 빈자리를 등산과 수석으로 메워 나가고 있었다. 그러다 단편 「임진강」으로 등단했고, 등단 잡지를 들고 선생을 찾아 뵌 자리에서 소설을 쓰겠다는 말씀을 드렸다는 것. 선생께서 아주 낮은 목소리로 하신 당부의 말씀.

"정 군, 시는 써 봐야 돈이 되는 것이 아니야. 그래서 시인들은 문학을 물질의 도구로 삼아 글이 타락하는 일은 드물지. 그렇지만 소설은 잘못된 길로 빠져 붓이 흐려지는 경우도 있어. 한번 빠진 통속通俗에서 되돌아오겠다는 생각은 있을 수 없어. 일단 오염된 붓은 돌이킬 수 없으니까."

조곤조곤 낮고 느리게 하신 그 말씀이 천근의 무게도 다가오더라는 것이다. 그날 선생께서 특유의 '혜산체'로 쓴 글씨 한 점을 주셨다. 말씀이 낙관이 된 셈이다.

'竹間風', 대숲의 바람처럼 항상 맑은 생각을 지니라 함이었다. 그 글씨, 집필 테이블 위에 걸려 항시 자신을 감시하고 있다 한다.

정건영, 그는 이제 문단 생활 근 40년인 한국문단의 원로다. 짧지 않은 시간 속에 갖은 풍상에 부대끼면서도 스승의 당부에 어긋난 붓놀림은 일절 없었다고 술회한다. 스승의 뜻과 달리 소설을 쓰면서도 세사에 오염된 적이 없다는 단호함으로 들린다. 문단에 흔치 않은 사제간의 따뜻하고 정겨운 미담이 아닌가. 그 스승에 그 제자란 생각이 든다.

나는 정 작가와 혜산 시인, 사제의 연에 대해 몇 번을 되새긴다. 인연은 필연이다. 정 작가가 문학사에 청록파 3인으로 한 시대를 풍미하며 커다란 자취를 남긴 혜산 시인을 은사로 만난 것. 혜산 시 「묘지송」, 「도봉」, 「해」는 교과서에 실려 국민 정서를 한껏 고양高揚시켰음을 우리는 익히 안다. 일제강점기 암울한 시대에 현실 초극의 의지를 시혼으로 승화함으로 길 잃고 방황하던 이들에게 정신의 등불을 밝혀 들었던 시인.

"박두진 선생님, 저는 남에게 드러나지 않은, 선생님과의 평범한 일상, 그렇지만 '정 군'인 저에게는 그런 선생님의 일상의 모습을 통해 심상에 드리운 그림자가 세월 따라 자라나 거목으로 자리 잡고 있음을 고백합니다. 씨앗을 심던 선생님과의 일상이 저에게 얼마나 소중한 순간이었는지를 거듭 깨닫습니다. 선생님은 시공을 초월해 스승으로 제 인생에 자리하고 계십니다. 선생님, 고맙습니다."

정 작가의 간절한 육성이 행간으로 내린다.

깊은 강물

영혼 위에 얼마나 많은 기분이 노는가.

길을 가다가 무심결에 어깨만 부딪쳐도, 사람 들끓는 지하철에서 살짝 발을 밟혀도, 사람들은 욱! 하는 마음에 낯 붉혀 가며 벌컥 화를 내기 십상이다. 실수한 사람이 몇 번이나 죄송하다고 사과를 하는데도 목소리를 한껏 높여 상대방을 나무란다.

한순간의 일이다. 숫제 숨을 고르려 않는다. 잠시만 차분히 마음을 가라앉히고 입장을 바꾸어 생각해 보면 그리 화낼 일도 아닌데, 일단 소리부터 지르며 상대방을 윽박지른다. 자그마치 교양이 있는 사람이라면 외려 웃음 띤 얼굴로 눈앞의 작은 상황을 정리하려 할 것이다. 상대가 정중히, 몇 번을 사과하고 있으니까. 그런데도 풀리지 않는다면 문제가 있는 사람이란 생각이 든다.

레프 톨스토이는 "깊은 강물은 돌을 던져도 흐려지지 않는다."고 했다. 사람의 마음을 깊은 강물에 빗대면서 "모욕을 당했다고 화를 버럭 내는 사람은 얕은 사람"이라 한 것이다. 자존감이 약한 사람일수록 화를 잘 내고, 인격 수양이 덜 된 사람일수록 참을성이 없다는 얘기로 들린다.

사회라는 울타리를 벗어나 혼자 살 수 없는 게 사람이다. 사회생활을 하는 한 사람 사이에 부대끼면서 항다반사로 겪는 일들 가운데 작은 일부일 뿐이다. 누군가 자신을 화나게 한다면, 화를 내기 전에 먼저 자신을 돌아보는 게 순서다. 흐르는 물 앞에 자신을 세워 놓아야 한다. 얕은 시냇물은 작은 돌멩이 하나에도 흐려지지만 깊은 강물은 소리 없이 흐를 뿐이니까.

프란체스코 교황 방한 때, 구름처럼 모여든 사람들이 일제히 하나가 돼 묵상하는 순간이 여러 번 있었다. '침묵의 시간'이었지만 분명, 마음속에는 '들끓는 기도'가 있었을 것이다. 신자가 아니어도 가슴속으로 한 줄기 서늘한 강물이 흘렀다.

한데 왜일까. 어디를 가나 소리만 무성하다. 방송에선 몰라도 될 일이 소설의 결구처럼 다발로 엮여져 나오고, 인터넷에서는 근거도 증거도 없는 맹랑한 소문이 괴물을 만들어 내곤 한다.

침묵, 때로는 무심 혹은 무관심으로 비쳐질 수 있으니 적절한 판단이 필요한 거긴 하나 간절히 구하려면 소리를 높이라 하지만, 침묵도 간절한 기도가 아닌가. 깊은 강물은 돌을 던져도 흐려지지 않는 법인데….

제가 할 일에 충실할 때, 반드시 무슨 소리가 필요한 게 아니다.

펠리컨이라는 새가 있다. 이 새는 특수한 주머니를 가지고 있는데, 위가 담을 수 있는 양의 물 3배나 더 담을 수 있다고 한다. 펠리컨의 주머니는 먹이를 잡을 때 사용할 뿐 아니라, 새끼들에게 먹이를 줄 때도 사용한다. 북극지방에 싸라기만한 햇빛이 잠깐 비치는 몇 시간 동안 먹이를 이 주머니에 저장한 후, 먹이를 구할 수 없는 추운 겨울에는 새끼들에게 저장한 먹이를 나눠 줘 겨울을 나게 한다.

그러나 추운 겨울을 나기 전에 먹이가 떨어지면 펠리컨은 자기의 가슴살을 발기발기 찢어 가며 새끼들을 먹인다. 병에 걸려 죽어 가는 새끼들에게는 자신의 핏줄을 터뜨려 그 피를 넣어 준다. 숭고한 모정이다.

어미는 자신이 죽어 가면서도 새끼를 위해 기꺼이 목숨을 바치는 것이다.

그러면서도 외마디 소리도 없다. 펠리컨의 새끼 사랑은, 자신의 품 안에 수많은 식생을 끌어안되 좀처럼 흐릴 줄 모르는 깊은 강물 같지 않은가.
서양인들은 그래서 펠리컨을 '사랑과 희생의 상징'으로 여긴다.

겨울 통신

꿈 하나 가지고 살아야겠기에 가슴 설렙니다. 고단한 몸으로 돌아온 귀갓길이지만, 자고 나면 어제의 등짐을 부려 놓고 현관을 나서는 우리입니다. 지난밤, 생에 대한 단안을 내렸다가도 창틈으로 아침 햇살이 스미면 가슴 뛰지 않나요? 얼음장 밑으로 강물은 흐르고, 섬에 오는 삭풍도 빈가지에 걸린 햇살을 시샘하진 않지요. 추위에 날개 접었던 새도 숲을 내려 외로운 사람의 그림자에 훗훗한 소리를 퍼뜨립니다.

눈발 속에 피어난 수선화는 경이입니다. 추울수록 향기가 짙으니까요. 천리향이 벙글 채비에 분주한가 하면, 동창 앞 백매도 꽃 준비에 골몰해 있어요. 겨자씨 만하던 망울들이 물올라 봉곳봉곳한 게 신통하기만 합니다. 자연은 어김없는 선순환구조입니다. 눈 녹아 흐르는 앞개울 물소리에 귀 기울이다 보면 어느새 버들개지 눈 뜨고, 봄비 한 줄금 뿌리고 지나니 앞산 너머 구름 한 조각 걷어낸다고 뻐꾸기도 한소리 하네요. 계절로 이행하는 염량炎凉의 순차적 진행을 우리는 신뢰하며 삽니다.

문제는 사람에게 있어요. 우리는 너무 섬약합니다. 쉬이 버리고 돌아서고 슬퍼하고 절망합니다. 돌아앉는 사람에게 손을 내밀지 않아요. 따뜻한 사랑이 없다는 반증이지요. 사랑은 마음으로, 신앙 이전에 온기입니다. 미열에도 이마를 짚는 손, 상처를 어루만지며 언 손 잡아 주는 따스한 손길입니다.

미담 하나 듣고 추위도 물렸습니다. 지난여름 서울 금천구청 앞에 한 남자가 박스 하날 놓고 사라졌대요. 그 허름한 박스는 꼬깃꼬깃 구겨진 돈뭉치로 가득 차 있었다는군요. 길거리 작은 가건물에 옴치고 앉는 60대 구두미화원이었답니다. 28년째 남몰래 그렇게 계속해 오고 있는 거예요. 그동안 금융위기 같은 시대의 격랑을 온몸으로 탔다는 것이지요. "그때마다 손님이 적어 벌이는 줄었지만, 첫 손님이 낸 요금을 저금통에 넣지 않은 적이 없어요."

정보 유출로 주소나 이름을 전달 받을 수 없게 돼, 직접 전하지 못하자 구청에 기부하면서 세상에 알려졌다는군요. 어떻게 오랜 시간 이런 일을 할 수 있느냐는 우문에, 현답이 심금을 울렸습니다. "이 돈은 제 것이 아닙니다. 커피 한 잔 덜 먹고 주면 되지요." 그는 상상의 세계에나 있는 하얀 드레스를 입은 천사가 아니었어요. 구두약으로 손이 검댕처럼 까맣게 칠해진 구둣방 아저씨였습니다.

그의 몸에서 꽃보다 더한 향기가 납니다. 깊은 골짝 비탈진 곳에 피는 꽃이 향이 짙고 더 은은하지 않나요. 고난 속에 피었기 때문이지요. 세상은 무심치 않군요. 그을음 앉은 시골집 흙벽에 걸린 푸른 등잔불만한 빛은 어디에도 있을 것 같아요. 사회가 메마르다 하나 그렇지 않습니다. 푸우 하고 한입 뿜어 눅여 주는 는개 같은 물기가 세상을 싸고 있으니까요.

우리는 세상을 향해 함부로 비아냥대거나 어깃장 놓지 않아야 합니다. 사람을 그리워하는 마음은 사람 사이에 피어나는 꽃이지요. 사람의 마을에 피어나는 한 송이 꽃이 그리운 세상입니다.

끝없을 것 같던 어둠의 긴 터널도 끝이 보입니다. 춥고 음울한 겨울 너머엔 봄이고요. 봄을 기다리는 이에게 그예 3월은 오고, 정원엔 목련이 수백 송이 순백의 꽃을 터트릴 것입니다. 지등紙燈으로 세상을 밝힐 꽃들이지요.

돌멩이의 존재 방식

돌멩이는 어른 손안에 쏙 들어오는 작은 돌이다. 우둘투둘 조악해 원시 시대엔 짐승을 잡는 무기로 썼다. 냇물에서 물고기를 잡아 올리는 수렵의 도구가 그물이라면 산야에선 돌멩이가 절대적으로 유용했다. 옛 풍습에 돌팔매질로 승부를 가르던 위험천만한 석전石戰도 있었고, 돌멩이를 마구 던져 사형수를 서서히 죽이는 잔인한 형벌도 있었다 한다. 유용하기도 했지만 특별한 용처도 있었던 게 돌멩이다.

삼다도 제주엔 바위도 많지만 곳곳에 지천인 게 자잘한 돌멩이들이다. 흑룡만리라 빗대는 밭담을 쌓는 데 사용되는 것은 돌멩이보다 아주 큰 돌이다. 돌멩이는 큰 돌을 받치거나 돌과 돌 사이 허한 데를 틀어막는 데 쓰였다. 제주의 들판엔 밭담에 소용되지 못한 돌멩이들이 모도록이 돌무지를 이뤄 비바람 속에 풍화되고 있다. 희소가치가 없어 버려진 것들의 운명은 처연하다.

옛날엔 흙에 산도 짚을 짓이겨 그 위에 돌멩이를 얹으며 벽을 쌓아 지붕을 올리고, 지붕엔 새[茅, 띠 모]를 덮어 초가집을 짓고 살았다. 주먹보다 작은 돌멩이로 지은 집은 의외로 견실해 삼대를 살아도 끄떡없었다. 돌과 흙이라는 자연의 결합은 쇳덩이 못잖게 강하고 질겼다. 외풍은 심했지만

한 번도 비가 샌 적이 없었으니 허술한 집이 아니었다. 나고 자란 그 본가가 회상의 공간으로 떠오른다. 마을에서 백 년 된 고택으로 회자되던 집.

시내로 이사했더니 시골에 흔하던 돌멩이 보기가 어렵다. 눈에 들어오는 것은 온통 시멘트 구조물뿐이다. 건물 벽은 물론, 인도와 차도의 경계석이며 빌딩 둘레 화단이 모두 시멘트로 찍어 만든 것이거나 대리석으로 자연석 돌멩이는 찾아보기 힘들다.

먼 데서 찾을 게 아니었다. 어느 날, 아파트에 길들어 가는 눈에 돌멩이가 보이기 시작했다. 1,2차 중 내가 살고 있는 1차 여섯 동만 해도 숲 아래 돌멩이들이 깔려 있어 놀랐다. 숲 둘레를 돌며 낮은 벽을 박아 올렸거나 한 덩이 한 덩이 줄을 서 경계를 짓는 데 한몫을 하고 있다. 큰 돌과 한데 어우러지는 방식이다. 아잇적 마당 구석에 올망졸망 돌멩이로 줄을 세워놓아 꽃밭을 만들었던 일이 생각난다. 거기, 분꽃, 봉숭아, 접시꽃, 금잔화를 심고선 뽐내며 매일 물을 주던 뽀얀 추억 속의 그 옛일.

숲과 숲 사이 작은 공간엔 돌멩이들로 아예 채워 놓았다. 세우고 앉히지 않고 겹겹이 흩어 놓았는데도 외관에 나쁘지 않다. 돌멩이 틈으로 외래종 괭이밥이 무성히 돋아나 연분홍 고운 꽃을 피웠고, 막 뿌리 내리는 채송화도 여름에 꽃을 달겠다고 이리저리 벋으며 바지런 떨고 있다. 경내 오솔길 안쪽엔 돌멩이로 층층이 벽을 만들었다. 돌이끼가 퍼렇게 돋아나 오가는 발걸음 소리에 귀를 세우는가. 참 앙증맞다.

작지 않은 단지다. 밖에서 들여다 이곳에 자리를 틀고 앉은 돌멩이가 수만 개가 넘을 것이다. 버려질 것들이었다. 시골의 밭담 말고 아파트, 이 시대의 첨예한 주거 공간에 돌멩이가 존재를 빛내고 있어 놀랐다. 빈 데를 대충 메꾸자 한 게 아니었다. 하나하나가 전체의 조경을 완성하는 한 풍경으로 있으니.

쪼고 깎지 않아도, 자연 그대로 아파트라는 거대 구조 속에 녹아든 돌멩이들이 조화롭다. 숲과 하나로 연동聯動한 돌멩이들의 자연스러운 존재 방식이 새삼 놀랍다. 사람들의 야무진 손끝이 돌멩이를 살아 숨 쉬게 했다.

2부

핸드폰의 범위

수필가의 옷

마흔네 해를 교단에 섰다. 짧지 않은 세월이다. 교직은 사고방식이나 사회와의 관계에 탄력이 떨어지는 편이다. 가르치는 사람으로서 당연히 규범적이어야 한다는 자기 관리의 엄중함 때문일까. 언행과 차림새 하나에도 깍듯하다. 언젠가 군에서 제대해 시내 J 고등학교에 부임하는 날, 점퍼를 입고 갔다가 가까이 있던 선배가 점잖게 나무랐다. 정장을 하는 게 좋지 않으냐는 거였다. 부임인사를 해야 하고 시간을 쪼개느라 혼쭐났던 일이 떠오른다. 그러면서 보수적인 교직 속으로 한 걸음 내디뎠던 것 같다. 깨달음이 있었다.

그 후, 교단에서 정장을 벗어 본 적이 없었다. 으레 넥타이를 매고 양복 저고리와 바지를 갖췄다. 단벌 신사로 같은 양복을 입고 또 입어 질리던 게 생각난다. 교직이 박봉이라지만 1960년대는 우심했다. 갈아입을 옷 한 벌 마련할 여유가 없었다. 아내가 만날 바지에 줄을 세운다고 다리미질하느라 고생고생했다. 그것도 숯불 다리미.

그렇게 한 치 흐트러짐이 없었던 입성에 놀라운 변화가 왔다. 퇴직하면서 정장을 벗어버린 것이다. 다들 입는 캐주얼을 입고 싶었다. 그동안 변통없이 입어 온 정장에 대한 심리적인 반작용이었을지도 모른다. 무 자르듯 전후가 극명했다. 격에 맞추자 한 건지 신발도 운동화와 캐주얼화로 바뀌었다. 의식의 흐름이 운율을 탔을까. 속도가 붙는 바람에 변화를 받아들이는 자신도 어리둥절했다.

넥타이를 벗은 해방감은 만끽할 만한 자유였다. 바꿔 입으니 날아갈 것 같았다. 우선 신문 칼럼 필자 사진부터 남방셔츠 차림으로 갈았다. 이후 작품집 필자 사진도 캐주얼 일색임은 말할 것도 없다. 넥타이로 묶었다 열어놓으니 보기만 해도 시원한데, 웃는 표정과의 조화는 뜻하잖은 덤이었다.

내 취향일 뿐이나 수필가의 옷은 청바지 같은 것이면 좋을 것 같다. 청바지는 원래 일하면서 입는 현장의 옷이었다. 농장에서, 바다에서, 공장에서, 트럭을 모는 기사가, 말 타고 달리는 카우보이가 입는 옷—작업복이다. 구속하지 않아 좋은 옷. 수필에 딱이다.

서른 해, 수필을 쓰며 늘 따라다니는 염려 중 하나가, 수필이 자유로웠으면 하는 것이다. 생각의 자유, 말과 행동의 자유, 표현과 문체의 자유. 그런 자유를 누릴 자유가 수필가에게 있은즉, 수필가는 더 자유로우면 좋다. 빼놓을 수 없는 게 옷의 자유, 그래서 수필가의 옷은 캐주얼 하면 좋겠다.

책

오래전, 서울에 몇 년 살면서 놀란 것이 있다.

지하철을 탈 때마다 바라본 풍경은 언제나 단조로웠다.

갓 산 스포츠지를 펴든 사람, 차창 밖을 훑는 초점 없는 눈. 자는지 마는지 반쯤 감고 있는 젊은이.

한 나라 문화의 중심 도시인데, 책을 펴놓은 사람은 보이지 않는다. 더욱 놀라운 것은, 거슴츠레하던 눈이 자신이 내릴 역 조금 앞에서 번쩍 빛난다는 사실이다. 졸다 내릴 역을 놓쳐 허겁지겁하는 사람을 본 적이 없다. 오랜 세월 단련된 생활양식이 일상이다. 서울시민들의 일상은 책과 멀리 떨어져 있었던 것 같다.

이런 생활이 수도 서울의 문화로 정형화할 것 같아 두려웠다. 서울의 문화는 한국문화의 표상이라 그런다.

왜 그 많은 사람 가운데 책 읽는 사람이 눈에 띄지 않는가. 하루만 책을 읽지 않으면 입안에 가시가 돋는다 한 안중근 의사 앞에, 그 후예로 차마 낯을 들 수 있으랴.

호주머니에 지녀 좋은 시집이나 문고판이 널려 있는 세상이다. 손만 내밀면 닿는 곳에 책이 있는데도 읽지 않는다. 오래된 사회조사 결과지만, 한국은 전체 인구의 4할이 1년에 단 한 권의 책도 읽지 않는다 한다.

일본과 견주어 낯 뜨거워지는 게 있다. 세계적으로 알려진 그들의 독서열이다. 지하철에서 대부분이 책을 읽는다. 서서 읽는 풍경도 예사롭다. 신호가 진행 중인 건널목에서 우산을 들고도 한 손에 책을 편 사람이 있을 정도다. 일본 초등학생의 연간 도서관 대출 건수가 1인 평균 35.9권, 열흘에 1권씩 읽는 셈이다.

젖먹이 아기에게 책을 보여주며 즐거워하는 시간을 보내면서, 책과 함께 노는 습관이 저절로 들도록 한단다. 아기 엄마가 아기를 뒤에서 안고, 할머니가 책을 펴 보여주면 아이가 웃으며 두 손으로 책을 잡는 장면을 어떤 게시물에선가 본 적이 있다. 책을 좋아하는 그들 모습이 하도 인상적이라 잊히지 않는다.

어디서 펴 왔던가.

책이 없으면 하느님은 말씀을 잃고, 정의는 잠들고, 과학은 멈추며, 철학은 절름거리며, 문학은 벙어리가 되는가 하면, 결국 세상은 어둠에 묻힐 것이라 했다. 생각만 해도 끔찍한 일이다.

책을 읽어야 하는데, 글을 쓴다면서 한 권을 온전히 독파했던 게 언제인가. 듬성듬성 골라가며 읽는 게 습관이 돼 있다. 새삼 나를 돌아본다.

책상

책상은 내 영지다. 불가침의 성역, 밤낮 잠에 곯았던 시절, 그 한때 우격다짐으로 나태의 습벽이 견고한 진을 쳤었다. 낯선 어둠의 병영처럼 거기엔 소통과 화해의 언어도, 앎에 눈을 번득이던 이웃과의 지적 관계도 없었다. 다만 본능적이고 야생적인 먹이 사냥과 포획물. 그때그때 배를 불리던 포만의 시간을 즐기는 무지와 몽매의 순간들이 있었을 뿐.

말을 시작하던 시원의 계단에 엎디어 새소리를 갓 익힌 한글의 자음과 모음으로 받아쓰기하며, 문맹에서 깨어나리라 눈을 반짝였다. 목마르면 수액을 꽂아가며 여명의 즈음을 향해 민달팽이의 속도로 기어 오늘에 이르렀다. 진행은 더뎠으나 나는 합리적으로 휴지를 누리며 앎이 무언지 또 그것이 나에게 무엇을 의미하는지를 알아간 것은 진화의 눈부신 역사였다. 어느 날 기념으로 이 위에 두꺼운 유리가 깔렸던 것을 기억한다.

나는 하루 몇 시간 혼자 책상에 죽치고 앉는다. 겁박할 무뢰한이나 훼방꾼의 장난도 없다. 동편으로 한 가닥 날빛이 들면 잠을 털고 일어나 꺼당긴다. 사색하고 읽고 쓰다 말고. 싱겁고 헤픈 웃음에 넋을 놓기도 하지만, 정신은 내가 삼시 세끼마다 드는 은수저보다 밝다. 갓 비에 씻긴 에메랄드 봄하늘보다 맑다.

노마드는 유랑하며 자유를 춤춘다. 나는 들짐승의 더운 피를 원치 않는다. 쓰면서 물빛 항아리같이 고담枯淡한 어휘만을 고르지도 않는다. 유교의 덕목만을 세우지도 않는다. 다만 상상을 나래 쳐 허공의 끝 어디에서 내 시의 은유를 찾아낸 연후에, 내 수필에 덮인 안개를 걷어내려 하는 것이다.

두 평에 차지 않는 책상, 하지만 나는 지존이다. 여기 앉아 눈에 들어오는 삼라만상에 군림한다. 나를 위해 존재한다. 오래 머물고 싶은 곳, 내 영지.

워드프로세서

워드프로세서는 문서를 작성, 편집, 저장, 인쇄하는 하드 · 소프트 웨어의 총칭이다. 컴퓨터 시스템 중 내게 만만한 영역이다. 나머지는 인터넷이나 뒤적이며 뉴스나 훑어보고 검색창을 여닫는 수준이다.

자판을 치지 못하면 손을 댈 수 없는 노릇이라, 자모를 두드리며 시작했다. 검지나 중지로 콕콕 찍는 독수리타법은 처음부터 않기로 작심한 게 열 손가락을 써 키보드를 치고 있다. 기계치가 이만한 성공이 어디냐 싶어 어깨 으쓱하기도 하다. 타자를 시작한 지 40년, 딴엔 내놓을 만한 자랑거리다.

무슨 대단한 거라고 뽐내랴. 글을 쓰면서 자판을 치지 못하면 명색 작가라 하기에 민망할 것인데, 가까스로 위기를 넘겼으니 다행한 일이라 함이다.

다르르 내달리지 못하고 걸리적거린다. 달팽이 뭉그적거리는 수준이지만, 어간 작품집 · 저서 19권을 내 손으로 쳤으니 신기하다. 길 가다 달팽이를 보면 손가락질할 만하잖은가.

시작할 때 힘들었던 게 이중자음 받침 다음 모음으로 이어지는 그 고비였다. '없으니, 맑으면'이 단번에 다르르 굴러갈 때의 쾌감은 짜릿했다. 기계치 경험담이라고 웃어도 하릴없다. 그러면서 강 건너고 산을 내렸으니 뿌듯하기 그지없다.

머리 맑고 기분 밝은 날엔 두어 줄 매끄럽게 내디딜 때도 있다. 그럴라치면 기가 살아 나도 모르게 콧대가 올라가는지도 모른다. 늦깎이로 시작한 문학이라 나잇값 한다고 버릇으로 책상을 꺼당겨 시간 가는 줄 모른다. 자판 도닥이는 소리에 신이 난다.

한데 요즘, 자판 위에 두 손을 얹으면 우울하다. 양 손가락의 자모 결합이 이전 같지 않다. 자음 'ㅂ'과 'ㅁ'의 위아래를 더듬다 번번이 헛짚고, 모음 'ㅏ'와 'ㅣ'가 왔다 갔다 허둥댄다. 사고가 잦다. 작은 일이 아니다.

매주 신문에 연재하는 코너에 원고를 보내면 담당 기자가 오자를 끄집어내 오류 여부를 물어온다. 전에 없던 일인데다 그런 경우가 잦아 낯 안 선다. 그렇다고 이 어중간한 사정을 실토하기도 그래서 그냥저냥 넘어가는 형편이다. 나이는 못 속인다는 말이 금언인 게 맞다. 흐렸던 날씨가 개는 것처럼 마음속의 우울을 걷어내고 싶다.

원고지를 고집하는 문인이 있다 하나, 시대가 변했다. 고전적 고상한 분위기도 좋지만 굳이 편리를 팽개칠 이유는 없다. 이 나이에 워드프로세서가 없었다면 내 글쓰기는 일찌감치 몰락했을 것이다.

편리가 인간 상실의 주범이라고 타박하다가도, 워드프로세서 앞에선 사족을 못 쓴다. 그 정직함, 치밀함, 정확함 그리고 시종여일함과 성실함.

링거

다섯 해 동안일까. 시내에 살다 읍내로 내려와 처조모님을 모셨었다. 일제강점기에 아들과 며느리가 떼어두고 도일하자 세 살 어린 손녀를 받아 키운 어른. 손녀가 커서 나하고 부부의 연을 맺었다. 서른아홉에 홀몸이 되신 어른은 성격이 괄괄한데다 생활력이 무척 강했다 여자 몸으로 평생 농사지으며 손녀를 시내로 고등학교까지 시켰다. 1950년, 여자아이는 초등학교 마당에도 발을 놓지 못하던 시절이다.

처부모는 재일동포라 우리 내외가 어른을 부양하게 됐다. 아내에게 부모 몫을 해 준 분이라 흔쾌히 나섰다. 말이 부양이지 덕을 본 것은 우리 쪽이다. 사나흘이 멀다고 먹거리를 등짐으로 바리바리 날라다 주시던 어른이다. 젊은 시절에 편두통을 앓자 약이 된다고 돼지 머리고기를 수도 없이 구해다 주던 걸 잊지 못한다. 서른 마리 치는 너끈히 받아먹었을 테다. 철철이 곡물이며 해삼, 문어 따위 해산물도 끊이지 않고 사들고 나르셨다.

내게 잘해 주는 것이 당신이 공 들여 키운 손녀를 위하는 일이라 여겼던 넉넉한 대접이었을 것이다. 교사 봉급에 빠듯한 세간에 작은 보탬이 아니었다. 그 은공을 잊지 못한다.

아흔 몇이시던가. 어른이 치아가 부실하므로 틀니를 해 드린 게 기억에 남는 보은이다. 어르신 동네방네 돌며 '손지 사위가 해 준 거'라며 자랑자랑했다는 얘기를 들은 게 엊그제 같다. 연치 깊어 음식 치다꺼리를 못하게 되자 우리가 모신다고 했더니, 하신 말씀, "차례의 일 아니라 너희 집엔 들어가지 못한다. 혹 마을 안으로 내려온다면 모르지만…." 집 짓고 읍내로 내려와 모시게 된 연유다.

말년에 치매를 앓아 모시기 쉽지 않았지만, 따로 꾸며 드린 당신 방 출입구 댓돌에 나와 앉아 있는 모습이 무척 외로워 보였다. 아들 셋을 낳아 4·3에 학살되고 6·25전쟁에 나가 전사하고 일본 살던 빙장어른은 참척해 당신 혼자인 걸 치매한다고 모를까. 돌아가시자 상주가 돼 장례를 치렀다, 이태 전 관음사 영락원에 내외 위 나란히 봉안했다.

아내가 번번이 푸념한다. "아이고 그때 할머니가 주사 하나 놓아 달라 하던 생각이 나네요." 퍼뜩 어른이 하던 말씀이 되살아난다. "그거 맞으민 뻬가 사랑 돌암직 호는디게." 주사란 링거(그 당시는 링게르)이고, 그걸 맞으면 뼈가 가벼워 달음질이라도 할 것 같다고 한 말이다. 아내는 연치 높은 분 링거를 맞으면 생의 마지막에 턱없이 애를 먹는다는 얘기를 듣고 몇 번 놓아 드리다 적당히 말렸었다. 이제 자신이 나이 들어 겪어 보니 그게 아니란 걸 알게 됐다며 가슴을 쓸어내린다. "그렇게 원하는 걸 몇 대만이라도 더 놓아 드렸어야 하는데…."

건넌방에서 아내가 링거를 맞고 있다. 의사인 작은아들이 토요일 오전 진료를 마치고 주사를 갖고 왔다. 어깨 통증에다 뼈마디마다 쑤셔 어려움을 겪는 아내다. 언제부턴가 한 달이면 최소 한 번꼴로 링거를 꽂는 신세가 됐으니 안쓰럽다. 주사 후 사나흘쯤 몸이 가벼워 살 것 같다고 한다. 링거는 계속 이어질 것이지만, 워낙 효자가 의사라 지워져 가는 제 엄마 손등의 혈관을 계속 뒤적일 것이다.

알약을 먹으면 위를 통해 소장에서 한 과정을 거쳐 몸으로 흡수되는데,

링거는 직접 꽂아 곧바로 혈관을 통해 온몸으로 돌게 되니 효과가 빠르다. 포도당과 아미노산 같은 바로 에너지원이 될 영양분이 들었으므로 음식물 섭취와 소화를 통해 얻는 긴 절차가 생략된다. 한 시간이면 약효가 나타나는 게 링거다. 작은아들이 있어 마음이 놓이긴 하나 저런 주사에 의존하는 아내가 가엽다.

젊은 시절 고생 많이 시킨 게 탈이 됐으니, 내가 어지간히 죄를 지은 것 같다. 이 사람에게 참 낯없다

출판 여적餘滴

책을 내는 걸 '상재上梓'라 한다. '재梓'는 가래나무로 재질이 굳고 좋아 예로부터 글을 새기는 판목으로 써 왔다. 이 가래나무에 각자刻字하는 것에서 출판의 뜻으로 전의轉義한 말이 상재다.

단단한 판목에 한 자 한 자 글자를 새기는 일이 어디 쉽겠는가. 손끝이 닳아 모지라지고 손바닥엔 군살이 박이고. 그 고통의 끝자락으로 글자가 파인다. 출판은 뼈를 깎는 각고정려刻苦精勵의 산출물이다. '심혈을 기울인다.' 함이 이 경우에 딱 맞는 말이다. 작품집을 작가의 '분신'이라 하는 연유다.

그래서일까. 책을 세상에 내놓는 것처럼 두려운 게 없다. 금이야 옥이야 고이 키운 딸자식을 남의 집에 시집보내는 부모의 노심초사가 그러할 것이다.

그래도 이름 석 자를 남기고 싶은 열망에 몇 년을 두고 써 온 글들을 모아 작품집을 내 저자가 된다. 제 이름으로 나온 책을 손에 든 기쁨은 말로 다 할 수 없이 크다. 그 순간의 감격은 평생을 두고 잊지 못한다.

그 감동 때문에 작가는 글을 쓰고, 없는 돈을 털어 책을 낸다. 쓰고 싶은 순정한 욕망에 붙들려 글을 쓰고, 쓰고 나면 또 한 번 이름을 남기고 싶어 책을 내게 된다. 그런 열정으로 살아 명색 작가다.

작품집 몇 권을 내고 주춤했더니, 뜻밖의 행운을 만났다. 출판사에서 '현대수필가 100인선'을 내 주었다. 출판사가 추진하는 사업에 선정된 것이니 개인적으로 영예요 길사다. 거기다 공으로 나온 책, 수필선 『구원의 날갯짓』, 기뻤다.

저자 지분이 제한적이라 몇몇 문우와 지인들에게 보내면서 격식을 바꿔, '혜존惠存'이라 않고 '~님께'라 했다. '받아 간직해 주십시오'라 하면 굳이 당부하는 게 되니, 편안하게 받아 일독하기를 바라는 마음을 담으려 한 것이다. 끝에도 '저자 삼가'라 해 한글식을 내세웠다. '근정謹呈'이라거나 '드림'이라 하는 게 관행이지만, 새로 선보였다. '삼가'는 삼가 보낸다는 뜻이니, '드림 · 올림'보다 예를 더하면 더했지 조금도 덜하지 않은 말이다.

사실, '드림'이라 함은 상대에 따라서는 '올림'이라야 맞는 것인데, 두루뭉수리 넘어가는 식이 되고 있다. 드림은 아무래도 올림보다 한 단계 덜 높인 말 아닌가.

책의 간지에 쓰고 나서 봉투에 넣어 주소를 쓰려니 번거롭긴 해도 일일이 육필로 했다. 옆에서 지켜보던 큰아들이 수작업을 도와 효도할 기회도 됐으니, 이건 또 의외의 덤이다.

문우들로부터 축하 메시지와 전화가 답지했다. 장문의 문자로 정성을 들였는가 하면, 키워드들도 다양했다. '열정, 존경, 놀랍다'에 이르러 보내 온 이의 진정을 헤아리게도 됐다. 이럴 때는 갑자기 '문자'가 목소리로 일어나 울림으로 온다. 시인 · 작가들에겐 이런 특유의 인간미가 있어 훈훈하다.

노 시인 한 분은 전에 그랬듯 또 원고지에다 꾹꾹 눌러 써 가며 손편지를 보냈다. 삼화지구 아파트에 사는 구순의 수필가는 요즘 집으로 찾아온단다. 당신을 잊지 않고 책을 보냈다 하질 않는가. 문학의 끈은 쉬이 삭지 않는다. 어르신을 어찌 잊으랴.

축전을 보낸 이가 있다. '수필과비평작가회' 회장을 지낸 오승휴 작가. 전보는 특별한 것이라 놀랐다.

'우리나라 현대 수필가 100인선에 제주에서는 최초로 선정되시어 수필선집 '구원의 날갯짓'을 발간하심을 진심으로 축하드립니다. 불타는 열정으로 한국 수필문학의 발전과 후진 양성을 위해 애쓰시는 선생님께 삼가 경의를 표합니다. 앞날에 더 큰 영광 있으시길 기원합니다.'

장문의 전보다. 날개를 달아 주었으나, 어깨가 무겁다. 좋은 글을 써야 하는데, 쓸수록 힘드니 문제다.

지식 냉장고

냉장고에 식재료를 턱없이 오래 넣어 두면 안된다. 상할 위험성이 크다. 유통기한은 신선도를 유지할 수 있는 한계다. 넘기면 탈난다는 적신호다.

머릿속의 지식 정보도 매한가지다. 쌓아 해묵으면 낡아 무용지물이 된다. 그런 지식 정보는 폐기 처분해야 한다. 많은 지식인의 지식 냉장고에는 진부한 것들로 그득하다. 속엣 걸 치우고 정리할 일이다. 머리라는 지식냉장고도 신선도가 생명이다.

한국에서 1년 동안 나오는 책은 무려 8만이 넘는다. 공공도서관은 1,050군데, 작은 도서관이 6,400군데로 해마다 50군데 이상이 늘어나고 있다. 여기에다 학교 도서관이 1만 1000군데가 넘는다. 좋은 독서 환경이다. 놀랍다. 하지만 한국인 셋 가운데 한 사람은 1년에 단 한 권의 책도 읽지 않는다는 통계가 있다. 두 번 놀란다. 이는 무엇을 말함인가. 사회의 책을 읽지 않아도 되는 분위기를 뜻한다.

사실, 많은 이들이 자신의 지식냉장고가 신선한 것으로 차고 넘치는 듯이 행세한다. 많이 읽은 것처럼 말하고 잘 아는 것처럼 요란을 떤다. 신간을 읽지 않고서도 읽은 것처럼, 요약된 것들만 일별하고 다 아는 척하는 수도 있다. 이건 분명, 허세다. 그들 마음속 황량한 풍경이 들여다보인다.

고사성어를 꺼내들거나 낯선 외래어를 사용해야 자신의 지적 층위를 높일 수 있다고 착각하는 경우도 적지 않다. 일종의 현학衒學 취미다. 현학玄學 아닌, 이런 취향은 무책임하고 경망스럽기 짝이 없는 것으로 지탄 받을 일이다. 결코 제멋에 사는 세상이란 말로 어물쩍 넘어갈 게 아니다. 냉장고라는 이기를 제대로 사용할 줄 모르는 무식이요 무지다.

남에게 우둔하게 보이고 싶지 않다고 가면을 쓰고 나서서 춤출 일인가. 자중자애로 가만있으면 뭐라 하나. 유통기한이 지난 묵은 것들로 꽉 찬 채 지식냉장고가 전혀 순환되고 있지 않음을 만인 앞에 드러내는 것임을 자신만 모르고 있다면, 그런 슬픈 일이 없다.

쓸쓸한 일이지만 어쩌겠는가. 달도 차면 기운다. 한때 이목을 끌었던 당당한 지위도 기한이 있는 게 이치다. 때가 되면 빛바래 퇴락한다. 한순간에 빛을 잃는 일몰의 시간이 온다. 지식 또한 의외로 휘발성이 강해 이내 증발해 버린다. 새것으로 갈아 넣지 않으면 안되는 이유다. 한 번 들어가면 평생 확보되는 자리라면 민망하다. 철가방이란 이를테면 경종이다.

부끄러운 것은 나이가 아니다. 운동하는 것은 성장하고 있다는 증거다. 성장하고 있는 한 늙지 않는다는 믿음이 있어야 한다. 과거에 연연하지 않을 때 늙음엔 유보되는 상당한 탄력이 붙는 법이다. 무엇을 다시 시작해야 한다는 게 아니다. 확대하려는 꿈을 접은 지 오래됐다 해도 하던 일을 더욱 올차게 하려는 의지는 지니고 있어야 한다는 의미다. 단순해졌다고 그 단조함을 꺼려할 이유는 없다. 삶이란 어차피 점차 간소해 가는 속에서 새로운 가치를 축적하는 과정일 테니까.

나는 몇 줄의 글을 쓰며 나이를 채워 가는 소박한 삶에 자족하고 있다. 쓰는 것은 멈추지 않고 성장하고 있음이다. 아직도 언어의 허기에서 탈출하지 못한 채 매양 전전긍긍하고 있다. 새로운 어휘 하나와 만나면 기뻐 환호작약한다. 내 지식 냉장고는 아직 순환 중이다.

아파트 접근법

40대에 반포의 한 아파트에 세 들어 산 적이 있다. 잘 나가던 부부 탤런트가 고급 승용차를 타고 드나들던 게 떠오른다. 제주에서 온 짐을 부려놓고 맞은 첫날 밤, 잠이 안 와 몹시 뒤척였다. 밤 이슥하면서 909호라는 숫자가 위협적으로 다가오는 게 아닌가. 사람이 그 높은 9층에서 잠을 자다니. 눕는 순간 몸이 허공에 붕 뜬 것 같아 도무지 잠을 이룰 수 없었다.

붙들지 못한 잠은 철없는 망아지처럼 날뛰다 달아나 버렸다. 새벽녘 서울로 들어오는 기적소리가 귀청을 찢는 것 같았다. 촌놈 티 내느라 고소공포에서 벗어나는 데 상당한 시간이 걸렸다. 새벽녘 기적소리는 트라우마가 됐다.

이삿짐 나르는 걸 거들어준 경비원이 고마워 제사 퇴물을 나눈 적이 있다. 친숙해져 드나들 때마다 웃음으로 목례를 주고받곤 했다. 한번은 내가 아파트 입구 쪽에서 기색해 주저앉는 사고가 있었다. 그 경비원이 신속히 구급차를 불러 대응해 주었다. 먼지를 털고 일어나는 바람에 달려온 구급차를 되돌려보낸 것도 그분이었다. 고마웠다. 우리 가족이 아파트를 떠나올 때는 현관 앞에 선 채 오래 손을 흔들고 있었다. 요즘처럼 경비원에게 갑질이 없던 소박한 시절 얘기일까.

15층에 사는 부산 아주머니와 아내 사이가 절친이 돼 오르내리며 정분을 쌓더니, 귀향한 뒤에도 전화가 이어졌다. 어느 여름, 관광차 제주에 내려온 부부를 소문난 횟집에 모셔 정회를 풀기도 했다. 결혼한 지 얼마 안됐다는 아들 내외도 자리를 함께했다. 이젠 팔순이 코앞이라 서로 간 소식이 뜸하다. 바다 건너 먼 거리는 힘에 부칠 나이도 됐다.

서울에서 아파트에 살며 맺었던 인간관계의 따스한 기억으로 남아 있다. 30년이 지난 옛일이다.

가족이 모여 살자 하므로 두 아들이 사는 신제주 아파트로 이사했다. 13층에 자리를 틀었다. 30년 동안 정들었던 읍내 집을 떠나와선지 초대면부터 까칠하다. 아파트에 대한 부정적 시각도 한몫했겠지만, 도대체 낯설어 정이 붙질 않는다.

짐 정리를 대충 마무리하고 나서 첫 산책길에 나섰다. 제철을 맞아 나무로 우거진 뜰이 그나마 작은 위안이다. 장비를 들고 있던 늙수그레한 경비원이 멀찌감치 걸어 나가는 내게 고개 수그려 인사를 보내온다. 반사적으로 고개 숙여 웃음을 보냈다. 문득 반포 옛 경비원의 순박한 얼굴이 떠올라 혼자 웃었다. 저분에게 간간이 이곳 지리며 물정을 묻게 될 것이다.

이사 후유증으로 고단했지만 인근을 가볍게 거닐다 돌아왔다. 동별 · 호별로 주차면이 배정되고 표지판이 붙었다. 차를 세웠다 빨리 빼라 전화가 올 터라 외부 차량은 오래 머물지 못할 것 같다.

오가는 사람들과 스쳐 지나지만 무표정하다. 나 또한 별 표정을 짓지 않으니 피장파장인 셈이다. 엘리베이터를 타고 13층으로 오르는 새 먼저 내리던 젊은 여인이 다소곳이 고개를 숙인다. 얼떨결에 가벼이 건네면 될 답례를 놓쳐 버려 머쓱했다. 한쪽은 그만한 예절이 몸에 뱄는데, 촌에서 올라온 한쪽은 머뭇거려 티를 내고 말았다.

오늘이 이사해 보름, 이상한 게 있다. 같은 동 왼쪽에 가지런한 호실과 우리 사이에 울타리 같은 경계가 없다. 두 집을 얇은 벽체 하나로 갈라놓았다. 한 집 같은 두 집이다. 한데 주인과 아직 한 번도 지나친 적이 없다. 또 잔잔하던 촌사람 마음이 흔들린다. 아내가 이사 떡 얘길 꺼내더니 무슨 말이 없다. 바로 옆과 위아래 층까지는 눈 맞추며 말을 터야 하는 건 아닌지. 이웃 간에 제사 퇴물을 돌리던 옛날 생각이 난다. 명색 이웃 아닌가. 시대가 변한 걸 까마득히 잊고 종종 이런 착각을 하게 되는 것 같다.

경내에서 만나는 사람마다 목례를 보내는 건 그렇지만, 같은 엘리베이터로 오르내리는 이들에게는 미소 띠며 고개를 숙이면 좋을 것 같다. 더 나아가는 건 고려하지 않아도 되겠지만. 나이 지긋해 머리 허여니 정도껏 하면 되리라.

쌓이는 게 쓰레기인데 버리기가 문제다. 읍내에선 클린하우스에 가 대충 분리하면 됐고 요일별 제한도 흐지부지했다. 여기는 요일별·종류별로 엄격해 난처하다. 비닐과 재활용은 수거함이 지하에 비치돼 있고 CCTV도 설치됐다는데도 그리 원활하지 못한 것 같다. 힘들어도 이런 자잘한 것들을 넘어야 이곳 주민이 될 듯하다.

그나저나 평소에 들던 묵중한 아령을 현관 옆 화단 숲 아래 숨겨 놓아 마음에 걸린다. 한쪽이 6.7kg짜리다. 실내에선 까딱 잘못해 부딪는 소리가 소음이 될라 인적이 뜸할 때 밖에서 들고 있다. 행여 못 보던 노인이 망령났다 소문날라 조심스럽다. 비가 오나 눈이 오나 런닝 바람으로 마당에 나서서 '한나 뚜울' 했었는데, 딱 걸려 들었다. 내 손으로 키운 나무들도 그렇고, 읍내 집이 몹시 그리운 날이다.

여행 독해법

여행은 단지 떠났다 돌아오는 것이 아닙니다. 프리즘 너머 세상을 보는 것, 길 위에 서면 갖가지 사물들이 무지개처럼 알록달록하게 띠를 띠고 다가섭니다. 아이처럼 가슴이 뛰고 설렙니다.

계획과 사고는 상반되는 것, 들뜬 길 위에서 때로 예상했던 일과 예상 밖의 일이 충돌할 수 있지만, 그것은 계획과 즉흥이 균형을 깨며 나타나는 아주 작은 불화일 뿐이지요.

가보리라 마음에 묻고 살던 곳과의 깊은 만남이 여행입니다. 섭렵이 아닌 통섭이고요. 그곳과 섞이고 부둥켜안아 교환交驩하는 것입니다. 떠나고 싶어 떠나는 단순한 낭만이 아닙니다. 보고 듣고 어루만지며 즐기려는 게 아닌 수행이고 문화이고 철학입니다. 그래서 언제든지 떠납니다. 반드시 그게 목적이라는 것은 아닙니다, 고민하다 웬만하면 떠납니다. 연휴에, 길사를 축하하면서 그것에 곁들여, 사랑의 약속이 빈 말이 아님을 증명하기 위해, 처음 가게 되는 공간의 낯섦에 끌려 바로 떠납니다.

가보지 못했던 곳에 첫발을 딛는 것은 첫 경험의 환희입니다. 실은 가본 곳이어도 상관없지요. 그곳도 다시 가면 생판 낯설어 보이니까요. 눈이 섬세해져요, 그때 못 보았던 것이 보이고 그곳 사람들 삶의 결에까지 시선이 머무릅니다. 아니면 그때 외경하던 것들에 한 켜 쌓인 시간이 만들어 놓은 변화를 읽는 것은 명문의 행간을 음미하는 것처럼 사람을 희열에 들뜨게 합니다. 처음 보든 두 번 세 번 보든 그들 앞에 서는 것은 새로 수작하는 서로를 공명共鳴하게 하는 무엇이지요.

사람들은 떠남으로 변화를 기획하려 합니다. 호모 사피엔스다운 프로젝트입니다. 거기서 얻어내는 탐스러운 결과結果가 텍스트가 되는 것은 필연이지요. 책으로 탐구하거나 일상의 어둑어둑하고 좁은 제한된 범주 안에서 단지 학습하는 것만으로는 턱없이 모자라 변화에 닿지 못합니다. 미흡하고 결핍한 것을 알면서 그대로 방치하는 자의 개인사는 침체의 늪에 빠지고 맙니다. 여행은 개선하는 것입니다.

섬사람의 여행은 수평선을 넘는 이탈의 큰 행보이지요. 섬을 닫아 놓은 저 구획의 울타리를 넘어야 이를 수 있는 곳이 육지입니다. 애초 그것은 미지였고 기대와 동경의 땅이었습니다. 그곳으로 나아가려 버둥대며 안간힘을 다한 것이야말로 모험이었지요. 군함을 개조한 이리 · 평택호를 타고 목포로, 부산으로 가던 3등실은 토사물로 발 딛을 틈이 없었습니다. 냄새만 맡아도 멀미는 연쇄적으로 여행을 흔들었습니다. 하지만 뒷날 아침 육지에 닿는 순간, 초면의 흥분에 가슴 쿵쾅거려 간밤의 고통은 씻은 듯 사라지더군요. 폭풍의 바다를 건너 당도하던 육지라는 세계, 그것이 섬사람들을 설레게 했습니다. 이젠 8할이 배가 아닌 비행기입니다.

여행은 확장입니다. 그리고 새로운 곳으로의 진입입니다. 나그네의 가방에 떠나온 곳의 짐은 넣어 있지 않습니다. 저벅저벅 길을 가는 것이고, 어간 몰라보게 성장합니다. 그러니까 여행은 자신을 위한 가장 역동적 차원 변이입니다.

놀라움, 사람이 한 생을 살면서 느끼는 놀라움 가운데 가장 큰 것이 여행 뒤에 바라보는 변화된 자신의 모습일 것입니다. 길지 않은 시간 동안, 자기도 모르는 새 변해 있는 것을 직시하는 발견의 순간 말입니다. 길 위에서 성숙한 내가 떠났던 그 자리로 돌아옵니다. 여행은 돌아오기 위해 떠나는 것, 귀소는 본능인 만큼 필연이면서 쾌락을 동반하는 짜릿한 전율입니다.

나를 내가 바라보다 내가 아닌 타자의 눈으로 바라보는 시각을 갖게 되는 게 여행일지도 모릅니다. 수련이라는 얘기이지요. 게슴츠레 주관에 갇혔던 눈이 객관에 눈을 뜬다면 그것은 놀라운 개안開眼 아닌가요. 명석하더라도 두뇌로 학문으로 하는 철학은 더 나아갈 수 없습니다. 내가 사는 세상에서 볼 수 없는 새로운 사물과 낯선 사람과 흔들리는 사회 속 부조리에 맞닥뜨리면서 여과하고 세척해 이뤄지는 게 철학의 본연일 것입니다. 이제보다 더 맑고 밝음에의 지향에 눈이 머물러야 해요. 가급적 오래 머물러야 하는 것이지요.

진즉 나는 여행에 빈곤합니다. 여행길에 서지 못하니 안타깝습니다. 일본에 두 번, 중국에 한 번 그리고 서부유럽을 다녀온 게 전부라 나이에 쑥스럽습니다. 그때는 신명에 발길 가는 곳마다 경탄, 경탄했었지요. 우줄우줄 눈앞으로 다가오는 풍물들, 그림이나 사진이 아닌 현장의 실물이고 실경이고 실체였어요. 터져 나오는 감탄을 틀어막느라 진땀 뺐지요.

모르는 세계를 꿈꾸고 동경하는 것은 낭만이지만 여행은 그렇지 않았습니다. 훨씬 그 위 어느 지점에 사실주의의 확고한 기반이 자리한다는 걸 체험했지요. 몸도 마음도 함께 반응한, 그것은 음악의 화성변주처럼 놀랍게도 몸까지 운율을 타 신나게 하는 것, 신명이었습니다.

걸을 수 있을 때 여행이지요. 걸음이 버거우면 여행을 내려놓아야 합니다. 흥겨움이 사라져 보는 눈, 듣는 귀, 사고하고 연상하는 머릿속이 맥 풀려 어수선하고 혼란해집니다. 아직도 나는 여행에 집착해 있어요. 하지만 오달지게 매달려 보지만 깜냥이 안되니 떠나지 못합니다. 여행은 추억인데, 많은 추억을 갖고 싶은데 가슴이 먹먹해 옵니다.

이렇게 움츠리면 더는 나를 확장하지 못합니다. 만남에 한계가 오고 통섭과 교통이 멈추고 말 것이 뻔해요. 어쭙잖습니다. 살면서 수행과 문화와 철학에의 갈구에 목마를 것이 두렵기도 하고요. 슬픈 일입니다.

몇 번의 여행 속 감미롭던 순간들을 되새기는 수밖에요. 상상이 도와준다면 어느 곳으로 훨훨 날아가게 될지도 모릅니다. 글을 쓰며 둥둥 구름으로 흐르며 그리게 될 허구의 세계가 그런 곳들일 테니까요.

기획도서 나오다

서울 정은출판에서 기획도서가 나왔다. 내 산문집 〈평범한 일상 속의 특별한 아이콘 일일일〉. 제목이 길어 자그마치 16자나 된다. 띄어쓰기를 포함하면 21자.

산문 111편을 실었다. 그 111편의 거듭하는 '1' 셋에 연유해 '일일일', Day, Work, First다. 수필집이 아닌, 산문집이라 해, 산문이면서 일단 수필의 영역에서 한 켜 비켜섰다. 등단 30년이 목전이다. 내 글쓰기를 한번 뒤틀고 싶었다. 이를테면 수필에서 조금 일탈해 대중성에 다가서 보면 어떨까 한 것이다.

세상으로 내보낸 수필이 작품집 8권에 실린 것만 대충 500편에 근접한다. 나로선 소재 빈곤에 허덕일 만큼 써 온 셈이니, 여력이 있는지를 점검할 계제에 이른 것 같다. 수필을 안 쓴다는 심산이 아니다. 좀 더 절제하자는 자신을 향한 선언의 의미로 마음에 새기고 있다.

한마디로 요약해 수필을 줄곧 쓰면서 늘그막에 당도하면서 그게 문학적 절도에서 일탈해 자서전이 될 위기에 놓였다. 수필은 자서전이 아니다. 차라리 '김길웅'이라는 실명소설이 낫다. 자신을 미화하는 것은 문학이 아니다. 내 글이 허하다 해도 단호히 선을 긋고 싶었다.

수필에서 조금 내려서서 잠시 느긋해지고 싶었다. 그래서 '산문'이라 했다. 그렇게 세워놓고 보니, 비교적 의도에 합치해 나쁘지 않아 보인다. 누군가 주변에 의견을 물어볼까 하다 그만두었다. 수필이 됐든 산문이 됐든 내가 쓰는 글이므로 내가 선택했다.

'대중성'이다. 독자의 층위와 외연을 함께 거두려 한 것이다. 수필은 안 읽는 이도 그냥 산문이라면 책장을 넘길 것이라는 지레짐작이 있었다. 털어놓고 얘기해, 내 글이 미칠 수 있는 범주를 확산해 보자 한 것이다. 그래서 작품성에 고민했던 수필작품은 몇 편에다, 흔히 말하는 '살아가는 얘기'들이 주축을 이뤘다.

프롤로그에 저자로서 내 속내를 털어놓았다.

"『일일일』은 자연과 사람의 얘기를 두루 끌어들여, 그냥 지나칠 수 없는 만남과 사색의 아늑한 공간이기도 하다. 여기 모은 글들은 저자가 외로울 때, 갈등으로 버둥댈 때, 소소한 일이 풀리지 않아 고민할 때, 달래고 다독이고 풀어주는 타래가 돼 주었던 사유와 힐링의 궤적들이다. 나 자신, 이 글들을 쓰고 모으면서 마음의 자유를 느낄 수 있었다는 의미다. 마음의 자유는 경험과 사유와 관찰과 반성과 성찰이 전제됐을 때만 가능했다."

출판사 기획으로 책이 나왔다. 처음이라 긴장하게 된다. 크게 기대하지는 않지만, 이 책이 독자들에게 공감으로 다가갔으면 좋겠다. 교보 · 영풍문고 등 대형서점과 섭외가 이뤄지고 홍보도 할 것이나, 종이책에 눈을 주지 않는 세상이다. 내 글에 그림을 그린 일러스트레이터만 17인이다. 표지 구성이며 장정에 이르기까지 힘을 쏟은 출판사에 체면치레는 해야 할 것인데 걱정이다.

"길지 않은 이 글들에 더러, 인생이 무엇인지 하는 물음에 대한 답이 녹아 있다면, 무릎치며 좋아하면서 그걸 찾아내시라 권하고 싶다.

핸드폰의 범위

며칠째 핸드폰이 숨을 안 쉰다. 몇 날인지 세어 보진 않았으나 그만그만한 그런 날들이라 셈하기도 그렇다. 한 달을 헤아려도 녀석이 몸을 들썩이며 기척이 올 때가 몇 번 안된다. 책상 앞에 받아 앉기가 멋쩍고 청승맞을 때도 없지 않다. 그런다고 누구에게 들이대 번호를 누르는 건 무모한 짓이다. 친할수록 함부로 하지 않는 게 예도다. 무얼 하고 있는지, 어떤 처지인지, 무슨 일이 있는지 그쪽 상황을 모르면서, 번호를 눌러놓고 "전화 괜찮은가요?" 하는 소리는 속이 보인다. 어차피 내게 전화가 걸려오기를 기다리는 게 옳은 일이고, 안 걸려오면 그러려니 해 길들이는 게 상책이다.

삶이란 사람 사이에서 부대끼며 어우러져야 빛이 나고 맛깔도 나고 여물어 단단해진다. 덩달아 존재감을 느끼게도 된다. 그래서 문제라는 생각도 없지 않다. 까짓것 아니면 말고, 전화 따위도 안 오면 그만이고 하는 식은 썩 좋은 삶의 방식이 아니다. 혼자 고적한 것보다 더 사람을 힘들게 하는 것이 외부로부터의 고립이다. 무인도는 사람이 안 살아도 섬으로 있을 수 있어 섬이지만, 사람은 다르다. 사람은 섬이 아니다. 섬일 수도, 섬이 될 수도 없다. 섬으로 살 수 없는 단 하나 불이不二의 종이 사람이다.

핸드폰도 사람이 섬으로 존재할 수 없어 사람 사이를 잇도록 하려는 장비의 하나다. 그중에도 가장 복잡 치밀한 구조가 인터넷이다. 사람 사는 사회가 발달하고 물질이 풍성할수록 시대의 물결에 휩쓸리는 사람들, 그 사이를 하나의 관계망으로 얽고 엮어 놓는 것이다. 적막하지 않게, 고독하지 않게, 거리를 넘어 마음으로 느낄 수 있게 하려는 과학이 모처럼 베푸는 착한 베풂이다.

애초의 의도대로 핸드폰은 함께 기뻐하고 함께 즐기고 함께 공유하게 사람 사이를 활발히 이어 놓는다. 첨단과학의 공헌이라 할, 물리적인 거리를 뛰어넘음을 이만한 수단이 없다.

한데 나 같은 사람에게 녀석은 거의 닫혀 있으니 기분이 찜찜하다. 녀석이 제 속을 열어 주지 않아서가 아니다. 그는 닫지 않았는데도 내가 그의 문을 열고 들어서지 못한다. 전화를 받거나 거는 것 말고 고작 한다는 게 메시지를 확인하거나 카카오톡을 읽는 것뿐이다. 문자를 받고 응답해야 하는데 답으로 소위 문자 몇 자를 날리지를 못한다.

얼마 전에 작품집을 내면서 여러분에게 우송하거나 인편에 돌렸더니 인사말들을 보내왔다. 2년 만인데, 그새 통신 수단의 사용 빈도가 달라진 데 적잖이 놀랐다. 전화나 손편지는 예외로 치고, 메일로 하던 방식이 문자나 카카오톡 쪽에 상당히 몰려 있지 않은가. 그쪽 수십이면 메일은 서넛에 불과했다. 불현듯 고집스럽게도 시종 메일에 매여 사는 건 나 혼자라는 생각에 당혹할 지경이었다. 내가 발을 담그고 사는 오늘날이 속도의 시대란 걸 새삼 절감했다.

그러니까 나는 아직도 남으로부터 책을 받으면 축하 인사를 메일로 하는 처지에 매몰돼 있다. 문자를 조립하지 못하니 딱하다. 못하는 건지, 않는 건지 어쨌든 결과는 하나다. 몇 년 전에 제법 되더니 요즘 자음과 모음을 서로 만나게 만지작거려 보지만 둘 다 인연이 아니란 듯 고개를 돌리고 있으니, 모를 일이다. 평생 교단에서 국어를 가르쳤던 사람이 차마 어디다 대고 이 말을 하랴. 기계치란 말도 바닥나게 써먹은 터라 기댈 데라곤 없다.

명색 스마트폰을 물끄러미 쳐다본다. 언제부터 저렇게 무뚝뚝해졌나. 어느 한시도 떼어 놓지 않고 몸에 품는 데도 아는 척 꼼짝거리지도 않는다. 하긴 '녀석이 무슨 죄인가. 번호를 누르는 사람이 없으니 입 다물 수밖에.' 눈을 거둔다.

딱히 볼일도 없으면서 남에게 전화를 넣어 흔들어 놓는 건 점잖지 못하다. 잔잔한 호면에 돌을 던지는 꼴이다. 가만 둘러보니 내 활동반경이 사뭇 좁아졌다. 나설 일이 좀체 없는 것 같다. 나를 찾을 일이 없으니 당연히 전화가 걸려올 일도 없다. 그동안 밖에서 오래 나돌 만큼 나돌았다. 만나고 대화하고 함께 도모하면서. 이제 내 나이는 무얼 시작할 때가 아니다. 살아온 만큼의 무게로, 또 그 깊이로 인생을 재해석하고 음미하면서 그 속에서 새로운 가치를 찾고 깨달을 때다.

내 핸드폰은 이제 내가 움직이는 아주 작고 좁은 어느 범위를 맴돈다. 그럴 때가 됐으니 그런다는 듯이 무심히 그런다. 더 나가지 않고, 또 더 나아가지 않아도 되는 삶에 갇혀 있는 게 분명하다.

상관없다. 그럴 때, 그 지점에 내가 당도했음을 마음이 알고 있지 않을까. 침묵하는 핸드폰을 손에 넣고 침묵의 의미를 새겨 보면 어떨까. 그도 좋은 생각이다.

3부

참 아름답습니다

왜 뜻밖에 내달린 걸까

내외가 아파트 숲 가에 앉아 있었다. 흥얼거리던 아내가 갑자기 소리를 높이는 바람에 흠칫했다.

“아가야. 아이고 예쁘기도 해라.”

두 살은 넘고 아직 세 살은 안돼 보이는 사내 아기가 제 엄마보다 대엿 걸음 앞서 종종걸음을 치고 있다. 몸에 맞는 검정 옷에 발에 꽉 끼어 보이는 흰 신발이 앙증맞다.

아기가 힐끗힐끗 뒤돌아보며 서너 걸음 내딛는데, 아내가 급히 일어나 아기에게로 달려가기 시작이다.

“아기야, 거기 서 있어라, 착하지?”

아기에게 다가서며 아내는 빨간색 지갑을 꺼내고 있었다. 아기에게 돈을 쥐어주려는 것 같다.

“옛다, 이걸로 맛있는 과일 사 먹어라이.”

붉은 지폐 한 장이다. 아기 엄마 “아이고 돈을 몰라요. 아직.” 하다. 한사코 내미는 아내의 손에 밀려 물끄러미 바라보며 웃는다.

의당 돈의 효용가치를 모를 것이다. 하지만 개념으로 사물을 학습하는 게 아니다. 엄마가 가게에 데리고 가 과자를 사주며 값을 치른 걸 보았을 것 아닌가. 주저하던 아이가 웃으며 손을 내밀었다. 왜 받고 있는지는 애매하나 분명 돈이라 좋아서 받는 게 아니라도 좋은 경험이다. 낯선 사람에게서 처음 돈을 받았지도 모른다. 잊히지 않을 신나는 기억 하나를 머릿속 갈피에 끼어 넣었겠다.

아내는 왜 뜻밖에 내달린 걸까. 단순히 아이를 좇으로해서가 아닐 것 같다. 귀여운 아이를 보는 순간, 나서 갓 한 돌 지나 곁을 떠나버린 아기를 떠올렸을까. 굳지 않은 목을 이리저리 흔들던 아기, '엄마!'를 불러보지 못한 그 아기를….

엄마 따라 지하 주차장으로 내리는 아이에게 '빠이, 빠이' 손을 흔들고 돌아선 아내의 얼굴에 한 조각 검은 구름이 머물러 있다. 아내를 쳐다보며 애써 웃는다.

자연주의에 대한 오해

자연주의란 사조는 19세기 말 에밀졸라를 중심으로 일어난 극단적 사실주의의 한 갈래다. 사실주의가 현실을 있는 그대로 묘사하는 데 중점을 두었다면, 자연주의는 한층 과학적인 방법에 따라 상황을 분석, 관찰, 실험, 검토하는 보다 객관적 묘사로 나아갔다. 염상섭, 김동인, 현진건을 대표적 작가로 꼽는다.

자연과학에서 말하는 것 외엔 아무것도 없다는 입장이랄까. 도덕이나 아름다움[美] 따위는 엄밀히 말해 없거나 있더라도 최소한 자연적인 것으로 환원된다는 함축을 갖는다. 일반적으로 유물론과 같거나 그와 밀접한 관계를 갖는 형이상학적 입장으로 이해된다.

쉽지 않은 이론이다. 1920년대 유입되면서 과도기에서 상당한 오해를 불렀던 부분이 있었다. 생식하거나 채식주의가 유행한 것, 그러니까 식물을 가공 처리하지 않고 그대로 먹는 경우라든가 나체족의 이념이 나온 이론적 토대를 이룬 게 자연주의라는 것이다.

그 시대를 살았던 시인 작가들의 취향과 합일하면서, 이런저런 기행奇行들이 나타난 데는 연유가 있었던 것 같다. 자연적으로 살자고 한 것일까. 머리를 이발하지 말고 자라는 대로 두었다. 수염이 자라도 내버려 두고 손톱이 자라도 자르지 않았다. 비 오는 날 한강 변을 파란색 레인코트를 입어 두 손을 주머니에 깊숙이 넣고 거닐었다. 자연을 거슬리지 않는 게 자연주의라 한 것이다. '자연'이지만 자연주의의 그것은 그런 자연이 아니었다. 오해에서 나온 유행은 문학사에 반짝했다 물러난 한낱 소낙비 같은 징후였다.

내가 엉뚱한 생각을 한 것은 아닐까. 조금 전, 손을 놀리다 손톱이 손등을 스쳐 생채기를 냈다. 큰 상처는 아니지만 따끔거린다. 그러고 보니 요며칠 전에 잘랐는데 이놈의 손톱이 그새 무기로 둔갑했단 말인가. 따끔거린다. 연고를 두어 손 발랐다.

점심을 먹는데 옆에서 한소리 한다.

"길었네. 수염 안 깎아요?"

"거참, 이상한 날도 다 있네. 뭐가 이리 거치적거리나. 세수하며 거울도 안 봤나."

손으로 낯을 쓸었더니 껄끄럽다. 전기면도기로 밀어 놓은 게 엊그제인데, 수염이 벌써 자랐단 말인가.

"거참, 요상하네."

투덜거릴 게 아니었다. 다른 건 눈에 들지 않으니 그런 것이고, 손톱과 수염은 보이는 것이라 욕을 사발로 먹는 것 아닌가. 그것들, 내가 살아 있다는 명확한 증거다. 숨쉬고 있고 걷고 있고 먹고 잠자고 있다. 읽고 쓰고 있다. 환호하거나 쾌재를 불렀다가는 옆에서 치매 시작이라고 혼겁할 것이고 참자, 속으로만 웃자, 함박을 터트리며 웃자.

자연주의는 문학사조다. 이론에 끌려들 필요는 없다. 합리를 따르는 게 삶이다.

유효한 파장

화선지는 먹을 잘 빨아들이고 또 잘 번져야 한다. 예민한 종이다. 먹물이 번지는 정도를 고려해서 먹의 농담濃淡과의 관계를 잘 살펴 고르는 데 경험칙이 따라야 할 것이 화선지다. 스며들고 번지는 선염법渲染法을 이용해 그림을 그린다. 흡수력을 고려해 화조도는 흡수가 적은 것이, 산수화는 흡수가 잘되는 게 좋다고 한다.

바탕재에 물을 먼저 칠하고 마르기 전에 붓으로 번지듯 칠하는 게 선염법이다. 농담과 번짐 효과를 극대화해내는 기법이다. 색채의 농담과 깊이, 입체감이나 공간감을 표현하는 데 적합하다고 한다. 구름, 안개, 번지는 달빛 등 자욱하고 물기를 머금은 듯한 풍경이나 몽롱한 환상적인 느낌을 나타낼 때 쓰는 기법을 두고 하는 말이다.

화선지는 먹물을 빨아들이고 번지게 한다. 먹물은 화선지로 스미며 확장한다. 빠르게 느리게 넓게 좁게 굵고 가늘게 곧게 휘게 퍼지고 벋어나가며 화의畫意에 답한다. 붓을 잡은 손과의 호응이 예술을 완성하는 것이다. 먹물은 고여 있지 않고 스미고 번지고 빨려들며 파장을 일으킨다. 탄생을 위한 이 먹물의 파장은 절대 유효하다.

화선지 위에 남긴 흔적, 글씨 획 가장자리로 먹물이 약간 번진 묵훈墨暈,

번짐의 여운은 분명 서예 대가가 이뤄낸 내공의 성과다. 파장이 너무 커도, 너무 미미해도 그 자취는 바닷가 모래 벌에 찍힌 물새 발자국에 불과할 것이다. 크든 작든 새의 발자국은 밀려오는 물결에 이내 지워지고 만다. 예술의 불후不朽한 생명력은 불가사의한 것이다.

젊은이들은 쉼 없이 훨훨 날 듯 뛰며 내달린다. 뜨거운 피가 끓는다. 근육이 팔딱팔딱 꿈틀거린다. 세대의 특권이다. 걸음이 재빠르고 행동이 민활하다. 한마디 말에도 힘이 넘치고 꿈을 향해 도전하는 그들의 두 눈은 반짝거리며 빛난다. 일하는 사람은 심신이 모두 발랄하다. 움직이며 노동하기 때문이다.

학식과 교양을 갖춘 이는 언제 보아도 얼굴에 화색이 돌고 온화하다. 몸에 배어 있는 덕이 얼굴에 나타난다. 안분지족이라 탐하지 않을 것이고, 탐하지 않으니 거침도 거리낌도 없는 무애無碍의 경지에 살 것이다. 그러고도 신서新書를 구해 읽으며 서안을 받아 앉아 살아온 날의 서사를 물 흐르듯 풀어갈 것이다.

흔들리는 나무는 번성한다. 무수히 가지를 내고 풍성하게 잎을 달아 꽃 피우고 열매를 맺는다. 목표지향적인 행동 특성은 한자리에 붙박은 나무에게도 있다. 나무도 움직이지 않으면 자라지 못한다. 바람에 흔들린다고 하지만, 알고 보면 불어오는 바람을 맞으며 더욱 세차게 제 몸을 흔드는 것일지 모른다. 수동적이 아니라 능동적이다. 나무는 흔드는 만큼 성장한다. 그리고 기어이 한 생을 완성한다.

고인 물은 썩는다. 정체하면 도태된다. 변화가 없이는 생존을 이어 갈 수 없다.

확장이라 하면 보편적으로 그 방향성이 밖으로 향하는 것 같지만, 그렇다고 외면적 의미에 국한할 필요는 없다. 확장은 안쪽으로도 얼마든지 가능하다. 미처 채우지 못했던 내면으로의 확장이라든지, 그것의 깊이를 더해 가는 방식도 있을 수 있지 않을까. 자신의 세계 확장, 정중동에 가깝다.
확연히 눈에 들어오지는 않아도, 차분하게 들여다보면 그것이 새로운 시도에 발을 놓고 있다는 사실을 알게 된다.
그 변화는 틀림없이 안팎으로 유효한 파장을 일으킬 것이다.

영혼의 눈

사람의 여정은 우둘투둘 삐뚤빼뚤 험난한 산길이다. 그 길을 지나 눈앞으로 맞닥뜨린 자드락 등성이로 난 길고 고불고불한 길이다. 숨 가빠 엉덩이 들이밀어 한숨 돌리다 눈 닦고 보니 오르막으로 가파르게 굽이치는 외줄기 길이 엉거주춤 몸을 세워 졸음기를 털어낸다고 안간힘이다. 아직 두 다리엔 휴식 뒤의 여력이 얼마쯤 남아 있다. 다시 내딛은 몇 걸음은 그새 한 층위 올려놓은 표고만큼이나 숨 거칠고 다리가 풀려 뒤뚱거리기 시작한다. 목마르다. 손아귀가 악력 다해 쥐고 있는 건 빈병, 쪼글쪼글해진 빈병엔 들이켤 한 방울 물이 없다. 고갈에 가세해 산길이 기우뚱댄다. 가파른 길 위에서 준비되지 않은 산행이 이젠 조갈까지 부른다. 숲이 길을 막아설 뿐 어디에도 내미는 구원의 손길은 없다. 애타게 기다리던 갈망처럼 길에 섰을 뿐, 애진즉 누가 불쑥 나타날 기적을 바라지도 않았다.

눈을 지그시 감는다. 감은 눈앞으로 길이 놓인다. 뜻밖이다. 절정이 바라다 보이는 막판 길이 산 아래 들녘의 길처럼 낮고 평탄하다. 건듯하게 바람 한 줄기 지나더니 바람 따라 안에서 바람소리 만하게 돌쩌귀 덜커덕거리는 소리 들린다. 겹겹이 닫혔던 문호들이 일제히 열리고 내 안으로 달려드는 바깥의 신선한 기운이 밤새 포박됐던 집 안 구석구석까지 동아줄을 풀어

놓는다. 산은 온통 원시의 푸름이다. 순간, 잠에 빠졌던 내 안의 영혼이 깨어나 눈을 빛낸다. 눈이 산속 샘물처럼 맑은 눈매로 초롱초롱하다. 목마름과 눈 뜬 영혼의 절묘한 만남에 영문을 알 수 없어 나는 어리둥절하다. 치뜬 눈에 산꼭대기로 난 길 하나 놓였다. 풀이 쓰러져 있다. 사람이 많이 다니던 길이다. 나는 막바지에서 쾌재를 부르면 된다. 꿈이었다. 꿈에서 깨어 꿈에 만난 영혼의 눈이 쳐다보며 웃고 있었다. 눈부시다.

1980년대에 유리 겔라라는 이스라엘의 초능력자가 한국에 왔었다. 그의 시연은 신기했다. 그중, '숟가락 구부리기' 장면은 지금도 지워지지 않는다. 생중계된 TV 화면에 온 국민이 숨죽였었다. 주문을 중얼거리지도 않았는데, 숟가락이 구부러졌다. 약간이지만 구부러진 건 분명했다. 헛것에 홀린 기분이었다. 신비한 걸 아니라며 과학을 내세우는 건 우습다. 요즘 그의 초능력을 '형상기억합금'을 교묘히 이용한 '눈속임과 사기'라 하고 있었다. 나는 좀 다르다. 설령 사기라 치더라도 사람을 현혹하려 한 것이 아니라면 일단 그를 몰아세우진 말아야 한다. 그에게 수많은 사람들이 속았다는 건 설득력이 없다. 인간은 신이 아니다. 40년이 지나도 지워지지 않는 그 '숟가락 구부리기'는 인간이 해 보일 수 있던 신비의 표본이거나 극한의 퍼포먼스로 기억 속에 간직해도 좋을 것이다.

살다보면 이따금 내가 평소 하지 못하던 걸 해내고 있어 놀란다. 허옇게 혼자 밤샘하고도 뒷날 일을 하고 있다든지, 하루쯤 굶어도 시장기를 느끼지 않아 눈 말똥말똥하게 견딜 만하다든지, 글을 쓰다 보면 내 상상의 경계를 넘어 미지의 세계를 행려처럼 뻔질나게 넘나든다 든지, 동네 어귀에서 작달비를 만나 집까지 걸어 이십 분 거리를 단숨에 달려와도 까무러치지 않는다든지, 세상을 떠난 지 반세기가 된 어른이 현몽해 나보다 훨씬 젊은 나이로 앉아 푸른 웃음으로 씩씩한 언어를 선물한다든지….

입산수도도 면벽수행도 새벽기도도 해 본 적이 없는 내 앞으로 무엇이 얼씬거리는 바람에 자그마치 놀라는 때가 있다. 실체와 만난 적은 없으나 분명 있다. 마음이 고요할 때, 외로워 울적해 잠들었을 때, 내게 영혼이 내리는가. 영혼의 눈이 길목을 지켰다 나를 맞이하는 날이면, 나는 꺾인 한쪽 날개를 접고도 잘만 날아오른다. 하늘로 나는 길은 뻥 뚫려 사방팔방으로 막힘이 없다.

책상머리에 한자리 틀고 앉는다고 써지지 않는 게 글이다. 글이 써지지 않을 때면 몸도 마음도 내려놓고 잠에 빠져 꿈을 꾸고 싶다. 이상하다. 꿈속에서 딴 세상을 우왕좌왕 멋대로 맴돌고 싶으니 이상하다. 꿈속에 영험을 만난 건 아니다. 한데도 한두 줄에 거치적거리던 글인데 자판 위 두 손이 운율을 탄다. 뜻밖의 이 잰걸음이 이상하다. 히죽거리며 웃는 웃음이 아무래도 이상하다.

소재에 구애 받지 않고, 설정된 주제에 주눅 들지 않고, 늘 군색하던 어휘에 쪼들리지 않고, 맛깔을 넘어 후미진 글감에 양념 치고 버무린다. 재잘재잘 눈 녹아내리는 소리에 돋아난 냉이의 향기만한 글이 이렇게 나온다.

오랜만에 나선 산행에서 그만 주저앉을 뻔했다. 보지 못하던 것을 마저 보게 다가오는 게 산이다. 오르는 것보다 내리는 길이 더 버겁다. 지친 다리를 질질 끌며 하산의 무게를 거들어 나선 것은 영혼의 눈이었다. 그 눈은 지남이었다.

느닷없이 가 있던 산에서 절정을 딛고, 하산의 고비를 넘어 내 자리로 귀환했다.

식물 호감

어렸을 때, 시골집엔 꽃밭이 없었다. 어른들이 매일 밭일에 매달렸으니 시간적 여유도 없었지만, 농사에 시달려 꽃을 좋아할 정서적 취향도 그런 여백도 없었을 것이다. 집에 꽃이 전혀 없으니 너무 허전했다. 만날 배에서 쪼르륵 소리는 났지만, 있어야 할 것이 없다는 생각이 들었다.

열한 살 때쯤이었을까. 네 살 아래 여동생과 함께 마당 구석에 조그만 꽃밭을 내어 꽃을 얻어다 심었다. 봉숭아, 접시꽃, 나팔꽃, 분꽃, 금잔화…. 보리가 누렇게 익는 6월, 밭으로 가는 길섶 덤불에 유난히 향기가 진해 코를 들이대던 인동꽃도 심으려 했지만, 워낙 돌 틈 깊이 뿌리 서려 손이 가질 않았다. 어린 마음에도 뿌리를 다치면 첫여름 더위에 견디지 못할 것 같았다.

꽃 빛깔이 나를 설레게 했다. 흰색, 붉은색, 분홍색을 띠던 봉숭아와 흰색 붉은색 구분이 명확한 접시꽃이 보기에 신기했다. 분꽃은 누나 독차지였다. 얼굴이 뽀얗던 열일곱 살 누나가 분꽃을 좋아하는 이유를 알 듯 말 듯했다. 오돌토돌 콩알 만한 새까만 열매를 쪼개면 분 냄새가 났으니까. 해거름에 오므렸다 아침 햇살에 피어나는 꽃같이 볼 발그레하던 누나가 곁에 있어 좋았다. 또 있었다. 아, 황금빛이 눈부셨던 금잔화!

봉숭아로 동생 손톱을 발갛게 물들였던 추억은, 지금도 일산에 사는 일흔

네 살 누이가 나를 그때처럼 '오빠'라 부르게 했을지도 모른다. 아이 때의 꽃밭을 떠올리는지, 나이 들수록 정겹고 우애롭다. 전화로 오는 오빠 목소리엔 지금도 가슴 울렁인다. 아득한 시간을 오늘에 불러내고 있을 것이다.

식물의 둘레가 은연중 꽃에서 나무로 확산하고 있지만, 아잇적 '꽃밭'이 애초 내가 식물을 좋아하는 단초가 됐으리라는 유추는 흔들림이 없다.

얼마 전, 정원에 많은 나무를 심었던 읍내 집을 떠나 시내로 거처를 옮겼다. 깔끔하진 않으나, 야산 한 자락을 잘라다 놓은 것처럼 천연덕스럽던 정원은 수종이 많아 빽빽했다. 상록수와 낙엽수, 교목과 관목의 교집합으로 이뤄진 작은 정원이 사철 싱그러웠는데, 그때는 안 보이더니 이제야 그 실체가 숲으로 보인다. 정원은 작아도 풍성한 숲이었다. 서른 해를 두고 어루만지며 내게 식물 호감을 안겼던 그곳은, 내 안에 영원히 틀어 앉아 그냥 그 숲으로 남으리라.

아잇적의 내 꽃밭에서 눈 뜨기 시작한 식물 호감이 읍내 집 작은 숲으로 이어진 걸까. 그것은 내 의식 속에 식물 일방의 편협한 사랑으로 정착한 것인지도 모른다. 동물이 들어설 자리를 전혀 내주지 않았다.

개를 몇 번 키운다고 했지만 가출하거나 병에 얻어걸렸거나 심지어 내게 덤벼들어 단절의 빌미가 됐다. 대문 지붕 보리밤나무 숲에서 출생한 고양이 한 마리가 나와의 인연인가 했지만, 그에게 먹이를 준 게 굶주린 길고양이들을 떼거리로 몰려오게 했다. 뒷감당이 힘들 것 같아 먹이 그릇을 치워버렸다.

한때 동정한다고 거두었다 끝까지 책임지지 못하는 건 그들에 대한 사랑이 아니란 생각이 들었다. 사랑은 진실하고 신실한 것이어야 한다. 자기희생이 있어야 한다. 쓰레기 더미에서 끙끙거리는 비닐봉지 속의 길고양이는 무엇인가. 품에 보듬으며 마지막까지 가야 사랑이고 반려다. 더욱이 반려는 아무나 할 수 있는 일이 아니다. 나는 자신 없었다. 지금도 반려견, 반려

묘는 입에 서툴러 내 언어권 밖이다.

식물이 좋다. 특히 곡선이 있는 휘어진 나무를 좋아한다. 마소의 길마로 얹어지면 어떤가. 필요한 용처다. 휘어진 건 어느 해의 바람에 아픔을 견뎌낸 나무의 곡절이면서 역사다. 얼마나 아팠기에 휘어졌을까. 휘어진 상흔은 펴지지도, 아물지도 않는다. 그러나 꽃을 피운다. 성한 가지 못지않게 핀 예쁜 꽃이 놀랍다. 해 질 녘, 저녁놀 한 떨기 스며든 꽃은 하도 아름다워 보는 이의 눈가를 촉촉하게 한다.

선조들은 울담을 나지막이 두르고 주변의 풍경을 내 정원으로 생각했는데, 우리는 담벼락을 높다랗게 쌓고 햇볕 한 점 머물지 않는 컴컴한 데 살면서 비싼 소나무를 심으면 아파트 등급이 반등할 거란 착각 속에 산다. 제주 산야에 오래 뿌리를 묻어온 늙은 팽나무들이 육지로 밀반출되는 게 다 그런 계산—차익 셈법이라 가슴 쓸어내린다.

나더러 병원을 설계하라면 실내에 숲이 있어야 한다는 게 내 디자인의 비주얼이다. 어느 조경 전문가의 목소리가 들린다. 아산병원의 조경 후일담이다. "병원에는 환자도, 보호자도, 의사와 간호사도 울 수 있는 마땅한 곳이 마련돼야 합니다. 넓은 잔디밭은 아니란 생각이에요. 병원에는 이왕이면 왕성한 생명력을 보여주는 용기 있는 나무들이 있어야 하는 것 아닐까요? 아침마다 동편을 향해 가지를 뻗으며 날로 생광하는 나무…."

신축한 시내 어느 병원 라운지에 푸른 나무가 서 있고 풀이 퍼렇게 돋아나 깜짝 놀랐다. 그러나 그 작은 숲은 자연이 아닌 인공이라 놀란 만큼 또 실망했다. 환자가 숲을 보고 빨리 회복되거나 기사회생한다는 게 아니다. 지나며 숲을 바라보는 환자의 눈에 감도는 생명의 빛을 놓치지 말아야 한다는 것이다. 그 빛이야말로 삶의 생기가 아닌가. 작은 숲은 대우주의 섭리다.

한데, 나무는 말을 못하고 소리도 내지 못하니 답답할 것이다. 옛집 뒤뜰 종려나무 옆에 심었던 애기사과나무가 시름시름 앓다 숨을 놓던 기억이 살아난다. 왜 그랬을까. 한 번 숨을 놓기 시작하면 걷잡지 못하는 게 나무다. 말하지 못하면 말 대신 소리 내거나 몸을 뒤틀 수 있어야 하는데, 나무는 그마저 안된다. 못한다. 그래서 식물이다. 거목으로 자라던 주목도 온몸이 시나브로 벌겋게 물들더니, 사색死色이었다. 살아 천년 죽어 천년, 2천년을 산다는 나무가 그랬다. 하도 헛헛해 현실로 받아들이는 게 쉽지 않았다.

생명이 있는 곳엔 반드시 소멸의 고통이 따른다. 이유를 알 수 없는 병에 걸려 순간순간 명을 놓는다. 하지만 살아가는 식물들은 땀을 흘린다. 에어컨 앞에서 투덜대는 사람들은 모른다. 울타리를 타는 호박 줄기는 예닐곱 개가 넘는 호박을 끌어안고 한여름을 견딘다.

나는 아무래도 식물 쪽이다. 떠나온 읍내 집 작은 숲이 그립다.

공감 共感

갓난이가 옹알이를 한다. 세상으로 내보내는 단순 표현에 무슨 기교라곤 들어 있지 않다. 성스러운 감정덩어리다. 숨 고르다 무심코 입 열고 뱉어내는 거기 티 하나 내려도 흠이 될 완미한 그 순수, 짜장 기분 좋아 새어나온 생명 원초의 음성기호. 감싸 안은 어미 체온에 싸여, 그 어미의 목소리를 감지하고 있다는 첫 인사, 첫 인증이다. 강보에 싸인 어린것이 어미 음색에 귀 세울 줄 알다니 놀랍고도 신기하다.

얼마 지나면 초롱초롱 고운 눈망울에 빛이 고인다. 눈이 별처럼 빛난다. 풀잎 끝 이슬보다 해맑다. 반짝인다. 다이아몬드를 빻아 가루를 부어 넣는다고 저리 빛나랴 싶게 반짝인다. 아기를 깊이 품은 어미 얼굴에 살포시 펴지는 아침 햇살 같은 미소. 방안에 남실대는 배냇냄새. 어미와 아기는 떼려야 뗄 수 없게 한 몸으로 부둥켜안는다. 공감이다. 공감은 벅차고 따스하고 포근하다.

공감은 대상 속으로 스미는 것, 그건 소름으로 돋아난다. 끝내 마음자리로 스며들어 함께 뜨고 가라앉는다. 감정이입이다. 종당엔 뜨겁게 다가가는 길이다.

직감만으론 되지 않는다. 거기다 상상을 얹을 때 돌기처럼 싱싱하게 일어나는 울림이 공감이다. 자아를 넘어 조장되는 맹렬한 감정의 충돌 현상이다. 여러 번의 시도 끝에 강렬해지는 그것은 마치 고사리 손이 사금파리 두 쪽을 쳐 내는 빛과 흡사하다. 어둠 속의 선명한 존재감, 그 빛은 오밤중이라 작아도 날빛이다.

눈이 눈을 맞추고 가슴이 가슴을 건드릴 때 요동치는 감동의 너울은 때로 주체하기 힘들다. 가슴을 팔딱이게 한다. 좀 더 끌어올려 놓고선 감정의 극한에서 울컥울컥 쾌감에 내몰리기도 한다. 포식한 일이 없는데 포만하다. 작은 어선 몇 척 출랑대고 있을 만조의 고향 포구, 그 한적한 정경이 떠오른다. 긴장에서 달아난 이완은 행복감을 안긴다. 공감의 효과다. 그것엔 분명 현실을 신나고 생광하게 하는 힘이 있다.

겨울엔 안 보이던 게 보인다. 잔디마당을 거닐다 문득 멈춰 섰다. 모퉁이 작은 소국 숲에 가 있는 눈길이 떨어질 줄을 모른다. 한때 무덕무덕 피었던 샛노란 꽃들이 하늬에 졌고, 구겨져 잎은 추레하고, 까맣게 말라비틀어진 줄기. 밤낮 바람에 저항했던 흔적만으로 작은 생명의 마지막은 비장했다.

검불이 된 소국을 낫으로 베어 내려 다가앉다 소스라쳤다. 개체가 뿌리 박은 곳곳에서 새싹이 새파랗게 솟아나고 있잖은가. 소국은 죽지 않았다. 죽은 것에서 싹이 돋아나고 있었다. 생과 사가 과거와 현재로 극명히 선을 그으면서 진행 중인 세대교체의 현장. 그만 말이 막혔다. 생명처럼 숭고한 것은 없다. "국화야, 너는 어이 삼월춘풍 다 보내고 낙목한천에 네 홀로 피었느냐, 아마도 오상고절은 네뿐인가 한다"고 찬탄한 옛시조를 떠올리는 순간, 찬바람에 코끝이 아리다.

소국은 시종 침묵 모드다. 흔하디흔한 말 한마디 않고 실행으로 보여 주고 있다. 연기하는 게 아니다. 혹한에도 생존에 대한 갈망으로 잎을 피워 올려 파랗다. 시들어 나달대는 마른 잎과 새잎의 교감을 보며 가슴 뭉클했다. 쏴아, 이미 명을 놓은 묵은 것과 명을 잇는 새 것 사이에 출렁이는 공감의 물결이 와락 내 안으로 밀려들어온다.

나는 크게 공감했다. 소국 새싹 위로 무엇이 어른거리더니 금세 맑은 소리 들린다. 갓난이 옹알이.

참 아름답습니다

아파트 뜰로 낙엽이 흩날리다 구른다. 벚나무 광장이 낙엽으로 덮인 데다, 바람에 날리는 잎으로 난장이다. 가을 분위기가 절정을 치고 있다. 언젠 어떤가. 철이 오면 소스리바람이 제 차례라는 듯 몫을 한다고 기세등등이니.

이쯤에서, 청소 아줌마들이 밤새 쌓인 낙엽을 쓸다 손을 놓아 버린 모양이다. 툭툭 낙엽이 진다. 늙은 벚나무 숲에서 지는 낙엽이다. 쓸어 봤자 말짱 도로다. 돌아서면 쓴 자리로 또 지는 낙엽을 감당할 재간이 있겠는가. 아파트 뜰에 며칠쯤 낙엽이 쌓여 있으면 어떤가. 자체로 가을의 정취인 것을. 그대로 놔두면 주민들이 가을의 뜰을 거니는 빌미가 될 것인데. '낙화도 꽃인데 쓸어 무엇하리오.'라 한 옛 시처럼, 낙엽은 잎이 아니랴 쓸어 무엇 할 것인가.

가을 한철 그냥 두어 떡갈나무 숲 아래 일면으로 쌓인 낙엽을 연상케 해도 좋을 것이다. 사실, 연일 비질해도 막무가내일 바엔 그냥 놓아두는 게 상책일 것 아닌가.

그닥 맵지 않은 바람결에 여린 볕이 좋은 날, 이런 날은 밖으로 내려 아파트 둘레 오솔길을 거닐면 좋다. 둘 다 몸이 편치 않지만, 아내와 함께 13층에서 내려 흙을 밟기로 한다. 붉게 물든 벚나무숲이 눈길을 꺼당긴다. 야산의 단풍에 비할 것은 아니지만 불그스름하니 제법 곱다. 여기저기 흩어진 낙엽이 걸음걸음 밟히며 사각거린다. 아파트 뜰을 거닐며 구루몽의 시 〈낙엽〉을 입에 올리게 됐으니, 이런 황홀할 데가 있으랴.

동 둘레를 몇 바퀴 돌다 숲 아래 널빤지를 깐 의자에 앉는다. 무릎이 부실한 아내도 무슨 트롯 한 구절 흥얼거리며 몸을 기대고, 지팡이에 의탁한 나도 분위기에 젖어 들어 눈이 붉어 있다.

아내 머리 위로 싯누런 벚나무 잎이 툭툭 진다. 바람 탓인가. 소리가 유난히 크다. 그 기척에 쳐다보며 웃는데, 이번엔 내 얼굴 위로 잎 두엇 툭 하고 소리 내며 진다. 내 웃음기가 지워지기 전에 아내의 웃음이 내게로 흐른다. 웃음과 웃음이 절묘하게 겹치는 순간이다. 그 순간, 눈길이 마주쳐 또 한 번의 웃음이 서로의 입가에 번진다. 카타르시스다. 눈물이 아닌 웃음도 마음자릴 이렇게 맑게 하는구나.

지나던 유모차가 우리 앞에 멎는다. 이따금 만나는 두 살 아기다. 첫 만남에 눈 똥그랗게 떠 손을 흔들었었지. 시나브로 낯가림이 줄어들며 우리에게 다가오던 아기. 며칠 전엔 우리를 보자 유모차에서 내려 새로 신은 하얀색 신발을 자랑했었지. 한쪽 발을 무릎까지 들어가며. 웃으며 손을 흔들어주는데, 갑자기 아내가 아기에게 달려든다. 젊은 엄마의 손길을 뿌리치며 아기 손에 꼬옥 쥐어주질 않나. 붉은색 지폐 한 장. 돈을 알까. 유모차는 나아가는데 자꾸 뒤를 돌아보며 손을 흔드는 아기. 아이들 키우던 시절을 떠올렸을까. 아내를 쳐다보며 그냥 웃기만 했다.

또 한 컷을 그려내고 있다. 막 우리 앞을 승용차가 지나다 문뜩 서더니 창을 내린다.

"두 분 앉아 있는 모습, 참 아름답습니다."

상기 띤 얼굴로 말을 건네 오는 중년 여인. 반면식도 없는 분이라 계면쩍

게 웃는데, 왠지 어중간하다. 늙은 부부가 나란히 앉아 얘기를 나눈 것뿐인데, 무엇이 그리 아름다워 보였을까. 이곳 주민일까, 무얼 하는 분일까.

"들어갑시다."

아내의 손을 잡고 일어서다 마주 보며 웃는다. 서편엔 한창 타는 노을, 밤으로 가는 풍경이 참 곱다.

내려놓다

눈앞이 흐릿하다. 책은 돋보기라야 들어온다. 안경알을 다초점으로 교체했더니 잘 보인다. 안경 너머 세상, 훤히 들여다보지 못하던 내 주변사를 톺아봐야겠다.

몸에 뜻하잖은 병마가 틀어 앉았다. 무단 틈입한 뇌경색이라는 불청객과 이제 담판하려 한다. 녀석과의 일방적 동거가 아홉 달째, 아무리 윽박질러도 옴짝하지 않는다. 어느 부위에 마비가 온 것은 아니나 어지럼증과 언어장애로 곤혹을 치르고 있다. 어지럽고 말이 막힐 때면 인지 기능이며 사고작용까지 주춤한다. 운동도 여의치 않아 슬쩍 흙을 밟는 정도다. 모두 멈출 수는 없으니, 두뇌활동으로 글 몇 줄 쓰며 약물치료에 집중하라는 전문의의 소견이다.

코로나19 시국을 뚫고 83세 수필가 M이 문병 길에 다년생 허브라는 강황薑黃을 구해 왔다. 뇌 질환에 효험이 있다고 인증이 된 것이란다. 그 연치에 어려운 걸음이라니, 염치 불고, 하라고 시킨 대로 먹어야겠다.

친구 L이 전화로, 문자로 조심스럽다며 내 안부를 물어왔다. 두어 번 통화는 했지만 말이 불편해 뒤가 몹시 허전하다. 한번은 며칠 전 그를 도심의 공원 숲 그늘에서 만났다. 얘기를 나누는 중에 화장지를 꺼내 눈시울을 훔치고 있다. 우정이란 이런 것인가. 같이 해오던 '동인脈'을 내려놓겠다고 말하려니, 몹시 가슴이 떨렸다. 나만 생각한다고 욕할지라도 내 몸의 안정을 최우선으로 하지 않을 수 없게 됐다.

동생 같은 수필가 Y가 야산 나무에 매달려 구지뽕을 따다 조청에 넣어 갖고 왔다. 막힌 뇌혈관의 활동을 촉진시킨단다. 나뭇가지에 돋아난 가시를 무릅쓰고 구지뽕을 따는 초로의 작가, Y는 나에게 무엇인가. 또 그의 부인은 가마솥에 불 때며 줄줄 땀 흘려 곤 조청에 구지뽕을 네 그릇 시울 넘게 담았다. 넉 달을 아침마다 한 술씩 떠먹었으니 병이라고 무심하랴. 내 몸을 위해 나름 몫을 하고 있을 것이라 미덥다. 건네온 따스한 마음, 이 어떤 손길들인가.

며칠 전, 수필동아리 동인脈 회장에게 전화로 동인을 내려놓겠다는 의중을 전했다. 내가 나서서 탄생시킨 지 14년, 작년 동인지 '脈' 14집을 냈다. 정예 소수를 지향하면서 치열하게 수필을 연마해 회원들 문학적 역량이 기성 문인으로 성숙했으니 큰 아쉬움은 없다. 문학은 종국에 혼자 하는 것, 외로운 길이다. 가족처럼 정든 회원들과의 작별이라 그들 면면을 떠올린다. 참 쓸쓸하다. 코로나19로 대면하지 못한 채 돌아서려니 걸음이 뒤뚱대는 데다 떼어 놓으려니 천근만근이다.

15년 넘게 강의해 온 사회복지법인 춘강의 '글사모'를 그만두려니 울컥해 온다. 언어장애가 와 말이 어려운데 강의 진행은 가능하지 않다. 또 말 더듬는 모습을 그들에게 보이고 싶지 않다. 담당 직원에게 알렸는데도 마지막 강의 날, 회장이 비대면 방식을 들고 나왔지만, 분명히 선을 그었다. 후임 강사를 찾게 될 것이다. 동인지 「징검다리」 13집을 내면서 15집까진 가야 한다고 했는데 아쉽다. 가슴이 답답하더니 먹먹해 온다.

글의 결이 고운 글사모 여류수필가 H에게서 메일이 왔다. 내 작은아들 승수와 69년생 동갑내기다.

"선생님이 얼마나 큰 산인지 깨닫게 됩니다. 산이 항상 제자리에 있듯 머잖아 선생님의 자리로 돌아올 거라 믿습니다. 선생님의 예쁜 표지의 산문집 「일일일」을 펼쳤습니다. 수필 중 〈내 몸에 불청객을 들이다〉의 글을 격하게 공감하며 읽었습니다. 불청객이라 한 낯선 손님과 불편한 동거를 하고 있군요. 살살 달래며 살아가야겠지만 바람은 어느 날 '나, 너랑 살기 싫어.' 하고 떠나는 기적입니다. 아브라카다브라!"

아브라카다브라는 유대인들이 병이나 재앙을 물리친다는 뜻의 주문으로, 우리말의 '수리수리마수리' 뉘앙스다.

오늘따라 한라산이 유난히 가까이 다가앉아 말을 걸어온다.

"내려놓았으니 무심하면 좋다. 욕심내지 마라. 내려놓고 글이나 쓰면서 있는 듯 없는 듯 살아라."

내려놓자 결단을 내렸는데도 왜 이리 마음이 뒤숭숭할까.

눈에 힘을 주어 한라산을 바라본다. 산의 표정에서 속마음을 읽을 수 있으면 좋겠는데, 여든의 나이에도 그건 어림없는 일이다.

나를 돌아볼 때인가, '내려놓다'란 말이 옥죄어 온다.

내려놓다2

뇌경색이 몸에 틀어 앉아 8개월이 지난다. 병원에 입원해 조기 발견으로 다행히 골든아워는 놓치지 않았지만, 원상으로 회복이 안된다. 내 몸이 저들 둥지로 쓸 만한가. 진득이 눌어붙어 좀체 나갈 낌새가 아니다. 병의 경중을 떠나 그악한 녀석이다. 약물치료를 하며 건강 회복을 위해 진력하는데도 눈 하나 깜빡 않는다.

뇌혈관 일부가 막혀 뇌로 가는 영양과 산소 공급이 차단됐다는 것인데, 어지럼증에 발음장애로 곤혹스럽다. 말이 멋대로 발음기관을 이탈해 헤맬 때는, 사고작용마저 위축돼 생각 하나까지 주춤거린다. 그 지경이 되면 무어라 말해야 하는 의중이 흐려져 혼란스럽다. 어휘 선택이 애매해지고 순간순간 저들끼리 충돌하면서 앞뒤 연결이 흐지부지되고 만다. 이어지지 않는 어휘는 방향을 잃고 허둥대다 흩어져 버리기 일쑤다. 전화 통화일 때는 더 어눌하다. 당혹스러운 노릇이다.

고심 끝에 15년 넘어 진행해 온 사회법인 춘강의 문학 강의를 그만두기로 했다. 수강생들과는 정이 쌓일 대로 쌓여 임의로웠는데 하릴없게 됐다. 열다섯 해 전 십 명 내외의 수필가들로 지역 문단에 좋은 수필을 쓰는 올찬 문학동아리를 만들어 보자고 나섰던 '동인脈'에서도 떠나왔다.

짧지 않은 기간 동안 회원들과 좋은 수필을 갈고 닦으며 호흡을 같이해 왔으니, 큰 아쉬움은 없다. 내 작은 영향력을 가지고 회원들에게 다가가지 않아도 그들 대부분 성숙한 작가로 입지를 다졌다. 그게 말할 수 없이 기쁘다. 결국, 문학은 혼자 하는 것이다.

두 신문에 쓰고 있는 내 이름에 주어진 코너는 그대로 해나가자 한다. 제주일보의 '안경 너머 세상'과 인터넷 신문 제주의소리의 '차고술금'은 그냥 써야 한다고 주먹을 불끈 쥐었다. 각각 일주일에 한 번씩, 한 달 8회 연재물이라 버거울지 모르나, 이쯤은 무너져 가는 나를 세워나갈 버팀목으로 부둥켜안아야 한다는 생각이 문득 들었다. 쓰는 것은 내가 존재하는 방식이다.

강의와 동인 활동은 접었지만 신문글을 씀으로 세상과 소통하고 싶다. 그리고 헐거워 가는지도 모를 내 뇌를 적당히 일하도록 다독이고 싶다. 매일 하던 걷기운동도 확 줄여 동네 소공원에 나가 볕 쬐다 마당 예닐곱 바퀴 도는 게 고작으로 집 안에 움츠리고 있으니 문제다. 움직이는 것은 성장하는 것이라 하나, 굳이 이 나이에 성장하기를 바라랴만, 쉬이 늙게 몸을 방치하는 것은 어리석다. 운동하지 않으면 늙는다. 한층 빨리 늙는다. 생에 대한 애착에서라기보다 천천히 늙어 가는 것도 자연의 순리를 따르는 것이니, 비켜서지는 말자 함이다.

강의에서 그만두고 나오려는 데 마지막까지 붙들려는 손이 있었고, 작품으로라도 동인으로 그냥 남아주기를 바라는 목소리도 없지 않았지만, 단호하게 긴가민가를 갈랐고 긴 것과 아닌 것의 경계에 반듯이 금을 긋고 돌아섰다. 허망했지만 몸이 우선이라는 원칙을 지킨 것이다.

내려놓았다. 이제 내게는 정기적으로 나갈 곳이 없고, 활동할 문학단체도 없다. 문학이라는 존재의 작은 집 울안에 혈혈단신 봉쇄돼 있을 뿐이다. 그러면서 글 몇 줄 쓰자 바둥거릴 것이다. 상상해 보지 못한 일이다.

훌훌 털고 다 내려놓고 나온 지 며칠째다. 마음자리로 민감한 반응이 왔다. 외롭다, 을씨년스럽다, 따분하다, 적막하다. 몸이 뒤척이기 시작한다. 그새 잠자코 있던 마음이 들썩이며 소리를 높인다. 지루해 힘드니 무슨 방책을 찾으라는 주문이다.

예견하고 고민하며 예열했던 것이지만, 머리를 쥐어짜도 묘수가 없다. 꼬박꼬박 하루 세끼 축내면서, 지루해 못 견디겠다니 이런 호사에 젖은 반거충이 같은 못 난 소리라니. 내 나이 팔순 문턱이다, 내 생을 돌아보며 걸어온 자국으로 남은 크고 작은 자취들을 정리해야 할 때다. 군더더기는 들어내 버리고 조잡한 것은 군데군데 손질해 다듬고, 꾸미고 덧대고 분 발랐던 것은 본래의 자리로, 원래의 모습과 빛깔을 되찾아 가면서.

나는 이제 비로소 자연인이다. 몇 년 앞당긴 것이라 셈하면 그만이다. 또 할 만큼 해왔다. 남은 삶을 사람다운 길 위에서 사람답게 살아가고 싶다.

내려놓아 본연으로 돌아온 것이다. 몸도 마음도 날아갈 듯 가볍다. 평생 걸머졌던 등짐을 부린, 이 홀가분함.

깜냥

깜냥은 쓰기 거북한 말이다. 망설이다 쓰고 보면 영 마뜩잖다. "제 깜냥으로 해 내겠습니다."라 하고 나면 뭔가 뒷맛이 썩 개운치 않다. 내게 무슨 탁월한 능력이 있어 그 어려운 일을 해냈다고 뽐내나 하는 어중간한 가늠을 하게 되는 것이다.

다른 경우도 있다. 하는 일에 집중해서 치열하게 또 성실하게 하는 손아랫사람에게 "어이, 자네 깜냥으로 그걸 하겠다는 건가?" 말을 해 놓고 보니 이건 아니다 싶어 겸연쩍어지곤 한다. 일에 몰두하는 사람에게 격려와 응원의 따뜻한 한마디를 건네진 못할망정 그리 얕잡아 업신여기는 말을 뱉어 댔으니 예의가 아니다. 상처 받았을지도 모른다.

내가 보기에 깜냥이란 말이 언중에 보편적으로 쓰이게 된 것이 50년쯤 됐지 않을까 한다. 학생 때만 해도 별로 쓰지 않던 말이다. 아마 수필문장에 등장하면서 산문 장르의 확산을 따라 짧은 시간에 수평적으로 사용 터수를 넓혀 왔을 것이다.

가만 들여다보면 그 쓰임이 본래의 뜻에 버그러진 채 입에 오르고 글에 뜨니 문제인 것 같다. 우선, 자기 능력을 스스로 겸손하게 이르는 말이 깜냥이다. 설령 자신이 넘치더라도 그래도 해낼 수 있을지 멈칫거리는 모습이 담길 때 빛나는 말이다. 아무래도 내 깜냥으로는 버거울 것 같다고 자신을 낮추는 겸양의 미덕이 깃들어야 한다는 얘기다.

아무리 저보다 못한 사람이라도 또 한참 나이 어린 후배라 치더라도 상대를 비하하거나 하대해 써서는 안되는 말이 깜냥이다. 네가 뭘 한다고 나서냐. 네가 그걸 할 깜냥이나 되냐고 했다면 그야말로 몰염치한 언사가 된다. 뱉은 말을 쓸어 담지 못하지 않는가. 상대를 폄훼해 자존심을 짓밟았음은 물론 자신도 인격과 도덕심을 크게 의심 받게 된다. 여간 낭패가 아니다.

나도 실수한 적이 있음을 실토한다. 깜냥도 아니면서 깜냥이 되는 것처럼 했으니, 남에게 능력 이상으로 과장해 우쭐거리는 모습으로 비쳤겠다. 그게 내 수필이었던 것 같은데, 관심을 가지고 지켜보던 독자라면 얼마나 실망이 컸을 것인가. 뒤늦게야 가슴을 쓸어내리자니 소름 돋는다. 기분이 씁쓰레하면서 외로움을 느낀다.

내친 김에 좀 더 깊이 들어가기로 했다. 손을 뻗어 책상머리에 있는 국립국어연구원의 『표준국어대사전』을 펼쳤다.

'스스로 일을 헤아림 또는 헤아릴 수 있는 능력'이라 풀이돼 있고, 용례 둘을 내놓았다.

그는 자기의 깜냥을 잘 알고 있었다. (이기영, 봄)

장마 통에 집을 잃고 깜냥엔 비를 피해 오길 잘했다고 안심하는 성싶었다.(유홍길, 장마)

깜냥, 어감이 딱딱한 듯 하지만 몇 번 소리 내어 입에 올리고 보면 그렇지도 않아 제법 부드럽게 귓속으로 스며든다. 소리야 입에 오르다 보면 보드레해지는 것이지만, 그 뜻과 그 속에 담겨 있는 우리 정신의 고갱이에 고개를 크게 끄덕이게 된다. '스스로 헤아릴 수 있는'이 강조되는 말이다. 제가 자지고 있는 힘, 제가 해낼 수 있는 능력 그리고 제가 거둬들일 수 있는 역량과 제가 나서도 되는 분수….

거기다 자신을 낮춰 상대적으로 상대를 높이는, 말하는 사람의 인품과 교양과 덕이 담겨 있다. 요즘 수필 한두 편에 깜냥을 쓰면서 갑자기 이 말에 친근감이 들었다. 이제 뭘 알고 쓰게 된 안도감이 작용했을 것이다.

한데 글 몇 줄 끼적이던 손이 떡 멎는다. '나는 수필을 쓸 깜냥인가?' 몇 초 동안 주춤했다 이어 간다. '서른 해 써 온 내공이 있으리라.' 잔뜩 욕심 내지 않기로 한다. 그나마 내 글을 읽는 독자 몇 사람은 있을 것 같은 개연성에 기대야지.

이런 인연

50년도 더 된 군대 얘기다. 한 해가 다 저문 1969면 12월 26일 광주 31사단 신병교육대에 훈련병으로 입대했다. 그날부터 여러 날 갰다 그쳤다 하며 눈이 펑펑 쏟아져 내렸다. 그곳에선 몇 년 만의 대설이라 했다.

전주 출신 내무반장은 20대 초반의 하사로 신병 교육에 이골이 난 친구였다. 군기를 잡는다고 좀 파격적인 방법을, 깊이 생각하지 않고 실행에 옮기고 보는 스타일이었다. 훈련을 시작해 겨우 일주일을 넘기는 고비였는데, 고단한 몸으로 다들 잠에 곯아떨어진 야반에 향도가 '기상! 기상!' 하며 화급히 악을 박박 쓰는 게 아닌가. 이어지는 말에 혼비백산해 정신이 하나도 없었다. "내부반장님 명령이다. 5분 내로, 빤쓰 바람에 연병장 집합?"

사나흘 전 뭔가 있을 거라던 뜬소문이 장난이 아니었다. 군기가 막 들까 말까 하던 참이다. 너나없이 허공으로 누가 부어대듯 시커멓게 쏟아지는 눈발을 뚫고 팬티 바람으로 연병장에 집합했다. 3렬 횡대로 늘어서며, 기준, 한나, 뚜울, 세엣…. 번호를 붙이고 있다. 구실은 애매했다. 군기가 빠져 동작이 완만하다는 것이다.

연병장을 군가 〈진짜 사나이〉—'사나이로 태어나서 할 일도 많다만,/ 너와 나 나라 지키는 영광에 살았다./ 전투와 전투 속에 맺어진 전우야…'를 숨차게 부르며 몇 바퀴 돌고 내무반으로 들어가 홑 담요를 머리까지 쓰고 눈을 감았다. 이런 푸근할 데가. 구들장 아랫목이 따로 없다. 5분쯤 지나자 아무 일도 없었다는 듯 내무반 안이 코 고는 소리로 넘실거렸다. 놀라운 것은, 그 강풍과 폭설에 부대꼈음에도 뒷날 아침 6시 일조 점호에 침상에 늘어서서 눈을 반짝이는 것이었다. 한국 군대의 체질인가. 소대원 60명 중에 감기에 걸린 사람이 단 한 사람도 없었다.

그렇게 신병 훈련이 6주 동안 칼같이 진행됐다. 입소 2주째, 나는 내무반장으로부터 내일은 훈련 대신 참모부에 가서 글씨 실력(?)을 발휘하라는 뜻밖의 지시를 받았다. 글씨를 잘 쓰면 좋은 일이 있을 거라고 했다. 그런가 보다 하고 갔더니, 무슨 상황인지 사무실이 바삐 돌아가는 낌새인데, 육군 중위가 나를 한쪽으로 데리고 가 구리스펜(검정 색연필)과 백지를 주며 본적과 성명을 써 보라 했다. 바로 써 보였더니 그 중위, 웃으며 말했다. "언제든지 부르면 여기 와서 차트병이 돼야 한다. 교육대에 얘기해 놓을 거니까, 알았지?"

나중에 알고 보니 내가 간 데가 사단의 부관참모부 행정과였다. 훈련소 정도는 수중에 들어있는 곳 같아 좀 으스스했다. 그 후 훈련 기간에 여러 날 차출돼 모조지 전장에 무슨 상황 보고 차트를 작성하는 일을 했다. 분량이 꽤 됐다. 그러다 보니 훈련 막바지에 난코스라는 유격훈련도 받지 못하고 차트를 써야 했다. 병 하나쯤 빠져도 되는 건가.

6주간 신병 훈련이 끝났다. 얼마나 기다렸던 날인지 모른다. 퇴소식을 마치고 처음으로 이등병 계급장을 받은 어제의 훈련병들이 트럭에 오르기 시작했다. 보충대로 떠나려는 것이다. 내무반장이 나를 찾더니 화급히 말을 걸어온다. "너는 여기 남는다. 부관참모부에!"

트럭 여러 대가 부대 배속받은 병력들을 태우고 움직이기 시작했다. 6소대 가운데 나 혼자였다. 자충된 것이다. 다들 떠나는데 나 혼자 남은 것이다. 차가 제대로 움직이자 내 이름을 부르는 몇몇 친구들 목소리가 들렸다. "나중에 만나!" 정든 목소리다. 새까만 얼굴들이 내게 웃으며 손을 흔들어 주었다. 나도 두 팔을 힘껏 휘저었다. 군 트럭이 속력을 내자 금세 소실점을 당겨 갔다. 가슴 속이 휑하게 비었는데 2월 하순의 매운바람에 눈조차 뜨지 못하겠다. '헉.' 폐활량 끝까지 들이마신 숨을 확 뱉어대며 드디어 나는 터지고 말았다. 훈련받던 6주 동안 꾹 눌렀던 울음이었다. 외로웠다. 갑자기 내가 사람이 안 사는 작은 섬이 된 것 같았다.

짧은 만남이 처음이자 마지막이 되기도 하지만 그도 인연이다. 팔도에서 모여 국토방위 의무를 다하기 위해 고된 훈련 속에서 서로 격려하던 전우애는 빛나는 것이었다. 이제 많은 세월이 지났는데도 그때의 일이 잊히지 않는다. 얼굴들은 지워졌지만 한 덩어리로 얼싸안던 장면들은 그냥 남아있다. 뚜렷하다. 그래서 인연인지 모른다.

인연은 쉬이 끊어지는 연약한 실 같은 것이다. 그러나 그 짧고 연약한 한 뼘 실로, 그 씨와 날로 촘촘히 그리고 끊임없이 짜이는 게 인생인지도 모른다. 잊으려 해도 잊지 못하는 인연이 있고, 끊으려 버둥거려도 끊을 수 없는 인연이 있다. 잊었다 다시 오는 인연, 끊으려다 다시 이어지는 인연도 있다.

늘그막이라 그런가. 퍼뜩하면 눈물샘을 끌러 놓아 버릴 때가 있다. 광주하면 31사단 신병교육대가 떠오른다. 대지를 덮은 위로 쏟아져 내리던 폭설이, '빤쓰바람'으로 연병장을 돌던 그 밤이, 다들 새 부대로 배속받아 떠나는데 혼자 그곳에 남았던 일이 생각난다. 인연이었다.

펫로스 신드롬 pet loss syndrome

우리 집엔 강아지도 고양이도 없다. 개를 길러 보자고 몇 번을 시도했지만, 고양이는 집 안에 들인 적이 없다.

개는 영물이고 아이들 교육과 정서를 위해 시도했으나 다 실패했다. 반듯하게 집도 놓아 주고 조석으로 먹을 것 잘 주고 술 마시다 갈빗집에서 뼈다귀를 싸고 와 대접을 했는데. 가출해 돌아오지 않은 게 첫 번째. 한 번은 털이 빠지는 병에 걸려 손을 못 써 옆집에 넘겼고, 얼마 전엔 진돗개 족보에 올라 있단 말에 그야말로 애지중지 했다. 나서 한 달도 안된 놈을 눈 가리고 데려다 품었다. 흰빛이 눈부셨다. 내 손으로 목욕시키고 마당을 돌며 놀아주다 목줄을 띄우고 산책도 했다.

두 해째던가. 울 밖 덤불숲에서 쉬를 시키고 있는데 앙 하고 내 손을 무는 게 아닌가. 창졸간 일격을 당하니 하도 어처구니가 없어 녀석을 버리기로 했다. 충견까지 바라지 않았지만 주인을 물다니. 그렇게 아꼈건만. 참을 수 없었다. 길 건넛집 과수원으로 보내 버렸다. 막상 떠나고 나자 서운했지만 물렸다는 감정에 눌려 기억 속에서 지워 버리자 했다. 그 후도 밥그릇 들고 온 집 아이며 이웃집 사람을 물었다는 소문을 들었다. 다음 갈 곳은 정해져 있다. 고약한데도 마당 구석 매었던 유자나무에 눈이 간다. 정이란 그런 것인가.

대문 지붕에 올린 보리밥나무 숲에 길고양이가 새끼 한 마릴 쳤다. 한 달이 지나자 마당에 내려 어미 찾아 구슬피 운다. 가여워 몇 번인가 접시에 먹을 걸 내줬더니 현관 앞까지 접근한다. 안으로 들일 뻔했는데 사태가 벌어졌다. 먹거리가 생긴 걸 눈치 챈 동네 길고양이 여럿이 몰려들었다. 소름 돋았다. 먹이 보급을 딱 끊었다. 새끼가 며칠을 두고 울었지만 마음을 닫았다. 동물들과는 그렇게 절연했다.

거둬 어쩔 것인가. 끝을 생각했다. 죽었을 때 내가 책임지지 못할 것 같다. 아예 거두지 말자 단호했던 건 잘한 일이란 생각이다.

글방에 나오는 여류수필가 K에게서 작품 한 편을 받았다. 〈펫로스〉. 생소했다. 읽으면서 베일을 벗었다. '반려동물의 죽음'이란 뜻이었다. K는 반려동물을 사람으로 동일시하고 있었다.

"오래전에 내 품을 떠난 고양이 '톰'. 비록 오일시장에서 데려온 아이지만 아름다운 목소리와 우아한 걸음걸이로 나를 매료시켰다. 소파 뒤에 들어가 조용히 쉬고 있다가 내가 "톰 어디 있어?" 하면, 야옹하고 대답하면서 나오는 아이였다. 너무 어린 것 같아 예방접종을 미루고 있었는데, 어느 날부턴가 아이가 밥을 잘 먹지 않았다. 그것도 3일째나 지나서야 알아챘으니 참으로 미안할 따름이었다." 그의 글의 일부다. 마지막 인사도 사랑도 나누지 못한 채 톰은 쓸쓸히 무지개다리를 건넜다고 슬퍼했다.

강아지와의 또 다른 이별을 겪었고, 지금 함께 있는 강아지 초코는 12살, 명이 얼마 남지 않았음을 알아, '이 아이를 잃으면 어떻게 살아갈까.' 하고 있다. 그러나 반려동물은 저 세상에 먼저 가 주인을 마중한단다. "아이의 영혼은 늘 내 주변에 있는 것을 믿는다. 엄마에게 힘내라 응원할 것이다." 에 이르러 먹먹했다. 당연히 아이라 하니 화자는 '엄마'라야 하겠지만.

반려동물을 떠나보내고 겪는 상실감과 우울증상이 '펫로스 신드롬'. 외상 스트레스 장애로 심하면 자살까지 한다니 두렵다. 나를 돌아본다.

백지

백지는 흰 종이다. 어떤 색도 거부한다. 무위의 흰색으로 순일純一하고 순정純正하다. 낙서는커녕 연필이 스쳐 지난 자국 하나 없다. 살랑거리는 바람에 흔들리는 어린나무의 그림자도 범접한 적 없고, 나무를 흔들고 지나는 바람의 냄새도 묻어 있지 않다.

하지만 백지에 대한 이런 개념 정의는 무척 단순하고 단조로운 것일 뿐, 그런 관념을 넘어 무의식의 문을 열어 한 발짝 들여놓고 보아야 그 경계가 얼마나 무한한 것인가, 그것이 얼마나 높이 닿아 있고, 얼마나 심층 깊이 뿌리박아 있는지 어림할 수 있을 것이다.

누구든 아무 생각 없이 스윽 몇 장을 꺼내 들 만큼 그는 실용성을 타고났다. 나는 누군가 그러고 있는가를 목도하고 있다. 이제 막 접으려는 짧은 하루 속의 한 찰나를 시나 단문으로 끄적이려는 의도가 있었을 것이다. 주제를 세우지 못해 머뭇거리다 식탁에 놓인 붉은 사과와 옆에 놓인 찻잔의 우연한 만남을 인연으로 말하려는 소박한 의도였을지도 모른다.

끄적이거나 그리면 된다는 막연한 가능성에 매몰된 우리의 관성적 선택은 기획한 것이 아니라 엄벙덤벙 덤벼들기 일쑤로 일상 속에 상당히 만연돼 있다. 그래서 그렇게 실행하고 보자는 심산 이상이 아니다. 안되는 것은 끝내 성취에 이르지 못할 마련에 끝나는 경우가 적지 않다. 백지를 받아 앉고 더 나아가지 못하기 때문이다.

거듭 백지에 다가앉아 보지만, 무변 광대해 가슴만 뛸 뿐 끝이 안 보이니 시작과 끝이 눈에 들어오지 않는다. 또 백지는 여기서 시작해 저기가 끝, 내 영토이고 그 너머는 영역 밖이라 말하지 않는다. 자칫 무심한 개인주의로 오해될 수 있다. 고립과 고적과 고독을 즐기며 독선에 기울었다고 비난받지만, 그러려니 하는지 묻는데도 그시종 묵묵부답이다.

그렇다고 백지를 면적으로 계수화하는 건 가당하지 않다. 여기다 맞춰 보고 저기다 대어 보며 가늠한 게 내게 있다. 실감 나게 말해, 아주 만만하게 쳐도 어렸을 적에 동네 아이들과 놀다 헤어질 때 신발 벗어 두 손에 잡고 달리던 질펀한 풀밭 두어 곱절은 너끈히 될 것이다. 과장이 아니다. 하루쯤 백지 앞에 앉아 쓸거리를 찾아 헤매 보면 분명해진다. 손에 식은땀이 나게 질끈 연필 잡고 만지작거리기만 하는데도 숨이 차오른다.

백지에 시 한 편을 쓴다든지, 그림 하나를 올릴 때, 거기 쓴 시가 말하고 있는 심오한 철학과 싱그러운 정서를 풀어놓을 수 있을 것이며, 그 그림이 뭉뚱그리고 있을 우주의 섭리를 이루 다 녹여 낼 수 있을 것인가. 문학이 됐든 미술이 됐든 예술이란 글자로 쓰고 선으로 그려 색을 칠하는 행위로 끝나는 것이 아니다. 그것은 백지에 펼쳐진, 인간을 넘으려는 다른 또 하나의 초월적 세계이기 때문이다.

곧잘 독창적이라 말하는 예술의 표면적을 수치로 몇 평방 혹은 몇 평의 넓은 대지라 얘기하는 것은 별로 설득력을 얻지 못할 것이다. 예술은 인간정신이 도달하려는 구원한 것으로 영적이어야 하므로 영혼과의 조우 없이는 되지 않는다.

많이 쓰고 그리려 했다. 간간이 감사해야 할 일이 일어났다. 무엇을 쓰고 그리면 백지는 내가 존재로 기거하는 집이 됐다. 바람 잘 들고 햇볕 오래 머무는 집이다. 파릇파릇 움터 길길이 성목으로 자라는 나무들 성장의 역사가 흐르고, 붉고 노랗고 보랏빛으로 색색이 꽃을 피우는 기화요초의 세상이 되기도 했다.

이른 아침, 새 한 마리 이슬에 젖은 날개로 날아와 빈 나뭇가지를 흔들다 남기고 간 공허 속에 시인으로 깨어나 한 편의 시에 목말라 버둥대는 전에 없던 이력들이 쌓여 간다. 행여 시가 바닥을 드러내 365일 내내 갈증에 타다 떨어지는 한 방울 눈물, 이 영혼의 집을 나는 언제부터인가 백지라 해 온다. 그 한 방울 눈물이 있어 차마 떠나지 못한다.

나는 겨울이 한라산을 타고 내리며 눈을 뿌리던 날, 이 시대의 석학 이어령 씨의 말에 귀를 기울였다. 노작가가 어느 날 마루에 쭈그려 앉아 발톱을 깎다 툭 눈물 한 방울을 떨어뜨렸다 한다. 이젠 멍들고 이지러져 형체 없이 지워진 새끼발톱이다. 그 가엾은 발가락을 보고 있자니 와락 회한이 밀려왔다는 것이다.

"이 무겁고 미련한 몸뚱이를 짊어지고 80년을 달려왔단 말이냐. 얼마나 힘들었느냐. 나는 어찌 이제야 네 존재를 발견한 것이냐."

백지는 크고 깊고 넓다. 천석꾼의 곳간보다 넉넉한 오지랖이다. 마침내 백지는 노시인의 눈물을 충분히 받아들이는 그릇이 됐다. 그건 그냥 종이가 아니다. 그릇에 떨어뜨린 눈물은 그냥 눈물이 아니다. 작은 생명, 나의 전체, 나의 가장 나중 지닌 것—시인의 영혼의 눈물을 받아들였기 때문이다. 눈물은 슬픔의 산물이지만 그것으로써 신 앞에 겸손해져야 함을 일깨워 주는 매개물이다.

백지는 확산한다. 사유가 내려 눈을 반짝이고, 한 세계로 발돋움하다 날개를 달아 구만리장공 너머 우화羽化한다.

눈물을 머금은 한 장의 백지는 누군가의 정신의 우주다. 그 우주의 섭리다.

밖에 눈이 펑펑 쏟아져 내린다. 시 한 편 쓰려고 백지를 받아 눈 감고 앉앉지만, 한나절이 지나도록 상이 내리지 않는다. 머릿속이 하얗다. 한 방울 눈물이 없으니 시도 없는가.

울고 싶지만 눈물이 말라 바닥났다. 가슴을 쓸어내린다.

4부

작은 행복들

우정

안 보면 보고 싶고 보고 싶음이 쌓이면 감정의 바닥에 두껍게 고이는 것. 그리움이다. 나이완 상관없다. 늘그막에 이르면 감정이 솟는 마음의 샘이 말라들겠지 했는데, 아니다. 나이가 '관계'를 해체하려 드는가. 젊은 시절보다 더하는 것 같다.

교통이 편리한 세상이나 나들이가 쉬운데도 몸이 안으로 움츠러드니 안타깝다. 지팡이를 짚어서라도 가고 싶은데 왠지 마음이 따라주지 않아 주춤거린다. 집요하던 정신력이 어디 간 걸까. 수용하기 어려운 변화인 걸 알면서도 결국엔 흐지부지돼 버린다. 방임이 쌓이면 나태를 키우고 나태는 습관으로 똬리를 튼다.

신경과 의사나 심리학자 그리고 진화론자들은 인간의 뇌가 사회적 관계의 필요성이 하나의 맥락을 이루고 있다는 사실에 의견을 같이한다. 우리의 뇌는 사회적 관계를 원하고, 필요한 경우 그 관계를 더욱 도타이 하려 한다. 원하는 만큼의 소유, 성공적인 직업, 사회적 명성과 지위, 신체적인 건강이 있음에도 가장 중요한 것은 사람과 사람 사이를 엮는 관계라 말한다.

어느새 가까이 지내던 죽마고우며 지기들이 세상을 떠나간다. 그리울 때면 그들이 영면하고 있는 먼 산에 눈을 보내곤 한다. 한라산 어깻죽지에 눈이 덮여 하얗다. 산은 고요할 뿐 한마디 말이 없다. '그러려니 해라. 모든 것은 정한 이치를 따르는 것일 뿐, 먼저 가고 나중 감이 다르지 않다.' 함인가.

생각에 잠기다 보니 눈앞에 떠오르는 얼굴이 있다. 글 쓰는 친구 L. 듬직한 몸만큼 흔들리지 않는 심성에 마음 묵직해 말수 적은 그. 사흘이 멀다고 문자로 근황을 알려오더니, 요즈음 일언반구 기별이 없다.

아파트 숲길을 거닐다 전화를 걸었다. 아프지는 않다는데, 축 처져 목소리에 탄력이 없다. 자상하고 섬세해 외로움을 잘 타는 친구다. 글을 쓰려고 하지만 그도 생각대로 되지 않는다고 혀를 찬다.

"우리 한번 만나 밥이나 먹자. 이런저런 살아가는 얘기도 나누면서…." 약속은 하지 않았지만, 이번엔 내가 먼저 핸드폰을 누르리라.

'친구야, 오늘따라 자네 이름을 부르고 싶었어. 며칠 뒤, 만나자. 꼭.'

길냥이

어릴 때 일이다. 밤중에 고양이의 습격이 잦았다. 닭 한두 마리가 감쪽같이 죽어 나갔다. 한밤중 적막을 찢는 꼬꼬댁 소리에 어른이 나가지만 허사였다. 닭장 안엔 깃털이 흩어져 난장이고, 닭들이 겁먹어 할딱이는 소리에 고막이 터질 지경이었다. 닭장을 널빤지로 둘러도 도둑고양이 앞엔 당할 재간이 없었다. 그거면 죽을 곁들여 다섯 식구 잔칫상을 차릴 것이었다.

나쁜 기억으로 어른이 된 후에도 고양이를 싫어했다. 그러다가도 쓰레기통을 뒤적이는 걸 보면 안쓰러웠다. '살려고 버둥대는구나.' 인기척에 황급히 숨는 모습이 불쌍했다.

그렇다고 집에 거두지 못한다. 가성비를 놓고 주판알을 튕기는 게 아니다. 우선 오래된 악연을 정리해야 해야 하고, 치다꺼리할 마음의 준비가 됐는지에 대한 점검이 선행돼야 한다. 두 가지가 다 필요했다. 키우다 싫어 비닐봉지에 넣어 버릴 거면 아예 연을 맺지 않음만 못하잖은가.

연전, 읍내에 살며 우연찮은 경험을 했다. 늘 열려 있는 대문이라 동네 길냥이들이 들어와 기웃거리다 간다. 먹을 게 없으니 허탕인데다, 멀찍이서 눈이 마주치면 슬쩍 피한다. 한데 생각이 확 달라졌다. 고양이가 한두 번 어슬렁거리고 나면 시끄럽던 쥐들이 숨도 쉬지 않는다. 신기했다. 고양이에게 마음을 열어갔다.

문학 강의로 인연이 된 한 여류 수필가의 고양이 사랑은 충격이었다.

"오래전 내 품을 떠난 고양이 톰, 비록 오일장에서 데려온 아이지만 아름다운 목소리와 우아한 걸음걸이로 나를 매료시켰다. 소파 뒤에 들어가 조용히 쉬고 있다가 내가 "톰, 어딨어?" 하면, 야옹 하며 나오는 아이였다. 너무 어린 것 같아 예방접종을 미뤘는데, 어느 날부터 아이가 밥을 먹지 않았다. 그것도 3일째에야 알아챘으니 참 미안할 따름이다." 그는, 마지막 사랑도 나누지 못한 채 톰은 쓸쓸히 무지개다리를 건넜다고 슬퍼했다. "아이의 영혼은 늘 내 주변에 있는 것을 믿는다. 엄마에게 힘내라 응원할 것이다." 글이 이어지는 바람에 가슴 먹먹했다.

반려묘를 떠나보낸 뒤의 상실감이나 우울증을 '펫로스 신드롬'이라 한다. 반려동물은 이미 가족이다. 수필가의 외상 스트레스 장애가 어서 치유되기를 빈다.

동물과의 관계가 먼 나를 돌아본다. 앞으로 길가다 길냥이와 딱 마주치면 어떻게 할까. 미워하는 눈초리부터 거둬야 할 것 같다. 날 선 눈을 정리하고, 한 생명으로 어루만져야지, 마음의 준비를 단단히 해야겠다.

홍정

홍정은 어릴 적부터 익숙한 말이다. 가축이나 밭을 팔고 사며 어른들 입에 오르내렸으니 시골 소년 성장 이력에 닿는다. 농한기인 겨울에 많이 이뤄지 이 홍정 뒤엔 사들인 쪽에서 푸짐한 음식 대접이 따랐다. 성애라 하는 이 뒤풀이는 푸짐해 아이들에게도 몫이 있었다. 밀고 당기며 홍정이 이뤄지던 바둑 복기하듯 과정을 털어놓아 가며 한잔 곁들이던 자리다. 요즘엔 성애를 않는다. 팔고 사는 건 돈거래로 끝난다. 시대가 그래선지 정담을 나누는 마지막 단계는 삭제해 버린다.

30년 살아온 읍내 집을 홍정했다. 신제주에 두 아들이 살면서 아무래도 가까이 오셔야 한다는 주문을 따르기로 하면서도 갈등을 겪어 온 일이다. 내 손으로 가꾼 정원과 잔디마당을 버리고 떠나는 게 아쉬워 망설였다. 허구한 날 심고 물주고 북돋우며 다듬은 것들, 애지중지 해 온 이것들을 놔두고 어떻게 떠나랴. 영역본능을 침해 받는 것 같아 내키진 않지만 아들들의 성의를 외면할 수도 없다.

반반이 됐다. 성사가 돼도 그만 안돼도 그만 심드렁했다. 집을 판다고 내놓아 대엿 해, 그동안 수많은 사람들이 오갔다. 사드 여파로 중국 관광객 발길이 주춤하면서 치솟던 제주 땅값이 하락세로 돌아서면서 부동산 거래가 침체돼, 집에 쉬이 나가지 않겠구나 하는데도 집 보러 오는 발길이 이어졌다. 불경기에 중개사도 목마를 것이다. 겉만 대충 둘러보는 사람이 있는가 하면, 내부까지 꼼꼼히 들여다보는 사람도 있었다. 좋다, 좋다 하면서 다시 오지 않는다.

갑자기 중개사도 없이 한 가족이 집에 왔다. 위성을 통해 정보를 얻었다 한다. 원리는 모르나 신통한 방법도 다 있구나 싶었다. 휘둘러보고 가더니 뒷날 다시 왔다. 충청도에서 귀촌한 60대 초반 부모와 30대 무남독녀, 그들은 달라보였다. 특히 집 주인이 될 거라는 딸에게서 '원하는' 것 같은 눈빛을 목도했다.

결정적 순간이 당도했다. 사흘째로 방문이 이어지면서, 집을 사겠다고 한다. 공인중개사 없이 하자 하므로 그러자 했다. 대지 140평, 25평 건물이 흥정 테이블에 올랐다. 나는 이쪽에 서툴다. 평생에 딱 한 번의 경험을 갖고 있을 뿐이다. 45년 전 기와집을 사들일 때다. 모 신문사 편집국장과 마주한 자리는 일사천리로 진행됐다. 친지라는 분이 나서서 상식선이라며 꺼내 든 대로 받아들여 '을'로 도장을 찍었다. '갑' 쪽이 동생 사업에 보증을 섰다 도산해 부도를 내는 바람에 내놓는 집이라 뜻밖에 남의 불상사에 뛰어든 기분이었다. 자리에 흐르는 분위기를 따랐다. 손해는 없었다.

깎아달라는 요구에 나는 담담하게 대응했다. 안돼도 그만이라 마음이 느긋하다. 작은 집이지만 나무와 돌로 정성 다해 빽빽이 채워 놓은 정원, 잡풀 하나 없는 이런 잔디마당을 어디서 만나겠느냐 했다. 집 주인이 될, 미술을 한다는 젊은 딸이 말없이 제 부모를 바라보았다. 의중을 주고받는 것 같았다. 몇 차례 설왕설래하다 일단락됐다. 500을 봐 달라 했지만 끝내 거두지 않았다. 이 집을 어떻게 떠나랴 하는데 더 덜어달라는 목소리가 내 귀에 올 리 없었다.

계약서에 날인해 손을 털고 있는데 느닷없이 나온 얘기에 당혹했다. "집에서 나오며 그만 통장을 잊고 왔어요. 계약금은 내일 넣겠습니다." 삽시에 맥이 탁 풀려 왔다. '무슨 소리에요?' 튀어나올 뻔했으나 자제했다. 조금 전 내게로 흘러든 딸의 눈빛이 떠올랐다. 군말을 삼갔다. "그래요, 그건…." 사람이 사람을 못 믿어서야 되나. 믿어 보자 했다.

마당에 나가 나무에 대해 얘기를 해 달라는 주문이다. 마당 둘레를 돌며 정원의 나무 이름을 풀어놓았다. 얻어오고 사들이던 뒤꼍 얘기도 곁들였다. 동백나무, 비자나무, 감나무, 단풍나무, 향나무, 개나리, 오죽, 팽나무, 앵두나무, 자목련, 느릅나무, 이팝나무, 오가피, 소나무, 무화과, 백매, 모과나무, 석류나무…. 눈앞의 소철 다섯 그루와 주위의 돌 틈을 덮고 두른 철쭉과 영산홍까지. "선생님, 나중에 다시 얘기해 주세요. 이름표를 달려고요." 새 주인은 딸이다. 집 앞 백동백에 눈을 맞추며 밝게 웃는다. 마침 눈 시리게 하얀 꽃 몇 송이가 피어 있었다. 감성의 눈을 반짝였다. 가슴 설렜을 것이다.

작은아들에게 증여하기로 된 집이다. 저녁에 흥정한 걸 알렸더니, 계약금을 받지 않는 그런 경우도 있느냐 투덜대며 웃어 버린다. "고얀 녀석하고는. 그야 상식이지, 하지만 틀림없이 성사되니 그리 알고나 있어라. 두고 봐라, 내가 어떻게 완벽하게 장치를 해 놓았는지." 그러고 나니, 잠이 오질 않아 내외가 밤새 뒤척였다. 뒷날, 11시가 지나도 소식이 감감이다. '이럴 수가. 세상 각박하다더니….' 하는데, 딸로부터 전화가 걸려 왔다. "방금 입금했어요." 극적인 순간이었다.

아들에게 할 말이 생겼다. 내외가 서로 쳐다보며 웃었다. 웃을 일이 없던 참이라 활짝 웃었다. 이도 신기新奇한 일이라고 소리 내어 웃었다.

요즘 잔디마당에 손이 멀었더니 엉망이다. 자장자리로 검붉게 떼 지어 돋아난 괭이밥을 호미로 샅샅이 파냈다. 연이틀 팔을 걷어붙였다. 삼십 년간 죽기 살기로 싸움판을 벌여 온 녀석이다. "새로 들어올 젊은 사람들을 배려해야지요. 멋모를 것 같던데, 좋은 일 하시네." 곁에서 아내가 추임새을 넣는다. 하긴 그렇다. 남에게 팔아넘긴 집 마당에 앉아 잡풀을 매는 사람도 있는가. 그냥 하고 싶으니 하는 것이지. 올여름 집을 비우기 전까지 정원 둘레를 말끔히 손질하고 떠나야지.

홍정은 끝났다. 이 집을 어떻게 떠나랴. 한때 내 생애에 다시 짐 싸드는 일은 없다 했는데, 이 아끼던 나무들, 돌들 그리고 이 잔디마당을 뒤로하고 차마 어떻게 떠나랴. 벌써 울컥한다. 잘된 홍정인가.

고치다

바람인가 했다.

나를 휘청하게, 혹은 나를 붕 뜨게 한 게 바람인가 했다. 간간이 나를 흔들어 깨우거나 잠들게 한 것이 의심의 여지 없는 바람인가 했다. 때론 세상으로 나가게 현관문의 손잡이를 한 발짝 앞서 잡아당긴 것도, 돌아오는 길 그 문을 열어준 손도 분명 바람인가 했다. 나는 이제까지 바람에 지배됐거나 그것이 장악하고 있는 한정된 둘레에만 머무르며 명에 따라 고분고분 순종해 온 것이라 믿었다.

하지만 바람은 제 길을 지나갈 뿐 내게 방향이 아니었다. 뒤늦게, 아니면 너무 일찌감치 나는 바람이 내게 어떤 영향도 끼친 적이 없다는 사실 앞에 경악했다. 아니 그 사실을 발견하고 더러는 희열에 들떴다 해야 맞는 말일 것이다. 자신에 대한 세밀한 관찰이 내린 결론이라 처음부터 맞는 일로 치부하게 됐다. 적어도 자신에 대한 책임과 소명 거기서 진일보해 그것은 자신을 사랑하는 마음에서 나온 것이다. 이에 관한 한 꽂혔던 내 시선은 촘촘했다.

어느 가을날 나는 바람에게 한 장의 편지를 쓰고 있었다.

"나를 흐르게 한 그대, 나를 나고 들게 한 그대가 있어 나는 존재로 틀고 앉았거든. 흐른다는 것 그리고 나고 들고 해야 삶이란 걸 제대로 알게 해 준 그대에게 침이 마르도록 찬사를 쏟아내려 해. 그대가 등 떠밀지 않았다면 나는 그냥 휩쓸려 사라지고 말았거나 마구. 떠밀려 어느 하구 막다른 데 불시착해 오던 길로 역주행했을지도 몰라…. 그 순간, 나를 고쳐야 한다는 생각에 숨이 가빠 왔어. 그대에게 떠밀리는 길 위에 설 수 있게 낡은 시절의 혼돈과 고장 난 사유에서 떠나기 위해 뭍에 끌어올린 내 작은 배를 고쳐 다시 띄우고 노 젓자 한 것이지. 노 저을 팔뚝의 근육이 불끈거렸어. 그때였지. 나는 나를 버리기 위해 마음의 가지치기를 했거든. 떠나는 사람에게 떠나지 말라 애원하지 않는 법을 배웠고, 가지 않으려는 사람을 보내려고 차가운 말 대신 따뜻이 미소 짓는 미덕을 품을 수 있었어. 그리고 또…."

때마침 지나던 돌개바람에 편지를 날리고 말았다. 끝내 띄워 보내지 못한 편지가 돼 버렸다. 지금쯤 어느 풀 무성한 언덕에 작은 깃발로 나부끼고 있을지도 모른다. '그렇지, 깃발!'이라 하는 찰나, 유난히 흔들리는 작은 나뭇잎 하나가 눈에 들어왔다. 나를 돌아보게 됐다.

이제 벌겋게 슨 녹을 털어내고 갈라진 틈을 메우고 구멍 난 곳을 때우고 고장 난 소품들을 고쳐야 한다. 행여 더 이상 아무것도 하지 않게 될지도 모르겠다. 지금까지 내 많은 시간을 세상의 시간과 맞추는 일에 힘을 소진했으니까. 여기서 멈춰야 한다. 몸의 지시가 떨어질 것 같다.

땀을 쏟으며 걷기 운동을 하고 있었다. 우연히 맨홀 속으로 내려가 일하는 사람을 보았다. 물이 새는 걸 방치할 수는 없다. 누군가 고치는 손이 있어야 한다. 일하는 손이었다. 그릇되거나 어긋난 것을 바로잡는 사람, 잘못 돌아가는 것을 제대로 돌아가게 하는 손이 있어야 사람의 세상이다. 얼마

전 허공에 고가사다리를 세워야 이삿짐을 올릴 수 있었다. 오자투성이 글을 그대로 간행하면 좋은 책이 될 수 없다. 작가의 영혼이 떠나 버린다. 꼼꼼히 고쳐야 하는 건 글 쓰는 사람에게 주어진 책무다. 작품은 완성돼야 울림이 있다.

잠 안 오는 불면의 밤에 술을 독작했던 적이 있다. 취해야 잠이 오는 고약한 습관이었다. 한두 번이 대여섯 번으로 열 번으로 이어지고 횟수가 늘면서 술의 양도 늘었다. 술을 빌려 강제하는 잠은 숙면에 이르지 못했다. 습관을 고치기 위해 술을 버리기로 했다. 맨 정신으로 밤을 새우며 해 볼 테면 해 봐라 자신을 독하게 내몰았다. 어느 날, 머릿속에 맑은 아침이 와 있었다. 슬금슬금 술을 제압하는 데 성공했다. 고친 뒤로 평화가 왔다.

내 경험으로, 실은 그건 그다지 중요한 게 아니었다. 고치는 것과 고치지 못하는 것, 술로 잠드는 것과 그냥 잠드는 것은 전혀 다른 듯 같았다. 내가 내몰려는 그 무엇이든 온당한 일로 받아들일 수 없는 것임을 알아 갔다. 있다는 것은 존재로 엄연하다. 있을 수 있어 있는 것이기 때문이다. 삶은 고치지 못해도 지하에 묻은 관은 고칠 수 있다.

나는 이 저녁 13층 아파트 베란다에 앉아 노상 바라보던 한라산으로 눈을 보내고 있다. 구름에 덮여 산이 보이지 않는다. 공교롭게 내 뜻과 이가 맞다. 대신 주방에 가 앉는다. 삼겹살을 굽는 냄새가 진동해 몇 번인가 끓던 침이 목을 넘는다. 식탁엔 벌써 싱싱한 상추가 올라 있다. 쌈으로 포식해야겠다. 배가 든든하게 먹어 두자. 그냥 놓아 둔 것들, 소소해도 일이다. 이후, 이것저것 고치는 노고를 떠안아야 한다.

《그 바다의 아침》 발문跋文

「제주일보」 '사노라면'의 필진 박영희 작가가 수필집 《그 바다의 아침》을 냈다. '칼럼의 수필화'를 지향해 온 그의 글이 독자들에게 큰 울림을 주어 왔음을 아는 필자로서 그냥 지나칠 수 없어, 공유할 작은 지면을 내기로 했다. 여러 해를 동인으로 문학을 함께한 감회 무량하다. 표제작의 한 부분에 불과해 아쉽지만 일독했으면 한다.

『서둘러 숙소를 나섰다. 눅눅한 갯바람으로 목덜미에 솜털이 곤추 선다. 해무가 얄브스름하게 수면 위로 내려앉은 새벽, 아직 바다는 깨어나지 못한다. 밤새 어선들이 은밀한 속살을 헤집어 놓았다. 품에서 키운 것들을 떠나보내려 고단했던 바다도 신열로 열꽃을 피웠을까. 밤을 밝혔던 어선들이 포구로 돌아가고, 몸살을 앓는 그도 혼곤한 늦잠에 빠졌는가. 숨죽여 잔잔하다. (중략)

엇나간 풍경으로 흥겹던 사유의 숲에 심란한 바람이 분다. 예정 없이 숲에도 폭풍은 휘몰아친다. 덤블 속에 핀 인동꽃의 달콤한 향기가 아니었다면, 눈 감고 귀 막은 채 난파선으로 침몰했을지 모른다. 언제가 이곳도 개발이라는 수레바퀴가 지나가겠구나.

멀리 포구에서 부지런한 어선 한 척이 하얗게 물살을 가른다. 몸 가벼운 숭어 새끼 한 마리가 허연 배를 드러내며 폴짝폴짝 뛰어오른다. 내 고단했던 깔깔한 눈꺼풀이 환하게 열린다. 그의 자그마한 몸짓이 잔물결로 일렁이며 안개 걷히듯 팔팔한 생명력으로 파동 친다. 언덕에선 초여름 연록의 풍경이 수런수런 말을 걸어온다.

주춤주춤 노 저어 가지 못하던 내 안의 바다, 격랑의 물결에 숨 고르며 다독이던 시간이었다. 다시 멎었던 시침을 돌려놓을 수 있을지. 태풍에도 꿈쩍 않고 침잠에 들었던 갈색의 해조 숲에 치어들의 지느러미 짓으로 술렁거린다. 기지개 켜는 파도는 먼 항해를 떠나기 위한 숨 고르기인가.』

-〈그 바다의 아침〉 중에서

『바다 위로 아침이 열리는 들머리. 밤의 가파른 능선을 넘어온 시간이 거대한 우주 속으로 진입하더니, 마침내 조화 무궁한 질서의 세계에 이르는 순간이다. 박영희는 물살을 가르며 머뭇머뭇 항진해 온 인생의 바다 앞에서 자신과 해후한다. '격랑의 물결에 숨 고르며 다독이던 시간이었다.'며 지난 여로를 반추한다. 눈에 들어오는 치어 떼의 술렁이는 지느러미와 먼 항해를 위해 기지개 켜는 파도의 숨 고르기, 나른한 피곤이 뿌듯한 충만으로 출렁이며 아침으로 깨어난 이 역설의 바다, 화자는 그 위에 과부하로 실린 인생의 닻을 다시 들어 올린다.

표제적으로 올차다. 수필에서 자칫 대립을 세우게 되는 '체험의 허구 수용'의 문제에 대한 답을 이 작품에서 찾으면 어떨지. 줄글인 수필에 촉촉한 시적 정서가 융합 · 혼효함으로써 이 한 편이, 수필과 시를 절충한 퓨전으로 재탄생했으니 하는 말이다. 오늘의 우리 수필은 포만한 듯 속이 비어 허하다. 가독성을 끌어 올려야 하는 것은 수필가 모두의 책무다.

느슨한 행보가 감정선을 건드렸다. 그게 운율을 타 목마름을 적셔주는 정서적 호소력—페이소스(pathos)가 주는 울림이 물결로 남실댄다. 무미한 직설에서 떠나 묘사적 수사를 빌림으로써 수필적 완성도를 높은 층위로 끌어 올렸다.

표현이 참 정교하다. 이렇게 언어가 긴장하면 문장은 되레 적막하는가. 박영희가 집요하게 세공으로 얻어 낸 언어 연단鍊鍛의 축적물 같다.』

김길웅의 〈작품 해설〉 중에서

작은 행복들

한라산은 산이면서 제주섬이다. 천년을 산으로 앉았지만, 오늘 아침은 좀 별스럽다. 언제 한 점 구름까지 쓸어냈는지 흔치 않던 표정이다. 절정에서 양 어깻죽지로 흘러내린 선 따라 꿈틀꿈틀 산의 능선이 불쑥거린다. 잔설을 말끔히 슬어냈으니 겨우내 지고 있던 짐을 부려놓아 홀가분한가. 상큼하게 웃고 있다. 이런 날이면 무겁고 어둡던 우울의 옷을 벗어 던지며 나도 괜히 행복하다.

난은 무심하지 않았다. 무엇이 고물거리는 것 같았지만 기연가미연가했는데 비죽이 내밀었다. 영락없는 꽃대다. 스무 해를 기다렸더니 이제 보여주려는가. 물주고 솜으로 닦아 주고 바람 골라 들이고 밤엔 달빛도 흘리고…. 허구한 날 숨죽여 다가앉았더니 마음을 앞세우는구나. 며칠 뒤 흠흠 맡을 네 배냇내 황홀하겠다. 행복은 아주 가까운 데 있었다.

끙끙대며 시 한 편 썼다고 히죽거리다 얼굴을 거울에 비춰 본다. 가쁜 숨결에 여운으로 벌겋게 아직도 상기 띤 걸 보니, 밤새워 가며 한 판 가팔랐던 게로구나. 상이 오지 않아 멍때리고 앉아 초저녁서 자정을 넘겼더니, 예보 없던 한 줄금 비 지나는 소리에 눈 번쩍 띄었다. 만년필의 잉크 내림이 유창하더니, 13행 소품시가 내려 있다. 행복에 겨워 그만 새벽잠에 빠지다.

오래 피는 꽃, 내 반려 식물 1호 안시리움 분에서 새 꽃대 두 개가 솟아오른다. 베란다 창으로 들어온 햇살에 아직 옴츠린 샛빨간 불염포의 날렵한 맵시가 도드라지다. 겨우내 피었다 지더니 집에 와 첫 개화다. 네게 한 건 한 달 네 번 물시중이 고작인데 정에 무던히 고민한 게로구나. 첫여름에 피면 겨울까지 갈 것이니, 꽃 없는 집에 넘치는 행복이다.

아파트 정원을 거니는데 아직 언 땅을 헤치며 벌레 한 마리 머리를 내밀었다. 얼마나 봄볕이 그리웠을까. 흙 알갱이랑 같이 미끄러지기를 몇 번 반복하더니, 기어이 기어 올라온다. 시종 지켜보다 내 몸도 간지러운지 콸콸 피 흐르는 소리 음계를 탄다. 미물도 옴짝거리는데 나라고 멈출 수 있나. 이맘때 인생 설계를 꼼꼼히 들여다봐야지. 행복 띄우는 추임새 얼쑤얼쑤.

내 글을 읽는 독자가 있긴 한 건가. 간간이 다가오는 맑은 눈빛이 있다. 작품을 들어내 놓진 않으나 그냥 좋다 한다. 누구라고 밝혔든 얼굴을 숨겼든 그 목소리에 가슴이 울렁거린다. 저 소리를 들으려고 얼마나 악전고투해 왔는가. 이건 무슨 전리품과도 다르다. 이럴 땐 탁 틘 바다로 달린다. 여느 때와는 다르게 쉬지 않고 흥얼거리는 행복한 바다.

도심 아파트 숲에 오솔길이 있어 심심찮다. 5월 초에 거닐다 뜻밖의 꽃들과 조우했다. 누가 심었을까. 노란 수선화, 홍자란과 백자란 그리고 홍작약, 백작약. 가까운 자리에 시를 새긴 돌이 이쪽으로 머리 두고 앉았다. 김춘수의 〈꽃〉. 연전, 식물들이 풍성했던 내 옛집에도 없던 꽃들이다. 나무숲은 있되 꽃이 없어 목말랐는데 이젠 됐다. 반려가 있는 아파트는 행복이다.

꽃을 무더기로 내놓은 나무가 눈길을 붙든다. 몇 년 전, 한라생태숲에서 처음 본 나무다. 꽃 희끗희끗하더니 하얗게 번졌다. 5월에 눈이 내려 덮인 것 같은 놀라운 치장이다, 틀나무. "눈 좀 봐!" 소리 없이 이어지는 감흥의 눈빛. 연두색이 짙더니 눈처럼 하얀 속살을 드러내, 변용變容했다. 자장에 끌려들어 13층에서 내린다. 이 작은 행복.

표정들

표정은 언어다. 표정을 잃는 것은 자신의 말을 잃는 것이다. 그런 불행이 없다.

50년 전 일이다. 세 살 때, 작은아들을 이틀간 이웃 할머니에게 맡겨 놓고 부부 동반으로 서울 사는 처제 결혼식에 다녀온 일이 있다. 비행기 타고 갔다 오는 짧은 동안이지만 마음이 놓이지 않았다.

불길한 예감이 따라다녔고, 그것은 적중했다. 돌아와 보니 포롱포롱하던 아이가 축 처져 힘이 하나도 없다.

"엄마."

꺼져가는 소리에 아이에게 달려드는 아내,

"왕돌아, 왜 그래? 어디 아파?"

그만 목메는 아내. 아이는 눈만 깜빡일 뿐 표정이 없다. 아내에게 바짝 다가앉아 귀엣말을 하는 아이 시중을 봐 준 할머니.(마마를 앓는 아이 앞에서 표를 내면 큰일 난다는 금기가 있다.) 마마를 앓고 있었다. 핸드폰이 없던 때다. 노인네 이틀 밤을 새우느라 얼마나 겁이 났을까. 병원으로 내달렸다. 가슴이 쿵쾅거렸다. 그때 나와 아내의 표정은 어땠을까. '불이야' 외칠 때보다 더 겁먹었을 것이다.

아이는 사나흘 병원 출입으로 얼굴이 고실고실해 환하게 웃었다. 일출의 순간에 느끼는, 그 기氣가 아이 얼굴에 흘렀다. 돌아온 눈빛을 보며 우리는 활짝 웃었다. 먹먹한 표정으로 다가앉았던 한 살 터울의 큰아들 똘똘이도 같이 웃었다. 온 가족이 모여앉아 웃는 표정으로 한겨울 구들장이 후끈 달아올랐다.

사회가 어수선하다. 요즘 검찰에 기소돼 포토라인에 선 사람들을 셀 수 없다. 공통점을 발견했다. 고개 푹 숙이고 말한다.

"죄송합니다. 깊이 사과합니다."

그 자리에 서면 천편일률적으로 나오는 말이다. 속죄는 거기서, 그렇게 하는 것이 아니다. 진정 뉘우치는 표정이 없다.

우리가 세상에 온 것은 참 얼굴을 보기 위해서라 한다. 왜 그런 얼굴이 있잖은가, 풀잎에 앉은 이슬같이 티 한 점 없이 말갛게 웃는 얼굴. 한 생을 두고 그런 얼굴을 몇 번이나 대할까. 세상 잊고, 수심 잊고, 나를 잊게 되는 얼굴. 그 얼굴을 만나면 가슴이 바다처럼 열리고, 남을 위해 희생하고 싶은 심기가 파도를 탄다. 헤어지기 전에 마주 바라보기만 해도 좋다. 햇살처럼 빛나고, 풍파 속에서도 산같이 다가앉고, 고통을 자기의 것으로 알아 눈물 글썽이는 이의 표정….

이따금 거울 속의 내 표정을 들여다본다. 주름이 겹겹인 데다 여기저기 함몰해 가는 안면의 지형 변화를 목도한다. 늙음이 한창 진행되는 변화를 주도하는 주체는 시간이다. 이제 나이를 먹을 만큼 먹었으니 얼굴에 시간의 누르스름한 빛깔도 올리고, 그것의 무게도 얹어 놓겠다는 심사인 게 분명하다. 탐탁지 않은 빛깔과 짐 지고 싶지 않은 무게로 내 표정이 칙칙하고 우울하게 자리를 틀고 앉았다. 그럴 때가 된 것이다. 가슴팍 내밀며 품어 얼굴에 띨 수밖에 없는 표정이다.

젊은 날 담록淡綠의 빛깔은 파릇파릇 새순 같은 소망을 담고 있었다. 그 신선하던 게 나이 들며 중후해지더니 쇠락하고 말았다. 싱그럽던 표정이 그리운데 만날 수가 없다. 아득히 보이지 않는 시절이 그리워 회상 공간에 서성이다 번쩍 정신이 든다. 떠난 시간은 다시 오지 않는다. 섭리라 하여 알아 가는 이즈음이다.

내게 옛날 푸르던 때의 그 표정이 없으니 마음자리가 섬으로 고적할 때가 있다. 글쓰기에 매달려 보지만 전처럼 충격이 오지 않아 시들하다. 아직 한 생을 걸어가는 사람인데 표정을 잃어버렸다. 그래도 읽고 쓰며 표정을 찾으려 버둥댈 수밖에 없다.

무의식중 TV 채널을 고정시킨다. '세계 테마 기행'. 베트남의 외진 산간에 터 잡은 소수민족을 한 탐험가가 찾아가고 있다 다랑논이 산에 등고선처럼 띠를 두르고 숲이 우거진 오지다. 차는 고사하고 자전거 한 대 눈에 띄지 않는다. 세상과 차단된 곳을 그는 여행하지 않고 탐험했다.

작달막한 키에 검붉게 볕에 그을린 늙은 어미와 나이 든 딸, 둘이 벼를 거두는 논밭에 들어가 낫질을 같이 하더니, 벼를 타작하는 데 끼어든다. 옛날 우리 농촌에선 바닥에 깔아 도리깨질을 했는데, 그들은 별난 도구를 쓰고 있다. 큼직한 널빤지로 위가 아주 헤벌어지게 짠 큰 목조 그릇의 벽에다 벼를 힘껏 내리쳤다. 치고 또 치고, 벼의 낟알이 다 떨어질 때까지 하고는 또 반복한다. 힘겨운 노동을 즐기고 있다. 깜짝 놀랐다. 그 모녀가 계속 웃고 있지 않은가. 땀을 줄줄 흘리면서도 웃는다. 치열을 온통 드러내 얼굴의 주름살까지 일어서서 실룩이는 웃음이다. 산속이 좋다고 웃는다, 농사가 좋다며 웃는다. 떨어지는 벼의 낟알은 비쩍 말라 볼품없다. '아, 맞다. 옛날 우리가 못 살 때 수입해다 먹은 '알랑미(안남미)'가 이거였구나.' 내가 알랑미를 떠올리는 그 순간도 모녀는 웃고 있다. 찬연한 웃음이다. 저 평화로움으로 그득 채워져 자유로 충만한 표정!

동네 한 집의 여섯 자매와 같이 꼴 베러 풀밭을 지나 산속으로 들어간다.

꼴은 자기들 몫의 일이란다. 길게 자란 거친 꼴을 낫 없이 맨손으로 훑어낸다. 많이 하려는 아이가 없는 건 내일 또 오면 된다는 건가. 한 줌씩 모아 묶는다. 한 아이가 풀잎을 입술에 대더니 알 수 없는 곡을 연주한다. 키득키득 아이들의 웃음소리가 산울림이 돼 돌아온다. 꼴을 훑으며 웃고, 묶으며 웃고, 어깨에 걸치며 웃는다. 남자아이도 웃고 여자아이도 웃는다. 가고 오는 길바닥으로 아이들 웃음이 남실댔다.

웃음은 그 아이들 표정이었고 소수민족의 행복이었다. 돈, 밥, 학교, 옷, 신발과 관계없이 마냥 웃을 수 있는 아이들. 실없이 나이만 먹는 나, 아이들이 부럽다. 그 웃음이 부럽다. 웃을 수 있는 마음이 부럽다.

세상엔 표정을 잃어가는 사람이 있고, 표정을 만들어 가는 사람도 있다. 궁벽한 골짝에 살며 시종 웃는 소수민족 사람들. 환경은 열악해도 그들은 지쳐 보이지 않았다. 표정이 살아있다. 그 표정을 잃지 않는다.

새치기해서라도, 웃는 쪽에 서서 잃어가는 내 표정을 되찾고 싶다.

충돌

주변엔 크고 작은 충돌이 많다. 미풍에도 나뭇잎끼리, 가지끼리 비비듯 부딪는가 하면, 상황에 따라선 세차게 부딪치는 수도 있다. 발끈해 감정 조절이 안되면 상대와 맞부딪기도 한다. 종국엔 대형 사고로 이어져 끔찍한 결과를 낳는다. 화를 자초하는 것이다. 재산상속을 놓고 형제간이 다투거나, 사소한 대립으로 고이 쌓아 온 지란지교의 우정에 금이 가거나, 다름을 넘지 못해 갈라서는 부부간의 이혼은 얼마나 불행한 일인가. 해로동혈한다더니 남남이 되는 것처럼 가슴 아픈 일이 또 있으랴 싶다.

살랑살랑 훈풍에 몸을 비비는 나뭇가지 위로 내려앉는 여린 햇살을 어찌 충돌이라 하랴. 주고받는 이웃의 살가운 정이지, 사랑을 표출하는 살가운 방식이지, 시나리오 없이 진행되는 의식이지.

벼락 맞은 수령 몇백 년 된 고목을 보며 참혹함에 혀를 차면서도, 사람과 사람의 충돌로 무너지는 인간관계의 덧없는 손상을 헤아리지 못하는 사람들은 참 어리석은 존재들이다. 뒤가 얼마나 무서운가. 그런 인간의 얕고 졸렬한 깜냥으로 그걸 어찌 뒷감당이나 하랴, 어마어마한 파열음 그리고 상처가 아물 때까지 견뎌 내야 하는 고통이라니.

충돌의 속을 들여다봐야겠다. 핵심을 지나치지 말아야 한다. 충돌은 서로 부딪는 움직임이라 동사 '부딪다'에 주목할 일이다.

'부딪다'는 충돌이란 행위의 기본형이다. 서로 부딪는 것. 한데 '부딪히다'는 문법적으로 기능이 썩 달라진다. 가까이 있던 친구가 넘어지는 바람에 부딪혀 나도 쓰러졌다면, 친구로부터 영향을 받은 것이니 수동태. 역주행해 오던 차와 부딪쳤다 하면 그런 동작의 '강세'를 표현한 것이 된다. '부딪다 · 부딪히다 · 부딪차다'라는 말의 뿌리는 하나이되 문법적 기능이나 속뜻엔 미묘한 차이가 있다.

이들 셋 중 문제의 초점은 '부딪치다'에 있다. 그냥 그렇게 돼는 것, 수동적으로 그렇게 되어지는 것은 어쩔 수 없는 운명?이라 할 것이지만, '부딪치다'는 사물과 사물, 사람과 사물이 강력하게 부딪치는 경우일 수도 있으나, 행위자인 주체, 곧 '내'가 그렇게 움직인 것이 된다. 내가 감정적으로 맹렬하게 한 움직임으로 일어난 결과라는 얘기다.

때로는 지독하고 냉혹한 것이 사람이다. 하루아침 새 십 년 지기에서 돌아앉거나, 끔찍이도 금실이 좋던 부부간의 사이가 남루처럼 찢기면서 한순간에 갈라섬, 재산 다툼으로 인한 혈육 간의 의절은 얼마나 충격적인 '부딪침'인가. 감정조절에 실패한 사람 사이의 충돌이 빚은 비극, 더 이상의 불상사가 어디 있으랴. 사람들 구석구석을 뒤적여 보지만 인간 세상에 충돌처럼 슬픈 일, 비인간적인 서사는 없다.

돌부리를 차면 제 발만 아프다. 화가 치밀어 오른다고 돌을 찰 일인가. 감정 억제에는 일정 수준 조율이 따라야 한다. 피아노가 고장나 제 소리가 나지 않으면 어긋난 음원을 조이고 맞춰야지 거칠게 손으로 건반을 두들긴다고 되는 일이 아니다. 행패를 부릴 게 따로 있다. 건반에 손이 '부딪치는' 것은 감정의 지배를 넘어서지 못한 일종의 과도한 충돌 현상이다. 종국엔 피아노를 부숴 버리는 낭패를 부르지 말란 법이 없다. 추태가 따로 있는 것이 아니다.

이게 만물의 영장이라는 인간의 행태라면 부끄러운 일이다. '소도 웃는다'란 말은 인간사회에 벌어지는 이런 어처구니없는 소극笑劇을 비꼬는 반어적 수사다. 인간으로서 최소한의 체신은 세워야 한다. 인간다운 품격을 잃지 않고자 한다면 평생 부딪치지는 말면서 살아내자 함이다. 어려운 것 같아도 생각보다 어려운 일이 아닐 것이다. 불쑥불쑥하는 화를 끄면 되는 것인데, 실은 화를 다스리기가 쉽지 않으니 이런 딱한 일도 없다. 그렇다고 토굴에 들어가 수행하거나 면벽面壁해 선정에 들어야 하는가. 그건 각자도생이니 알아서 할 일이다. 책을 읽으면 쉬이 답이 나올 수도 있을 것이다.

나는 인생의 서산마루에 앉아, 저녁놀을 바라보고 있다. 이즈음에도 후덕지 못해 혈기를 다스리는 데 취약하다. 60년을 동행해 온 아내에게 버럭했다 바로 돌아앉아 가슴을 친다. 생각 따로 행동 따로, 언행 불일치다. 늘 내게 헌신해 온 아내는 그러려니 하는지 한마디 대응도 않는다. 혹여 감정 섞인 말이 튀어나온다면 크게 부딪칠 것은 불 보듯 한 일. 일촉즉발의 순간을 넘겨주는 아내는 내게 둘도 없는 천사다. 하긴 매번 참자 참자 하노라니, 요즘 들어 시나브로 둥글어 가는 낌새다. 이제야 철부지를 면하게 되려나 보다.

부딪는 것, 부딪히는 것은 어쩔 수 없는 것이라 치부하고 '부딪치는' 일만 슬기롭게 비켜 가면 되겠다. 그럴 때가 됐지 않은가. 어떻게든 충돌만은 피하며 살자는 게 내 인생의 마지막 과제가 돼 있다.

충돌을 피하기 위한 미연 방지책이 있다. 화가 나려 할 때 슬그머니 웃을 수 있으면 된다. 억지로라도 웃으면 된다. 이내 거친 숨이 잔잔해 있다. 너울 뒤처럼.

문병에서 장례까지

자형이 입원해 며칠 됐다며 누님에게서 전화가 왔다. 내외가 곧바로 문병 길에 나섰다. 대학병원 6층 병실. 안내에서 코로나로 문병이 어렵다 막아서는 걸 환자가 자형이라 통사정해 손 소독하고 마스크 써 병실 진입이 이뤄졌다. 자형은 의식이 희미한 상태로, 명이 몇 줄의 호스에 매달려 있음을 직감했다.

큰소리로 인사하며 반응을 살폈다. 감았던 눈을 가늘게 뜨는 듯했고 날숨을 몰아쉬는 낌새더니 이내 잠잠하다. 환자는 가늘게 뜬 눈과 꺼져 가는 소리로 우리를 알아본다 한 걸까. 소통하느라, 언어 이전의 짓과 숨소리로 안간힘을 냈을 것이다.

해거름, 병원을 나섰다. 주차장으로 가는데 앞선 내 그림자가가 걸음 따라 길게 출렁거린다. '명이 다한 것 같아.'

예감대로다. 뒷날 누님에게서 부음을 들었다. '하루를 가파르게 넘겼구나.' 흔히 극적이라 말하는데, 어제 문병이 그러했다. 까딱했으면 문병이 문상이 될 뻔했다. 어제, 한걸음에 병실로 간 것은 잘한 일이었다.

장례 전날, 우리 형제들은 종일 빈소에 딸린 식소를 지켰다. 시골에서 시내로 진출해 10년 간 수협조합장을 연임한 망자의 생전을 떠올렸다. 그때의 도전적 에너지가 회상의 공간에 소리 내며 흐른다. 어려운 시절, 누님과 함께 아들 넷을 키운 이력에서 망자의 땀에 젖은 삶을 느낀다. 가장의 책무를 다한 것만으로도 성공이다.

뒷날 아침 일곱 시 발인에 서둘러 참석했다. 영안실에서 모습을 드러낸 관이 몇몇 장정에 의해 운구차로 옮겨졌다. 이제, 화장하고 장례를 치르게 된다.

양지공원에 도착했다. 화장이 치러질 공간 문턱에 가설된 구조물 위로 관이 놓이고, 장례를 주관하는 이가 상제들을 향해 다가와 묵념하라 이른다. 칼칼한 목소리가 부드러운 듯 엄중하다. 망자와의 이별을 알리자 북적이던 주변이 조용해지더니, 숨 막히게 적막하다.

주관하는 이가 외마디 소리를 질렀다. 내용은 머릿속에 와 있지 않았지만, '이제 화장이 이뤄집니다.'는 한 단문單文이었을 테다.

순간, 10년 전 불교방송을 통해 보았던 법정스님 다비식 장면이 포개졌다. 스님은 평생을 무소유의 삶으로 일관하신 분이다. 장례에도 수의 같은 일체의 군것을 불허했다. 평소 입던 누더기가사에 싸여 장작더미 앞에 멈췄다. 한 스님의 입에서 천지를 뒤흔드는 호령이 떨어지더니, 그 소리에 야산 주변 늙은 소나무들이 휘청했다.

"스님, 불 들어갑니다."

불이 한순간에 타올랐다. 불길은 망인의 불심만큼이나 맹렬했다. 스님은 그렇게 이승의 온갖 번뇌를 일시에 끊고 열반에 드셨다. 이곳과의 숱한 인연과 겹겹한 관계의 끈을 놓아 버리고 적멸寂滅의 경계로 나아가신 것이다.

미끄러지면서 관이 깊숙이 들어가고 문이 닫혔다. 상을 치르느라 지친 상제와 집안사람들이 잠시 휴식에 들 시간이다. 나는 대기실 맨 앞자리에 앉아 안내전광판에 눈을 고정시켰다.

'준비 중→화장 중→냉각 중→수골 중' 화장이 단계적으로 진행되고 있다. 간밤 잠이 모자라 아시잠을 청했지만 잠은 오지 않았다. 망자의 육신이 불타고 있는데, 살아있으면서 차마 무심하랴. 먹먹하게 앉아 기다리기로 했다. 세 시간쯤 걸렸을까. 망자의 유골이 담긴 항아리가 하얀 보자기에 싸여 나왔다. 장남인 주상이 받고 운구차 운전석 뒤에 앉자 묘지로 출발한다. 주상 바로 뒤에 눈 감고 앉았지만, 내 앞에 자형이 있다는 존재감이 오지 않는다. 이상한 일이다. 사람이 죽으면 이런 절차가 진행된다는 느낌에만 익숙해 있으니….

묘지엔 망인이 묻힐 준비가 돼 있었다. 네모반듯하게 팬 자리에 유골항아리를 넣고 대리석 판을 덮자 상제들이 번갈아 두서너 번씩 삽질로 흙을 뿌린다. 잇따라 인부들에 의해 흙이 덮씌워졌다. 뒤편으로 오석에 '수협조합장 남양 홍씨 00의 무덤'이라 새긴 비석을 세웠다. 돌아가는 의식은 의외로 간결했다. 절하며 상제들이 상복과 건을 벗어 탈상한다.

장지에서 식욕이 왕성한 건 모를 일이다. 일찍 집을 나서서 정오를 넘긴 시간이기도 하지만, 고사리 숙주나물 육개장을 두어 술 뜨자 뱃속에서 환호성이 터져 나온다. 시울 넉넉한 국 그릇 둘을 단숨에 비웠다. 장례를 막 치른 시간, 망자는 땅속인데 산 사람은 살기 위해 먹는다. 그래서 유명幽明을 달리했다 하는가.

일산에서 내려온 누이와 함께 집으로 오는 차 중에서 우리는 살아갈 미래 얘기를 나눴을 뿐 망자에 관한 과거 얘기는 별로 없었다. 85세를 살다 돌아갔으니 누릴 만큼 누렸다는 걸까.

그러고 보니 빈소나 장례식에서 '아버지'를 부르거나 오열은커녕 눈물을 흘리는 상제가 없었다. 미망인인 된 누님도 예외가 아니었다. 제 쪽으로 온 조문객을 맞이하느라 바빴다. 눈물을 흘리던 옛날 상가와는 딴판이다. 그렇게 변했다. 요즘 장례는 너무 메마르다.

밥, 천의 얼굴

속언에 '밥이 보약'이란 말이 있다. 병에는 약보다 밥을 먹고 기운을 차려야 한다 하여 이르는 말이다.

예로부터 우리에게 밥은 주식이다. 자고이래 '밥은 허연 쌀밥'이 동경의 대상이었다. 『흥부전』에도 굶주려 있는 가운데 "어머니, 나는 육개장에다 허연 쌀밥을 좀 말아 주시오."란 아주 간절한 대목이 보인다. "제 밥도 못 찾아 먹는 주제에."라 해서 제가 차지하는 모가치란 뜻도 있다.

재료에 따라 가짓수도 잘도 많은 게 밥이다. 보리밥, 꽁보리밥, 쌀밥, 멥쌀밥, 찹쌀밥, 햅쌀밥, 이밥, 기장밥, 메밀밥, 수수밥, 옥수수밥, 조밥, 강조밥, 차조밥, 피밥, 녹두밥, 콩밥, 팥밥, 잡곡밥, 오곡밥, 감자밥, 고구마밥, 나물밥, 콩나물밥, 무밥, 굴밥, 조개밥, 쑥밥, 김밥, 톳밥, 굴밥…. 놀랍다.

아잇적에 질리게 먹던 게 보리밥과 조밥, 고구마밥과 무밥이었다. 조밥에는 강조밥, 차조밥이 있었는데 차조밥은 풀기가 있었으나, 모래알같이 마른 강조밥은 그 가난에도 목으로 넘기기 거북했다. 바다에서 나는 톳에 좁쌀을 섞던 톳밥은 '눈 밝은 닭 주웜직이(주워 먹게)' 좁쌀 찾기가 어려웠다. 피밥은 피 빛깔이 희어 쌀밥 기분이 감돌았지만, 입에 넣으면 껄끄러워 조악粗惡했다. 고구마밥은 고구마 천지로 그나마 명색 밥이라 했다. 초근목

피를 먹던 시절, 그런 걸 가리고 따졌을까. '밥' 자가 붙은 걸 앞에 받아 앉는 것만으로 입이 벌어졌으니까.

그래도 육지, 잘 사는 양반가에는 고봉高捧밥이란 게 있었다. 그릇 위로 수북이 높게, 꾹꾹 눌러 담은 밥이다.

양반 집에선 예로부터 식사습관이라는 규범 같은 걸 지켰다. 고봉으로 담은 밥의 그릇 전까지만 먹는 것. '전'이란 밥그릇의 위쪽 가장자리 시울 넓게 헤벌어진 부분을 가리킨다. 진즉 그릇 가장자리 윗부분만 먹는다는 얘기다. 이를테면, 그릇 위로 보이는 데까지만 먹고 그 밑으론 남긴다는 뜻이다.

양반은 그 이상 더 먹으면 안되는 것으로 교육시켰다. 남은 밥은 긴히 쓰일 데가 있었다. 상을 물리고 나면 집에서 일하는 하인들 몫이 됐던 것이다. 남은 밥과 반찬을 문간방에 들이밀면, 그들도 위아래 서열에 따라 차례대로 그릇을 비웠다.

만약 배고픈 상전이 그릇 밑바닥까지 몽땅 먹어 치우면 노비들은 끼를 굶어야 할 판이다. 불평을 쏟아냈다. "어이구 양반이랍시고 종은 사람 취급도 않네. 밥 굶기는 걸 보니 이 집구석도 망조가 드는군!"

이런 글이 있었다. '밥상 앞에서 엄마를 가운데 두고 오뉘가 다툰다. 밥그릇을 바꿨다며 옮기기를 반복한다. 왜 그런 것 갖고 다투느냐는 엄마의 성화에 눈물까지 흘려 가며 싸운다. 아이들은 예나 지금이나 밥이 많은 걸 원하는 것 같다고 생각했는데, 그 반대다.

골고루 먹어야 키도 크고 몸매도 좋아진다는 어린이집 선생님의 가르침이 그 첫째 이유다. 밥을 다 먹어야 수박과 아이스크림을 주겠다는 엄마의 명이 두 번째 이유. 밥보다 아이스크림이 더 먹고 싶고, 뚱뚱해진다는 밥을 많이 먹는 게 싫어서, 밥이 적은 쪽을 택하려 한다. 내가 보기엔 누구의 밥이 많은지는 구분이 잘 안된다.'

남의 밥사발이 높아 보인다는 말은 이제 옛말이 돼 버린 걸까. 밥을 잽싸게 그리고 적게 먹어야겠다고 덤비는 아이에게서 오늘의 풍요를 실감한다.

이 오뉘에겐 곁에 밥을 꼭 먹이려는 든든한 엄마가 있다. 한데도 요즘 들어 밥이 주식의 자리에서 뒷전으로 밀리는 것만 같다. 격세지감을 금하지 못한다.

이것만은 서구화 물결에 떠밀려선 안된다. 그 옛날, 가난을 뿌리친 게 꽁보리밥이었다. 밥을 먹어야 폭염도 견뎌 낼 수 있다. 밥맛이 없으면 입맛으로라도 먹어야지.

내 리스크

요즘 들어 심심찮게 리스크risk란 말을 떠올린다. 불확실성의 노출을 뜻하는 말로 위험danger의 부정적 의미와 헷갈리지만 다르다. 단정적으로 재단할 수 없는, 미래의 상황이나 결과에 따라 달라질 수 있는 개연성이 안에 포장돼 있다. 앞으로 좋아질 수도, 나빠질 수도 있다는 것, 희미하나 긍정의 불씨가 더러 남아 있다.

나이 들면서 예민해진 사고체계가 리스크에 닿아 가는 건지도 모른다. 하긴 혼자 자신의 내면을 들여다보는 자가 진단에 의한 불안감 따위다. 다가올 날에 나는 어떨지, 내 아이들의 삶은 어느 수준에서 보장될지, 내가 하고 있는 문학은 토양을 북돋아 비옥할지, 아니면 척박한 땅에서 시들어 가는 건 아닌지, 종국에 이 모든 변화를 어떻게 수용하게 될 것이며….

나이 들면 소심해지는가. 한 번 눈 맞춰 지나쳐 좋을 걸 질기게 매달린다. 그게 점층적 심화로 흐른다. 집착이 아니면 자기합리화일까. 이 나이에 자기도취는 말이 안되고, 여차한 일에 심지가 흔들릴 수 없는 노릇인데도 이런 구속으로부터 자유롭지 못하다.

50줄 두 아들 간의 '차이'가 마음에 걸린다. 서울서 외국 회사에 다니던 큰아들이 실직해 환향했다. 의사인 작은아들은 의사로서 상당 수준 잘 나가고 있다. 둘이 다 열심히 사는 데도 생활 수준이 우심하다. 걔들 턱없는 불균형이 내 리스크로 구체화하는 것 같다. 아버지라 의당 그래야 하는 걸지 모르나, 그 범위를 벗어나 있는 것 같다.

간여한다고 달라질 게 아님을 번연히 알면서도 눈 떼고 돌아앉지 못한다. 동기간에 둘이 우애롭지 않다면 앉혀 일장 훈시라도 하련만, 능력 밖이라 빼도 박도 못한다. 키울 때 '한 가족'으로 정겹던 그때의 회상에 가슴 아리다.

거기 덧대 중 · 고생이 된 손자 손녀, 그 어린 것들에게 다가올 미래에 생각이 미친다. 철모르고 네 것 내 것 없이 한 가족으로 커 오던 시절에 느끼던 걔들 넷의 형제 개념이 명확해졌다. '아, 아버지는 형제지만 우리는 4촌'이라 알아 버린 친족 계보 속 인식의 변화 추이. 그도 내겐 부담이다. 갖고 갖지 못한 차이가 여지없이 드러난 데서 느낄, 큰아들 아이들의 갈등 구조에 차마 한마디 말을 못해 가슴 쓸어내린다.

그 아이들 4촌이지만 내겐 똑같이 손주다. 걔들을 함께 품지 못하는 노년의 가슴이 무서리 내린 가을 들판처럼 차갑고 황량하다. 마음이 자연, 갖지 못한 큰아들 쪽 두 아이에게 기운다. 위를 보지 말고 아래만 보며 살라 말은 하지만, 눈앞인데 안 보일 것도 보이는 법이다.

요즘 서구어에 익숙한 세상의 공기를 마시다 전이된 건가. 망연자실 먼 산에 가 있는 눈에 불쑥 떠오른 말, 리스크.

글을 쓰는 마음자리로 둘둘 말리며 험한 파도가 밀려온다. 어떻게든 해 봤으면 하고 평상심을 산산이 부수는 게 마음에 이는 욕심의 물결이다. 하지만 이제 내가 무얼 더 가지려 할 것인가. 이 물결이 더 소유하려는 욕망은 아닐 테다. 다시 시작하려 목매는 것도 아니다. 사람과의 관계가 틀어졌거나 행여 정서가 황폐했거나, 그도 아니리라. 그러니 그만저만 잦아들리라 자신한다.

해거름 잔광 뒤로 숨은 산 그림자 하나 어둑한 실루엣으로 왔다. 내 문학이 게슴츠레 눈을 껌뻑인다. 등단 몇 년을 내세우는 문단의 통속적 셈법은 내가 선호하는 산술이 아니다. 노역을 기울이는 내공이야 기본이지만, 내가 '이렇게 됐네.' 하고 허투루 내놓을 건 못 된다. 중요한 건 내 문학의 자리가 견고하냐는 것, 얼마만큼 알 박았으며 어느 지점에 나아갔나 하는 것이다. 아직 그걸 짚어내지 못해 멈칫거린다.

수필에 매진한다고 십년이 넘더니 어느 날 느닷없이 시를 끌어들이고 있었다. 수필에 시가 함께 엮였다. 내 체온이 공평히 배분되고 시간도 똑같이 할애된다. 어루만지는 손길도, 끌어안는 가슴도, 싸고도는 발품도, 한쪽에 기울지 않게 잣대를 들이대고 저울에 달아 평형을 조율한다.

어느 하나의 성취가 다른 하나에 가 닿기를 간절히 바라 온 이 일련의 퓨전적 통섭은 토설하거니와 나 딴엔 눈물겹다. 문학에의 애틋한 애정으로 점차 내 범위를 확산 하고 있을 것이라 믿는다. 방치했다 잡풀에 점령된 묵정밭이 될지도 모른다는 위기감이 감지되면서 그것만은 막자 했다. 자신이 냉혹히 경계해 온 부분이다.

수필 한 편, 시 한 편 써 놓고, 혼자 '그래 바로 이거야.' 하고 무릎을 친 게 그새 한두 번이랴. 별안간 어디서 굴러든 나르시시즘이냐 하다가도 히죽 웃으며 중얼거린다. '고슴도치도 제 새끼는 함함하다' 한다고.

수필이건 시이건 문학으로 흐를 수 있는 언어의 바다 위 내 범주는 어디까지일까. 분수 모르고 나불대는 아이처럼 들뜨고 설레기도 했다. 하지만 문학은 그냥 쓰는 것일 뿐 누가 금 긋듯, 주춧돌 놓듯 이만하다고 계량화하지 못한다. 팔딱이는 싱싱한 날것의 언어에 에워싸여 울고 웃고 할 뿐. 지나고 돌아보면 시간의 퇴적이 의식의 하구에 작은 섬 하나로 앉아 있곤 하는 것. 그 발견이 황홀해 오늘도 책상을 받아 앉는다.

50줄의 두 아들이 당면한 현재, 걔네 아이들에게 펼쳐질 미래가 내 리스크로 틀어 앉아 있다. 불균형이고 불가해하니 내 리스크는 강풍에 떼밀리는 망망대해처럼 출렁거려 몹시 어수선하다. 내가 다리 뻗고 앉을 자리에 잇대어 내가 가 있어야 할 범위가 갈수록 모호해지는 듯하다. 시간이 흐르면 드러나 보일까. 포만한 만조의 바다가 물결에 밀려나 수평선을 긋듯, 그렇게.

옥상에 올라 앞바다의 수평선을 바라봐야겠다. 비에 씻긴 뒤라 그 너머에 섬 몇이 눈에 들어올 것이다.

노년의 그림자

몸과 마음이 서로 맞아떨어지면 좋은데 요즘 나는 그렇지 못해 심한 갈등을 겪고 있다. 몸이 쇠하니 웬만해선 움직이려 하지 않고, 어쩌다 기운을 되찾아 몸을 일으켜 나서면 마음이 막아 나선다. 일찍이 없던 심신의 괴리 현상이다. 어느 한쪽에 잘잘못을 따질 것은 아니라, 이제 그럴 때가 된 것이려니 체념하게 된다.

이도 단순치 않아 문제를 키운다. 그러려니 하면 좋은데, '그러려니'가 잘 되질 않는다. 삼시세끼 거덜 내면서 그냥 죽치고 앉아 지낼 수는 없잖은가. 그렇다고 무얼 시작할 수도 없고, 하던 것에 매달려 더 나아가지도 못한다. 나이 들어 새로운 것을 시도한다는 건 가당치 않은 것이지만, 하는 일에 성과를 기대해 봐도 생각일 뿐 가시적 결과는 거의 없다. 나아가지 못하는데 결과물을 기대하는 것은 어리석고 맹랑한 일이다.

나는 꽤 오랫동안 글을 써 왔다. 수필에서 시작한 내 글쓰기는 시까지 내 문학의 범주에 끌어들이면서 상당히 열정을 기울인다. 수필집과 시집을 동시에 상재해 여덟 권씩이다. 어느 출판사가 기획한 한국현대수필가100선에도 얼굴을 들이밀었다. 최근엔 서울에 있는 출판사의 기획도서로 산문집을 내어 시종 단조한 분위기에 기를 불어넣으려는 시도도 했다. 한 번 해보자 해 마케팅에 뛰어든 것이다. 수필보다 깊이 들어가지 못하더라도 외연을 더 넓혀 보자 한 모험적 행보였다.

한데도 책상 앞에 앉으면 결핍으로 어지럼을 탈 만큼 혹독한 정신적 허기에 허우적거린다. 한때는 긍정의 범주를 늘려 결핍에서 오는 이 허기가 글을 쓰게 하리라 했다. 무언가로 채워야 할 빈자리라 여겼다. 긍정의 시너지 효과까지 계산에 넣어 가며 나는 해내겠다 어귀차게 다짐했었다.

그래도 내 글쓰기에는 나를 생동케 하는 에너지가 없는 것 같다. 수필이든 시든 내 글들이 나를 더는 날아오르게 하지 않을 거란 걸 알아 버렸다. 춘원은 바로 후배인 금동 김동인에게 문학을 여기餘技로 한다고 나무람을 받았다. 근대소설을 처음 시작한 대문호를 향한 냉혹한 질타였다. 하물며 나 같은 무명임에랴.

여기란 문학에 매달려 전념하지 않고 대충한다는 지적일 테지만, 나는 우리 문학사가 기술하고 있는 이 지적에 상당히 당황하게 된다. 내 글은 무엇인가 하는 자괴감 때문이다. 그런다고 쓰던 글인데 그만 내려놓지도 못하니 부질없이 쓰고 있는 게 아닌가 하고, 내 노년의 삶에 부담을 느낀다.

늘그막 얘기를 하다 에둘러대고 있지만, 실은 소소한 것들에 마음 쓰이지 않는다면 체면치레거나 거짓이다. 일에서 떠났으니 당연히 달라져야 하는데, 그러지 못한다. 한때 집 안 청소며 설거지는 내가 한다고 호언장담했었는데, 흐지부지돼 버렸다. 갑작스레 얻어걸린 병 탓이라 일단 면죄부는 받은 셈이지만 마음이 편찮아 성가시다. 만성 어깨통증으로 신음하는 아내에게 체신이 서지 않는다.

먹는 거며 청소, 빨래 치다꺼리로 노상 쫓기는 아내, 나는 손이 미치지 않으니 멀거니 쳐다보기만 한다. 이럴 때 나누지 못하는 건 고통이다. 나를 직장에 내보내고 두 아들 키우느라 몸을 부숴 헌신해 온 아내에게 할 말이 없다. 너무 혹사하고 있다. 가엾은 사람이다.

김형석 교수를 떠올린다. 올해 연치 102세이신데도 비자나무처럼 꿋꿋하시다. 철학자라 인생을 맑고 슬기롭게 사는가. 노구에도 여기저기 강의 나가고 수영장에도 긴다 하고, 평소 집에 있을 때는 하루 몇 번씩 이층을 오르내린다 하니 샘솟듯 어디서 나오는 힘일까. 어른을 취재하러 간 기자가 깜짝 놀랐다 한다. 책상 위엔 돋보기안경과 사전과 원고지가 놓여 있을 뿐, 지팡이나 보청기 같은 노년의 그림자는 찾아볼 수 없었단다. 글을 읽으며 놀랐다.

내가 그 나이가 되려면 강산이 두 번도 더 뒤집어져야 닿을까 말까다. 부럽기 전에 내 노년의 허술함이 부끄럽다. 60대를 훨씬 넘어설 때만 해도 팔다리가 불끈거리는 근육의 근기가 만만찮았는데, 어느 날 갑자기 흐물거리고 있으니 민망하다. 늙음을 막는 재주는 없는가 보다.

내 노년의 그림자가 길고 짙다. 아잇적 마당에 곡식을 널었던 기억이 떠오른다. 어머니가 새벽에 밭에 가며 단단히 일렀다. "멱서리에 있는 곡식을 널고 낮에 휘젓고 해가 지기 전에 그림자가 지거든 멍석을 덮어야 한다." 멍석을 덮지 않으면 축축해져 낮에 곡식을 말린 게 헛수고라고 알아듣게 말씀하셨었다. 그림자가 곡식을 건사하는 데 방해가 됐다.

나는 지금 늙음의 그림자를 밟고 서 있다. 그림자는 햇빛을 등지는 것이다. 길고 짙고 축축하고 서늘하다. 뒤로 금세 어둠의 기운에 냉기까지 서려들 것이다.

늙음의 그림자가 두려워서가 아니다. 볕 안 드는 곳에 서 있는 나를 바라보는 가까이 있는 사람들의 눈길을 의식하게 된다. 웬일인지 요즘에 그 눈길을 받고 있으면 어느새 내가 머쓱해진다.

어차피 겪을 일이지만 겉으로라도 표정 관리를 해야 하는 건 아닌지. 태연히 나잇값 하고 싶다. 그래야겠다.

5부

새의 뒤를 따르는 눈

관법觀法 차이

어느 산문에 기거하는 두 스님이 길을 가다 징검다리가 없는 개울을 만났다. 그런데 개울가에 서서 발을 동동 구르며 안절부절못하는 처녀가 그들 앞에 있었다.

그중 한 스님이 그 처녀를 업어 건너편에 내려 주었다.

개울을 건넌 두 스님이 다시 가던 길을 재촉하는데, 대뜸 한 스님이 힐난했다.

"그대는 수행자가 돼서 어찌하여 처녀를 업어 줄 수가 있습니까?"

그러자 다른 선사가 즉답했다.

"스님, 저는 이미 그 처녀를 내려놓았는데, 스님께서는 아직도 업고 계십니까?"

왜일까.

짧은 글이 이런저런 것을 생각게 했다.

아마 간밤에 내린 큰비로 개울에 물이 엄청나게 불었을 것이다.

글쓴이는 개울이라는 자연을 앞에 놓고 도행道行 중인 두 젊은 스님을 시험대에 올려놓았을 법하다. 그들 둘은 절친한 도반 아닌가. 처녀를 등장

시킴으로써 둘 사이에 뜻밖의 긴장 국면을 조성했다. 관심하게 된다.

여인을 업어 개울을 건넌 스님은 그녀를 무심히 업었을까. 동요는 없었을까. 개울을 건넌 뒤 여인을 내려놓는 순간은 어떠했을까. 흔들리지 않았을까. 그 사이, 다른 스님은 무슨 생각 따위에 제약을 받지는 않았을까. 가슴 뛰거나 아무렇지도 않았을까. 열 길 물속은 알아도 한 치 사람 속은 모른다. 스님 둘 다, 아니면 어느 한쪽이라도 심리적 갈등을 겪었을지 모른다.

업었던 처녀를 내려놓고 걸음을 재촉하면서 나눈 대화에 번쩍 정신이 들었다.

'어찌하여 처녀를 업어 줄 수가 있었습니까?'라 한 스님은 자기라면 지금처럼 아예 업어 주지 않았을 거란 소리로 들리지 않는가. 한데 왜 그 스님은 짓궂게 그런 질문을 던진 걸까. '저는 이미 그 처녀를 내려놓았는데, 스님께서는 아직도 업고 계십니까?' '아직도'라 한 그 단정적 어조의 여운….

관법의 차이인가. 나는 수행자가 아니다. 글을 읽으면서 내가 속된 사람이라, 얘기 속의 그 처녀를 '지금도' 업고 있는 건 아닌지 모르겠다. 그건 정말 모르겠다.

하루에 한 번 흙은 밟아야지

뇌경색과 파킨슨 씨 병이 들어와 3년째. 둘 다 뇌혈관에 탈이 난 거라 다른 부위와는 확연히 다르다. 언어장애가 오거나 몸의 균형을 잃어 비틀거린다. 일찌감치 지팡이를 짚고 있다. 시간이 지나면서, 그러려니 해 녀석들과 무심히 지내려 애쓰고 있다. 쉬운 일은 아니나 눈 흘기거나 투덜거리지 않기로 마음을 정리했다. 수용하진 못하더라도 병에 맞선다고 내게 뾰족한 무슨 수도 없잖은가. 약물 치료를 계속하다 보면 끝이 보일 것이니 기다리자 하는 수밖에.

삶의 둘레가 줄어드는 게 문제다. 나이 들며 그렇게 돼가기도 했지만, 엮어 온 관계에서 떠날 수 없는 게 사람이다. 문학 강의도, 동인 활동도, 몇 안되는 친목회도 일단 내려놓고 몸의 호전을 기다리자 결단했다. 어떻게든 사회 속의 나로 복원해 나갈 심산이나 물론 답을 얻을 처지는 아니다.

우선, 건강이 흔들렸음에도 힘 닿는 데까지 본래의 나를 찾아 나서려 안간힘이다. 맨 처음 자신과 단단히 약속한 게 걷기운동이다. 건강이 나빠지기 직전까지도 늘 되뇌던 금언, "걸으면 살고 누우면 죽는다." 가장 보편화된 건강 비결인 걸 부인할 사람은 없을 것이다.

무릎관절이 나빠 걸음이 불편한 아내도 대찬성. 먼 거리를 걷는 게 아니다. 우리가 살고 있는 동 둘레가 걷기 코스다. 다섯 바퀴를 돌면 숨이 차오른다. 그나마 숲이 우거진 데다 오솔길까지 끼고 있어 좋은 환경이라, 우리 내외에겐 안성맞춤이다. 이 길을 걸으며 자연에 감사하게 된 것은 큰 깨달음이다. 나도 놀란다.

웬만한 날씨면 멈추거나 그냥 건너지 않는다. 이곳 아파트로 이사 와 3년째 걷다 보니 이젠 일과가 됐다. 큰 비바람이나 폭설이 아니면 걷는다는 원칙에 따라 실천하고 있다. 이렇게 몸을 움직이면 더 늙어 꼬부라져도 눕는 신세는 면할 게 아닌가. 덕분에 잠도 풋잠에서 숙면을 향해 진일보했으니, 늘그막에 이런 소득이 있으랴.

며칠 전, 비가 내려 포기하렸더니, 건넌방에서 터져 나온 아내의 불호령(?)이다.

"하루에 한 번 흙은 밟아야지요!"

이상화의 〈빼앗긴 들에도 봄은 오는가〉에 나오는 구절이 떠오른다.

'내 손에 호미를 쥐어 다오/ 살찐 젖가슴과 가튼 부드러운 이 흙을/ 발목이 시도록 밟아 보고 싶고…'라 한 그 흙 아닌가,

이젠 아내가 한 걸음 앞장설 기세다.

어휘의 곳간이 비려나

나이 드니 그런 거지 하고 심상히 넘길 일이 아니다. 글을 쓰면서 잊어버린 어휘를 못 찾아 뒤적이는 경우가 없잖지만, 아직 심하진 않은 것 같다. '야멸차다'는 '야멸치다'라야 한다든가, 언덕 너머 봄이 올 때를 '봄의 들머리'라고 하지만, '해토머리'라고도 하거든…. 더 나아가기도 한다.

워드를 치며 내 생각이 글 속에서 어떤 환경에 부딪힐 때, 머릿속 어휘가 저장돼 있는 곳간을 두드리면 빼꼼히 문이 열리며, 원하는 말이 튀어나오곤 한다. 수필을 쓰기 시작한 50줄엔 필요한 말의 공급이 여간 빠르지 않았다. 속도만 아니라 적확했다. 덩달아 글 한 편 마무리도 수월했다.

나중에 보면 허술한 데가 있어 아쉽기는 했어도, 말의 공급이 더디거나 막혀 애를 먹은 적은 별로 없었다. 젊음의 패기는 때로 글을 자만의 구렁텅이에 빠뜨릴 수 있다. 대체로 사람들은 다들 그러면서 성숙하는 것이라 한다. 30년 전에 쓴 글을 보며 낯을 찌푸린 게 한두 번이 아니다.

작품집을 내면서 개작 수준에서 다시 쓰다시피 한 게 여러 편이었음을 실토한다. 이렇게 해서라도 글이 완성되면 오죽 좋으랴만, 녹록지 않아 노상 자판을 두드리며 노심초사다. 세상에 문학을 계량하는 도구는 없다. 가열하게 쓰는 길밖에.

뇌혈관에 질환이 와 힘겨울 때도 있지만, 약물 치료에 매진하며 글쓰기를 이어가는 중이다. 안에 갇히다 보니 시간과 싸우노라 글을 쓴다. 다행히 내 어휘의 곳간에 채워놓은 말들이 아직 짐 싸 들지는 않은 것 같아 환호한다.

한데 그러려니 하면서도 의아할 때가 있다. 옛 동료 이름을 잊어버리면 허탈한데, 늘 쓰던 어휘가 간데없이 사라질 때는 더 허망하다.

조금 전, 바탕화면에 가지런히 저장해 둔 파일들을 방 하나 따로 내 모았으면 편하겠다 싶어, 만들어야지 하는 순간, '만들다의 목적어 뭐지?' 딱 걸리는 게 아닌가. 머릿속을 뒤적이고 연관될 말들을 샅샅이 뒤져도 말짱 도로다.

늘 쓰는 기본용어를 누구에게 물어보기도 그래서 쩔쩔매던 중, 어둠의 휘장이 열리면서 불쑥 튀어나온 말, '폴더'. 하도 어이없어 입맛만 다셨다.

다른 건 다 잃어도 머릿속에 있는 내 말만 무사했으면 좋겠다. 어휘의 곳간이 비어가려나. 지레 긴장한다. 어쩌면 좋은가. 어디로 누구에게 다가가 손 모아 빌어야 하나.

상상력 실험

칸트는 상상력을, "직관 속에서 표상하는 능력"이라 했다. '직관'과 '표상' 두 낱말을 조금만 연합해 보면 상상력이 문학 창작의 원천이라는 말이 될 것이다.

시인 안도현은 어느 글에서 '낯설게 하기'를 말하면서, "삼겹살을 뒤집어라."고 했다. 글이 글다우려면, 그 나물에 그 밥, 라면 먹고 이빨 쑤시는 식이 되어서는 안된다는 말로 들린다. 시인 작가에게 문학은 자신의 생애를 상상력과 감수성에 의탁함으로써 잃어버린 '나'를 되찾고자 고군분투함일 것이다. 자신과의 처절한 사투다. 의식을 따르다 보면 관념에 갇혀 의식 자체가 남루에 덮이고 만다. 상상력의 기력이 탄력을 잃어 낡아 버리는 것은 정한 이치다.

근원에 닿으려는 간절한 열망을 지니고 있은 한, 사람의 심성은 안팎으로 열려 있게 마련이다. 감성의 촉수가 돌기처럼 긴장돼 있을 때, 상상력의 파장도 활발해진다. 비단 창작만이 아니라 원래 사람 살아가는 모습이 그러했을지 모른다.

나는 잠들지 않아 뒤척일 때가 많다. 글을 써야 한다는 책무감 때문일 텐데, 이런 밤이 잦은 데다 그것에 짓눌리는 무게가 만만찮다. 힘겨울 지경이다. 소재를 만나야 하는데 그게 잘 만나지지 않는다. 심지어는 조금 전까지 팔베개해 누웠더니, 어느새 감쪽같이 실종돼 버린다. 어디로 어느 쪽으로 도망질했는지 자국조차 없다. 머릿속이 휑하면서 감았던 눈을 뜨고 만다. 애써 붙였던 눈이 뜨이면서 잠은 출발점으로 돌아가 있다. 잠으로 가던 노역(?)이 그만 도로가 돼 버린다.

잠은 강청하면 멀리 달아나 버린다. 나는 그만 어기적거리며 상상의 언덕을 기어오른다. 다 잠든 밤의 고행孤行은 고행苦行이다. 언덕엔 풀이 무성해 눈 번쩍 뜨게 하는 풋풋한 푸나무들 향내로 진동한다. 실재한 나와의 극명한 대비, '초록은 밤에도 푸르구나.' 느닷없는 빛, 초록은 단순하지 않다. 색을 걷어낸 '빛'이었다. 상기된 상상력이 내 손에 종이와 만년필을 찾게 하는 게 아닌가.

> 이제 더 푸르진 않아// 초겨울 마당 무서리거나/ 천백고지 상고대거나/ 순일하게 하얀 눈밭이거나/ 저기/ 울울한 자작나무 숲// 한/ 풍경이네// 그냥 둘까/ 자라게
>
> (〈면도하다가〉 전문)

완만하게 흐르다 세차게 감돌아 내리는 물줄기 같은 게 상상력인가. 가파르게 내려 분출하는가. 그런 건가. 그 바람에 한 편의 시를 메모했다. 명상에 잠겨 영혼과의 대화를 받아쓰기하거나, 숲속을 거닐며 계절 속으로 빠져들어 자연의 숨결을 들었거나, 철학에 사로잡혀 고뇌에 찬 진리 하나에 목말랐거나…. 우리 시맥詩脈을 이뤄 온 시인들은 사뭇 절박했으리라.

목월의 '강나루 건너서/ 밀밭 길을// 구름에 달 가듯이/ 가는 나그네'의 애수 어린 그 시대 우리의 자화상 '나그네'도, 미당의 '머언 먼 젊음의 뒤안길에

서/ 인제는 돌아와 거울 앞에 선/ 내 누님같이 생긴 꽃이여'의 우리에겐 아득하기 만한 화자의 다른 얼굴 '내 누님'의 은유 국화꽃.

좀 깊이 들어온 것 같다. 시대를 풍미하고 지금도 우리 안에 살아 있는 시인의 상상력은 늘 따라오라 손짓하며 자극한다. 따라가려면 시늉을 해야 하니, 잠시 일상으로 눈을 돌려야겠다. 메모에서 눈을 빛내고 있었다.

"개미의 주소는?"라 묻자,

"허리도 가늘군 만지면 부서지리."

이도 참 희한한 상상력 아닌가. 머리 굴리면 되는가. 놀랍다.

번지다

성균관 야외혼례에 간 적이 있다. 봄이었다.

전통 혼례엔 말로 하는 혼인 서약도, 예물교환 등 신체 접촉도 없었다. 신랑이 나무 기러기를 상에 놓고 절하면, 신부의 어머니가 받아 가는 전안례奠鴈禮가 눈길을 끌었다. 기러기는 한 번 짝을 지으면 한눈팔지 않는다고 정절을 상징하는 예다. 또 하나는 합근례合巹禮, 신랑 신부가 잔을 주고받는다. 이때 쓰는 술잔은 표주박을 둘로 쪼갠 것. 그 짝이 세상 하나밖에 없고, 둘이 합쳐짐으로써 온전한 하나가 된다는 뜻이 있다.

술 한 모금씩 입으로 가져가며 눈빛이 애틋한 사랑의 고백으로 번지다. 혼례에 쓴 그 박은 청실홍실로 장식해 천장에 매달아 신방을 은밀히 굽어보게 한다. 황홀한 상상이 무지갯빛으로 번지다.

'번지다'. '바뀌다'가 아닌 번지다라니. 목련꽃이 피는 일을, 꽃이 지고 열매 맺는 일을, 계절의 선순환을, 너와 나 사이의 사랑과 이별의 순간을, 삶과 죽음이 돌고 도는 그 둥근 순회를, 시간과 공간의 옮김을 일러 번지다라니…. 먹물이 화선지에 고요하게 번지듯, 씨와 날로 자아 피륙을 짜듯 조촘조촘 아주 천천히 가는 것, 번지다라니….

번지다, 그렇게 말하면 당신과 그와 나는 얼마나 다정다감할까. 얼마나 가까울까.

연둣빛이 번지다. 번지어 진록이 되었다니. 숲을 스치는 바람에 햇볕이 뜨겁더니 나뭇잎에 짙은 빛깔을 올리다니. 어느새 계절이 깊어 가을, 시간이 번지다. 그 위로 가을을 물들이는 단풍이 활활 번지다. 위로 아래로 옆으로 능선을 타고 내려 빨갛게 노랗게 번지다. 온 산으로 불길처럼 번지다. 저 가을 산 선연도 해라, 한 폭의 수채화다. 산을 오르다 거대한 그림 속에 들었구나. 좀 더 있으면 가을의 현란한 단풍 번지다. 세상으로 번지다.

코로나19가 세상을 낯설게 했다. 낯섦이 마스크로 번지다. 아는 사이도 몰라보기 일쑤라 눈 맞춤에만 이골났다. 눈빛이 번지다. 웃음이고 표정이고 언어다. 집합 금지로 사람이 그립지만 일 년 3개월 동안 훈련병처럼 살다 보니 군기 꽉 잡혔다. 사람들은 이제 호흡을 같이해 온 바이러스를 밀어내야 한다는 의식이 한 줄기로 번지다. 이 큰 물줄기는 흐르고 흘러 대해로 나아갈 것이다. 잇달아 번지다.

글줄이라고 끄적이면서 지루한 하루를 견뎌내고 있는 나는 한낱 미미한 존재 같지만 절대 그렇지 않다. 너와 그와 나라는 존재가 있어 사회다. 문화이고 역사이고 전통이고 과학이고 인문이다. 모든 것은 '너와 그와 나'에서 출발하고 끝난다. 텅 비어 있거나 가득 차 있거나 모든 것이 아무것도 아니거나 그것이 부분이거나 전체이거나 그것들은 '그들'로부터 발원해 '그들'과 대면해 '그들'에게서 종식된다.

특히 나는 바람이다. 물이다. 공기다. 잎이고 꽃이고 열매다. 나는 어디에도 있고 또 어디에도 없다. 갇히기도 하고 넘나들기도 한다. 내가 만지작거리며 느끼는 모든 대상물에서 나를 발견한다. 그 모든 대상들이 나를 말한다. 내가 말하듯 즐겨 말한다.

나는 아파트 13층 베란다에 앉아 앞 동 화단을 줄곧 내려다보고 있다. 지난해 6월에 이곳에 왔으니 저 세 그루의 눈부신 백목련은 못 봤다. 해가 바꿔어 보고 활짝 웃었다. 좋아하는 꽃이 지척에 있어 세상을 얻은 것 같다. 꽃은 졌지만 그새 두 뼘은 자랐다. 내년 봄엔 흰 새가 떼지어 앉은 듯 피겠다. 꽃이 번지다.

닿다

산다는 것은 서로 닿는 것, 닿을 수 있다는 것이다. 사람에, 하늘에, 바다에, 나무에, 풀에, 꽃에, 돌에 다가가 그것을 얼싸안거나 어루만지거나 코를 들이대어 눈 반짝이며 향기를 맡는 것이다. 닿는 것은 너를 만나고 그를 만나는 것, 만나 손잡고 부둥켜안고 입 맞추고 눈 맞춤하고 웃고 춤추고 노래하는 것이다.

쓸쓸한 날엔 서로 원하므로 싱그러운 몸과 마음을 서로에게 아낌없이 주고받는 것, 그렇게 한때의 푸른 시간을 활활 불태우기도 하는 것, 단 한 치 간극도 없이 살을 맞대어 기뻐하거나 혹은 뜻밖의 지독한 통증을 슬퍼하다 뒤로 오는 허무에 펑펑 눈물을 쏟기도 하는 것, 어쨌든 닿는 것이다. 관습이 있어 속박 받지 않아도 되게 제한된 시공간의 범주에서 허여되는 것이면 몹시 두려워하지 않아도 되는 것, 닿는 것이다.

단 하루의 룸메이트여도 상관 않는다. 닿는 것이다. 닿을 수 있으면 닿는 것이다. 살아있음을 증명하기 위해 서로 닿아야 한다. 너를 잘 알지 못해도, 아는 것이 없어도, 첫 만남의 순간 내게로 오던 애절한 눈빛에 서로 흔들렸으므로 만났고, 우연찮게 질척이는 빗소리에 공명하며 쓸쓸히 웃었다는 이유만으로, 그리하여 몸도 마음도 파도로 일어나 만날 수 있었을 것이라,

그렇게 닿은 것이다.

꿈이었다. 꿈속의 조우였다. 깨고 보니 너는 곁에 없었다. 보이지 않고 만져지지 않았고 쳐다볼 수 없었다. 얼굴이 없고 웃음이 없고 조용한 응시가 없었다. 가뭇없는 부재였다. 너의 육체, 너의 정신, 너의 삶, 너의 비밀은 풀잎 끝 이슬처럼 바쁘게 내뱉은 공기처럼 낙엽의 두 볼을 스치던 바람처럼 수북이 덮였던 먼지처럼 한순간에 날려가 버렸다. 맞닿은 것은 오래 남아 있지 않았다. 인정하고 싶지 않았지만, 그것은 내 생각일 뿐 나를 에워싼 현실은 있음의 없음으로 채워졌다. 때로 닿음은 허망했다. 하지만 끝없이 이어지는 너와 나의 관계가 혼자를 용납지 않아 또 닿는다. 그것은 진행 중이다. 너와 나, 그와 나, 우리는 언젠가 접속한다. 닿는 것이다.

서른 해를 살아온 집을 팔아 넘겨 버렸다. 아들네와 멀리 떨어져 있다는 물리적인 거리감이 그냥 머물고 싶다는 정서적 거리감을 압도했다. 오랫동안 구석구석 내 손 타 정들었던 나무와 돌들을 두고 멀지 않아 떠나야 한다. 셀 수 없는 닿음으로 만들어진 잔디마당과 마당 둘레 작은 정원과의 별리가 목전의 일이 돼 있어 요즘 매일 둘레를 어정떠 있다.

닿던 것, 늘 닿는 것에서 떠나게 될 영원한 닿음의 실종이 서럽다. 기쁘면 기뻐서 슬프면 슬퍼서 외로우면 외로워서 지치게 거닐던 이 마당. 시름 묻고 지내던 이 정원과 다시 닿지 못하게 되다니. 닿음도 닿지 못함으로 끝나는 허망한 것이었구나. 그래도 닿아야지. 눈 감고 머릿속 허연 공간에 펼쳐 놓고 닿아야지. 잃어버린 닿음을 그리워해야지. 상처가 났더라도 그 상흔에서 아물어라 지독히 그리워해야지. 그렇게 닿아야지.

일하는 것, 일하기 위해 사람을 만나고 기획하거나 짜고 엮고 뭉뚱그리고 만들어 앞으로 나아가는 것이다. 필요하면 지난날 누군가가 이뤄 놓은 성과, 과거의 실적을 현재에 소환해 그것의 에너지를 차용함으로써 효율을 극대화할 수 있도록 도모하는 것, 그래서 합리를 추구하게 가성비를 높이는 것,

그 어느 지점에 이르려는 것. 닿는 것이다.

코로나19가 이악하게 사람과 사람 사이를 격절하려 박박 악을 쓰며 수그러들 줄 모른다. 강화된 사회적 거리두기가 오래 이어지고 있다. 바이러스를 차단하기 위해 서로 닿지 말라는 것이지만 참 갑갑한 노릇이다. 닿아야 살아 있는 것, 닿음으로써 삶이 되는데 더는 접근하지 말라는 제한된 인위적 닿음의 엄연한 간격이 한없이 을씨년스럽다. 나가 봤자 닿음이 없으니 말짱 도로다. 닿음이 기다려진다.

집콕해 지내고 있다. 두 달째, 인내의 한계다. 그래도 한 움큼 햇살이 들어 재잘대는 방구석에서 단어를 찾고 그것으로 내게 꼭 맞는 옷 같은 문장을 만든다. 재단해 성기게 몇 바늘 뜬 뒤 옷을 가봉하듯 문장을 더듬어 다듬는데 열을 올리는 중이다. 내 문학은 어느 층위를 서성거리고 있을까.

시간은 닿자마자 지나가 버린다. 글 하나에 목매노라면 어느 지점에 당도하게 되리라. 거기 놀이 타고 있을지 모른다. 놀이면 놀에 닿고, 놀이 하루가 밤으로 잠기면 나도 밤에 닿을 것이다.

글을 쓰는 것도 닿는 것이다. 어느 계단을 오르며 닿는 것이다. 걸음이 수직으로 오르며 닿기도 하려니와, 쉴 새 없이 두리번거리며 눈이 수평으로 둘레를 살피며 그것들에 닿으리라. 원심으로 달아나는 사유를 구심에 닿게 초점을 맞춰 줘야 한다. 쓴다는 것, 대상에 가 닿는 것이다.

닿을 때까지. 닿을 수 있을 때까지 닿아야 한다. 닿는 것은 완성하는 것이다. 글을 쓰다 그 마지막에 내 입으로 남길 말, 닿다.

동기감응同氣感應

그림은 풍수風水의 핵심 이론인 동기감응同氣感應에 민감하다. 동기감응이란 서로 같은 기운을 느껴 그 결과, 반응을 보이는 것.

풍수와 산수화는 모두 산山과 수水를 공통으로 하는데, 본래 그 기운이 같다. 풍수가 그림을 동기감응의 수단으로 봐 온 역사는 꽤 길다.

일찍이 중국의 종병(宗炳, 375~443)은, 잘 그려진 산수화는 보는 이의 눈과 마음을 화가의 그것과 감응케 한다고 했다. 좋은 그림은 인간을 구원하지만 나쁜 그림은 불행을 가져올 수 있다는 의미다. 빈센트 반 고흐는 풍수적으로 살펴볼 좋은 사례다. 고흐도 그림과 인간 사이에 일종의 동기감응 관계가 있다고 봤다.

"한 장의 그림을 보고 흥미를 느낄 때, 나는 언제나 나도 모르는 사이에 이런 물음을 던진다. 이 그림을 걸어 효과가 있고 적당한 곳은 어떤 집, 어떤 방의 어떤 자리일까? 또 그것은 어떤 사람의 가정일까?"

반 고흐야말로 진정한 '대지의 화가'로 그가 그린 것은 '고정된 대지가 아닌, 꿈틀거리는 삶의 대지'였다. 풍수학의 입장에서 반 고흐의 대지관은 매우 흥미롭다. 풍수란 결국 대지를 어떻게 인식하는가에 관한 것이므로.

어떤 이는 반 고흐의 그림을 '소용돌이 기법技法'으로 파악했으며, 그것은 사람들에게 몹시 흔들릴 정도의 '현기증'을 불러일으킨다고 했다. 반 고흐가 대지에서 본 것은 풍수 용어로 '광룡狂龍', 즉 미친 땅이었다. 땅이 미쳤는지, 그가 그렇게 인식했는지는 모른다.

반 고흐의 생애는 비극적이었다. 한때 세상에서 가장 고가로 주목을 끌었던 그의 대표작이 비극적이었던 것은 자못 흥밋거리다. 그가 죽기 몇 주 전에 그린 「의사 가셰의 초상화(1890)」를 두고 하는 말이다.

'가셰'는 반 고흐를 치료하던 주치의로 반 고흐처럼 정신과적 문제가 있었다. 이 초상화는 매우 우울해 보인다. 반 고흐는 의사 가셰를 자신의 내·외면적 '도플갱어'로 봤다. 봐서는 안될 것을 봐 버린 것이다.

독일어인 도플갱어(Doppelgenger)란 판타지의 주인공들이다. 일종의 심령현상으로 이중으로 돌아다니는 사람, 또 다른 분신이요 복제다. 육체에서 빠져나간 영혼 자체라는 설이 있다. 도플갱어를 본 사람의 말로는 결국 죽음이다. 영혼을 잃은 육체는 오래 남지 못한다. 대처할 수 있는 효과적 수단은 안타깝게도 없다. 그런즉 「의사 가셰의 초상화」는 가셰의 초상화이면서 동시에 고흐의 자화상인 셈이다.

고흐가 죽은 지 · 100년 뒤(1990), 그림은 일본 기업가 사이토 료에이에게 낙찰됐다. 낙찰가는 무려 8250만 불(1000억). 그렇게 비싸게 사들인 이유에 대해선 설이 분분하다. 사이토 회장 대리인 화상畵商 고바야시 히데트는 '사이토 회장이 가셰에게서 자신의 모습을 보았기 때문'이라 했다 한다. 동기감응에 의한 도플갱어인가. 종당에 그림은 반 고흐 · 가셰 · 사이토 3인의 초상화인 셈이다.

사이토의 운명도 기구했다. 그림을 산 지 3년 뒤, 뇌물공여죄로 구속되고 회사는 도산했다. 분명한 게 있다. 그림에 대한 투자가 그의 몰락을 앞당겼다는 점이다. 1996년 그가 세상을 떠난 후 「의사 가셰의 초상화」, 그 비싼 그림의 행방이 묘연해졌다.

새의 뒤를 따르는 눈

공중을 나는 새가 눈에 들어오던 아잇적부터다. 막연히 새를 좋아했다. 공중을 나는 것만으로 충분히 좋았다. 이후로 내 눈이 줄곧 새의 뒤를 따른다. 따라잡지 못할 걸 뻔히 알면서도 쫓는다. 새에게 끌려다닌다 해야 할 것인데, 그래도 상관없다. 활기차게 양 날개를 치며 하늘을 향해 잽싸게 치솟는다. 그러고서 구름 따라 수평으로 흐르는 새의 날갯짓은 신비에 싸여 있었다. 자라면서 비행기가 새의 낢을 모방한 것이라 해 혀를 찼다. '새의 비상은 인간의 과학을 능가하는구나.'

만물의 영장이라는 인간도 새에게만은 군림하지 못한다. 새에게 총을 겨누는 것은 열등의식의 노출일지도 모른다. 비행기는 만들었지만 대리 만족일 뿐 인간이 새처럼 날 수는 없기 때문이다. 이런 시각에 갇혀 있는 한 인간은 새에게서 오는 열패감에서 전혀 자유롭지 못할 것이다. 새의 뒤를 따르는 내 눈이 날이 갈수록 집요해질 수밖에 없는 이유이다.

나는 새의 무한 자유에 넋을 놓는다. 날개 파닥이며 허공을 차고 오르다 전진하다 선회하며 내려다보던 지상으로 내려와 숲속을 넘나들다 마당에 내렸다 다시 치솟아 구름을 뚫고 구만리장공을 유영하듯 자유자재한 저 비행, 세상에 저런 자유의 진제眞諦를 누리는 것은 새밖에 없을 것이다. 알프

스의 주봉 융프라우요흐 그 만년설에 뒤덮인 계곡, 눈보라 속을 나는 한 마리 까마귀를 본 적이 있다. 낙엽보다 작은 한 점으로 나부끼고 있었다. 불안정했지만, 놀랍게도 새니까 가능한 날갯짓이었다.

새는 설산 준령을 넘고 수만 리의 강과 바다를 종횡한다. 새를 막아설 장벽은 실재하지 않는다. 장애를 넘고 건너는 새의 운신이야말로 초월적이다.

여행 중 로마에서 일박한 뒷날 아침, 호텔 뒤뜰 잔디 마당에 떼지어 종종대는 참새들을 보는 순간, 며칠 떠나 있는 집 정원을 떠올리게 됐다. 녀석들이 이곳까지 수륙만리를 건너온 건 아닌가 착각할 만큼 정겨웠다. 종 특유의 암갈색 머리에 한동안 눈이 꽂혀 떨어질 줄 몰랐다.

아득히 뜸과 나아감과 내려옴, 상승과 하강의 신비로움, 새가 날 수 있는 그 가벼움을 생각한다. 가벼워지던 과정과 그러기 위해 일찌감치 기울였을 안간힘에 감탄한다. 몇 끼 굶어서 되는 일이 아니다. 어느 날, 통통하게 살찐 몸뚱이의 중량에 겨워 멀리 또 높이 날지 못하는 꿩을 보며 의외라 놀란 적이 있다. 꿩 새끼는 알에서 나오는 순간, 적의 공격을 피해 날개를 요란하게 치며 숨는 연습으로 나는 것에 집중한다고 한다. 날려면 가벼워야 하는 이치를 태어나자마자 꿰차고 있어 놀랍다. 생래적 방어기제일 것이다.

그냥 날 수 있는 게 아니다. 새는 뼛속 골수까지 비운다. 날기 위한 비움에 상당히 공을 들여 거둔 성과다. 대나무가 속을 비워 곧은 게 필연이듯, 새는 뼛속을 비움으로 거뜬히 난다. 새의 몸에 장착된 작은 엔진 따위도 본 적이 없다. 날다 날개가 꺾였다고는 하지만 부품이 낡거나 녹슬었다는 얘기는 들어 보지 못했다. 새는 자체로 정밀하게 제작된 비행체이고 끝없이 항진하는 작은 선체이다. 뼛속을 텅 비워 냈지만 골다공증을 앓는 새는 없다. 그런 질병은 오래 살아 늘그막에 겪는, 인간에게나 주어진 고통일 뿐이다. 새에게 끝까지 열등한 게 인간이다.

타고난 소리꾼인 천재성에 또 전율하곤 한다. 미성에 만인이 귀 기울이는 제주휘파람새만이 아니다. 거친 파찰음으로 공중을 찢어 놓는 까치나 직박구리 소리도 듣노라면 정이 간다. 하루에도 수십 번의 내왕인데, 그 소리가 귀에 거슬리겠는가.

한적한 봄날 오후, 누군가의 전화 한 통이 그리울 때, 헛헛한 마음자리로 조용히 일렁여 오는 몇 이랑 새소리의 파문은 흔찮은 파한破閑 거리다. 악보 없이 운율을 타다 날아간 뒤 하늘거리는 나뭇가지의 여운은 바라보는 마음을 달뜨게 한다. 천래의 기어가 아니면, 신이 선사한 천연덕스러운 시의 리듬 같다. 시종 새의 뒤를 따르는 내 눈의 전리품이 바로 이런 것이다.

새는 처음부터 끝까지 숲이다. 숲은 집이고 삶이다. 꿈이고 로망이고 서정이고 서사다. 숲에서 태어나 숲에서 한 생을 살다 때를 알아 숲을 찾아 눈을 감으며 날개를 접는다. 멧새 한 마리 울 안 영산홍 작은 숲에 내리는 걸 보고 다가갔다. 눈 지그시 감고 파르르 온몸으로 떨고 있다. 제 명을 알고 있었나. 세상에서 가장 평화로운 임종을 지켜보았다. 새의 마지막은 존엄했다. 삽으로 흙을 떠 그곳 꽃그늘에다 깊이 묻어 주었다. 나만을 앞세워 온 내게 소소한 일이 자신을 돌아보게 했다.

아잇적 포롱포롱 한 마리 새의 날갯짓에 넋을 빼겼던 순간은 황홀했다. 아이들은 덫을 놓고 새총을 겨눴지만 나는 한 마리도 포획한 적이 없었다. 평생을 두고, 내 눈은 줄곧 공중을 나는 새의 뒤를 따르기만 했다.

지금도 새는 내게 외경의 대상이다. 새의 날갯짓 앞에 쉬이 눈을 떼지 못한다. 신비롭다. 눈이 뒤를 따르고 마음이 뒤를 따른다. 내 영혼이 새를 혹독히 그리워하는지도 모른다.

내 눈앞으로 융프라우요흐의 한 마리 까마귀가 날아오고 있다. 그곳이 어딘데, 어쩌다 거기까지 갔던 것일까. 단순한 모험인가. 자신에게서 일탈하려 한 걸까. 왜일까. 암만해도 내 생각이 미치지 않는 세계에 새는 있다.

수작酬酌 한다는 것

'적당하다'라는 말은 본디 '이치에 알맞고 마땅하다'는 뜻이다. 한데 슬며시 뜻이 흔들리면서 '대충 해 버린다.'로 쓰이기도 한다. '적당히 얼버무리라.'고 하는 식이다. '적당하다'가 정말 '적당히' 쓰여 버리는 경우다. 임시변통으로 넘어가는 요즘 세태가 고스란히 언어에 투영된 예다.

수작酬酌이란 말이 그렇다. '수작酬酌'은 원래 술잔을 주고받는다는 의미다. '갚을 수酬'에 '따를 작酌' 그대로다. 두 글자의 '유酉' 변은 술 주酒 자의 고속자로 애초 술을 뜻했다. 술 단지 모양인데, 뒤에 물수 변水이 붙어 '술 주酒'가 됐다. 그러니 '수작'은 주인과 나그네가 혹은 친구끼리 술잔을 권커니 받거니 하는 것이다. 우애로우면서도 상대를 존중하고 대우하는 예도가 스며있다. 절제하는 것이다.

술로 정을 나눈다. 주고받노라면 주흥酒興이 일어 자리가 무르익는다. 때로는 넘쳐 깎듯이 하던 수작이 허튼 수작으로 번지기도 한다.

돌연 '개수작'이 돼 버릴 수도 있다. 일단 수작이 고삐가 풀리면 엉뚱하고 뻔뻔하고 추잡한 수작이 되고 마는 게 그것이다. 요즘 포토라인에 서서 표정 관리하는 부류들은, 수작을 부리거나 꾸민 그런 자들로 봐 틀림없다. 누가 상상이나 했을까. 차마, 이렇게 멋대로 수작을 벌이는 험악한 세상이 될 줄이야.

미투 운동이 세상을 강타하더니 묘한 흐름이 생겼다. 작장이나 조직에서 괜한 오해를 피하고 자신을 방어한다고 소위 펜스 룰이란 울타리를 치려는 것. 회식이나 업무협의 등 소통 채널에서 공공연히 여성을 배제하려 든다. 여성들이 참여할 기회를 원천적으로 차단하려고 남성들이 둘러치는 펜스 같은 묘한 장치다. 이는 또 다른 여성 차별로 이어져 불화의 새로운 불씨가 될 게 분명하다.

그래서야 될 것인가. 미투 뒤에 숨은 나쁜 수작의 손길을 이참에 끊어야 한다. 그동안 우리 사회가 여성을 대하는 방식에서 무엇이 잘못됐었는지 통렬히 성찰하는 계기가 돼야 할 게 미투다. 떨어진 발등의 불을 끄고나 보자는 식으로 여성을 따로 세우려는 발상은 본래의 의도를 외면한 것이다.

한 조직이 원활히 기능하려면 구성원 간의 수작은 선택 아닌 필수다. '작酌'은 매우 포용적인 글자다. '짐작斟酌'은 술을 따를 때 넘쳐도 모자라도 예의가 아니므로 그 양을 가늠하는 것이다. '짐斟'은 '머뭇거리는' 것 아닌가. '작정酌定'에 이르러 절로 고개가 끄덕여진다. 짐작을 한 연후, 따를 술의 양을 정함이다. 무작정無酌定으로 가면 큰 결례가 된다. 술이 약한 사람에겐 '참작參酌'하면 참 좋다. 상대의 주량을 헤아려 그에 맞춰 따라 주려는 배려다. '헤아릴 참參'이니까.

수작하면 먼저 감흥酣興이 인다. 술을 즐기는 단계다. 다음으로 가면 '탐耽'으로 술에 빠진다. 거기서 더 나아가면 '마칠 졸卒'이 들어가 '취할 취醉'가 된다. 이제 그만 마시라는 적신호다. 술잔을 더 잡고 있으면 사람이 '추醜'해진다. 귀신鬼이 붙는 것이다.

술을 마시되 수작을 잘하면 매우 즐겁고 유익하다. 수작이 정상 궤도를 이탈해 나오는 게 '괴물'이다. 미투니 펜스 이전, 절제와 예절 속에 아름답게 수작할 일이다.

옛 선비들은 자연에 침잠해 꽃과 새와 폭포와 수작하며 글을 쓰고 그림을 그렸다. 고매하면서 천연덕스러운 통섭이었다.

등[背]

무척 보고 싶은데 바로 뒤에 있으면서도 보여주지 않는다. 눈에 들어오지 않으니 볼 수조차 없다. 거울의 발명으로 얼굴은 비치지만, 애초 비켜선 채로 낯선 자락에 너부죽이 엎디었다. 평생 두고 한 번도 못 보는 격절隔絶, 한 몸으로 살아가며 만나지 못하니 도대체 이게 여사한 일인가. 물리적인 거리는 앞뒤 지척인데 정서적으로는 만리 이역이다.

나이도 먹다 보면 알이 박이는지, 시간이 갈수록 보고 싶어 눈 대신 마음이 죽치고 앉아 있다. 바닥이 널따랄 것이라, 터수 얼마인지 궁금하기도 하다, 감정 기복으로 쉬이 쓸쓸하고 슬퍼한다니, 관객 없는 무대에 어떤 몸짓과 표정의 연희演戲를 펼쳐 놓을까. 그도 상상이 깊어가는 대목이다.

이 시대를 쥐어흔드는 코로나19 탓도 아니다. 볼 수 없으니 시종 비대면인 것일 뿐, 그리움에 애끓는 정인情人같이 속절없는 세월만 일구월심日久月深이다. 눈 한번 맞춘 적 없고 말 한마디 주고받지 못한 채 한 몸으로 남남처럼 살아가니 이야말로 이상한 동거다.

등[背], 외진 곳, 가깝고도 먼 그것, 등.

짐작건대 개체로서 한 인간의 희로애락이 그곳에선 곧잘 저 혼자의 퍼포먼스로 출렁일 테지만, 눈이 미치지 않아 노상 객쩍다.

돌개바람에 잎 지는 걸 을씨년스레 바라보며 어깨 들추던 늦가을 하오의 오열, 언제는 덩실덩실 휘적이던 환희의 춤, 독백으로 사그라들고 말던 외로운 말들의 잔해, 갈맷빛 바다에 운율을 타던 감정의 적나라한 표출까지. 이 모든 것을 추억이라는 카테고리 속으로 포획해선 끝내 허섭스레기로 냅다 버리곤 했나니.

늦가을이다. 밖은 입동을 목전에 둔 하늘이 음산하고, 요즘 약발 받는 갈바람에 몸 떠는 데도, 등은 시골집 구들장 윗목 만한 불씨로 살아나 따습다. 어른의 세상—앞으로 먼 회상의 공간이 내린다.

주저앉아 가며 당신의 등을 내주고 있다. 얼마 만인가. 도시에서 시골집에 내려온 두 살배기 손자, 등 굽은 할머니에게 눈을 보내다 할아버지가 비자나무처럼 단단해 보였을까. 팔 벌려 가며 할아버지 등으로 덤벼든다. 단비에 땅속 깊이 내린 뿌리처럼 조손祖孫이 한 덩이로 얽힌다.

그 할아버지 기어이 문간을 나서 고샅 가로질러 동네방네 나댄다. "달덩이 같은 우리 손자를 보라. 너희 열 손자하고 바꿀까?" 무대에 올린 적 없는 대사가 동네 우물가를 맴돌다 잎 진 나뭇가지 끝에 매달려 너풀거린다. 밤이슥히 넘실거리던 웃음소리가 잦아들고, 아이들 잠에 떨어질 무렵, 간밤까지 등잔 불빛이 대낮같이 훤했다.

날이 밝았다. 아이 손안에 꼬깃꼬깃 지폐 한 장 들어있다. 아이 웃음소리가 다시 문간을 들락거리는데, 막 귀 튼 새 한 마리 집 어귀를 기웃거리고 있다.

"안 · 녕 · 히 · 계 · 세 · 요."

"그래, 그래. 내 새끼, 갔다가 다시 오너라, 응?"

눈에 넣어도 안 아플 손자가 문간을 나서고 있다. 이번엔 어미가 아이를 처네로 싸안더니, 순식간에 등으로 올라 연신 키득거리는 녀석.

갑자기 지구가 멈춘 건지 사위 적막하다. 어미가 긴 골목을 빠져나와 고 삶을 가로지르는 기척이더니 이내 가뭇없다. 있음은 없음이고 그 이행은 찰나다. 단박 쓸쓸해진다. 마음이 쓸쓸하면 같이 쓸쓸해지는 등. 다짜고짜 덤벼들어 등을 쓸어내리고 싶은 충동이 이는 순간이다. 하지만 손이 미치지 않는다. 먼 곳에 있는 등.

언뜻 말 뒤에 숨어 '등'에 집중한다. '배신背信'과 '배반背叛'은 예사롭지 않은 말이다. 배신은 신의를 저버린다는 것인데, 배반은 더 구체적으로 뜬다. 거죽으로 신의를 저버린 것만 아니다. 마음이 돌아서는 것, 눈앞으로 등지고 선다는 것이다. 둘 혹은 셋 사이의 믿음을 팽개쳐 버리고 등을 돌려 버리는 것이니, 단절의 묘한 뉘앙스다. 말로 하거나 눈으로, 표정으로 하지 않고 행위로 등을 돌리고 있다. 확 돌리면 180도 회전이다. 그렇게 등은 변신의 명확한 언어다. "이제 우리, 그만합시다."라든지, "나는 앞으로 당신과 다시는 상종하지 않을 것이오."로 간다, 관계에 대한 두절의 선언이다.

상대에게 등을 돌리는 것은 인간적 연緣의 해체이고 관계의 종식이다. 종주먹을 들이대거나 생 칼을 들이대는 것처럼 날 서 엄혹하고 냉정하다.

돌려 버린 등, 돌아앉은 등을 본래의 자리로 되돌려놓기는 쉽지 않다. 이 세상에 태어나 한 번도 대면한 적 없는 등은 누구와의 친소親疏며 인과因果에도 속박받지 않는다. 바지랑대보다 더한 근기로 어떤 질고疾苦에도 몸을 지탱할 것이다.

못 보던 제 얼굴은 거울에 비춰볼 수 있어도 등은 아니다. 눈을 벗어난 신체의 마지막 소외지대—등이 내리는 지시의 말은 명징明澄해 순수하되 때로는 칼날 같아 냉혹하다. "돌아설 것이오."

바람 자고 볕 따스운 날, 딱 한 번 내 등과 조우하고 싶다. 양지바른 마당이 좋겠다. 가능하지 않겠지만 만약 성사된다면 하고 싶은 게 있다. 힘겨운 노역에 땀 흘리는 등판 사이에 파인 골짝을 바라보며 힘들었던 시절을 위로하고 싶다. 잇달아, 내 신체의 한 축을 싸안아 묵묵히 버텨 온 돌덩이 같은 근육질, 그 견고한 성벽의 노고를 향해 환호하고 싶다.

한데 이 무엇인가. '…등 뒤에 서면 내 눈은 젖어 드는데, 사랑 때문에 침묵해야 할…' 귀에 익은 음성이다. 어차피, 만날 수 없는 우리의 운명에 대해 얘기하게 될 것인데, 쓸쓸해지면서 나도 어느새 젖어 있을 것이다.

6부

몸의 언어

까치 부부

까막까치[烏鵲]로 얘기하지만, 까마귀와 까치는 습성이 사뭇 다르다. 까마귀는 무리 짓되 두 마리가 짝지어 다니는 경우는 드물다. 까치는 떼를 지으면서도 짝짓는 걸 흔히 볼 수 있다. 이성 관계에 미묘한 차이가 관찰된다.

연전, 읍내에 살며 동편 공원 잔디밭에 자주 가게 됐다. 걷기 운동의 반환점에 자리 잡은 곳이다. 숨을 고르며 둘레를 돌다 보면 으레 까치를 만난다. 섬에 없던 까치가 방사되더니 몇 년 새 녀석들이 세를 키워 텃새를 산으로 내쫓았다고 한다. 그중 덩치 큰 까마귀도 당한 모양인지, 마을에서 보기가 어려워졌다. 바람 센 날 간간이, 마을로 내려와 새까맣게 하늘을 덮다 갈 뿐이다. 까치가 생태계를 교란시킨 게 분명해 보인다.

잔디밭에 까마귀는 없고 제 영역으로 장악한 까치들 뿐이다. 까치발로 콩콩 뛰면서 걷는 녀석들, 그래서 덕분에 덩치 큰 까마귀는 물론 대부분의 새를 몸싸움으로 이긴단다. 하늘의 조폭이라 해, 떼지어 다니니 맹금류도 손대지 못한다지 않는가.

잔디밭을 쪼며 종종대는 수많은 까치 중 내 눈에 찍힌 두 마리가 있다. 하루 이틀이 아니다. 가보면 늘 짝지어 다니는 그들. 날아갔다가도 금세 짝을 찾아온다. 아니다. 웬만해선 아예 떨어지질 않는다. 늘 만나다 보니, 까치

특유의 흰 무늬 크기와 그 위치만으로 식별하게끔 낯익으면서 그들에게 남다른 애정을 느껴 '까치 부부'라 이름을 붙여 놓았다.

그들의 사랑은 각별했다. 지적지적 비 내리던 늦가을 어느 날, 휑한 잔디밭에 그들 한 쌍이 쉴 새 없이 입질을 하고 있었다. 인기척에 한 마리가 날아올라 잎이 진 나뭇가지에 내린다. 이내 뒤따라 옆으로 올라앉는 다른 한 마리. 울음소리만 들어도 둘은 격정적인 열애를 하는 게 분명하다.

8박 9일 유럽 여행을 다니면서 문뜩 비워두고 온 집 생각이 날 때면, 녀석들도 떠올라 실실 웃기도 했다. 수륙만리를 날아 내게 온 게 아닌가. 여행에서 돌아온 뒷날, 시차 극복에 허덕거리면서 잔디밭을 찾았다. 잔뜩 구름 덮인 데다 바람 불어 스산한 날이었다. '이런 날 녀석들을 볼 수 있으려나.'

놀랐다. 여행길에서조차 내 안에 들어와 콩콩대던 그들, 텅 빈 잔디밭에서 쉴 새 없이 무얼 쪼고 있잖은가. 둘뿐이었다. 금실 좋은 부부!

도시로 이사 와 이별한 지 3년, 떠나온 마을 나들이가 쉽지 않다. 그들 까치 부부를 한번 보고 싶다. 전처럼 여전할 텐데….

토굴 수행

도자기 굽는 토굴에서 8일간 묵언수행을 했다는 글을 읽었다.

"생식을 하며 일절 사람과의 접촉을 하지 않았다. 여러 가지 명상을 하며 태어나서부터 지금까지를 하나하나 돌이켜보았다. 반성도 하고 희열을 느끼면서 혼자 바둑을 두 듯."

오죽했으면 토굴에 들어갔을까. 얼마나 맺힌 것이 많았으면 8일간 세상에 입을 닫았을까. 하지만 놀라운 것은, 토굴 속으로 들어갈 때의 울분과 원망이 그곳에서 나올 때는 사랑과 감사의 마음으로 바뀌어 있었다는 사실이다.

종교를 초월해 하는 얘기다. 팔십의 나이를 살면서 한 번 해본다면서 실행하지 못한 것이 있다. 잠시 어딘가로 떠났다 돌아오는 나만의 시간 속에 몸을 두고 싶었다. 반드시 특정한 것은 아니지만 산사면 좋을 것 같았다. 먹고 자야 하는 것 때문에 오래 있을 수 없으니 한 달 정도의 한시적 머묾.

현실에서 격절해 잠자는 시간 말고 대부분을 명상에 잠겨 보내고 싶었다. 짧은 시간이지만 산다는 것의 진실이 담긴 '참나'의 목소리에 귀 기울이고자 갈망했다. 일상을 떠나 나는 무엇을 생각할 수 있을 것이며, 그것이 내 인생에 무엇을 줄 수 있을 것인가를 화두 삼아 보자 한 욕구였다.

실행하지 못한 채 흐지부지됐지만, 한때 내겐 노년 속 지향으로 심각성을 가졌었다. 뚜렷한 이룸이 없는 소성小成의 인생이었지만, 이제 와 무얼 더 채우려는가. 자책에 낯 뜨거워 산행山行의 뜻을 접고 말았다.

울분과 회한과 원망이 나를 옥죌지라도 그냥 부대끼면서 사랑과 사랑의 마음을 애써 찾아보자 한 것이다. 떠나는 것은 현실를 방기한 자의 비겁이 아닌가. 정리한 것은 나쁘지 않은 일이었다. 토굴 수행이란 말을 지워버렸다.

요즈음 나는 내 방, 내 책상 앞에서 눈 감고 생각에 잠기기 버릇했다. 나하고 화해한 것이다. 성과를 숫자로 나타내진 못하지만 마음이 편안하다. 됐다.

패 牌

교직은 활동 반경이 제한돼 있다. 남들이 행사장에서 공로패나 감사패를 받는 걸 부러워했다. 4, 50대까지만 해도 그랬다.

어쩌다 아주 드물게 패를 받은 날이면, 나도 뭔가 사회에 몫을 하고 있다는 보람에다 자신의 존재감아 얹어지면서 뿌듯했다. 신이 나, 자연 집으로 돌아오는 걸음이 가벼웠다.

나이 들면서 이런저런 패들이 한둘씩 늘어 갔다. 희소가치인가. 받는 신선감도 예전만 못하다. 서가 빈 데 줄 세웠다가 좁은 데다 포개놓은 게 조화롭지 않아 마루 벽을 기대고 있는 뒤주 위 판에다 모아두기로 했다.

몇 개 불어나면서, 명색 진열장인데 크고 작은 패들이 멋대로 얽혀 뒤죽박죽인 게 마뜩지 않았다. 옛날 촌스럽게 양주병을 모아놓은 모양새라 마대에 넣어 다용도실 구석에 한자리 틀어 놓았다. 마대 하나하고 반이 넘는다. 한때 받고 싶던 것들이 천덕꾸러기 신세가 돼 버린 셈이다.

3년 전 시내로 이사하며 짐을 줄이느라 패들을 처분한다고 여간 애를 먹지 않았다. 남겨 자손에 대물림할 것인가, 기념관이라도 지어 전시할 것인가. 정리에 어려움이 따랐지만 버린 건 잘한 것 같다.

등단 30년을 증빙할 수 있는 자료로 제주문학 신인상 당선패가 필요한데

없앴다가 쩔쩔맸는데, 그때 나온 「제주문학」에서 해당 기사를 찾아 사진으로 대신해 넘길 수 있었다.

거실엔 패 다섯 개가 TV 앞에 놓여 있다. 교장 · 문인협회장 명패, 등단패, 도 문화상패, 문학 대상패 둘. 이따금 눈이 머무는 것은 등단패다. 내 문학의 시작점이라선가.

이 아침

새벽 네 시, 깨어나며 침상에 오도카니 앉아 낯선 나와 해후한다. 뜻이 있었을 뿐 마음 같지 않을 것을 모르지 않는다. 하지만 나이 들수록 어릴 적 이슬 맺힌 옛 집 텃밭의 푸성귀를 닮고 싶다. 얼마나 싱싱했었나. 늘그막에 기력이 처진다고 정신까지 매몰될 수는 없다. 이 상은 '육신이 흐느적일 때 정신은 은화처럼 맑다.' 했다. 요절의 천재가 내뱉은 위대한 역설을 만지작거리는 시간.

나를 되돌아보는 성찰의 이 시간, 샘처럼 솟는 어느 분의 말씀에 귀 기울이고 싶다. 그리운 사람을 만나고 싶은 간절함, 지나던 구름이 잠시 머물러 내게로 밀려와 주었으면, 자욱한 상념들 중 가장 빛나는 것 하나 맞이해 시를 받아쓰기하고 싶다. 벌컥벌컥 들이켜도 목이 타는 내 이 선천성 목마름.

어둑새벽 문간에 웬 예리성인가. 대충 입성을 고치고 나가려는데, 낚아채 나를 돌려세운다. 손 빗질로 머리 한 번 쓰다듬어라, 맑은 눈으로 흙 묻지 않은 신발을 골라 신어라 한다. 누구인가. 귀에 대고 일깨우는 새벽 겸손.

현관을 나서 마당을 가로질렀지만 기척이 없다. 눈앞으로 다가오는 싱싱한 날것의 깃발. 아, 간밤을 애태워 기다리던 이 아침.

절의 연유

내가 사는 아파트는 신시가지 도심에 있다. 지은 지 20년이 더 됐다니, 땅값이 치솟기 전이라 확보가 용이했던지 부지가 넓다. 나무를 많이 심어 숲이 무성하다. 낙엽수와 상록수를 고르게 심어 계절의 추이를 놓치지 않는 게 참 좋다. 이 풍경을 아파트의 모델로 내놓았으면 좋겠다.

늘그막이라 가까이 모여 사는 게 좋겠다 하므로 아들네 권유에 도시로 돌아왔다. 나이 들었으니 자식 뜻을 따르는 게 순리다. 읍내에 집 지어 30년을 살다 정리하고 아파트로 옮겼더니, 환경이 낯설다. 1, 2차 각 6동씩, 12동의 대단지다. 15층으로 올려 주거공간을 확대했으니, 이곳에 사는 주민이 자그마치 2만을 넘지 않을까 싶다. 시골로 하면 몇 마을을 합친 크기다.

승강기 라인 양쪽에 사는 분들과 낯익히기 어려워 오르내리며 눈인사만 하며 지내는 형편이다. 건강이 안 좋아 나들이를 자제하다 보니, 틈틈이 아파트 둘레를 도는 게 파적거리가 돼 간다.

정문에서 들어오면서 남북으로 갈리는 지점에 벚나무광장이 있다. 늙은 벚나무 여섯 그루가 거대한 몸집으로 수많은 가지와 잎을 거느리고 있어 이곳을 지나는 눈길을 압도한다. 여름엔 그늘이 깊고 겨울엔 계절을 견뎌 내는 발가벗은 나무의 강건함에 끌려 종종 찾는다.

늦가을, 소슬바람에 잎들이 떨어져 나뒹굴고 있다. 분위기에 끌리면 멈춰 머문다. 아내와 손잡고 의지하며 숲길을 몇 바퀴 돌다 나무 의자에 앉았다. 차가운 날씨에 사람들 드나듦이 뜸하다. 역시 사람은 사람을 보아야 머릿속에 생각의 실마리가 일고, 눈에도 빛이 감돈다.

면식이 없어도 상관없다. 썰렁한 저물녘에 누군가 한 사람 지나쳤으면 좋겠다 하는데, 숲길을 나오는 기척이 있다. "안녕들 하세요?" 경비원 한 분이 다가오며 모자를 벗고 머리 숙여 인사한다. 얼마 전, 숲 아래 앉아 몇 번 대화한 적이 있는 분이다. 올해 일흔넷, 급료가 200만원이라는 얘기까지 주고받았었다. "나이 들어 그만한 벌이가 쉽지 않은데 할아버지 노릇도 해야 하고, 참 잘하시는군요." 인사치레지만 진정 어린 한마디를 건넨 게 고작이었다.

그런데 눌러쓴 모자를 벗어 차렷 자세로 절을 해오다니. 돌아서는 분에게 "왜 그러세요. 편하게 하지 않고…." 경황없이 짧게 인사를 보냈다. 손아래지만 임의로운 사이도 아닌데다 같이 늙어가는 처지 아닌가.

뜻밖에 큰절을 받고 머쓱해 자신을 돌아보게 했다. 내가 예닐곱 연상이란 걸 짚었나. 혹 오래 교단에 있었다는 입소문이라도 들은 걸까. 그래도 그렇지 모자를 벗어가며 절할 게 뭔가. 다시 만나면 웃으며 큰 절의 연유를 물어봐야겠다.

명징明澄하다

"상승과 하강으로 명징하게 직조해 낸 신랄하면서 처연한 계급 우화."

어느 기자가 영화 「기생충」에 남긴 한 줄의 비평이다. "허세를 부리려고 어렵게 썼다"고 비난하는 사람들이 있었는가 하면, "평론가의 평론을 문제 삼는 게 문제다"라는 시각도 만만찮아, 작은 설전이 있었다. 여기에 '명징明澄하게 직조해'라 해 명징이란 어휘가 등장한다. 일반적으로 흔히 쓰이는 말이 아니다.

짐작건대, '명징'이란 어휘도 양자 간을 대립시키는 데 적지 않게 작용했을는지 모른다. 명징은 우리 언어생활에 그다지 익숙한 말이 아니라 어쩌면 상당히 낯설었었다. 기억이 가물거리지만 1990년대 고등국어3에 나왔던 한국 근·현대시의 변천 과정을 기술한 한 단원에서, 1930년대의 순수시파를 설명하면서 사용됐던 단어다. 명징의 '澄'이 익숙지 않은 한자라 흔히 '명등'으로 읽던 해프닝도 적지 않았다.

"돌담에 속삭이는 햇발같이/ 풀 아래 웃음 짓는 샘물같이
내 마음 고요히 고운 봄길 위에/ 오늘 하루 하늘을 우러르고 싶다//
새악시 볼에 떠오는 부끄럼같이/ 시의 가슴에 살포시 젖는 물결같이

보드레한 에메랄드 얇게 흐르는/ 실비단 하늘을 바라보고 싶다"

순수시를 대표하는 김영랑의 「돌담에 속삭이는 햇발」 2연 시다. 지상의 세계애서 천상의 세계, 곧 하늘을 동경하는 마음을 그리고 있는 순수 서정시다. 현실에 대한 관심이 그리 크진 않았으나, 불행했던 일제강점기의 암울한 시대적 상황 속에서 밝고 평화로운 세계를 동경하는 마음을 노래했다. 모음과 ㄹ, ㅁ의 유음流音을 반복해 순수서정의 언어 미감을 잘 살린 시다. 언어의 섬세함과 조탁彫琢이 참 도드라지다.

과거 고등국어3에서 이 시를 해설하는 대목에 쓰였던 말이 '명징明澄하다'였다. 대표작으로 예시했던 것이다. 수필에 '시나브로 날은 저물어 가고…'로 '시나브로'가 고등국어에 쓰였던 것과 궤를 같이한다.

교과서에 오른 어휘라서인가, 이전에 익숙지 않던 두 말이 순식간에 날개를 달아 쓰이면서 오늘에 이르렀다. 문학작품은 물론 웬만한 문구까지 쓰면서 사용 범위와 빈도가 급격히 확대돼 왔다.

이렇게 좋은 말이 엄연히 만들어졌음에도 언어 현실에서 사용되지 않았으니 알다가도 모를 일이 아닌가. 분명 사전에 올라있으면서 사용하지 않는 말은 쓰이다 사라져 버린 사어死語에 다를 것이 없다. 생명력을 상실한 것이나 다름없기 때문이다.

문학은 언어예술이다. 특히 문학작품에서는 단어 하나하나가 일상적 언어와는 달리 특별한 기능과 역할을 나타낸다. 모파상의 일물일어설一物一語說을 운위하지 않더라도 한 사물을 묘사하기 위해 선택돼야 할 어휘는 오직 하나의 말이 있을 뿐이다. 그 말이 쓰일 곳은 딱 한 군데라는 얘기다. 아무 데 아무렇게나 섣불리 자리해선 안된다. 문학은 언어예술로서 언어의 서술적인 나열이 아닌, '표현'하는 것이기 때문이다.

"마음 어수선하고 소란스러울 땐 풍경소리 만한 위안도 없다. 사위 고즈

녁한 산사에서 홀로 듣는 풍경소리, 나처럼 단순하고 무지하고 무딘 사람에게도 음악을 뛰어넘는 음악, 경문을 뛰어넘는 경문에 다름 아니다."

이 글 속에 묘사되고 있는 풍경소리를 한마디로 함축할 수 있는 최적의 단어는 무엇일까. '명징하다'다. 산사의 풍경소리, 얼마나 밝고 맑은가.

야생野生

온실 속의 화초란 말을 한다. 풀을 안에 들여놓으면 유약해진다는 빗댐이다. 바람 매몰찬 들판에서 찬 이슬 맞으며 자란 풀은 그악하다.

야생은 인위 이전, 자연 그대로를 이름이다. 싹 트고 자라서 꽃 피고 열매 맺는 한살이가 자연 속에서 이뤄진다. 하늘이 볕으로 감싸고 비를 뿌려 목마름을 축여 준다. 한겨울 혹한에도 끄떡 없이 겨울을 난다. 놀라운 일이다. 그게 야생이다.

새장에 갇힌 새는 울음의 색조가 어둡다. 애조를 띤다. 창공을 비상하고 싶은데서 나온 서글픔의 표현이다. 아침저녁 안쓰럽게 운다.

새를 가둬 놓는 것은 인간의 욕심이다. 가까이서 즐기고 싶은 집착이 새를 가둔다. 허공을 날던 생명이 갇혀 있는 새장은 질곡의 공간, 감옥이고 주인은 탈출을 감시하는 간수다. 새니까 울기라도 하지 사람이면 다른 선택을 할 것이다. 새장을 열어 놓으면 푸른 하늘로 나래 칠 게 아닌가. 야생으로 돌아가는 것이니까. 새 앞에 펼쳐질 자유의 천지는 얼마나 무한하고 황홀한가. 내 귀엔 울음이 애틋해 새를 기르지 않는다.

길사에 받은 양란 분들, 꽃이 시들자 추레하게 처지면서 웃자라 볼품없다. 대부분 버려진다. 궁리 끝에 화분에서 꺼내 마당에 심었더니, 새로 잎이 돋아 다시 꽃을 피웠다. 밖에서 혹한을 견뎌낸 근기가 놀랍다. 태생적으로 지녔던 야성을 회복해 야생으로 돌아간 것을 앎은 자그마치 터득이었다.

마당에 잔디를 심어 키우느라 시달렸다. 잡풀들과 치고받고 한 것이다. 뽑다 봐도 끊임없이 돋아나는 잡풀들, 그들의 근성은 알아 줘야 한다. 망초, 자운영, 쇠비름, 바랭이, 괭이밥…. 어느 하나 만만한 게 없다. 뽑고 돌아앉으면 득달같이 솟아난다. 야생은 참 모질다.

잡풀들은 패퇴를 모른다. 잔디 마당에 호미 들고 앉아 스무 남은 해, 지금도 그들을 제압하지 못했다. 쪼고 파고 뽑아도 되살아난다. 끈질긴 생명력 앞에 혀를 찰 지경이다. 아직도 퇴각하다 잔디 틈에 숨어 주인이 방심할 어느 순간 고개 내밀려 호시탐탐 기회를 노린다. 질긴 녀석들이다.

잡풀과 대치하며 언뜻 떠오르는 상념 하나. '사람이 저만큼 억세면 못할 일이 없으리라'는 것. 아이 때부터 강하게 키워야 하는 이유다.

나는 산업화 이전 5, 60년대, 아잇적 못 살던 때를 체험한 세대다. 찢어지게 가난했던 시절이다. 고픈 배를 속이려 들에 가 풀뿌리를 씹고 열매를 따 먹었다. 눈 오는 날엔 몽돌을 구워 안고 학교에 가 언 손을 녹이며 글을 썼다. 우리 또래들은 야생이었다. 초년고생 덕에 웬만한 고생엔 내색을 않는다. 내성이 생긴 것이다.

요즘 아이들, 대체로 유약하다. 과잉보호 때문이다. 어른이 된 뒤가 문제다. 새로운 일에 도전하라고 등 떼밀면 몸을 던질까. 이를테면 내의를 안 입어도 끄떡 않는 것이고, 고통 뒤의 기쁨도 경험할 필요가 있다.

아이들에게 야생의 강인성을 일깨워야 한다. 반드시 잡초의 기질을 간직해야 한다 는 게 아니다. 세파 속으로 세울 필요가 있지 않을까 함이다. 홀로 걸어가게, 혼자서 헤치게.

너무 '오냐, 오오냐' 하면 한없이 섬약해진다. 웬만한 바람에 쓰러지는 나무는 개화도 결실도 기대하지 못한다.

쉼

휴식, 휴면, 휴지, 휴게, 휴가….

쉼을 나타내는 한자어가 줄을 잇지만, 순우리말 '쉼'이 더 좋다. 쉼팡, 쉼터, 쉼표는 얼마나 가깝고 친숙한가, 잔뜩 졌던 짐을 부리고 난 뒤처럼 홀가분한가. 한자어의 난해함을 풀어놓는 것마저 쉴 수 있어야 참다운 쉼일 것이다. '쉬다'의 전성명사이니 문법적으로 한 점 흠결이 없는 깔끔한 조어다.

일은 사람을 지치게 한다. 얽매이면 더욱 지칠 수밖에 없다. 일에 지나치게 치여 몸이 고단한 지경이 된 것이 과로다. 몸에 빨간 불이 들어온 상태다. 대처하지 않으면 죽음에 이르는 수도 있다. 쉬어 보지도 못하고 생을 마감하는 일처럼 억울한 일이 어디 있을까. 슬기롭지 못한 일이다.

쉬면서 알맞게 일했다면 그런 불상사는 일어나지 않았을 것을. 불행을 불러들인 것은 터무니없이 일을 계속한 쉼 없는 나아감이었다. 지나친 욕심이나 분별없음은 끝내 더 나아감에 마침표를 찍고 만다. 만물의 영장답지 않은 어리석음이다.

뜨거운 여름날 오래 날다 숲 그늘에 날개를 접는 새를 보라. 나뭇가지에 앉아 한나절을 꼼짝 않고 낮잠을 즐긴다. 긴 쉼의 시간이다. 그들은 아침 일찍 일어나 먹이를 사냥했고 해의 온기를 온몸에 받아 활기차게 날았다. 다음의 쉼이니 얼마나 짜릿할 것인가. 영묘한 기획이고 체계적 실천이다.

쉼은 리듬이다. 생명을 재충전하기 위해 생체리듬을 확충하려는 것. 하던 일을 잠시 그만두는 것이다. 일을 계속했으므로 지쳤으니 몸을 편하게 하는 것이다. 잠을 잘 수도 있다. 잠은 쉼의 가장 쾌적한 수단일 수 있다.

육체적 노동으로부터의 쉼과 마음의 평안을 갖는 쉼이 있다. 예수 그리스도는 인생에게 '참된 쉼'을 주신 분이다(마 11:28-29). 하지만 늘 쉼만 가질 수 없는 일, 성도가 쉬지 말아야 할 것도 있다. 기도, 찬송, 전도, 감사, 말씀 교육, 진리를 지키는 일.

쉼은 휴지, 중지, 멈춤이다. 하지만 프로그램의 중지는 복구되지 않는 stop이 아니다. 지친 몸과 머리를 쉬는 것, 일단 일에서 해방돼 적정한 쉼을 갖는 것이다. 일이나 훈련만큼 중요한 것이 쉼이다. 쉼은 결국 일의 능률을 위한 것, 훈련의 난도를 위한 전제이기도 하다. 아무리 군대라 하지만, 쉼 없는 전투 훈련이 효과를 반감시킬 것은 불을 보듯 한 일이다.

문장도 군데군데 쉰다. 고비고비 돌아가려면 필요한 게 쉼이다. 긴 문장을 숨 가쁘게 오르내리며 읽다 그 속에서 쉼표를 만나면 활자 속에서 꽃을 보는 것 같고, 숲속에서 옹달샘을 만난 것 같다.

마침표, 느낌표, 물음표는 문장의 맨 끝에 오지만, 그래서 쉼표(,)는 중간이나 낱말과 낱말 사이에 찍는다. 짧디짧은 찰나의 여유, 그 한 모금이 건조한 활자의 목마름을 축여주는 것은 놀라운 일이다. 쉼표 사용을 꺼리는 사람이 있으나 나는 쉼표를 많이 쓰기를 내세운다. 석 줄 읽으면 머리가 혼란스러워지는 이즈음에는 더욱 한 점 쉼표에 감지덕지하는 형편이다. 일단, 정지해 행을 거슬러 오르고 내리고 하면서.

부르는 말 다음, "지은아, 웃는 얼굴이 예쁘구나!", 끊어 읽을 곳을 나타내 "어느 날, 그가 느닷없이 찾아왔더라." 또 문장 순서가 바뀌었을 때 "바른

대로 봐라, 지선아." 짝을 지어 구분할 때 "닭과 지네, 개와 고양이는 사이가 안 좋다."처럼.

하물며 일에 부대끼는 사람임에랴.

소리가 그리웠던 사람

〈악사〉는 농아聾啞의 세계를 소리로 그린 것. 〈군마도〉, 〈청산도〉, 〈소와 여인〉, 1만 원 권의 〈세종대왕 초상〉을 그린 운보 김기창 화백. '한국화단의 거장', '청각장애를 이겨 낸 천재화가'. 그 앞에 붙어 다니는 수식어다.

여덟 살 때, 장티푸스로 인한 고열로 청각을 상실하면서 말을 잃어버린 그. 아들의 재능을 알아본 어머니 소개로 이당以堂 김은호 화백을 사사해 동양화에 입문한 게 화가로 간 그 길이었다. 선전鮮展에 거푸 입상하면서 추천작가가 되고, 마침내 국전심사위원을 역임했다. 어간에, 내선일체를 정당화한 친일작가라는 음울한 자취가 골로 패였음에도 불구하고 화가로서의 그의 입지는 난공불락이었다.

자유롭고 활달하면서 역동적인 힘찬 필력, 풍속화에서 형태의 대담한 왜곡을 거쳐 추상의 극한에 이르기까지 구상과 추상을 넘나들며 둘을 망라해 그림에서 그가 구사한 영역은 새롭고 넓고 깊다.

1993년에 열렸던 '팔순기념대회고전'에는 하루 관람객 1만 명이라는 진기록을 세웠다. 숫자 이상으로, 그가 대중에게 인지도 높은 화가라는 증거였다.

다양한 그의 화풍畵風 중 특히 주목할 게 있다. '소리를 잃어버린 침묵의 세계에 갇힌 자신의 아픔을 그림으로 노래한' 대표작 〈악사〉. 그 밑바닥에 흐르는 소리 없는 소리, 비단에 채색으로 그린, 인간적인 아픔과 농아의 고뇌를 대변한 작품이다. 운보가 씁쓸하게 웃으면서 말했다.

"공기가 흐르고 바람이 불고…. 그런 걸 느낄 수 있어…. 악사를 그리면 풍악까지 들리는 것 같아…."

그가 악사를 많이 그린 이유도 그런 '소리'에 대한 그리움 때문이었지 않을까.

그는 한국농아복지회를 창설하고, 청각장애인을 위한 복지센터 '청음회관'를 설립하면서 청각장애인 지원활동도 활발히 펼쳤다.

삼중 스님의 회고담이 있다.

"운보 화백은 참 효자였어요. 청주에 있는 화실에서 내다보이는 양지 바른 곳에 어머니를 모셨지요. 그가 이 세상에서 제일 좋아하는 그림은 화실 창문에서 바라본 어머니 묘지 정경이라 했습니다."

또 있다. 죄질 흉악한 청송교도소에 그림 50점을 기증한 운보가 그림을 직접 갖고 가서 공식 행사가 끝난 뒤, 교도소를 나오다 자신과 같은 처지의 벙어리 재소자를 만나 보고자 했다. 문제는 장소였다. 청각장애자들이 먹고 자는 감방 안에 들어가 그들을 직접 만나야겠다는 황소고집을 누가 꺾으랴. 삼중 스님이 법무부 고위관리에게 얘기해 특별 허락을 얻어 냈다.

"감방 안에 들어간 운보 화백은 벙어리 재소자를 꼭 껴안더니, 볼을 비비면서 울었어요. '병신 된 것도 슬픈데, 왜 이런 생지옥에서 이리 서럽게 살고 있느냐?' 울음 속에 전혀 알아듣지 못할 말들을 서로 주고받는 거예요. 그러면서 우는 통에 내 눈에서도 절로 눈물이 나왔어요. 통곡으로 변해 서로 뒤엉킨 몸 타래를 풀어내는 데 한참 걸렸습니다."

진정한 우애의 정을 내비친 그의 모습에 삼중 스님과 교도관들도 함께 녹아내렸다. 그 후, 삼중 스님을 따라 운보도 먼 제주교도소까지 내려오며 자신의 귀중한 시간을 더 소중히 쪼갰다 한다.

동병상련의 눈물겨운 얘기에 넋을 놓는다.

몸의 언어

책상에 앉았다 일어서려는데 오른쪽 발이 어깃장을 놓는다.

"못 걸어요."

다짜고짜 한 방에 사람을 겁준다.

"왜 그러지? 조금 전까지도 말짱했잖아."

"말로 해야 하는 거요? 만날 하루 한시 쉬지 않고 걷는 사람이, 그걸 누구한테 묻는 거지?"

이쯤 되고 보니 할 말이 없다.

점검한다. 엄지발가락 부위다. 움츠렸다 폈다 서너 번 반복했더니 심하게 아파 온다. 일어서서 내딛어 본다. 오른쪽 다리가 절름거린다. 엄지발가락 하나가 운신을 거부하고 나설 기세다. 다시 자리에 앉아 손으로 엄지발가락 위아래를 움켜잡고 주무른다. 씩씩거리는 아픔에 다리가 저릿해 온다. 다쳐 외상을 입은 것도 아니라 도대체 원인을 알 수가 없다. 아파도 자꾸 옴짝거려야 할 것 같다. 스무남은 번을 주물러댔을까. 아픔이 조금 눅어들 기세다. 이건 억지로 엄지발가락을 쥐어박는 식이다. 갑자기 손목이 삐면 반대쪽 손으로 주무르던 식인데, 그게 먹혀든 것인지 그럭저럭 낫지 않던가.

소소한 게 아픔을 키울지도 모르나 지레 겁먹지 않는 내성에 대한 자신감 같은 게 내 안에 뒷심 없이 들앉아 있는 듯하다. 좋은 건지 나쁜 건지 나도 잘 모른다. 다만 그런 아픔의 부위며 경중이 문제를 부를 수도 있으리란 막연한 생각을 할 뿐, 가까운 동네의원이라도 찾아가려 않는다.

내겐 몸을 관리하는 특별한 방법이 없다. 하루 한 번 걷기운동을 하는 게 유일하다. 걷는 게 몸에 좋다는 건 의학적으로 검증된 것이라, 그걸 믿고 오로지 그 하나에 매달린다. 연일 34도를 오르내리는 불볕더위라 오늘은 걷기에 나서지 않았다. 얼굴에 끼얹는 하오의 복사열은 끔찍하다. 무리하다 주저앉게 되면 낭패다.

"오늘 하루를 쉬어라."

몸이 불호령을 내리는 바람에 눌러앉고 말았다. 밑지는 것 같아도 이건 돈 몇 푼 남고 손해 보고 하는 장사가 아니다. 몸이 쇠해 자칫 잘못해 넘어지면 일어나지 못할 수도 있다는 예감이 몸 어느 구석에 깊숙이 자리해 있다. 그걸 느껴 간다. 몸이 가만 둘 리 없다.

제일 위중함을 느끼는 게 숨이 끊어질 것 같은 무호흡의 징후다. 7, 8초쯤일까. 간혹 갑자기 와 있곤 하는 적신호, '지금 내가 잘못되는 건지도 몰라.' 점멸하는 그 짧은 시간이 길디길다. 몇 년 전 자기공명영상 촬영을 했지만 의사의 소견은 명쾌한 듯 애매했다. 병을 가장 잘 아는 건 본인이란 믿음이 강한 나는 기어이 처방을 내놓았다. '매일 아령을 든 뒤 걷기운동을 한다.'는 것. 특히 아령은 몸 전체를 세차게 흔들어 놓아 세포들을 생동하게 할 것이라는 확고한 신뢰가 있다. 그걸 들면 몸이 피를 활발히 흐르게 해 '콸콸'이란 의성어로 말한다. 내게 이만한 위안이 없다. 나는 아파트로 이사해 입구 쪽 숲 그늘에서 아령을 들고 있다. 밖에서 드는 게 좋다는 몸의 언어를 즉각 실행에 옮긴 것이다.

음습하고 불유쾌한 그 무호흡 증상이 헐거워지는 낌새다. 간간이 두어 달에 한 번쯤, 시간도 2, 3초로 더 짧아졌다. 지켜보던 몸이 한마디 훈수한다.

"물의 흐름을 보느냐?"

일어서려니 엄지발가락이 몹시 아프다. 퍼뜩 스쳐 지나는 소리. '불볕으로 펄펄 끓는데 오늘은 걷기를 쉬어라.' 몸이 제동을 건 건지 모른다. 명령복종이다. 오늘은 걷기를 쉬기로 했다.

섬이 펄펄 끓는다.

우리를 슬프게 하는 것들 2

두 돌 지나도 목 굳지 않고 동공 흐리던 아이의 기억이 있다. 늘 울어대던 아이. 어미가 밤낮 업어 처네 들추며 사는데, 나는 철없이 먼 데로 나돌기만 했다. 젊은 나는 낭인처럼 술만 마셨다. 그게 아내에게 이중고를 안겨준다는 걸 까맣게 몰랐다. 세 돌을 채우지 못하고 그 아이를 잃었다. "엄마"를 한 번 불러 보지 못한 아이의 짧은 일기가 슬펐다. 간간이 꿈에 동자童子가 나타난다. 해가 차 쉰이 넘었을 것인데 그것도 잊고 그적의 아기로 웃고 있다. 꿈속에서 아이는 이슬같이 눈을 빛내며 안기는데 나는 속절없이 슬프다.

잔상을 털어 내지 못해 기억의 갈피에 꽂힌 채 있다. J 고 3학년이던 박 군. 여름 방학으로 들어간 이튿날, 그가 친구랑 둘이 섬 일주 자전거 투어에 나섰다. 소아마비 장애를 갖고 있던 그에겐 지체장애를 극복하려는 목표가 있었다. 제2횡단도로를 타고 돌아오는 가파른 길, 내리막을 내리다 공중으로 붕 떠 가시덤불숲에 내던져졌다. 긴급 연락을 받고 교련을 담당하던 동료교사와 함께 경찰차로 현장에 갔다. 땅거미가 내려 분간이 어려운데 손전등이 뒤지더니 풀밭에 주검이 팽개쳐 있다. 얼굴을 알아 볼 수 없게 참혹했다. 넋을 잃어 버렸다. 수습은 담임인 내 몫인데 발이 떼어지질 않았다. 교련 교사가 대신했다. 그는 해병대 하사관 출신이었다.

자동차가 뜸한 1974년, 관덕정 마당이 박 군 어머니의 호곡에 묻혔다. 고3, 다 큰 아들인데 얼마나 애통했을 것인가. 거기서 몇 걸음이면 도립병원이 있던 때, 이튿날 어설프게 차려진 박 군의 빈소에 엎디었다. 장애를 이기고 당당해지려던 그. 끝내 꿈을 이루지 못한 채 좌절하고 만 열아홉 살, 그의 짧은 생애가 하 슬펐다.

일제강점기에 빙장내외가 도일度日하며 조모에게 맡겨진 세 살 배기가 자라 나와 부부의 연을 맺었다. 어려운 시절, 어린 걸 키우고 시내로 학교 보내고. 큰 은혜에 처조모님이 친부모 같았다. 어른을 부양한다고 이 읍내로 집 짓고 내려왔다. 5년을 모시고 97세에 돌아가셨는데, 치매가 심했다.

어른에게서 놀라운 걸 봤다. 처가 산소를 벌초하려 집을 나서는데, 어른이 툇마루에 나앉아 계시지 않은가. "더운디 소그라." 얼떨결에 "예, 걱정 맙써." 무심결 대답하고 있었다. 늦게 벌초를 끝내고 돌아오는데 어른이 또 그 자리에 앉아 계신다. "소갔저 이?(수고했다)"라 했다. 정신 흐린 분이 어떻게 시간까지 손꼽으실까. 선산 벌초에 집착했으니 잠시 치매도 비켜섰나.

처가 벌초를 정리해야 할 계제다. 내 뒤를 이을 손이 없다는 생각에 절박했다. 어려움이 따랐지만 9기를 수골해 관음사 영락원 납골당에 봉안했다. 어른도 함께 모셨다. 스님 독송이 한라산 자락을 울리고 내리는데, 돌아봐도 당신 친손이 하나도 없다. 일본에 귀화한 지 오랜 세 손자. 끝내 홀몸이 되신 어른이 슬펐다.

그래도 장차 우리 내외가 옆에 든다. 당신이 귀하게 키운 손녀가 가까이서 조석으로 문안드릴 테고, 옆에서 난들 무심하랴.

슬픔도 그냥 머물러 있지 않는다. 시간의 등에 업혀 흐르기도 하려니와, 간직한 채라면 삭일 일이다. 막상 떠나려 하면 더 막막한 게 슬픔일지 모른다. 인생을 살아온 날의 삶의 무게로 그것을 품으면 되려니.

슬픔이여, 곁에서 떠나라. 어서 떠나라.

7부

까치는 날가지로 집을 짓는다

까치는 날가지로 집을 짓는다

겨우내 직선의 바람이더니 어느새 바람이 곡선으로 나부낀다. 해토머리. 더 버티려는 겨울을 바람이 돌려세웠나. 살랑이며 스치는 실오라기 바람결 하나, 허연 내 머리카락을 간질인다. 그게 파장으로 번져 잠자던 몸 안의 세포를 깨어나라 보챈 건가. 처졌던 근육이 꿈틀하는 낌새더니, 제발 하루 한 번 흙은 밟으며 살자 칭얼댄다.

아파트 13층을 내려 동 둘레를 몇 바퀴 돌고 숲 가에 앉는다. 숲은 봄을 맞는 생명의 소리들로 왁자하다. 겨울의 견고한 껍질을 깨고 뛰쳐나오는 소리들, 만지작거리다 터질 게 터지는 소리, 봄맞이 흥타령, 그네 뛰듯 나뭇가지를 탄다고 신명 난 새소리, 어느새 하늘하늘 추임새가 됐나, 제 몸을 흔들며 신명난 바람의 춤사위.

까치 두 마리가 이리저리 날며 유난을 떤다. 날갯짓이 어째 꼬장꼬장하더니 머무는 곳이 있다. 워싱턴야자 높직이 집이 있는 걸 이제야 알았다. 강풍에 서까래 몇 개가 내려 앉았는가. 아까부터 까치 부부가 집을 보수하느라 분주한 날갯짓이다. 눈앞의 벚나무 가지에 앉는 걸 무심코 내 눈이 따라가다, 깜짝 놀랐다.

까치가 한참 갸웃거리며 가지 하나를 고르고 있다. 두 발로 딛고 부리로 물어 부러뜨린다. 바로 가지 하나가 뽑혀 나왔다. 까치의 작업은 치밀해 완벽했다. 긴 가지를 부리에 물어 둥지로 날아간다. 워싱턴야자 꼭대기를 향해 고개를 젓힌다. 한 치 실수 없이 물고 간 가지를 미리 정해 놓은 자리로 밀어 넣는다. 다시 활개 치며 날아오르는 까치.

까치의 건축술이 뛰어난 건 알고 있었지만, 숲에서 삭정이를 물고 와 둥지를 짓는 줄 알았다. 아니었다. 몇 년 된 까치 집이 비바람에 헐리지 않는 이유를 알 것 같았다. 건축자재가 좋았다. 놀랍다.

까치는 삭정이로 집을 짓지 않는다. 날가지로 짓는다.

그 순간에

「내가 할 수 있는 가장 쉬운 일은 아이들과 하나가 되는 것이다. 내가 그들과 같아질 수는 없지만, 함께 놀 수는 있다. 그렇게 한참을 놀다 보면, 겸허해지는 순간이 찾아온다. 머릿속이 아니라 마음으로 그들을 이해하게 되는 것이다. 그 순간 셔터를 누른다. 이것이 내가 사진을 찍는 법이다.」

메모 수첩을 뒤적이다 만난 한 사진작가의 체험담이다. 우연일까, 필연일까. 그것은 그리 중요하지 않다. 분명한 것이 있다. 이 메모는 적어도 내가 글을 쓰는 데 하나의 지침으로 글쓰기에 지대한 영향을 끼치며 상당히 기여해 왔다.

아이들을 잘 찍으려면, 먼저 아이들 속으로 들어가 그들과 함께 놀아야 한다. 그들의 짓과 웃음과 주고받는 말 그리고 반짝이는 눈빛에서 그들의 생각과 마음과 뜻과 꿈을 들여다보아야 한다. 그들과 하나가 되는 것이다. 이때다 싶을 때, 전광석화처럼 셔터를 누르면 그 순간이 예술이 된다. 그들과 혼연일체가 되는 순간, 사랑을 느끼는 순간, 그 사랑의 순간이 바로 예술이다. 수작秀作이 별것 아니다. 그때 찍혀 나오는 게 수작이다.

좋은 작품이 될 수밖에 없는 이유가 있다. 아이들이라는 대상 속으로 들어가며 작가는 이미 겸손해 있기 때문이다. 그것은 이를테면 여명의 들머리인 새벽에 일어나는 것과도 같다. 만나고 싶은 마음, 느끼고 싶은 마음, 빈 데를 채우려는 마음은 둘이던 것의 간격을 넘는다. 머리 숙여 하나 되게 하는 이른바 겸손이다.

도시로 이사 왔을 때, 아파트 숲은 낯설었다. 크고 작은 나무들의 교집합, 훤칠한 워싱턴야자수 군락의 준수한 춤사위, 의외로 만난 숲속의 시비詩碑와 화단, 흑백 문양을 아로새긴 자갈길 그리고 주차면을 가득 채운 차량들….

이곳 숲을 쓰고 싶었다. 30년을 시골에 살다 온 나는 초등생이 숙제 풀 듯 숲속으로 들어갔다. 나무를 어루만지고 나뭇가지에 우는 새소리에 귀 기울였다. 흠흠 숲을 지나는 바람의 향기를 맡고, 지적이는 비를 맞으며 빗속에 우울하기도 했다.

뇌질환을 무릅쓰고 다가가자 숲은 기어이 나를 받아들였다. 숲에 머물다 돌아와 책상 앞에 앉는 순간, 앞으로 깊이 들어와 있는 숲, 그 숲을 놓치지 않고 썼다. 표정을, 빛깔과 색색의 변화를 그리고 숨결을, 낮게 흐르는 노래를….

숲으로 들어가며 겸손의 덕목을 놓지 않았던 걸까. 거둬들인 게 적지 않다. 시와 수필과 칼럼. '그 순간에', 사진작가에게서 한 수 배웠다. 수작은 아니나, 숲을 써야 할 때를 포착했다. 태작駄作은 아닐 것이다.

그 자리

13층을 내려 오솔길을 끼고 있는 아파트 둘레를 거니는 게 일과가 됐다. 아내와 손잡고 함께 걷는 한때다. 60년을 부부로 살아온 우리에게도 이때 설렘이 있다. 바로 이곳이다. 우리가 사는 동을 천천히 돌고 나서 숲 아래 쉬는 곳이 정해져 있다. 양쪽에 잘 다듬은 돌로 다리를 세우고 양팔 벌린 길이 하나 반쯤의 두꺼운 원목을 얹어 놓은 단장한 의자. 우리 둘은 복판에 앉지만, 여학생들 같으면 여섯은 너끈히 앉게 넉넉하다,

짧은 거리에도 숨을 몰아쉬며 엉덩이를 들이미는 순간, 편안함에 목마름도 한꺼번에 축여준다.

오가는 주민들이 몰리는 곳이라 말없이 눈만 맞춰도 좋다. 사람이란 모르는 사이에도 소통이 되는지 주고받은 눈짓에도 웃음기가 고이니, 그게 바로 이웃이라는 관계에 닿아 있음이라 한다. 같은 아파트에 살고 있다는 가볍지 않은 인연이 그 웃음 속에 꿈틀하는 걸 느끼곤 한다. 그래서 안에 갇히느니 볕 쬐고 바람도 쐴 겸 이곳으로 나 앉게 되는지도 모른다.

숲을 끼고 앉으면 마음이 맑아 온다. 숲에 무슨 기라도 있는가. 얽히고설킨 생각의 실마리들이 하나씩 풀려나간 마음자리가 홀가분하니, 그도 모를 일이다.

아내와 나란히 앉아 살아가는 어느 대목에 골똘했을까. 우리 앞으로 승용차 한 대가 다가와 홀연 멈추는 낌새다. 멈칫하는데 운전석에 앉은 중년 여인이 잔뜩 웃음을 머금고 하는 말. "두 분 앉아 있는 모습이 참 아름답군요." 하더니 말 한마디 건넬 경황 없이 저만치 가버린다.

우리가 앉아 있는 모습이 아름답다고? 반면식도 없는 여인이 한 말이다. 뜻밖이었다. 지나쳐 버려도 그만인 걸, 가까이 다가오면서 남기고 간 말에 우린 어리둥절했다. 우리에겐 일상화한 이 쉼의 모습이 정말 아름다와 보인 걸까. 우리 등 뒤로 곱게 물든 저녁놀이 순간적으로 그 여인의 감성을 자극한 건 아닐까.

우리 부부의 모습이 숲과 숲을 지나는 바람과 이글거리는 저녁놀 속에 사람이 있는 풍경으로 녹아들기는 했던 것 같다.

이틀 동안 눈발 속이라 밖 출입을 삼갔다. 오늘은 한파가 지나더니 봄 날씨처럼 따습다. 가볍게 주워입고 숲길을 거닐다 그 자리에 앉아야겠다. 아내와 어깨 겯고 앉으면 할 얘기가 적지 않다. 지난 일을 불러들여도 좋다. 우리가 이곳 한 점 풍경으로 녹아 있다면 싫지 않다. 분위기 보아 반 보따리쯤 끌러 놔야겠다.

녀석, 춥겠다

게발선인장, 읍내 집에서 시내 아파트로 이사 올 때 동행했으니 집에 와 반년 좀 더 됐다. 그때, 그곳 이웃집 아주머니가 이삿짐에 같이 올려준 이사 기념 선물이다. 꽃을 본 적이 있다. 붉은색, 분홍색 꽃이 마디 따라 피었는데 그 수가 마디마디 달려있어 눈길을 끌었다. 게 발이 마디마디 이어지듯 사방팔방으로 빙 돌아가며 벋어나가는데, 그 마디마마 꽃을 단 게 볼 만했다.

서른 해 가까운 이웃으로 정겹던 분에게서 선물로 받게 돼 이게 또 새로운 인연인가 했다. 아파트라는 구조가 낯선 데다 겪어 본 적 없는 그 환경도 내가 다가가기엔 거북하기만 하다. 나이 들어 순발력이 처지고 친화력이 식어 버린 탓도 있을 것이다. 경우에 따라선 적응력에 큰 결함으로 나타날 수도 있을 것이라 이곳으로 와 무얼 놓고 옮기는 소소한 일에도 신경이 쓰인다.

게발선인장을 베란다 옆 화분 전용공간에다 놓았다. 난분 여럿과 어우러지면 좋아할 것 같았다. 남향이라 오후의 볕이 잘 드는 곳이나 안쪽 깊숙이 밀어놓으면 볕이 머무는 시간이 길 것 같아 꼼꼼히 배려하느라 한 것이다. 새 환경이 어떨지 혹여 당황하고 있을지도 모르거니와, 선물한 사람의 성의와 정을 생각해서 잘 키워야 하는 것 아닌가.

검색했더니 브라질 리우데자네이루 본산으로 아열대 혹은 열대산이다. 첫여름에 내게 와 성장이 왕성했다. 다가가 눈을 맞출 때마다 몇 치씩 자라고 있는 게 눈에 잡힐 정도였다. 여름과 가을을 넘기더니 두 뼘 가까이 벋어 간다. 입지가 맞아떨어진 것 같다.

일주일에 한 번, 일요일마다 물을 준다. 거실에 열대산 안시리움 분 둘을 두고 있어 똑같이 물을 줄 양이면 가슴속이 답답하다가도 삽시에 뻥 뚫리곤 한다. 읍내에 살며 몸에 밴 식물 사랑이 이젠 애정을 넘어 생리가 돼 있는지 모른다. 난분엔 일주일에 두 번, 안시리움과 게발선인장에게는 한 번, 물을 주면서 영혼의 갈증을 함께 축이고 있으니, 이게 늘그막 내 분이고 그런 순간순간 내 심신이 함께 환호하니 이런 흐뭇한 일이 있으랴.

아파트, 내 삶 속으로 겨울이 왔다. 12월 첫겨울 삭풍이 몰고 온 추위가 살을 엔다. 베란다에 앉아 창밖에 휘청거리는리는 나무를 보다 문득 게발선인장이 떠올랐다. '녀석, 이 날씨에 춥겠다.' 정신이 번쩍 들어 곧바로 다가갔다 아찔했다. 요 며칠 간 추위가 만만찮았지만 저럴 수가. 게발선인장의 짙푸른 마디에 겨울이 내려앉았지 않나. 마디들이 시들어 가는 기미가 역력하다. '무엇에 정신을 놓았었나. 이러다가 크게 잘못될 수도 있어.' 가슴 쓸어내렸다. 물만 잘 준다고 되지 않는 게 생명이다. 나는 녀석을 진정 사랑하지 않았다. 여태 맹목적으로 아낀 것 뿐이었다.

내가 몸이 좋지 않으니 아내가 큰 마트에 바람같이 다녀왔다. 하얀 받침대가 하얀 화얀 화분에 잘 어울려 아내에게 웃음을 보내곤 녀석을 들어다 거실에 놓았다. 베란다하고 경계, 그경계의 한가운데다 자리를 틀어주었다.

엊그제부터 난방을 켜고 있다. 거실 창가에서 겨울을 나게 됐다. 아열대 기후엔 닿을 것이니 이제 마음이 놓인다. 때마침 겨울 하오의 볕이 남창을 통해 쏟아져 들어온다. 녀석 그동안 움츠렸던 몸을 한껏 펴는 것 같다. 글쎄,

이 겨울을 나면 마디마디 꽃을 내놓을지도 모른다. 녀석의 자리가 소파 옆이니 매일 끼고 살겠다.

새벽 겸손

새벽 네 시, 동살 틀 무렵 잠을 깼다. 기지개에 몸속의 세포들이 돌기처럼 일어나 눈을 번득인다. 욱신거리던 뼈대들이 어제의 고단에서 몸을 빼고 나와 윗몸일으키기 너댓 번으로 화답한다. 내가 나서기 전에 몸이 먼저 말을 걸어왔을지도 모른다. 새벽에 깨어나면서 몸과 나누는 침묵 속의 교섭 방식이다. 기호 없는 소통이 천연덕스럽다. 우리는 오래전부터 이런 화법에 익숙해 있다.

이 시간, 집어등 환한 바다에선 불끈 걷어붙인 어부들 두 팔의 근육이 팔딱거리는 고기들을 건져 올릴 것이다. 밤을 새워도 그들의 눈에는 졸음기가 없다. 눈두덩일 무겁게 내리덮는 졸음을 쫓으며 기다려 온, 새벽은 싱싱한 날것의 시간이다. 위로 치솟고 싶은 시간, 몇 걸음 앞으로 내디디고 싶은 시간, 드높이 날고싶은 시간이다.

초가을 새벽바람에 웅성웅성 아파트 화단의 숲이 흔들리고 있다. 어제까지 반소매였는데 얇은 바람막이를 꺼내 걸치고 밖으로 나선다. 쇠한 몸이 휘청하지만 새벽 기운에 기대려 한다. 아파트를 휘둘러 본다. 불 밝힌 창이 손꼽게 적은 걸 보니, 아직도 시간이 신새벽의 경계를 크게 넘어서지 못한 것 같다.

희붐한 공간으로 길을 내던 눈이 화단 모퉁이에 멈춘다. '그래, 너도 아침형이로구나.' 어둠 속에 빛을 돌려받지 못 했지만 길쭉이 뽑아 올린 꽃대만 봐도 꽃무릇인 걸 왜 모르랴. 뜬눈으로 밤을 새워 잎 기다리노라 가쁜 숨결 잦아드는 걸. 슬슬슬슬. 그 숨소리, 한밤중 대나무 숲 위로 이슬 내리는 소리로 들린다. 그 소리 속으로 섞이는 댓잎 부딪는 소리. 소리 잦으면 잎이 돋아나겠지만, 거진 꽃이 진 자리인 걸.

찌찌직. 흠칫했다. 숲에 숨었던 직박구리 한 쌍 어둠 속으로 몸을 던진다. 잽싸고 익숙한 날갯짓이다. '아침에 우는 새는 배가 고파 울고요.'라는데, 오염된 도시는 저들에게 좋은 환경이 아니잖은가. 날이 밝아 더 탁해지기 전에 먹이부터 해결할 양인가 보다. 저 부지런, 울음소리 거칠다고 나무랄 게 아닌 걸 눈앞에서 보고 있다. 조상 적부터 저랬을 것 아닌가. 이 시간에 일어나 둥지를 박차는 저 투신投身.

시간이 꽤 흘렀다. 온갖 사상事象들이 윤곽을 그려 가며 존재를 드러내 놓고 있다. 빛깔을 다시 올리고 흩어진 선들을 주워 모아 둘레와 너비와 길이를 짜 맞춘다. 이 무렵이면 날마다 어떤 손이 일찍 일어나 만물을 공작工作하는가. 능란한 솜씨가 놀랍다. 한 치 어긋남도, 한 구석 빠뜨림도 없는 완벽한 재구성, 재창조다.

새벽에 일어나는 것, 겸손이다. 깨어나는 마음이다. 돌아보는 마음이다. 배우려는 마음이다. 듣고자 하는 마음이다. 속에 꽉 채운 것을 버리려는 마음이다. 그러면서 부족한 것을 알아 새벽에 채우려는 마음이다. 그 마음들이 바로 겸손이다. 부지런한 사람에게 필요한 덕목이 바로 겸손이다.

새벽에 일어나는 것, 겸손이라 한 말이 신선하게 다가온다. 새벽이다.

가난한 사람의 냄새

코로 맡을 수 있는 온갖 것, 후각을 자극하는 기운이 냄새다. 향기도 냄새지만 향기를 굳이 냄새라 않는다. 꽃에서 나는 좋은 냄새가 향기이고 제단에 분향하며 사르는 것은 또 향이라 한다. 냄새란 말엔 관념적으로 독특한 분위기가 깃들어 있는 것처럼 보인다.

못 살던 시절, 물까지 귀해 제대로 빨지도 않은 채 옷 한 벌로 며칠씩 입고 다닌 어렸을 적을 떠올린다. 몸에서 풍기는 땀에 전 냄새를 어떻게 견뎌냈을까. 집에서건 교실에서건 힘들었을 것이다. 한데 그때 냄새에 지겨워했던 기억이 전혀 없는 건 웬일인가. 그런 속에 살아 코가 마비됐을는지도 모른다. 그래도 몇 날 며칠 한여름 조밭에서 김매며 몸에 뱄던 어머니의 땀내는 지금도 코언저리에 얼얼하다. 어머니에게서만 나던 냄새다. 비 오는 날만 빼고 밭에 살았던 어른이라 그랬을 것을 지금에야 안다.

초저녁 골목을 지나다 이웃집에서 고기 굽는 냄새가 나면, 오늘 이 집에 제사로구나 했다. 못 먹던 때라 고기 굽는 냄새는 골목 안에 진동했다. 목으로 군침이 넘어갔다. 뒷날 새벽 울담 넘어온 제사 퇴물은 그야말로 일미一味였다. 고기 굽는 냄새로 이미 자극을 받은 거라 맛깔을 더했던 것이다.

산업화를 거치며 풍요로운 삶 속에 편리에 길들면서 날로 인정이 메말라 갔다. 물신주의의 팽배로 나타난 게 부조리와 인간상실이다. 갑자기 사람이 그리워 나온 말이 있다. '사람냄새'. "모름지기 사람냄새가 나야지." "그래도 그에게선 사람냄새가 난다." 말끝에 달아 가며 사람냄새를 간구懇求했다. 사람에게서 샘솟듯 우러나오는 정에 목을 축이고 싶었던 것이다. 사람 사이에 주고받는 스스럼없는 말과 우애로운 웃음과 손잡으면 번지는 서로 간의 따스한 훈기….

지난번 오랜 전통과 관록의 칸영화제에서 황금종려상을 받은 우리 영화 〈기생충〉을 보면서 아주 놀랐다. '냄새'를 말하는 장면이 여러 번 나오는데, 그 말이 몹시 별나게 다가왔다.

언덕 위 부잣집 박 사장은 자신의 운전기사가 된 반지하의 가난한 가장 김 씨에게서 "무슨 냄새인지 잘 설명할 순 없지만, 지하철 타는 사람들한테서 나는 그 이상한 냄새"를 맡는다. 박 사장의 아들은 이 집을 드나들게 된 김 씨 가족에게서 다 똑같은 냄새가 난다며 코를 킁킁거린다. 이를 전해들은 김 씨의 딸은 그 냄새의 정체를 '반지하 냄새'라고 규정한다. 경력을 꾸며 내서 박 사장 집 과외 선생과 운전기사와 가정부가 될 만큼 거짓말에 능통한 김 씨 가족도 몸에 밴 냄새는 어쩔 수 없었다.

냄새는 영화에서 상징성을 지니면서 사회 계층 간의 벽을 풍자했다. 고기 굽는 냄새와 반지하 냄새는 곧 넘어설 수 없는 계층의 높은 벽의 함의含意다. 고기 굽는 냄새가 고소한 만큼 반지하에서 나는 가난한 사람의 냄새는 얼마나 퀴퀴하고 고약하고 눅진할 것인가. 오늘의 우리 사회는 부자와 가난한 자로 극명하게 양극화돼 있음을 현실로 받아들이지 않을 수 없다.

또 영화에 많이 등장하는 단어가 '계획'이었다. 가족들은 가장인 김 씨에게 계획을 묻는다. 가장은 그때마다 무계획이 계획이라 말한다. 인생은 어차피 계획대로 돌아가는 게 아니므로 무계획이 최선의 계획이라는 것이다. 영화는 결국 해피엔딩이 아니었다. 물난리에 가난한 사람의 냄새가 김 씨 반지하에 넘실댔다.

발아!

발이 달려 있는 자락은 몸의 맨 아래 바닥이다. 나무라면 가지와 그 무성한 잎과 줄기로 내려 뿌리로 가는 길목의 밑동이다. 머리에서 다리까지 그 높이를 고층빌딩에나 견줄까. 저에게서 수직으로 층층이 올라간 몸의 허우대를 올려다보지도 못한다. 눈은 언덕 아랫마을을 굽어보듯 한눈에 내려다보는데도 위를 올려보지 못하는 것부터 조직 체계의 이상한 구조 속에 태어났다. 불가분의 이 유기적 관계가 발의 타고난 운명인지 모른다.

운명이라 하는 말에는 상당한 무게가 실렸다. 맨바닥에서 위로 올라간 몸뚱이 전체를 받들어야 하는 무게 중심과 이동 간의 균형 유지라는 엄청난 책무.

새가 강풍에 숲으로 숨는 이유는 발이 자신의 몸을 받쳐주지 못하기 때문이다. 하중을 짐 져 날 수 있게 순간순간 몸의 균형을 잡아주는 것은 자신의 공중 부양을 가늠하는 두 날개의 탁월한 능력일 뿐 다리도 발도 아니다. 다리와 발이 맞바람에 저항할 힘이 없음을 새가 모르겠는가. 하늘을 나는 거대한 항공기도 바퀴를 웅크려 접는다. 누가 시킨 것이 아닌, 선험적인 것으로 섭리이듯 신비하다.

발을 부리는 것은 몸의 주체인 나다. 발은 참 용하다. 또 한없이 관대하다. 내가 가자는 대로 고분고분, 타고난 천성이 양순해 순종의 미덕을 지녔다. 모처럼 잠자리에 들어 다리 죽 벋어 잘 때뿐, 그의 일과표에 휴식이란 없다. 연차도 없다. 몸이 움직이는 한 한시도 쉬지 못한다.

도시의 평탄한 포도 위를 걷다가 시골의 오르막 내리막 비포장도로, 울퉁불퉁한 농로 바닥도 마다하지 않는다. 가로막는 담벼락을 뛰어넘으라면 뛰어넘고, 가시덤불을 헤치라면 거칠고 험한 그 길도 죽기 살기로 넘는다. 못마땅해하거나 거역해 본 적이 없다. 무슨 꾀를 내거나 섣부른 요령을 부리려 하지도 않는다. 옛날 농경시대 천석꾼 집 마당쇠가 이만하랴. 순직하게 품을 파는 내 충실한 몸종이다.

무릇 세상 사람들이 대체로 부지런하고 성실한 이런 발에 몸을 의탁해 한평생을 살아간다. 더러 걷는 데 소홀해 빼먹거나 가다 버겁다고 포기해 중도에 돌아와 버리기도 하지만, 그걸 발의 허물이라 눈을 흘겨서는 안된다. 하나에서 열까지 뇌의 지시를 따를 뿐이니, 금 긋듯 단호히 말하거니 중추의 오작동이거나 마음을 잘못 먹어 생긴 작은 실수나 실패에 불과하다.

젊은 시절 내가 추락했던 게 술의 광기였다. 퇴근길에 한잔하자 한 게 그믐달이 이울 무렵 신새벽에 집을 찾아들기 일쑤였다. 무엇이 나를 취하게 했던가. 발이 정신없이 흔들렸다. 비가 오는 밤이면 비에 흠뻑 젖었고, 바람 부는 밤에는 몸을 가누지 못해 휘청거리며 굽이쳤던 내 두 발의 서사.

발이 얼마나 힘들었을 것인가. 내 주인이 왜 이렇게 비틀거릴까 하고, 비에 젖은 구두 속에서 움츠리고 앉아 신음했을 것이다. 차마 주인의 귀에 갈까 저어 소리 내 울지는 못하고 끄윽끄윽 오열했을 것이다. 아득한 회상의 공간으로 발을 불러들여 그 적 젊었던 나이의 풋풋했던 목소리로 내 너무 했구나, 미안하다고 위로의 한마디 건네며 코스프레라도 하고 싶다.

한라산을 여남은 번 올랐던 것은 그나마 내놓을 만한 쾌거였다. 이 섬에서 나고 자라 한 생을 다하며 제일 뿌듯한 것이 제주의 영산 정상에 올라

섬을 굽어본 이 대목이다. 너도 내 뜻에 찬동하느냐고 얼러 묻지 않아도 웃음 띤 얼굴로 고개 끄덕이며 답하리라, 그렇다고.

또 하나 있다. 서부유럽 여행길에서 그곳 빛나는 문화가 축적된 여러 박물관도 보고 그림으로나 보던 유명한 강변도 거닐었는데, 그날의 감동이 지금도 여운으로 남아있어 네 바닥이 근질근질할 것이다. 안 그러냐. 유럽의 지붕이라는 알프스 융프라우요흐의 눈부신 만년설을 바라보며 감탄, 감탄했던 그날의 황홀을 나는 지금도 잊지 못한다. 다 네가 나를 끌고 다녔기에 가능했던 일이었다. 언제나 그랬지만, 그때 8박 9일, 날이 갈수록 쌓이는 피로에 내딛는 한 걸음이 쇳덩이같이 천근만근이던 이 몸을 끝까지 책임졌던 네 노고.

오늘 첫봄처럼 따사로운 날, 오랜만에 신문지 위에 너를 올려놓고 발톱을 깎으려는 찰나, 이럴 수가. 새끼발가락의 발톱이 빠지고 닳아 흔적만 남아 있다. 이 나이에 이르도록 70하고 몇 킬로 이 육중한 몸을 져 나르느라 네 어찌 성했기를 바라랴. 요즘은 기력이 떨어져 걸음이 뒤뚱거리니, 네게 더 많이 기대게 돼 간다. 평생 네게 얹어 살았으면서 이 지경이니 할 말이 없구나, 너를 혹사해 왔으니 앞으로 널 위해 뭐든지 조금이나마 하려 한다. 내 한 생을 네 걷고 달려온 이력을 떠올리며 눈물겨워서다. 뜨듯한 물에 담가 옹이 앉은 바닥을 풀어 주고, 두 손으로 감싸 어루만지고 주물러 주려 한다. 내 미성微誠이나마 받아 주려무나, 발아!

샐비어

문득 머릿속으로 떠오르더니 눈 깜빡할 사이에 이름을 놓쳐 버렸다. 눈앞으로 빨간 꽃이 환한 얼굴로 다가와 있는데, 이름을 불러주지 못한다. 꽃받침이며 화관까지 온통 붉은 그 꽃 누가 화단에다 붉은 물감을 쏟아 놓았는지 들불처럼 활활 타오르는 꽃 무더기 속에도 선명한 그 꽃. 그의 이름을 불러주어야 하는데 이거 야단났다.

기억 속을 아무리 뒤져보아도 그 이름을 찾을 수 없다. 겸연쩍지만 이름을 말해 달라할 것인데 그는 지금 어디쯤 피어 있을까.

쉬이 기억에서 지워질 꽃이 아닌데 이상하다.

젊은 시절, J 여고에 있을 때 이젠 고인이 된 K 교장 선생님과 교무실 앞 화단에 만개해 있던 이 꽃 무리에 감탄하며 한 말,

"참, 아름답군요. 이렇게 붉을 수가…."

그때, 교장 선생님이 현란하게 피어난 꽃만큼이나 정열적인 어조로 그 이름을 말했었다. 그분이 말하는 꽃 이름엔 표준어가 아닌 왜말이 무겁게 그림자를 던지고 있었다. 그냥 지나칠 수 없어,

"교장 선생님, 이 꽃 이름을 그렇게 부르시면 안되는데, 샐비어인데요."

"아닐 거요. 사르비아 내가 말하는 그대로 맞을 거예요."

나는 곧바로 교무실로 달려가 국어사전을 찾아보고 내가 말한 샐비어가 표준어인 걸 확인해 교장 선생님께 말씀드렸었다.

"교장 선생님, 제가 말씀드린 대로 샐비어가 맞습니다. 표준국어사전에 그렇게 나와 있습니다."

"아, 그래요?"

오래된 흑백 사진을 꺼내 보듯 그날 K 교장 선생님과 얘기를 나누던 장면이며 두 사람의 목소리까지 뚜렷이 재생돼 오는데, 주인공인 그 꽃 이름이 밖으로 튀어나와 주질 않는다.

글을 쓰다 간간이 어휘가 떠오르지 않아 앞마당에 나가 둘레를 몇 적게 돌다 하늘을 우러르면 머쓱하게 모습을 보이곤 하던 경험이 있긴 하다. 하지만 이처럼 깜깜이로 숨어 버리기는 처음이다.

앉아서, 누워서, 읽다가 쓰다가, 문득 창밖을 내다보다가 그 이름을 끄집어내려 했지만 허사였다. 첫음절이 안개 속에 묻혀 있으니 사전을 찾을 수도, 인터넷 검색창을 열 수도 없다. 열흘을 허둥댔을까. 답답했다. 그 하나의 이름이 내게서 떠나 버려 외로웠다.

언어장애가 와 신경과를 찾았더니 뇌경색이란 진단이 나온 시기와 맞물리면서 나는 긴장했다. 혹여 이것이 실어증의 시초는 아닌가 하고. 생각이 여기에 미치자 당혹했다. 그리고 쓸쓸했다. 이 섬에 혼자 남아 있는 것 같았다. 비슷한 경험은 적지 않았으나, 어휘의 실종이 몰고 온 이런 사단은 처음이다.

나는 글쓰기에 몰입을 넘어 집착하는 것 같다. 잠이 안 오기 시작했다. 강권하면 할수록 멀리 달아나는 잠. 많이 부대꼈다.

꽃 이름을 잊고 며칠째인가. 오늘, 동살 틀 무렵이다. 아시잠에 비몽사몽인데, 머릿속을 스치는 한 줄기 빛. 그 눈부신 빛 뒤로 스르르 문이 열리고 있다. 굵직하게 쓴, 누구의 휘호인가. 눈앞에 큼직하게 써 있지 않은가. '샐비어'. 아, 그렇지. 샐비어. 그때 K 교장 선생님은 네 음절의 말을 고집했지. 세르비아라고.

샐비어, 샐비어… 몇 번인가 중얼거렸다. 다시는 내 머릿속에서 제발 도망하지 말라고.

아직 내 어휘들의 일탈 조짐은 없다. 백주엔 모른다, 그믐밤 달이 지고 나면 어두컴컴한 야밤중에 삼삼오오 패거리로 내 머릿속 낮은 문지방을 넘고 있을지도.

묵은 말을 오늘에 꺼내 볕 쐬고 살랑거리는 바람에 거풍하면 생명력을 얻어 팔딱거린다. 마음이 안에 들어 기지개를 켜는 것이다. 내가 간직하고 있는 언어를 내 안에 방목할지언정 단 하나도 방출하지 않으려 한다. 시든 수필이든 문학은 언어가 축조하는 존재의 집이다. 새로운 말들을 끌어들여 그것들과 교집합을 이뤄 놓고 싶다.

나는 마침내 해내었다. '셀비어'를 찾아내는 데 성공했다. 내 머릿속 뇌의 누수를 수수방관할 수는 없다.

아이와의 소통

가족이 힘들어 할 때 어떤 말을 해줘야 할까. 경권에 나오는 말? 나는 그럴 때 '이렇게 했다'는 말을 들려준다? 어떤 좋은 말보다 중요한 것은 상대방의 얘기를 들어 주는 것일 텐데, 문제가 있다. 가까울수록 자신의 얘기를 털어 놓는 것을 어려워하는 것. 가까운 사람들은 더 감정적으로 반응하므로, '이런 안 좋은 얘기를 하면 우리 부모님은 화를 내니까, 앞으로는 말하지 말아야지.'로 가기 십상이다.

손자 지용이가 올해 중학생이 됐다. 아이와의 긴밀한 소통을 위해 지난 학기 초에 시도해 보았다.

노형에 살아 읍내의 우리완 만나기가 쉽지 않다. 아이들 부대끼는 게 어제오늘 일인가. 학교와 학원에 쫓기다 가족행사에나 만나는 형편이다.

제 엄마가 아들이 처음 교복 입고 책가방 멘 모습을 사진으로 보내왔다. 교복을 입으니 몰라보겠다. 감격해, 글 한 편을 써 곧바로 띄웠다. 제목이 〈스마트 폰에 뜬 사진〉이다. 서울서 내려오기 전 예닐곱 살 적에 우리와 함께 살던 얘기에 곁들여, 나하고 한자 공부하던 회상도 넣었다. 하루 몇 자씩 학습시킨 게 일 년이 지나자 수백 자를 돌파했다. 어느 날, 그 가운데 100자를 쓰게 했더니 다 맞췄지 않은가. 하도 기뻐 아이를 업고 마당을 몇 바퀴 돌다 한쪽 팔이 탈골되는 바람에 병원 응급실로 내달렸던 기억을 빼놓을 수 없었다.

8년 전 얘기다. 얘기 속 주인공인 아이도 감회가 일었을 테다. 그때 공부하는 습관이 붙었던지 초등 6학년에 한자 · 한국사 검정에 붙고 '영재학급'에도 뽑혔다. 가족을 기쁘게 한 일이다. 편지 대신 메일로 사연을 띄웠다.

"우리 지용이, 중학생이 됐구나. 축하한다. 바뀐 환경이 낯설 거야. 가슴 뛰고 설레기도 하고 그렇지? 차분히 앞뒤 잘 살펴라. 그리고 앞을 재고 헤아리며 슬기롭게 헤쳐 나가려무나. 할아버지, 응원의 박수 보내마. 힘든 일이 있어도, 용기를 잃지 마라. 네 이름의 '용'이 용기 勇 자잖아. 그렇지? 글 한 편 보내마. 한 번 읽어 보아라."

곧바로 답장이 왔다.

"할아버지, 글 잘 읽었어요. 히히.

근데 할아버지, 저 친구 많아요. 그니까 걱정 안 하셔도 돼요. 친구가 많아 학교생활도 진짜 재밌구요. 그리고 저 드디어 고1 수학을 시작했어요. 저도 중학 생활 잘 적응해서 좋은 모습 많이 보여드릴게요. 그럼, 저는 공부하러 갑니당!!"

글 속에 공부에만 매달려 친구가 없다는 제 아빠 얘기를 슬쩍 곁들였더니, 시원스레 털어 놓고 싶었나 보다, 친구가 많다고.

부처님 오신 날, 절에 참배하러 가자고 걔네 남매를 읍내로 오라 했다. 제 부모가 사정이 되지 않아 버스를 타고 오게 됐는데, 아이 전화를 받고 놀랐다.

"20번 버스 타면, 50분 가까이 걸려요. 미리 나와 기다리지 마세요. 삼양 지나며 전화 드릴 테니까요."

그래그래 했다. 중학교 1학년, 그새 이렇게 어른스러워졌나. 상대를 읽고, 앞뒤를 헤아리면서 시간도 셈하고 배려하려 한다.

아이에게 보낸 글이 크게 힘을 발휘한 거라고는 생각지 않는다. 다만 개에게 보낸 글 한 편에 공감했는지는 모른다. 주거니 받거니 메일로 조손간에 흐른 공감의 여울. 닫혔던 마음을 활짝 열어 놓는 작은 계기가 됐으리라.

좋은 음식 덜퍽지게 사 먹이고, 푸른 지폐를 쥐어 주는 것을 하지 말라는 얘기가 아니다. 따뜻이 오가는 말, 아이 속으로 들어가 속을 자상히 짚어내며 대화의 물꼬를 트는 것처럼 소중한 일이 있으랴. 요즘 편지가 어디 쉬운가. 무미건조하다 하나 메일도 좋은 방법이다.

불연佛緣

인연 아닌 것이 없다고 한다. 세상이, 낱낱이 열거하지 못할 만큼 많은 인연들로 얽혀 있다는 것이다. 인드라망의 빛은 구석구석 비춰 화엄華嚴의 경계를 이룬다.

하지만 쉽게 만나지 못하는 것이 인연이다. 옷깃만 스쳐도 인연이라 하는 것은 사소해 번잡스러운 인연이라 말함이지 결코 우연한 게 아닐 것이다. 악연이라 하지 말고 모두 선연이라, 마음이 그렇다 하면 모두 그러한 것이다. 불이不二한 것은 물론이고, 가령 그게 소소한 인연이라 해도 다 인과율이 만들어 낸 결과이므로 소중한 것들이다. 인연은 마음에 든다 해서 거두고 내키지 않는다 해서 등 돌리지 못한다.

아내는 평생 산문을 드나드는 불자다. 그냥 까막눈으로 하지 않는다. 혼자 있을 때 경을 외우고, 여럿이 있으면서도 갑갑한 일을 당하거나 마음이 허전할 때는 늘 속으로 염한다. 또 두 아들과 손자 손녀의 건강과 행운을 축원하기 위해 매일 법화경을 사경寫經하며 지낸다. 몇 년 새 사경한 노트가 수백 권에 이른다. 몇천 계단을 밟아 올라갈 곳이 있는 사람 같다. 어깨의 심한 통증에 신음하면서도 사경만은 하루도 그냥 넘기는 일이 없다.

지켜보며 안쓰러워 쉬면서 하라 할까 하다가도 돌아서 버린다. 고집스러움을 잘 알기 때문인데, 그게 불심에서 발원한 것이라 어쩌지 못한다. 신앙은 부부간에도 불가침이다. 내가 겉으로는 아내를 따라 더러는 절집에 드나들고 불자로 행세하지만 '반야심'경도 외우지 못하면서 하라 마라 할 소관이 아니라는 자격지심 때문인 것을 자신이 잘 안다. 할 말이 없으니 입을 다물어야 옳다.

아니면서도 긴 것처럼 코스푸레하며 아내 주위를 맴돌고 있으니, 나도 불자인 것만은 사실이다. 현직에 있을 때, 인사기록카드 '종교란'에 '불교'라 적었으니 말할 여지가 없다. 하지만 부처님 오신 날에나 산문에 가 불전에 참배하고 점심 공양이나 하고 내려오는 나는 아무래도 종교적으로 경계인이다. 영혼이 다가가야 신앙이지, 마음이 겉도는 걸 신앙이라 말하기가 부끄럽다. 내 신앙백서다.

다만, 아내가 불자로 보살행을 함에 반대해 본 적은 없다. 앞에서 당기진 못해도 등을 밀어 돕는 일에 힘을 보태려 눈치껏 살핀다. 그나마 고마워하는 아내, 내 제대로 불자로 나서지 못한 채 다가서는 방편에서 나온 미성微誠인데 고마워하니, 외려 내가 계면쩍을 때가 한두 번이 아니다. 부부의 연으로 한집에 살면서 하루 세끼만 함께 먹었는가. 58년을 동행해 온 인생길의 험난한 역정에서 우리 둘이 부대껴 온 굽이굽이 그 숱한 풍우성상….

얼마 전, 다니는 절에서 잠시 만나게 된 한 스님 얘기를 아내에게서 들었다. 작은 암자에 주석하다 육지에 나가 도량 창건 불사를 할 양인데, 시주를 하고 싶다는 것이다. 내 눈을 들여다보며 조금만 동참하면 되겠다 하매, 나는 아내의 눈을 보지 않고 숨결에서 간절함을 들었다. 거두절미하고 다짜고짜로 말했다. "백만 원 해요."

'도민' 스님과의 인연의 단초다.

오늘 우편물로 봉투 하나를 받았다. 신축년 연초라 부적을 봉했거니 지레 짐작했는데, 열어 보면서 깜짝 놀랐다.

우선 눈길을 끈 게 '立春大吉 瑞氣雲集'이라 한 입춘방. 다음 빨간 바탕에 금박 오려 새긴 관세음보살상과 진언, 노란 바탕에 부처님이 엄지 검지로 뽑아 든 연꽃 한 송이 그림과, 그 아래 써 넣은 여덟 글자 '불자답게 행복하세요.' 또 있다. 맨 안쪽 하얀 종아애 덮여 빳빳한 신권 5천 원 지폐 한 장. 뒷면에 사연이 눈길을 붙잡는다.

"불자님, 안녕하세요. 축성여석으로 살아온 소승에게 베풀어 주신 자비 보시와 깊은 애정에 감사드립니다. 신축년에는 소원성취하시고 청안하시길 築城餘石 도민 두 손 모읍니다."

내용물을 낱낱이 눈으로 어루만지고 마음으로 읽다 보니 웬일일까. 향긋한 그림과 글에서 꽃보다 진한 향기가 우러나오지 않는가. 아이처럼 가슴이 뛰었다. 얼굴에 불그레 홍조로 물든 아내가 나를 보며 빙긋이 웃는다. 요즈음 어째 마땅한 웃음거리가 없어 꽁꽁 닫혔더니, 나도 활짝 웃는다.

"여보, 좋은 인연이오. 이제 50줄에 사업을 시작한다고 힘들 것 아니오? 그 부적이며 5천 원 권을 큰아들을 불러서 손에 쥐어주면 어떨까요? 꼬옥 가슴에 품고 다니라고 이릅시다."

아들까지, 이 다 불연佛緣이 아닌가.

우리 부부, 또 한 번 소리 없이 웃는다. 창밖을 보니 며칠 만에 눈이 내리고 있다. 눈의, 나풀거리는 춤사위가 경쾌하다.

목계木鷄

굳게 다문 입, 동요하지 않는 눈빛은 간사한 세상인심에 대처할 수 있는 비장의 승부수다. 절제된 표정은 평정심에서 나온다. 평정은 무심이요 무정이다.

장자는 눈앞의 어떤 상황 변화에도 흔들림 없는 무심無心에서 남과 다투는 승부를 넘어선 경지를 목계木鷄에 빗댔다. 목계란 나무로 조각한 닭이다. 이런 정신세계를 달마선사는 '심여목석心如木石, 마음이 마치 목석과 같다.' 했고, 혜능선사는 '무정부동無情不動, 감정이 없는 것같이 동요되지 않는다.' 했다. 무정은 무심이다.

목계는 《장자》의 〈달생편達生篇〉에 나오는 싸움닭에 관한 우화에서 유래했다. 닭싸움을 좋아하는 중국 기紀나라 왕이 투계 사육사 기성자란 이에게 최고의 투계를 만들어 달라 명했다.

훈련을 시작한 후 열흘쯤 지나서 왕이 "이제 됐는가?"고 묻자, 기성자가 대답했다. "아직 멀었습니다. 닭이 강하기는 하나 교만해 자신이 최고인 줄 알고 있습니다." 그 후 다시 열흘이 지나자 왕이 도로 묻자, 기성자가 대답했다. "아직 멀었습니다. 교만함은 버렸지만 상대방의 소리나 그림자 하나에도 너무 쉽게 반응합니다. 태산같이 움직이지 않는 무게가 있어야 최고라 할 수 있습니다." 다시 열흘이 지나 왕이 되묻자, 그가 대답했다. "아직 멀었습니다. 조급함은 버렸으나 상대방을 노려보는 눈초리가 너무 공격적이라 최고의 투계는 아닙니다." 마흔 날에 이르러 또 물으니, 그가 답하기를 "이제 된 것 같습니다. 상대방 닭이 아무리 소리치며 도전해도 움직이지 않아 마치 나무로 조각한 목계처럼 됐습니다. 이젠 완전히 마음의 평정平定을 찾았습니다. 그런즉 어떤 닭도 모습만 보면 한걸음에 도망칠 것입니다."

극도로 잘 훈련된 정신세계와 그 위엄이, 마치 목계처럼 흠 없는 천하무적의 싸움닭이 됐음을 빗댔다. 우화를 화소로, 어떤 상황에도 흔들리지 않는 요지부동의 정신과, 함부로 범접 못할 태산 같은 위의를 갖춘 인물을 목계에 비유한 것이다. 이 얘기 속에서 목계는 평정과 무외無畏와 자유를 상징한다. 외부의 자극에 동요되지 않고, 어떤 위협에도 두려움이 없으며, 어떤 속박에도 매이지 않는다 함이다.

동네 어귀로 들어서면 가까이에서 누렁이가 짖어댄다. 요란스럽다. 발소리가 가까워질수록 소리가 커 간다. 겁이 나니 짖는 것이다. 덩치 큰 맹견이면 절대 요란 떨지 않는다. 결정적인 순간에 짖으며 공격할 게 아닌가.

생태계에서도 맹수들은 표정이 험상궂은데다 조용해 무섭다. 원숭이는 쉴 새 없이 들락거리며 소란을 피운다. 하지만 백수의 제왕 호랑이는 태연작약하고 위풍스러움을 놓치지 않는다. 위세만으로도 숨을 멎게 하는 공포의 대상이다. 주책없이 나달대는 새는 힘없는 것들이다. 맹금류인 매나 독수리는 앉아 있을 때 미동도 않는다. 지배자의 위용으로 목계의 다른 얼굴이다. 정글과 하늘을 거머쥔 포식자는 자체로 평정이요 무외요 자유다.

소소한 일에 쉬이 반응하는 이는 강자가 아니다. 자극에 민감한 약자다. 강한 자는 태연함을 잃지 않는다. 그것은 평정을 얻어 평상을 유지할 수 있으니 가능한 것이다.

평정과 평상은 낮은 자세로, 작은 보폭으로 사는 자의 덕목이다. 요즘 사회가 셀 수 없는 많은 자극 속에 그때마다 기준 없이 무너지는 게 안타깝다. 평정심이 없으니 그런다. 목계를 닮으면 어떨지.

내가 겪어 온 국어사전들

사전辭典을 애초 '말모이'라 했다. 우리말을 다듬은 새로운 토박이 말이란 뜻으로, 한힌샘 주시경 선생 등 여러 한글 학자들이 편찬한 사전 이름에서 따온 말이다. 말모이는 1910년 무렵 조선광문회에서 편찬하다 일제의 한글 탄압의 서슬에 애석하게도 끝내 메조자는 데 미치지 못했다. 우리말이 품고 있는 한 토막 슬픈 역사다.

나라 안 방방곡곡에서 쓰이는 생생한 토박이말을 모아 사전을 만든다고 이루 말로 할 수 없는 역경 속에 갖은 고초를 다 겪었던 한글 학자들의 피나는 행적을 무심히 지나칠 수 없어서일까. 국어 선생을 하면서 사전에 대한 경외심 속에 평생을 살아온다. 새 사전을 대하면 갖고 싶게 가슴부터 설렜다. 실제로 교단에서 국어를 가르치며 사전을 여러 권 갖고 있다.

젊은 시절 처음으로 지녔던 한글 학자 최현배 선생이 감수한 『우리말큰사전』은 어떻게 된 연유에서인지 내게서 떠나갔다. 쉽게 피로했던지도 모른다. 명사 대명사 수사를 이름씨 대이름씨 셈씨 하는 식으로 순우리말로 풀어쓴 용어 사용에 길들이다 나중엔 등을 돌리면서 사전의 행방마저 모르게 됐다. 무례한 짓이 돼 버렸다.

손안에 쏙 들어오던 『국어사전』은 실용적인 소사전이었는데, 출퇴근 가방에 붙어다닐 정도로 내게 우리말 어휘를 학습시켜 준 은혜로운 것이었다. 여닫느라 하도 만지작거리고 주무르다 보니 누더기가 다 돼 버렸다.

지금 내 손에서 여러 해묵어 너덜거리는 사전은 『동아 새국어사전』. 중사전이지만, 대사전 못잖게 수록 어휘가 많고 풀이가 상세하고 옹골차다. 손에 넣은 지 30년쯤 됐을까. 앞뒤 뚜껑이 몸체에서 떨어져나와 해체되다시피 한 것을, 열 때면 으레 두 손으로 감싸 가며 간신히 넘기고 있다.

2740쪽이니 손에 잡을 때마다 팽팽한 포만감을 느낀다. 이 사전은 내 등단과 거의 같은 이력을 쌓아 온 것이라 선불리 버려질 것 같지 않다. 아마 이게 내가 이 세상에서 글을 쓰면서 우리말을 찾아 사방팔방으로 뒤적이며 헤매던 마지막 현장이 되지 않을까 싶다. 다 닳고 해져 덜떨어졌지만 때 묻어 반들거리는 수택手澤이 외려 정겹다. 요즘 들어 내게서 떨어질까 저어하는 눈치라 내가 우애의 표시로 이따금 손을 얹어 고마움을 표하곤 한다. 내 글이 충실해지고 있다면 그 공을 이 사전에 돌려야 한다. 내 책상 위에서 어언 30년, 그의 생은 오직 나를 향한 단심丹心 속에 끊이지 않고 흘렀다. 시종여일 그랬기로, 그새 몇 권의 책을 가래나무 널빤지에 새길 수 있었지 않으냐.

이희승 감수로 돼 있는 『국어대사전』이 두 권이나 있는 건 영문을 모르겠다. 대사전이라 들돌만큼 묵중하다. 이렇게 무거운 책은 드물 것이다. 몇 달 전 읍내에서 이곳 시내로 거처를 옮기면서 정처를 찾아 넘겨두고 올까 하다가도 가지고 왔다. 별로 손은 타지 않지만, 국어대사전이라는 품격 탓인지 넘길 수가 없었다. 서가나 차지하고 있을 뿐 오래전부터 열어보지 않게 된다. 동아 중사전이 역할을 대신함에 부족함이 없으니 손이 잘 가지 않는 탓이니, 사전에 눈 흘길 일이 아니다.

또 『국립 국어연구원의 국어표준대사전』이 있어 이쪽에 의존도가 높다. 자연, 중사전 다음으로 이 대전에 먼저 손이 가 있게 돼 간다. 국립국어연구원의 권위를 인정하지 않을 수 없는 심리적 만족감이나 안도감도 한몫하고 있는 것 같다.

박용수의 『우리말 갈래사전』이 있는데, 별로 거들떠보지 않는다. 시와 수필을 쓰다 적절한 어휘가 떠오르지 않을 때, 몇 번 열었거나 그냥 어느 글에서 만나면서 번쩍했던 그 말을 기억에서 끝내 찾지 못할 때, 이때 책상 위에 사전이 없다면 어떻게 될 것인가. 당혹해 어찌할 바를 모를 것이다. 그래서 이 사전도 참 고맙다.

어휘에 목말아 하면서도 컴퓨터 사전에는 별로 드나들지 않는다. 내겐 메커니즘에 대한 거부감일까, 인터넷 사전에 대한 미덥지 않은 선입견이 있다. 어휘에 관한 한 종이사전을 신뢰해 온 몸에 밴 습관 때문일 것이다.

국어사전은 우리말의 곳간이다. 고어가 아니면서도 우리말이 아득한 옛날에 쓰였음을 생각하며 놀랄 때가 한두 번이 아니다. 그런 관념, 그런 문화, 그런 감정이 그때도 있었을까. 뜻이 애매해 사전을 찾아보니 엄연히 나와 있을 때, 그 해후의 짜릿함이라니. 사회 · 문화 · 과학 · 철학에 걸쳐 이미 쓰이던 말이어서 사전에 올라 있는 게 아닌가. 언어가 그 시대인들 사이에 이뤄진 사회적 약속이면서, 문화적 수준의 지표가 되는 것이라 더욱 놀라게 된다. 이미 그 시대인들이 쓰던 말이었는데, 나는 아직도 그에 닿지 못했음에 송구스럽다.

찾고 찾아도, 오르내리고 들락거려도, 덮었다 열었다 해도, 내 머릿속에 들어오는 어휘는 겨우 한 움큼에 지나지 않는다. 내 말, 특히 내 문장도 그렇지 않은가. 사전을 손에 넣을 때마다 느끼는 내 안의 오랜 이 결핍.

남루로 너덜거리는 『동아 중사전』에 눈 맞추다 가슴에 부여안는다.

〈김길웅 연보〉

1942년 제주도 북제주군 구좌면 세화리에서 출생

1963년 金永順과 결혼하여 장남 卓秀와 차남 承秀를 둠

· 학·경력

1961년 제주사범학교 졸업

1963년 문교부 시행 중학교 교원자격검정고시(국어과) 최종합격

1965년 문교부 시행 고등학교 교원자격검정고시(국어과) 최종합격

1961년 이후 초등학교 교사 3년, 고등학교 교사(오현고 · 제주일고 · 함덕상고 · 제주중앙여고 · 대기고 교사) 재직, 어간 1986년부터 3년간 서울 소재 서울학원 · 상아탑학원 강사

1999년 제주여상 교감. 제주도교육청 장학담당장학관. 제주동중학교 교장으로 정년퇴임(2005)

· 문단 경력

1993년 제주문학 신인상(수필 〈그림 속의 집〉)

1994년 「수필과비평」(1 · 2월호) 신인상 〈눈물의 연유〉로 등단

1993년 지방지 한라일보 '관탈섬' · 제주일보 '海軟風' · 제민일보 '아침을 열며', 2023년 현재 제주일보 칼럼 '김길웅의 안경 너머 세상' 집필 중

1994년 제주수필문학회 창립 멤버 초대 사무국장, 회장(2003) 역임

2004년 사회복지법인 춘강 개설 '글을 사랑하는 사람들의 모임' 강의 진행

2005년 월간 시전문지 「心象」 신인상(〈문이 열리는 소리〉 외 3편)

2005년 구좌읍 자치센터 개설 문학 강좌 강사

2005년 「대한문학」 문학평론 신인상(〈수필비평의 새 관점 정립을 위한 탐색적 접근〉)

2005년 「대한문학」 편집위원

2005년 「한국문인」 신인상 심사위원(현)

2006년 제주시 참사랑문화의 집 · 우당도서관 수필 창작교실 강의

2007년 수필 동인 '동인脈' 창립, 초대 회장 역임

2007년 제주사회복지신문 편집위원

2010년 (현)제주특별자치도 제주어보전육성 위원

2008년 제주문화예술재단 문예진흥기금 심사위원장

2011년 제주시 주관 무연묘합장사업 추도문 작성

2012년 제주문인협회 회장

2012년 제주를 소재로 한 번역시집 「시보다 아름다운 제주」 발행

2012년 6 · 25참전 기념비 건립 구조물에 〈청사에 길이 빛나리〉 헌시

2012년 '들메동인문학회' 창립 · 강의

· 작품집

2002년 사찰답사기 「내 마음속의 부처님」 제주문화총서 · 14(경신인쇄)

2008년 시집 「여백」(대한북스)

2004년 「문학작품 속의 어휘 500選」(디딤돌)

2004년 수필집 「삶의 뒤안에 내리는 햇살」(정은문화사)

2009년 시집 「다시 살아나는 흔적은 아름답다」(대한북스)

2010년 시집 「긍정의 한 줄」(대한북스)

2010년 수필집 「느티나무가 켜는 겨울노래」(대한북스)

2011년 시집 「틈」(대한북스)

2011년 수필집 「떠난 혹은 떠나는 것들 속의 나」(대한북스)

2012년 시집 「허공을 만지며 고등어를 굽다」(대한북스)

2012년 수필집 「검정에서 더는 없다」(대한북스)

2014년 글방강의식 수필작법 「수필이 맨발로 걸어 들어오네」(정은출판)

2015년 시집 『그때의 비 그때의 바람』(대한북스)

2015년 수필집 『모색暮色 속으로』

2018년 수필집 『마음자리』(정은출판)

2018년 시집 『텅 빈 부재』(정은출판)

2020년 제8시집 『둥글다』(정은출판)

2020년 제8수필집 『읍내 동산 집에 걸린 달력』(정은출판)

2021년 김길웅 산문집 『일일일』(정은출판)

· 작품 수록·선정

2008년 심상시인회 작품집 「눈 내린 날의 첫 줄」 부터 「떠나서 보이는 집」(2014)까지 작품 수록

2004년 「선수필」에 작품 수록(2004 여름 '거리의 할아버지와 손자', 2005 가을 '수목장', 2006 여름 '잎들의 소망', 2012 겨울 '주름', 2014 겨울 '내 안의 나무 한 그루')

2007년 사회복지법인 춘강 '글을 사랑하는 사람들의 모임' 동인지 「징검다리」 창간호에서 제7집(2014)까지 초대수필 수록

2010년 「계간수필」 2010 겨울호 '이곳에 살 것이다', 2014 여름호 '병목현상', 2017 봄호 '비산飛散'수록

2012년 계간 「수필세계」 봄호부터 기행문 '김길웅의 유럽 읽기' 연재 중

2012년 제주여류수필문학회 「제주여류수필」 제11집 초대수필 '뒷모습' 외 1편

2012년 구좌문학회 「동녘에 이는 바람」 제7호 초대시 '기억 저편' 외 1편

2012년 애월문학회 「涯月文學」 제3호 초대시 '담쟁이의 봄'

2012년　들메문학회 동인지 「들메」(창간호 2012, 제2집 2013) 초대수필

2013년　월간 「좋은 수필」에 ‘제주를 위한 序說’ 수록

2013년　한국수필가연대 120인 대표 수필집 「마음에 머무는 이야기」(한강)에 수필 ‘주름’ 수록

2009년　「청일원의 달빛」(현민식 수필집)부터 「덤 인생의 나날」(김여종의 시집 2014) 포함 시인(2인), 수필가(23인)의 작품 해설

2011년　「대한문학」 계평(시 · 수필), 「한국문인」 월평(수필) 집필 중

2016년　『심상』(12월호) ‘이 시인의 공간’ 선정

2017년　월간 『좋은수필』 4월호에 ‘작은 공간’ 수록

2022년　12월 고양문학회가 엮은 『100년 후로 가는 길』에 〈내 방을 스캔하다〉 외 1편 초대수필로 수록

2023년　1월 1일 the 수필 ‘2023 빛나는 수필가 60’에 선정됨

2023년　1월 7일 월간 좋은수필 제정 제5회 ‘베스트에세이10’에 〈새의 뒤를 따르는 눈〉이 선정됨

· 수상

1999년　수필과비평상

2003년　대통령 표창(대통령 노무현)

2006년　대한문학 대상(산문 부문)

2011년　한국문인상 본상(시 부문 ‘긍정의 한 줄’)

2012년　제주특별자치도문화상(예술 부문)

2022년　문학秀 문학상 대상(수필 부문 『읍내 동산 집에 걸린 달력』)

· 서훈

2005년　황조근정 훈장

東甫 김길웅 등단 30년 회고

여든두 번째 계단에 서다

인쇄 | 2023년 8월 20일
발행 | 2023년 9월 20일

지은이 | 김길웅
펴낸이 | 노용제
펴낸곳 | 정은출판
출판등록 | 2004년 10월 27일
등록번호 | 제2-4053호
주　　소 | 04558 서울시 중구 창경궁로 1길 29 (3층)
전　　화 | 02-2272-8807
팩　　스 | 02-2277-1350
이메일 | rossjw@hanmail.net

ISBN 978-89-5824-485-1 (03810)

* 책가격은 뒤표지에 표시되어 있습니다.

* 이 책은 제주특별자치도 2023년도 제주 원로 예술인 지원사업 후원을 받아 발간되었습니다.